文化视阈下钟理和创作研究

蓝天 著

人民出版社

目 录

序 001

绪 论 001
    第一节 "倒在血泊里的笔耕者" 003
    第二节 钟理和研究综述 011

第一章 文化场域对钟理和创作的影响 021
    第一节 台湾文化场域的形成 023
    第二节 族群文化对钟理和创作的影响 035
    第三节 原乡与故乡 056
    第四节 文化场域的迁移：放逐与返乡 073

第二章 原乡的失落 099
    第一节 认知暴力下的身份困惑 101
    第二节 身份的迷失 120
    第三节 "矛盾时代中矛盾的人" 138
    第四节 历史的书写与反书写 155

第三章　悲悯情怀的书写 172
第一节　台湾早期垦殖生活的悲苦 173
第二节　"同姓之婚"下的悲剧人生 179
第三节　挥之不去的死亡意识 193
第四节　弱势群体的守望者 210

第四章　文化的反思 233
第一节　"文学的方言" 236
第二节　乡土的沉思 253
第三节　"国民性"批判的继承与发展 286

第五章　"不屈的作家魂" 306
第一节　文学思想的升华 307
第二节　超越个体的人文情怀 326
第三节　台湾新时期文学的开拓者 340

结　语 345

参考文献 348
后　记 354

序

20世纪90年代初,我在北京师范大学读硕士研究生的时候,受导师王富仁的影响,对中国现代时期的乡土文学产生了浓厚的兴趣。读书期间,在老师的指导下,阅读了大量相关文献,为自己的研究工作打下了基础。由于当时条件有限,接触到的台湾地区乡土文学的文献很少,这成为学习中的一个遗憾。毕业之后,自己的学术研究方向始终没有偏离乡土文学这个领域,一做就是20多年。

15年前,我调入广东工作。有一段时间,因为工作需要,经常到梅州地区的几个市县出差。某次来到广东最北端的蕉岭县,在当地同志的陪同下,参观了我国近代著名爱国诗人丘逢甲的故居。丘逢甲是台湾苗栗人,进士出身,甲午战争爆发后,他在家乡组织义军抗击日军。失败后,离台内渡,回到祖籍推广新式教育直至去世。他在著名的《春愁》一诗中写道:"春愁难遣强看山,往事惊心泪欲潸。四百万人同一哭,去年今日割台湾。"该诗写于清政府割让台湾后的第二年。他身处较为平静的粤北山区,但是,站在山巅,秀美的山区春色并未激发诗人的兴致,相反,当他远眺海峡对岸的故乡台湾时,想到自己的家园被侵略者占领,无边的春愁涌上心头。让我吃惊的是,当地同志告诉我,蕉岭本地人口不过20多万,但在台南地区蕉岭籍的台胞却有40多万,他们大多是一二百年前渡海到台湾谋生的蕉岭人的后代,尽管几百年过去了,但这些蕉岭人的子孙从来都没忘记在大陆的祖籍,直至今日还不断返乡寻根问祖。陪同的同志说,这就是流淌在每一个客家人血液里的"原乡情结"。

从那时起,我开始关注粤北地区的客家文化,通过查阅大量的文献,惊喜地发现,不少台湾地区乡土文学的许多代表性作家的祖籍都是嘉应府(现梅州)的,如赖和、吴浊流、钟理和、杨逵、龙瑛宗、张文环、巫永福等,这引起了我的极大兴趣。此时,两岸交流日益频繁,台湾地区的不少文献也被国内的高校、研究机构、图书馆引进,有了这些便利,我逐渐将研究方向转移到台湾现代乡土文学上。"知人论世",这是王富仁老师传授给我的文学研究方法,他说做文学研究要先系统地掌握被研究对象的背景材料,之后再深入到具体的对象中。受老师的影响,我在研究相关作家时,一般按照日记、信函、回忆录、史料等顺序依次收集材料和研读。

在我接触到的台湾文学文献中,广东省立中山图书馆藏的 1997 年版的《钟理和全集》最为系统和完整,全集共六册,其中,日记和信函各占一册。这是馆里的一位朋友在整理一堆下架的图书中发现的。该馆只购进了一套,从上架到下架一直无人借阅。朋友知道我在查找台湾文学方面的资料,第一时间通知了我。我如获至宝,复印了完整的一套。此后,从阅读钟理和的日记和信函为起点,开始了对这位被称为"台湾乡土文学之父"的研究。与同时期的台湾省籍作家相比,钟理和的人生经历更丰富也更曲折,他的日记和信函是他文学活动中重要的一环,他将自己的所见、所感,自己内心的痛苦与病体的折磨都毫无保留地记录了下来,这些内容又与他的创作相互印证,形成一种独特的文艺风格。钟理和的长子钟铁民说:"钟理和的文学非常贴近他的真实的人生行程。"如果不读钟理和的日记和信函,你很难想象一个在大陆和台湾流浪半生，人生的最后时光拖着残病之驱蜗居在台南偏僻的山村的人，却与山外的同道之人合力创办了一份《文友通讯》，这份同仁刊物奠定了台湾当代乡土文学的基础。在他的日记与信函中，流露出更多的是对他人的关爱与同情。正如施懿琳所说："贫与病的交织，是他后半生的所有内容。苦过、痛过，因此，他更懂得以体贴细腻的心，去倾听大地苦难生灵的呻吟。并透过他的笔，写出了这些孤独废疾者贫病交迫的无奈和凄伤。"

2009年，一位在台北做外派记者的大学同学又给我带回一套最新版本的《钟理和全集》，共8卷本，增加了钟理和的未完稿和他搜集整理的台湾民间文学作品等。有了这些资料做基础，我的研究工作也进一步深入，先后发表了一些学术论文。我的博士学位论文即以"钟理和的创作研究"为题，得到了答辩组各位专家的好评。即便如此，我仍然觉得自己对钟理和的认识与理解还很肤浅，还没有能真正触及到他的灵魂深处。

这些年，我反反复复研读《钟理和全集》三四遍，每一遍都有新的感受和体悟，同时也萌发了撰写专著的念头。在正式动笔之前，我特意去了一趟位于梅州市梅县区白渡镇嵩溪村的钟理和祖居地，让我没想到的是，钟家迁台已经一两百年，其祖屋虽坍塌了一半，家族的祠堂——孝友堂还保留完好。听村里的老人说，台湾的钟氏家族与大陆的亲友始终没有断过联系，一代一代延续下来，钟理和的父亲在20世纪二三十年代两次回到嵩溪村祭祖和探望长辈，还将几个钟氏子弟带到台湾谋生。梅州之行让我找到了解读钟理和创作的密码，那就是血浓于水的民族情感。无论是在殖民时代还是在两岸分离的时代，钟理和始终秉承祖辈传承下来的文化基因，在创作中彰显"以儒家思想为主流的中国人文精神的特色"。

我的理论基础较薄弱，在写作中常常纠缠于某一个具体的问题而不得解。感谢我的博士研究生导师郑春的指导与帮助，尽管书稿很粗糙，但他仍给予了肯定，并帮助我一起分析问题、解决问题。优秀作家的作品总是经得起时代的风雨和考验，钟理和及他的作品是最好的诠释。他生前无人问津，病逝后在林海音、钟肇政、张良泽等人的帮助下，钟理和的作品才陆续面世，在两岸及华人世界引起了强烈反响，终成中国现代文学的经典之作。对钟理和的研究也只是刚刚开了个头，我会一直坚持下去，让更多的人熟悉他、了解他、热爱他，把他身上对民族、对苍生、对土地矢志不移的爱传递下去。

最后，我引用美国作家威廉·福克纳在诺贝尔文学奖颁奖典礼上说的一段话向钟理和先生致敬："人的不朽，不只因为他在万物中是唯一具有永不耗竭的声音，而是因为他有灵魂，那使人类能同情、能牺牲、能忍耐的灵魂。诗人和作家的责任，便是要写出这种同情、牺牲与忍耐的人的灵魂。诗人和作家的天职，是借著提升人的心灵，鼓舞人的勇气、荣誉、希望、尊严、同情、怜悯和牺牲，这些人类一度拥有的荣光，来帮助人类永垂不朽。"

蓝 天

二〇一九年二月二十日于越秀山下

绪　论

　　1980年，以台湾现代著名作家钟理和生平为素材的电影《原乡人》在岛内引起轰动，主题歌中唱道："我张开一双翅膀／背驮着一个希望／飞过那陌生的城池／去到我向往的地方"，简短的几句歌词，触发了许许多多台湾人心中埋藏的"原乡情"。

　　早在1965年，台湾本土文人叶石涛在《文星》发表《台湾的乡土文学》一文，重新提出从理论上解释"乡土文学"概念的问题，该文开启了台湾文坛长达十多年的"乡土文学"论争。《原乡人》的热映既让观众对钟理和"台湾—大陆—台湾"传奇的人生经历产生浓厚的兴趣，即便是本土色彩浓厚的叶石涛在评价电影《原乡人》时也不得不说："《原乡人》这部片子，把一个心向往于祖国，一生只愿以中文写作的台湾知识分子赤裸裸的心路历程有力地勾画出来，正确地指出台湾省人民共同的愿望。"① 电影的上映也引发了岛内关于"原乡"与"大陆"、"乡土"与"本土"等敏感问题的热议。有人说："谈表现台湾乡土，他是数一数二、甚至也许是唯一唯二。"② 的确，台湾的"乡土文学"无论如何也

---

① 叶石涛：《文学回忆录》，远景出版社1984年版，第75页。
② 方以直：《悼钟理和》，载《台湾现当代作家研究资料汇编》，台湾文学馆2011年版，第95页。

绕不开钟理和。在电影效应的带动下,"乡土文学"的批评焦点迅速转移到他的身上,各路人马围绕钟氏的作品及创作思想展开新一轮热热闹闹的文学争鸣。然而,这一切对于身前默默无闻、已经去世20多年的钟理和来说都不重要了,如若在天有灵,他既会为自己几十年呕心沥血的努力终获公认感到欣慰,也会为时下部分台湾学人将他和他的作品贴上意识形态的标签感到无奈和担忧。

今天,两岸的文化交流虽然日益频繁,但是,由于各种内外因素的冲击,一些文化议题上的杂音不断。在政治的操纵下,台湾地区中华文化的根本属性受到挑战,并且有升级的危险。当我们再次将目光投向以"原乡人"自称的台湾本土作家钟理和,将他的思想和创作置于中国历史文化大的背景之下,可以发现这位生长于殖民时代,受过奴化教育的台湾知识分子身上有着坚韧的民族精神和文化信念,他在殖民主义和封建主义的压迫之下勇敢地与妻子奔逃到向往已久的原乡大陆,"这种反抗以及因反抗而遭受到的种种苦难,并未使他变得偏激、严酷、或冷嘲"①,这一点恰恰体现了以儒家思想为主流的中国人文精神的特色。尽管原乡之旅充满了艰辛、困惑、失落,钟理和却从这些磨难中成熟起来,他认识到外族侵略带来的是全民族的劫难,而非某个区域,此前受殖民奴化教育造成对祖国的"见解之错"以及自信力的丧失,也在身份的认同过程中得到纠正和构建。台湾光复后,他返回故乡,此后,他始终站在民族主义的立场上进行写作,无论政治风云如何变幻,民族文化熏陶成就的民族情感历久弥坚,他从内心深处发出"原乡人的血,必须流返原乡,才会停止沸腾!"的呼唤。钟理和的成长经历和思想历程是台湾近现代历史和文化发展的缩影,他所达到的境界,是同时期台湾作

---

① 林毓生:《钟理和"原乡人"与中国人文精神》,《联合报》1980年8月2日。

家"无法比肩"①。钟理和终其一生在追逐自己的理想，用炙热的感情拥抱自己的民族和同胞，他表现出了传统人文情怀、忧患意识和源于民族情怀的自尊心和自信心，正因为如此，他获得两岸同胞共同的敬仰和尊重。

钟理和一生经历了日本殖民台湾、中国抗战、台湾光复、两岸分离等中国近现代史上的重大事件，他是民族苦难的亲历者和见证者，他用"精确而优美的写实技巧"②记录了民族文化的衰落、挣扎、涅槃和新生。他的成就来自对民族文化的虔诚和坚守，这不仅是他个人的文化信仰，更是台湾地区文化复兴的必由之路。

第一节 "倒在血泊里的笔耕者"

钟理和1915年12月15日生于台湾省屏东县高树乡广兴村，卒于1960年，享年45岁。钟家祖辈来自广东梅县白渡区江南村，渡台后在屏东地区繁衍生息，到钟理和已是第六代。根据他的自传体小说《原乡人》记载，钟理和的父亲曾经"不辞跋涉之苦深入嘉应州原籍祭扫祖先"，回来时还带来了一位远房堂侄。从这些细节来看，钟家几代人一直保持着与祖籍地的联系，虽远隔千山万水，却割不断两岸血浓于水的亲情。在家庭的熏陶和父辈的言传身教下，"原乡情结"在钟理和幼小的心灵里已经扎下了根。钟理和六岁时就被父亲送到当地私塾接受启蒙教育，开始接触中国传统文化。课后，传统文化底蕴深厚的钟父还要给他讲解一些诗文。生在殖民时代的钟理和是不幸的，好在殖民早期，日本

---

① 方以直：《悼钟理和》，载《台湾现当代作家研究资料汇编·钟理和卷》，台湾文学馆2011年版，第65页。
② 叶石涛：《台湾文学史纲》，文学界出版社1987年版，第98页。

人出于笼络人心的目的，并没有完全禁止乡间私塾，使他在成为"亡国奴"后还有机会接受较系统的中文教育，这为他今后从事中文写作打下了坚实基础。此后八年他也被迫进入日本办的"公学校"学习，但钟父始终没有让他放弃中文学习。在暑假期间，钟理和和自己的兄弟及表兄弟都被送回高树乡的私塾继续学习汉语。从公学校高等科毕业后，钟理和名落孙山，未能升入更高级的学校，钟理和受到的"刺激相当大"[1]，"深深地刺伤"[2]他的心，觉得"每一个都比自己中用"[3]，产生深深的自卑感。这个阴影一直伴随着他，对他的性格形成影响至深，他对弱者的同情和体贴也正是源于这种感同身受的心理。钟理和回乡之后，遵照父命，师从当地秀才光达兴继续学习汉语一年半，与他同时期的台湾年轻人恐怕很少有这样的学习经历。在私塾学习期间，钟理和广泛猎取了"中文古体小说"，随着中文阅读水平不断提高，他又开始"废寝忘食"地阅读大陆新文化运动中著名作家的新体小说，"在热爱之余，偶尔也拿起笔来乱画""籍此满足模仿的本能"[4]。据他自己说这个时期曾写过一篇《由一个叫花子得到的启示》的短文，后来看了《红楼梦》，又学习写长篇，题目取自当地流行歌曲名《雨夜花》[5]。虽然钟理和还没有"打算当作家"，但对文学已经发生了浓厚兴趣。一年半后，钟理和随同父亲迁居美浓，一同"开拓山林"，他的生活在这里发生了巨大变化。

钟父钟蕃薯名闻六堆客家地区，是地主也是乡村企业家，在日本殖民时期叱咤风云，亦农亦商，经营过制材所、砖瓦窑、车行、布庄，开

---

[1] 钟怡彦编：《新版钟理和全集·7》，高雄县政府文化局2009年版，第135页。
[2] 钟怡彦编：《新版钟理和全集·7》，高雄县政府文化局2009年版，第115页。
[3] 钟怡彦编：《新版钟理和全集·7》，高雄县政府文化局2009年版，第136页。
[4] 钟怡彦编：《新版钟理和全集·7》，高雄县政府文化局2009年版，第136页。
[5] 钟理和：《钟理和自我介绍》，载《台湾现当代作家研究资料汇编·钟理和卷》，台湾文学馆2011年版，第83页。

办农场，并做外销生意，与人合资在日本、中国大陆等地设有商行，晚年在美浓购买笠山农场，准备退休养老。良好的家境和修养培养出钟理和幽雅的气质，他深得父亲的喜爱，同时也对他寄予厚望。在笠山农场，他一方面协助父兄的事业，另一方面仍在读书写作。对钟理和最终从事文艺工作影响巨大的二哥，此时正在日本读书，他曾不断给钟理和寄送日译本世界文学和有关文艺理论的著述。

在与农场里的工人接触中，钟理和认识并爱上邻村来做工的女子钟台妹。不过，因为两人同姓，他们的恋爱触犯客家人礼俗大忌，在重视传统和宗族观念的客家族群社会里，同姓之婚被视为乱伦和大逆不道，两人恋情一公开就遭到家庭和社会的强烈反对。但是，这些压力非但没有让钟理和妥协，反而激起了他"类似偏执狂的固执和倔强的意志"。钟理和"不惜和父亲、和家庭、和台湾诀绝"。① 义无反顾与妻子踏上自我放逐之路，开始了他们的原乡之旅。钟理和在回忆自己的文学道路时，特别提到这件事情对他的影响：

> 封建势力有压倒之势，不容抗拒，在它下面，我是软弱渺小，孤独无援。如何才能让自己在这场搏斗里支持下去呢！很显然的，我必须借助更好有效的武器，否则败北是注定了的。于是，我又想到我兄弟那句话。也许我可以用我的笔！这思想把我更深的驱向文艺。由这时候起，要做作家的愿望和意志渐渐在心里头坚定起来。②

在钟理和身上，鲜明体现着客家人千百年来锤炼出来的"硬颈精

---

① 钟怡彦编：《新版钟理和全集·7》，高雄县政府文化局2009年版，第137页。
② 钟怡彦编：《新版钟理和全集·7》，高雄县政府文化局2009年版，第137页。

神"——不向困难低头，不向命运低头。强大的封建势力没有压倒钟理和，他与妻子挣脱了世俗的束缚，逃到陌生的大陆，争得了做人的自由。他们先后流落在东北、华北等地区，生活也曾一度"濒临绝境"①，但钟理和始终坚持"做一个文化工作者的决心"，专心读写。据他自己说，从1943年起"开始有作品发表"，到了1945年，他在北平出版了包括两部中篇和两部短篇的作品集《夹竹桃》。尽管钟理和自称这部作品集是"不成熟的劣作"，但它的风格与思想内涵却是独特的，是中国现代文学史上少有的几篇以台湾人的视角描写大陆现实的作品，它的价值随着时间的流逝逐渐显现出来，成为时代的经典。

日本投降，举国同庆，在大陆的台湾同胞同样欢欣鼓舞。然而，50年的殖民在大陆和台湾之间制造出了情感裂痕，它像一条巨大的沟壑横亘在两岸同胞的内心世界。因"台湾人过去曾为日本籍民"，从政府官员到一般百姓，不少人私底下视他们为"汉奸"。在北平这种过去的"敌占区"，台湾同胞不被优遇，各处受到歧视、欺负。面对政府荒唐的做法，身在北平的钟理和愤怒地说："国家对人民拿起报复手段，已是天下古今咄咄怪事，而我们则实实在在的不知道国家要对我们报什么仇。难道台湾人五十一年奴才之苦，还不够吗？难道台湾人都个个犯着弥天大罪，应该'诛及九族'的吗？"②本来抱定"誓死不回的决心"的钟理和夫妇与其他同乡一样，在当时的气氛下，"不能不离开住惯了的祖国，逃回台湾"。③临别之时，钟理和在《白薯的悲哀》一文中痛苦地写道：

北平是很大的。以它的谦让与伟大，它是可以拥抱下一切。但

---

① 钟怡彦编：《新版钟理和全集·7》，高雄县政府文化局2009年版，第137页。
② 钟怡彦编：《新版钟理和全集·5》，高雄县政府文化局2009年版，第271页。
③ 钟怡彦编：《新版钟理和全集·5》，高雄县政府文化局2009年版，第276页。

假若你被人晓得了是台湾人，那是很不妙的。那很不幸的，是等于叫人宣判了死刑。那时候，你就要切实的感觉到北平是那么窄，窄到不能隐藏你了。因为，它——只容许光荣的人们。因为，你——是台湾人。然而悲哀是无用的。而悲愤，怨恨，于你尤其不配。①

带着伤心和苦闷，钟理和夫妇结束了大陆八年漂泊生活，随着逃难的人群返回阔别已久的故乡——台湾。从此，他再也没有踏上大陆的土地，只能在记忆中回味原乡的时光。战后的台湾萧条败落，归来后的钟理和又将面临着更大的人生挑战。大陆八年，生活艰辛，特别到了后期，常常要靠在北平的一位表兄接济。据他的长子钟铁民回忆，钟理和熟稔日语，但在日常生活中从不说日本话，也决不替日本人办事；宁可挨饿，也不以"日本侨民"的身份领取物资补助。钟理和离开大陆之时，身体已经十分虚弱，他在给林海音的信中说，他后来得病与"此几年间的过分用工不无大原因"。② 回台之后，钟理和凭着扎实的汉文基础，在高雄找到了一份中学教师的工作，但好景不长，命运却好像老是与他作对，几个月后，他"病倒任所"，为了养病，只好"辞去职务"，挈妇将雏"不得不硬着头皮搬回乡下——老家里来"。③ 钟理和的病不仅未见好转，后来还并发了肠结核。他进入台北松山疗养院接受治疗，一住就是三年，其中"有二年间一直在生死边缘上来去徘徊"，九死一生，才"拾得余命退院回家"。④ 这段时间钟理和基本停止了创作，但写作却未停下，他用日记的方式记录下在医院的所见所闻和自己挣扎在生死边缘时真实的内心世界。对钟理和后来的创作来说，这是一段准备期和

---

① 钟怡彦编：《新版钟理和全集·5》，高雄县政府文化局2009年版，第17页。
② 钟怡彦编：《新版钟理和全集·7》，高雄县政府文化局2009年版，第175页。
③ 钟怡彦编：《新版钟理和全集·7》，高雄县政府文化局2009年版，第136页。
④ 钟怡彦编：《新版钟理和全集·7》，高雄县政府文化局2009年版，第136页。

思想升华期。

　　医院里每天都在上演着生死离别，目睹周边病友的一幕幕悲剧，给他造成了极大刺激，一边是对生的渴望，一边是对死亡的恐惧，在开刀和疼痛面前，他和病友们"更怕病，更怕死，更怕由疾病引起的苦恼"！① 在强烈的求生欲望的支撑下，钟理和积极配合医生治疗，经过两次大的手术，病情基本稳定下来，一位姓林医生劝他"病稍好时，无妨也写写疗病记之类的东西。他以为疗病本身，便是一篇可歌可泣的奋斗史，自己体验了，赤裸裸地写出来，准会是一篇感人甚深的好作品"。② 住院期间，钟理和阅读了大量大陆现当代作家的优秀作品和外国名著，用日记的方式写下了一些心得体会，同时开始着手创作《故乡》系列。住院三年是钟理和思想的飞跃期，如果说大陆八年的漂泊让他积累了丰富的人生经验，那么，三年医院的生死辗转使他看见了生命本质，比普通人多了一份对生命的敬畏，苦难之后也多了一份坦然和平静。三年来他忍受疾病折磨和亲人分离的痛苦，也因为家庭"萎靡破落"备尝贫困无助的煎熬，他把这些视为"自己的罪恶"，甚至产生自杀的念头。在他的人生走到低谷的时候，离生命的本相越来越近，他反而感觉轻松和解脱了很多。临手术前他留给妻子一封长信，除了回顾两人一路走来的艰辛和对家庭的愧疚外，钟理和从从容容地交待了自己的后事："一：吾尸可付火葬，越简单越好。二：多多想你们的事，不必为已死之人伤心……"③ 没有怨天尤人，也没有悲痛欲绝，淡淡的忧伤中透着理智和坚韧。

　　出院之后的钟理和倍加珍惜生命和时间，自1950年至1960年去世，先后创作了包括一部长篇小说《笠山农场》，一部中篇小说《雨》以及

---

① 钟怡彦编：《新版钟理和全集·6》，高雄县政府文化局2009年版，第114—115页。
② 钟怡彦编：《新版钟理和全集·6》，高雄县政府文化局2009年版，第121页。
③ 钟怡彦编：《新版钟理和全集·6》，高雄县政府文化局2009年版，第137页。

30多部短篇小说和日记、书信在内的80万字作品，达到了创作的高峰期。这些作品根植于台湾的现实社会，以写实的技巧刻画出转型时期台湾民众迷惘无助的内心世界，与大陆时期的作品相比，题材的选择上仍然延续着过去的风格，写自己熟悉的人和事，带有很强的纪实色彩。然而，经历了流浪漂泊、生死考验的钟理和已经走出了大陆时期灰暗阴冷的心理，他开始从观察周围社会入手，用一颗赤诚的心关爱那些卑微的生命，与他们一起体味生活的酸甜苦辣，跳出了狭隘的个人世界，以博大的胸怀和深邃的思想关照现实人生。他曾在日记中借批评陀思妥耶夫斯基（也译为杜斯妥也夫斯基）表达了自己的文学观：

> 杜斯妥也夫斯基，是我所不喜欢的作家。他作品的夸张、矫情、不健全、不真实，令人不胜好感，他写的东西和我们的生活很少关系。他不关心地上的生活。我们是否过得好，是否受迫害，是否真理被歪曲，他似乎全不管。他所全心关注的是天上的存在者——神。而神，据我所知则是全力去教人忍受他的苦难，忍受他的迫害。①

在钟理和看来，陀氏的创作是脱离现实的，他无视周围人群"过得是否好"，他所关注的是所谓虚幻的"神"，他写出的那些与"生活很少关系"的作品是"夸张、矫情、不健全、不真实"的，是不被人们所接受的。这段话既是对陀氏的批评，也是他本人文学观的体现。在大陆期间，他一度因找不到归宿感而变得冷漠，与周围环境格格不入，陷入身份的困惑不能自拔。那时的钟理和常常以旁观者的身份远远地观察着被自己称为"他们"的同胞，虽然这些作品的真实性不会让人"有丝毫的

---

① 钟怡彦编：《新版钟理和全集·6》，高雄县政府文化局2009年版，第239页。

怀疑"①，但是，他对现实的批判带有强烈的个人情绪，批判的背后是冷漠和失落，甚至出现一些过激言论，难怪有人说："在当时日本欺凌中国人，以及伟大的民族抗日战争，他没有采取更积极的立场，没有参与更建设的行动，更很少看他提及，这一点不能不说他的世界观太狭隘，只能在个人的爱情生活转迷宫之故了。"② 这段批评忽视了钟理和的文化背景和当时所处的语境，有不妥之处，但说他"世界观太狭隘"倒是非常准确，连钟理和本人多年后都认为当时的作品"不成熟"。八年原乡之旅给他带来的不只是失落和迷惘，随着生活经验的不断积累和对事物认知能力的不断提高，钟理和逐渐走出了身份认同的旋涡，民族意识开始觉醒，他为抗战的胜利欢欣鼓舞，为祖国勇士们不屈不挠的精神泪流满面，终于发出了"祖国呀！起来吧"③的肺腑之言。

钟理和20世纪50年代的创作风格更加朴实，前期作品中大段大段的空洞议论不见了，对人物的塑造更加注重与环境的结合，他仍然在叙述自己和身边的人与事，有时也难以分清哪些是虚构，哪些是真实。比如，他在答复朋友关于《竹头庄》的体裁问题时说："讲到本篇的文章体裁，似乎可以归入报告文学之列，我初非有此意图，只是一心一意想如实表现我个人的感触，写来遂成如此。"④他已经把文学与生命融为一体，不再如早期那样自怨自叹。虽然他贫困交加，为了支付高昂的医药费，"房子分开卖了，地也一零一碎的切开卖了"⑤，全家人的生活都要靠柔弱的妻子承担，但厄运仍不放过他，长子和次子因病没有得到及

---

① 陈映真：《陈映真文选》，生活·读书·新知三联书店2009年版，第200页。
② 唐文标：《来喜爱钟理和》，载《台湾现当代作家研究资料汇编·钟理和卷》，台湾文学馆2011年版，第72页。
③ 钟怡彦编：《新版钟理和全集·6》，高雄县政府文化局2009年版，第13页。
④ 钟怡彦编：《新版钟理和全集·7》，高雄县政府文化局2009年版，第178页。
⑤ 钟怡彦编：《新版钟理和全集·6》，高雄县政府文化局2009年版，第135页。

时医治前者落下终身残疾,后者夭折。这一串人生的打击让钟理和对自己"感到失望","感到对人生无望,而失去活下去的兴趣和勇气"①,但最终没有打倒他,经过这些人生苦难的磨砺,他性格变得越来越坚强,他不再怨天尤人,而是敢于面对惨烈的人生,在失意和痛苦过后以超越自我的大爱去抚慰更多人的痛苦和伤痕。正如他自己所说:"过去的不会再回来,坏了的不会再好,那么让我们重新再来一遍吧!让我们有一个更好的新的开始!"②苦难终将过去,生命在循环往复中永不停止,钟理和从最初以文学作为抗拒封建势力的武器,到以文学为立身之本,再到以文学为生命的基石,这其中的变化是他在一次次惨痛的生活经历中不断思索后的人生选择。钟理和"放弃一切野心而只留着艺术创作欲望"③,用生命"敲出这样沉重而精确的音响"④,真实地记录下自己以及民族走过的一段黑暗、曲折又是探索光明的历程。

第二节 钟理和研究综述

钟理和生前默默无闻,虽然陆续在一些报刊上发表过作品,1956年11月,《笠山农场》还荣获中华文艺奖金委员会举办的"长篇小说奖"第二名,但在当时台湾岛内"战斗文艺"漫天飞的政治环境下,他和一批本土作家不仅不被主流文坛所接受,连发表作品的机会都很少。幸得

---

① 钟怡彦编:《新版钟理和全集·7》,高雄县政府文化局2009年版,第137页。
② 钟怡彦编:《新版钟理和全集·7》,高雄县政府文化局2009年版,第137页。
③ 方以直:《悼钟理和》,载《台湾现当代作家研究资料汇编·钟理和卷》,台湾文学馆2011年版,第95页。
④ 方以直:《悼钟理和》,载《台湾现当代作家研究资料汇编·钟理和卷》,台湾文学馆2011年版,第95页。

著名作家林海音等人的赏识，他们极力向一些副刊推荐钟理和的稿件。尽管少有名气，钟理和以及他的作品还是进入了不少人的视线。钟理和身前，对他作品的批评仅限于当时《文友通讯》内部的一些文友之间。《文友通讯》是由同为本土青年作家钟肇政发起成立，他联合九位志同道合的文学爱好者，以通讯的方式传阅各自的作品，然后开展相互间的批评。受条件所限，《文友通讯》为油印手写刊物，发行量极少，几乎没有什么社会影响力，这些评论文章多关注作品的结构、文字、题材等写作技巧，算不上严格意义的文学批评。比如，1957年钟肇政主编的《文友通讯》第8期上，集中讨论了钟理和的《故乡》系列中《竹头庄》的主题与写作技巧。施翠峰的评价是："此作的乡土味很浓厚。"陈火泉说："写景入微，对白生动，平稳中沉浸着淡淡的哀愁。"这些评价很精练，缺少理论内涵，但对作者本人写作水平的提高是很有帮助的。

钟理和去世后仅一周，时任《征信新闻报》副主编王鼎钧用"方以直"的笔名发表了《悼钟理和》的短文，这是迄今发现最早公开评论钟理和的文章。王鼎钧当时不仅身兼台北三大文艺基金奖的评审委员，还是主流文坛的知名评论家，他"从来没有见过钟理和其人，只是常受他作品的吸引"[1]，由此可见，身前寂寞的钟理和已经被主流文坛关注。尽管这篇文章仅有千字，却以高度凝练的文字指出了钟理和创作的风格价值："谈表现台湾乡土，他是数一数二，甚至也许是唯一唯二的。……钟理和所达到的境界，我们无法比肩……跟他比，我们多数人未免近于浮，只能与他争明朗鲜丽，不能争深沉凝练。"[2] 此后，直到1964年，由钟肇政策划的"钟理和追念特辑"在《台湾文艺》杂志上刊出，共收录包

---

[1] 方以直：《悼钟理和》，载《台湾现当代作家研究资料汇编·钟理和卷》，台湾文学馆2011年版，第95页。

[2] 方以直：《悼钟理和》，载《台湾现当代作家研究资料汇编·钟理和卷》，台湾文学馆2011年版，第95页。

括林海音《一些回忆》、陈火泉《倒在血泊里的笔耕者》、两峰《钟理和论》在内的 11 篇评论和回忆文章。两峰的文章近万字,将钟理和作品的风格总结为"真""厚""朴"三个字;陈火泉只与钟理和通过信,也未曾谋面,两人惺惺相惜,曾经互相鼓励,他称钟理和"够得上中国现代文学第一流的文笔"。① 这些文章夹叙夹议,虽然对钟理和的作品进行了某些方面的理论探索,但总体上感性多于理性,追忆的色彩浓厚。此外,叶石涛作为台湾本土文学的代表性人物,他在编写《台湾文学史纲》的时候已经注意到钟理和,他在书中形容钟理和"像一颗光芒四射的彗星,倏而消逝于冥冥之中,却在本省乡土文学史上留下了震烁的、撼人心弦的一章"。② 叶石涛与钟理和无任何交集,他对钟理和的认识完全是建立在作品阅读的基础上。叶石涛将钟理和置于台湾现代文学发展的历史中,从宏观的视角揭示出他的文学和文化价值。叶石涛说他"能够抓住社会发展、崩落的过程与时代潮流之转移,因此他的小说才有坚固的骨架,灼灼逼人的真实性"。还高度称赞钟理和的作品具有鲜明的乡土特质,而这特质来自他的乡土——台湾,并指出"一个作家根植于乡土,才会萌芽、开花、结实,这是不待言的"。③ 总的来看,20 世纪 60 年代钟理和研究刚刚起步,其在乡土文学上的成就得到认同,在即将到来的下一个十年里,随着台湾乡土文学的倡导和论争的兴起,钟理和研究的黄金时期到来了。

张良泽是推动钟理和研究工作深入的重要人物。早在 1962 年,他还是一名在校的大学生时,就慕名前往美浓拜访钟理和的遗孀,收集了一些钟理和的生平资料。之后,他留校任教,结合自身从事的本土作家研究,张良泽开始向学生讲授钟理和作品。1974 年,他将自己及学生

---

① 钟怡彦编:《新版钟理和全集·7》,高雄县政府文化局 2009 年版,第 210 页。
② 叶石涛:《钟理和评介》,载《钟理和集》,前卫出版社 1991 年版,第 252—253 页。
③ 叶石涛:《钟理和评介》,载《钟理和集》,前卫出版社 1991 年版,第 252—253 页。

研究钟理和的数篇文章结集成册,由台南大行出版社印刷发行第一本钟理和研究文集《倒在血泊里的笔耕者》,该文集包括《从钟理和的遗书说起:理和思想初探》《钟理和的文学观》《钟理和作品论》《钟理和作品中的日本经验和祖国经验》等篇目,研究的范围涉及价值观、艺术观、方法论和经验论。总的来说,这些文章涉及面较广,但因研究资料缺乏,研究的深度受到很大限制。与此同时,尉天骢、陈映真在《文季》杂志也推出了"当代中国作家的考察——钟理和"专辑,选编了张良泽《钟理和的文学观》、刘若君《钟理和短篇读后》、唐文标《来喜爱钟理和》等评介文章。其中,唐文标以读书笔记的手法写出了个人喜欢钟理和的理由:

> 我们喜欢的是属于我们的文学,是踏脚在这个有泥土的地面的,是由这个社会产生的,是说出这个时代大多数人的希望和失望的,……我们喜欢钟理和就在这里,他说他自己,但事实上,他说的是大多数农民想要说的话。①

唐文标明确指出了钟理和乡土文学的根本特征是"说的是大多数农民想要说的话",是他们的代言人,这点评价超越了一般人对乡土文学的认识范畴,他指出钟理和与其他乡土文学作家的不同:钟理和不仅是农民的启蒙者和同情者,而且是他们中的一员,代表他们发声。这篇风格独特的评论对奠定钟理和在台湾乃至中国现当代文学史上的地位尤为重要。

20世纪70年代初,台湾地区面临着内外变局的巨大压力,一些年

---

① 唐文标:《来喜爱钟理和》,载《台湾现当代作家研究资料汇编·钟理和卷》,台湾文学馆2011年版,第69页。

轻的知识分子对岛内的西化之风忧心忡忡，发起了"回归民族、回归乡土"的文化运动。运动的核心人物关杰明在《再谈中国现代诗》一文中对台湾文坛的现代诗进行一针见血地批判，认为这些诗充斥着"做作的、对生命的逃避"和"玩票式的语言技法"，诗人这种"忽视传统的中国的文学，只注意欧美文学的行为，就是一件愚不可及而且毫无意义的事"。① 关杰明的措辞凌厉尖锐，在批判的同时发出了回归中国传统的强烈愿望，这也是"回归运动"的核心观念所在。这场关于台湾现代诗的论战直接引发了随后的乡土文学论争，正如陈映真所说："在这个论战中，相对于'现代诗'之'国际主义'、'西化主义'、'形式主义'和'内省'、'主观'主义，新生代提出了文学的民族归属，走中国的道路；提出了文学的社会性，提出了文学应为大多数人所懂的那样爱国的、民族主义的道路。"② 在这个大的时代背景之下，钟理和作为台湾地区乡土文学的典范被推向了历史的舞台。1976年，在张良泽的奔波下，八卷本的《钟理和全集》由远景出版社正式出版，这是台湾光复之后第一套由民间编印的作家全集，应凤凰称之为"本土文学出版史上一座值得纪念的里程碑"③。为配合全集的出版，次年，《台湾文艺》第54期推出"钟理和作品研究"专辑，收录了彭瑞金、许素兰、韩淑慧、王丽华等人的九篇文章，这些作者都是当时较为知名的中青年评论家，如此多的评论文章集中发表，对扩大钟理和的社会影响至关重要。论文以更开阔的视野深入到钟理和的具体作品之中，充分挖掘它们所蕴含的文化、历史、社会等方面的价值，同时对作品的不足也提出批评。如叶石涛和张良泽合作的《秉烛谈理和》对话录中，叶石涛批评《笠山农场》"把重心放

---

① 转引自刘登翰、朱双一：《彼岸的缪斯》，百花洲文艺出版社1996年版，第66页。
② 陈映真：《陈映真文选》，生活·读书·新知三联书店2009年版，第109页。
③ 应凤凰：《钟理和研究综述》，载《台湾现当代作家研究资料汇编·钟理和卷》，台湾文学馆2011年版，第67、70页。

在他本身的恋爱故事上",造成让读者"看不出什么时代意识来,甚至文学作品中最起码的背景也交代不清,这实在是很可惜的事"。① 这几篇重量级的评论将焦点聚集到钟理和作品的乡土色调、原乡情结、农民意识等方面,试图构建他在台湾文学史上的地位。

不过,陈映真在此间发表了一篇《原乡的失落——试评〈夹竹桃〉》的长文,他从"大中国的观点"对钟理和写于大陆时期的这部作品做了毫不留情的批评。他对这部作品揭示出的抗战时期华北沦陷区的"现实性"没有丝毫怀疑,但批评他文中用了太多的第三人称"他们",将自己与描写的对象隔离开,对"他们"的苦难抱以冷漠的态度,无法让人从作品中感受到"一丝一毫"的对"残破而黑暗的旧中国里的同胞的爱"。他认为这是由于作者对自己的民族失去了信心,民族认同发生了深刻危机造成的。陈映真对这部作品的批评真正用意在于:"际此新生代的台湾知识分子正在开展着对前行代台湾文学家的再认识和再评价的当前,我们应当一方面善于正确地、科学地给予这些前行代作家的劳作以肯定的评价,从而吸收之,发扬光大之。但同样重要的是,也要以正确的、科学的态度,批判和分析他们可能有的错误,将他们的错误做出历史的分析,当作我们在台湾的全体爱国的、革新的中国人底共同的经验,以便在未来的脚步中,走得更正确,更有力。"②

进入 20 世纪 80 年代,随着电影《原乡人》的热映,钟理和的社会知名度迅速提升,在岛内外形成了一股"钟理和热"。大陆文学界也开始关注这位有着八年大陆生活经验,并且在大陆出版了他人生第一部作品集的作家。1980 年 8 月,中国作家协会联合"台湾民主自治同盟总部"、中央人民广播电台举行座谈会,纪念钟理和逝世 20 周年。1982

---

① 应凤凰:《钟理和研究综述》,载《台湾现当代作家研究资料汇编·钟理和卷》,台湾文学馆 2011 年版,第 67、70 页。
② 陈映真:《陈映真文选》,生活·读书·新知三联书店 2009 年版,第 207 页。

年10月,自《夹竹桃》之后,事隔30多年,钟理和作品《钟理和小说选》又一次在大陆出版。之后,人民文学出版社先后两次选编钟理和代表作品结集出版。1981年《黄石师院学报》发表田野所写的《记台湾乡土文学作家钟理和》一文,这是大陆研究钟理和的开篇之作,该文详细介绍了钟理和的生平背景、生活和创作经历,对他在乡土文学上的贡献给予了积极评价。1984年2月,韦体文在《台湾研究集刊》发表《钟理和论》,对钟理和创作中的民族意识、反抗意识、乡土情怀进行了论证。1989年8月,《鲁迅研究月刊》刊登《钟理和与鲁迅》的文章,该文通过对钟理和的日记和信函的梳理,研究鲁迅对钟理和创作的直接与间接影响。与同期大陆其他几篇研究文章相比,该文运用比较文学的理论对钟理和创作的内在因素进行剖析,对拓宽钟理和研究的视阈和方法有一定的启发意义。20世纪80年代是两岸关系解冻的时期,长期的对立隔绝开始有所松动,大陆文学界对包括钟理和在内的台湾现当代作家及作品的研究也刚刚起步,这个时期对钟理和的研究不多,少有的几篇文章也主要集中在对作家和作品的介绍上,还处于研究的初级阶段。

而此时的台湾却是风云突变,以叶石涛为代表的部分省籍文人借"乡土文学"之名抛出"本土文学",进而又衍生出"台湾立场"和"台湾人意识"的分裂主张。在这股思潮的裹挟下,钟理和也被他们打上"本土"的标签,钟理和研究出现了多元化的趋向,而他及他的作品"在不同思潮与不同诠释之下,一步步经典化"了。近20年来,岛内对钟理和研究的方法更加丰富,包括后殖民理论、创作心理学、创作美学、比较文学等前沿性理论的运用;研究的领域也不断拓展,从作品到日记、信函,从创作心理到生活环境和历史背景,从语言到民俗,从人物到景物,研究内容更加丰富多彩,对钟理和的文化及文学价值认识得也越来越深刻,其中在三个方面产生了很大的影响:一是"钟理和与鲁迅"的关系研究进一步深入。早在1960年,张良泽还在做硕士学位论文时,就开始着手写《钟理和文学与鲁迅——连遗书都相同之历程》。近年来，陈芳明专注"台湾鲁迅学"的研究，在他的指导下，静宜大学张燕萍完成硕士学位论文《人间的条件——钟理和文学里的鲁迅》，台湾政治大学中文系张清文完成博士学位论文《钟理和文学里的"鲁迅"》。这两篇学术论文从剖析钟理和的创作动机、思想、风格入手，通过比较，揭示出两人之间的师承关系。前文侧重通过作品解读找出两人之间的联系点，后文注重对文本的分析，并在此基础上结合两人创作轨迹论证鲁迅对钟理和创作的影响。二是关于"疾病书写"或创伤治疗的研究。钟理和的后半生始终没有走出疾病与死亡的阴影，这对他本人的创作有着很深的影响。这里面涉及心理学、病理学等交叉学科的知识。相关研究的代表性成果包括 2003 年赖慧如的《现实与文学的纠缠——谈钟理和的贫与病》、2006 年林玲燕的《从书写治疗看钟理和生命情节的反思与超越》、2007 年洪玉梅的《钟理和疾病文学研究》、2008 年王幼华的《"泰利斯曼"式的创作——以钟理和为例》。这些论文或从心理学的角度探究贫病之中钟理和思想的沉浮对创作的影响，或是引进艺术治疗的理论研究钟理和在一连串挫败中产生的宿命心理，揭示出钟理和身上出现的通过创作转移痛苦的"泰利斯曼"现象。与传统文学研究限于思想、结构、语言等文学基本元素不同，上述研究引入前沿理论，视野更开阔，也更接近作者的创作心理。三是关于文学语言的探讨，研究者从修辞美学的角度对文本的分析更加细致。最有代表性的论文是钟理和孙女钟怡彦的《钟理和"故乡四部"版本比较研究》。除内容方面的突破外，就研究的方法论而言，研究者更加重视钟理和与其他作家作品的比较研究。早在 1973 年林载爵先生就发表了《台湾文学的两种精神——杨逵与钟理和之比较》，他以杨逵作品里的抗议精神与钟理和作品的隐忍特色分析对比，以探讨台湾地区文学发展过程两种精神类型。这种"比较文学模式"的研究在 21 世纪以来呈上升趋势，比较的对象从同时期的本土作家到大陆作家，从作者延伸到作品中的人物，研究领域更加开阔。比如王万睿的《殖民统治与差异认同——张文环与钟理和乡土主体的承继》，以两位作家的文学历程做比较；刘奕利的《台湾客籍作家长篇小说中女性人物研究——以吴浊流、钟理和、钟肇政、李乔所描写日治时期女性为主》以几位客籍作家塑造的女性人物做比较，揭示出同一文化背景下对人物理解的相同性和差异性，吴叡人的《他人之颜：民族国家对峙结构中的"皇民文学"与"原乡文艺"》，比较人物横跨文学、美术、电影三界，这种跨界比较难度大，但是艺术是相通的，此种比较更容易呈现出艺术创作的一般性规律，这对于拓展钟理和创作研究有着很好的借鉴价值。①

　　从20世纪80年代起步到如今，大陆对钟理和的研究也有了长足进步。但与台湾地区相比，无论是研究的广度和深度还是研究的方法都有很大差距，某些方面甚至是在步台湾地区的后尘。总的来说，大陆对钟理和的研究有两个方面：一是结合台湾地区文学史研究，把钟理和研究融入其中，比如丁帆的《中国大陆与台湾乡土小说比较史论》的第二编第二章有"钟理和——杜鹃啼血式的'原乡'悲情"一节；古继堂的《台湾文学与中华传统文化》第三篇有"倒在血泊里的笔耕者——台湾爱国作家钟理和"；黎湘萍的《文学台湾——台湾知识者的文学叙事与理论想象》第一章有"幸福的诱惑：'出走'母题"一节，上述研究将钟理和作为文学史上的一环来评价他的历史贡献，确定了他的文学地位和价值。2006年，作家出版社出版江湖专著《乡之魂——钟理和的人生与文学之路》，这是大陆目前唯一一部钟理和研究专著，作者以钟理和的生平为线索，用纪实的手法展现了他坎坷的一生。该书结合钟理和的作

---

① 参见应凤凰：《钟理和研究综述》，载《台湾现当代作家研究资料汇编·钟理和卷》，台湾文学馆2011年版，第63—79页。

品、日记、信函对钟理和的文学活动做了一些评论，但所表达的观点未能超越之前的研究，具有一定的史料价值。二是专门研究，主要成果为一批学术论文，质量良莠不齐，具有代表性的文章有张重岗的《原乡体验与钟理和的北平叙事》、王申的博士论文《沦陷时期旅平台籍文化人的文化活动与身份表述》、蓝天的《钟理和创作中的客家文化情怀》《认知暴力下民族意识与文化的自觉——再读〈原乡人〉》等。这部分研究者能够突破现有的研究格局，对钟理和身上蕴藏的根源性文化基因进行挖掘，以此来解释他在不同时期、不同语境下所表现出的思想和情感的矛盾性，将钟理和的研究回归到文化的领域，对台湾地区出现的文学研究"意识形态化"现象是一种修正。

  本书基于"文化视阈"对钟理和的创作进行批评，使文学研究回归文化本体，减少政治话语对文学评论的干扰。本书的创新点有三个方面：一是运用"文化场域"的理论分析了台湾地区文化的基本属性以及该地区文化多样性的形成和发展，从根本上解释了钟理和身上体现出的文化认知、身份认同的反复性和矛盾性的原因。二是将包括作品、日记、信函在内的所有文字资料作为创作的整体进行研究，三个部分形成一种互文关系，而非之前研究中仅将日记、信函作为旁证的材料使用。对于一个将写作视为生命的人来说，他把所有的写字机会都作为写作练笔的机会，我们也可以随着他的文学追寻出他的一生，同样，也可以从他的日常生活中寻找到他文学的踪迹。三是运用后殖民理论对钟理和创作中出现的身份认同、双视阈视角、原乡情结等问题进行剖析和反思，揭示出历史发展与作家心理之间的复杂关系。在论述该问题时，就台湾地区某些文人打着后殖民主义理论的幌子，对钟理和一些作品进行有意曲解，试图对形成钟理和的创作道路就是"台湾意识"不断确立的过程这一荒谬结论的行径进行批判和揭露。

第一章
文化场域对钟理和创作的影响

在汉语系统中,"文化"的本义是"以文教化",也就是对人进行性情的陶冶,品德的教养,属于精神领域的范畴。最早的"文化"一词出于《易经》贲卦的象辞:"刚柔交错,天文也;文明以止,人文也。观乎天文以察时变,观乎人文以化成天下。"其中的"文"字,是从"纹理"的意思演化而来。"天文"也就是天道自然规律;"人文"是指人伦社会规律,即社会生活中人与人之间纵横交织的关系。整段话的意思是:治国者须观察天文,以明了时序之变化,又须观察人文,使天下人都能遵从文明礼仪,行为止其所当止。在这里,"人文"与"化成天下"紧密联系,"以文教化"的思想已十分明确。钱穆认为中国的这种文化观具有"有体有用"的特点:

> "人文"就是一个"体",就是一个客观事实。因为人生是有很多花样,并不是清一色的……种种色色,这是人生的花样,即是"人文"。人既然能在此花样百出的人文中相安相处,就拿这个道理放大,就可以"化成天下"。这个天下是个各色人可以相安相处的天下,那便是"文化"的天下了。所以"化成天下"就

是"用"。①

"体用结合"的文化观不仅强调精神的陶冶教化作用,同时也强调文化的客观存在性。钱穆曾批评一些人谈论中国文化"爱从哲学思想上讲"的毛病:

> 我认为这是不妥当的。文化有一个客观的事实存在在那里,我们讲文化该针对此事实,不该只拿一套思想或理论来做评价……我们该从历史来讲哲学,不该从哲学来讲历史。同样道理,我们讲中国文化,应该有两个重要之点。一是从中国"历史"讲,一是从中国"社会"讲。这都是具体客观的事实。这才能讲出中国文化之真相来。②

文化孕育于"历史"与"社会"之中,它是某个区域内"人群整个全体的生活"。钱穆认为:"个人的人生,不能就叫做文化,文化一定是指大群的……而且这个全体还不是一个平面的,应该是立体的。不仅是人生的各部门、各方面,还要有一个历史的传统在里面……都有长时期的历史演变直传到今天,而且尚有将来无穷的持续。"③ 在钱穆的文化理念中,人类是社会的主体,社会是历史的"结晶","以往的历史,汇成了眼前的社会"。文化总是在一个具体的时空中生成发展,也是在这个时空中流转传承。

钟理和的文学创作横跨台湾、大陆两地不同历史时期,无论是身处殖民时代的台湾,还是流落在陷于敌手的东北、华北地区,他始终坚守

---

① 钱穆:《钱穆先生全集之民族与文化》,九州出版社2011年版,第70页。
② 钱穆:《钱穆先生全集之民族与文化》,九州出版社2011年版,第78页。
③ 钱穆:《钱穆先生全集之民族与文化》,九州出版社2011年版,第139页。

个人的文化立场，守望自己的精神家园。他坚持用汉文写作，用民族语言表达自己的民族情怀，记录同胞的苦难、觉醒与思索。作为一名受殖民统治地区的作家，在波谲云诡的历史文化时空里，他的灵魂处于挣扎和突围的矛盾交织中，他试图通过历史与现实、感知与经验、真实与虚构的叙述披露个体的文化焦灼与困惑。钟理和在对民族文化和文学的热爱与坚守中延续着自己与母体文化之间的血肉关系，以特有的思维、情感、行为和人格追求方式构建出一道具有民族和地域双重风格的文化风景。

第一节　台湾文化场域的形成

文化是自然和社会的双重产物，它在一定的时间与空间中产生、发展和演变。文化时空既是文化形成的背景，又是文化形成、发展、演变的机制，文化具有的自然与社会的双重属性同样也体现在文化时空中。时间的自然属性表现为大自然持续不断的变化过程；社会属性则是指人类社会、文化的历史进程。空间的自然属性是指某个地域和自然的特点及位置关系；它的社会属性则是指文化疆域边界的伸缩变化，也就是不同文化体之间的文化传播、交流、冲突与融合的相互关系。

一般来说，时间指称的是一种纵向的变化关系；空间指称的是一种横向的位置关系。特定的时空是文化的背景和前提，它从外部为文化的生成、发展、演变界定了大致范围。马克思将自然条件分为两大类：生活资料的自然富源和劳动资料的自然富源，并指出："在文化初期，第一类富源具有决定性意义，在较高的发展阶段，第二类富源具有决定性意义。"① 在马克思看来，特定的时空是文化产生的必要条件，但文化又

---

① 马克思：《资本论》，人民出版社1986年版，第560页。

不是它机械的产物，文化一旦产生，就会对特定的时空施加影响。《尚书·禹贡》中有"禹敷土，随山刊木，奠高山大川"的传说，洪水过后，大禹通过测量土地，划分疆界，命名山川，通过人的力量改变自然。这个传说正好印证了文化与时空的"双向关联"性。

与世界其他区域的文化空间相比，中国的文化空间具有腹地纵深、领域广大、风貌多样的特点，它既为文化的生成与发展提供了土壤，也孕育出丰富多彩的地域文化。梁启超在《地理与文明之关系》一文中指出："均是土地也，均是人类也，而文明程度之高下，发达之迟速，莫或相等者，何也？……土地高低，亦与文明之发达有比例。"① 梁启超认为，人类赖以生存的地理环境除地形不同外，还存在维度的差异，而人类文明最早产生于地理环境优越的地方：

盖文明之初发生必在得天独厚之地。厚者何，即气候温暖，物产饶足，谋生便易是也。故历观古今中外，从无文明起于寒地。②

以此为依据，梁启超认定中华文明之所以发源于渭水秦川之间，根本原因是这里属于温带，得天地之恩惠，河流密布，土地肥沃，物产丰饶，社会稳定，有利于人类生产生活，从而开启文明的先河。罗家伦在《中国民族思想的特质》一文中也曾对地理环境与华夏文明之间的关系做过精辟分析：

每一个民族都有它所不能离开的特殊自然环境。这个环境也就

---

① 梁启超：《中国地理大势论》，《饮冰室合集·文集》第四册，中华书局1989年版，第943页。
② 梁启超：《中国地理大势论》，《饮冰室合集·文集》第四册，中华书局1989年版，第945页。

从多方面给予这民族以莫大的影响。单就气候一项来说……中国的气候是温带性的，它的文化始自黄河大平原，然后至于长江流域。温带的气候，没有酷热严寒，因此养成趋向中和的民族性，中和的思想便容易发达。①

在罗家伦看来，华夏文明源于黄河流域，但没有囿于此地停滞不前，而是随着人口的迁徙不断向南部和东部广袤的地区扩散，逐渐形成以中原文化为正统，同时又内蕴出各具地域特征的子文化系统的文化版图。与梁启超等人持相同观点的还有法国的哲学家丹纳，他曾经说过一句著名的话："人在世界上不是孤立的，自然界环绕着他，人类环绕着他；偶然性的和第二性的倾向掩盖了他的原始倾向，并且物质环境或社会环境在影响事物本质时，起了干扰或凝固的作用。"②丹纳认为环境是文化精神的外力，任何一个种族的特性都可以到环境中找到解释，他在《艺术哲学》中以尼德兰人改造恶劣的自然环境为例，阐释了地理环境与人类社会之间相互塑造的关系。他从尼德兰人形成的历史入手，说正是"几百年的压力造成了民族性，习惯称为本能，……使他成为一个埋头苦干的人。"③恶劣的地理环境塑造了尼德兰人"埋头苦干"的民族精神和民族性格，同时，尼德兰人通过"埋头苦干"也创造了自己的物质与精神文化。丹纳所指的环境既包括自然环境，也包括文化观念、政治制度在内的社会环境，两种环境的相互作用，构建出某个种族和区域的

---

① 罗家伦：《中国民族思想的特质》，选自《历史的先见》，学林出版社1997年版，第1页。
② [法]丹纳：《英国文学史·序言》，载伍蠡甫、胡经之主编：《西方文艺理论名著选编（上）》，北京大学出版社1985年版，第152页。
③ [法]丹纳：《艺术哲学》，傅雷译，天津社会科学院出版社2007年版，第159—160页。

文化。

在丹纳的艺术理念中，环境包括地理和政治环境两大类。他认为自然环境对种族性格的形成产生重要影响，地理环境的优劣导致不同种族的性格差异，而性格的差异又直接衍生出不同形态的文化艺术。同时，人不断地对自然界施加影响，形成了马克思所说的"人化的自然"，从而产生了社会，正如马克思所说："社会是人同自然界的完成了的本质的统一，是自然界的真正复活，是人的实现了的自然主义和自然界的实现了的人本主义。"① 马克思认为地理环境既是一种自然存在，同时又是一种对象性存在：

> 在劳动过程中，人的活动借助劳动资料使劳动对象发生预定的变化。过程消失在产品中，它的产品是使用价值，是经过形式变化而适合人的需要的自然物质，劳动与劳动对象结合在一起，劳动物化了，而对象被加工了，在劳动者方面曾以动的形式表现出来的东西，现在在产品方面作为静的属性，以存在的形式表现出来。②

人的活动以"静"的形式存在于自然环境之中，彰显着人类的文明，形塑着不同时空下的人文精神。人类文明成果不断积淀，具有自主性的成熟文化区域逐步形成。生活在不同文化区域的民族，其精神、文化特征也深深打上该地区自然、人文环境的烙印。钱穆说："一民族文化与历史之生命与精神，皆由其民族所处特殊之环境、所遭特殊之问题、所用特殊之努力、所得特殊之成绩，而成一种特殊之机构。"③ 钱穆由此得出一个结论："各地文化精神之不同，穷其根源，最先还是由于自然环

---

① 马克思：《1844年经济学哲学手稿》，人民出版社2002年版，第75页。
② 马克思、恩格斯：《马克思恩格斯全集》（23卷），人民出版社2007年版，第205页。
③ 钱穆：《国史大纲》，商务印书馆1994年版，第911页。

境有分别,而影响其生活方式。再由生活方式影响到文化精神。"① 他将不同民族和不同区域的文化差异归结到由地理环境的差异所致,认为"一民族文化与历史之生命与精神"既是共时的,也是历时的,它们是在自然环境与社会环境相互作用中创造出来的:

> 从历史看,各时期的社会,不断的有着变化。从社会看,眼前的社会也不是顷刻间偶然形成的,我们应当注意从来的历史。社会并不是一个平面的。譬如一个园林,这里面有几天产生出来的草,有几月开放出来的花,也有几十几百年长出来的树木。在同一空间里,包孕着种种不同的时间。社会的形形色色,亦复如此。有些是新兴的,有些是旧传的。社会便是一个历史的结晶。已往的历史,汇成了眼前的社会。②

社会是一个历史的"结晶",不同的文化空间孕育出色彩斑斓的地域文化,它不仅影响该地域人们的生活习惯、思维方式等,更影响着人们的审美心理和艺术创作。普列汉诺夫说:"任何一个民族的艺术都是由它的心理所决定的;它的心理是由它的境况所造成的,而它的境况归根到底是受它的生产力状况和它的生产关系制约的。"③ 自然环境造就了一个地区民众的性格特征和文化心理结构,使该地区的文化打上了鲜明的地域特征。刘师培曾在《南北文学不同论》分析了中国南北地理环境对南北方人性格和文化的影响:"大抵北方之土,土厚水深,其间多尚实际;南方之地,水势浩洋,民生其地,多尚虚无。民崇实际,故

---

① 钱穆:《中国文化史导论》,商务印书馆 2011 年版,第 2 页。
② 钱穆:《钱穆先生全集之民族与文化》,九州出版社 2011 年版,第 78 页。
③ [俄]普列汉诺夫:《论艺术:没有地址的信》,生活·读书·新知三联书店 1973 年版,第 47 页。

所作之文,不外记事、析理二端;民尚虚无,故所作之文多为言志抒情之作。"①

中国文化发源于中原地区,发展中不断吸收周边的地域文化甚至异族文化丰富自己。到了汉朝,统治者接受了"罢黜百家,独尊儒术"的建议,儒家文化被确立为主流文化。之前十分活跃的地域文化逐渐被整合到主流文化体系中,但是仍然保持了一定的独立性,形成了中国特有的主体文化与地域文化并存的文化景观。丰富多样的地域文化形态和文化品格,不仅充实了主体文化的内涵,也促成了大大小小的集个性与共性为一体的地域文化空间的形成。这些具有"地域个性的文化现象,成为后来居住在这一地域的居民的人文环境,会世世代代影响他们的文化创造导向"。②自然环境和地域文化构筑了区域性的文化空间,它既是民族文化多样性的呈现,也是主体文化内在结构丰富性的表现。因此,研究中国某一地域的文化艺术,必须把握住"追本溯源"的原则:从艺术创作发生的地理人文环境、从文化的主体性与地域性、从文化传承与历史的积淀等内外在因素考量,才能真正揭示出艺术创作的全部价值和内涵。

法国当代社会学家布尔迪厄提出了场域的理论,以科学的态度厘清了上述环境、人文、艺术创作及艺术产品之间错综复杂的关系。"场"本是现代物理学的术语,它是物质存在的基本形态,任何事物间能量的凝聚、转化、形成、释放都必须依赖一定的场。布尔迪厄借用这个概念来说明文化和文学活动内在和外在的运动规律,他认为场域是"在各种位置之间存在的客观关系网络,或一个构型"。③在他看来,场域不是

---

① 劳舒编:《刘师培学术论著》,浙江人民出版社1998年版,第67页。
② 董楚平、金永平等:《中国文化通志》,上海人民出版社1998年版,第2018页。
③ [法]皮埃尔·布迪厄、[美]华康德:《实践与反思——反思社会学导论》,李猛、李康译,中央编译出版社1998年版,第134页。

地理空间，而是一个相对独立的社会空间，每个场域都有自身的逻辑和规律。文学场域就是由影响文学作品之生产、流通、消费等的各种因素所构成的有机系统，它是文学活动得以进行的时空存在形式。在布尔迪厄看来，空间不只是社会的建构，社会也是空间的建构，这也就是说，空间不只是社会的反映，也是社会之所以为社会的一种建构元素。①

基于以上理论，我们可以获得一个既涵括感性认识，又容纳理性分析的宏观文化视角，再将它投射到台湾的文化与文学的生成、发展历史过程，以及从这里的自然与人文环境中走出来的作家钟理和身上时，就会在不同的认识层面上理解和揭示他的创作蕴含的价值与意义。苏联文艺理论家巴赫金说："文学史关心的是根源性的文学环境中文学作品的具体生命，以及根源性的社会经济背景中的意识形态环境。因此，文学史家的工作应该是考察文学与其他意识形态史和社会经济史之间连贯的交互关系。"②巴赫金所说的"根源性"与布尔迪厄"场域学说"的"元场域"在概念的内涵上有相似之处，都强调文化或文学研究要回归于它们生成的原初性状态。具体到文化和文化研究，就必须与这个地区的意识形态及经济发展历史结合起来，才能全面准确地描述文化和文学发生的"根源"，两者结合起来所构造的就是文化场域或文学场域。

钟理和出生于台湾的日据时期，在这个特定的文化时空中，他的文化心理结构与同时期大陆作家及其他地区华人作家相比，存在明显的差异性。自古以来，中国文化存在着"多地域、不平衡发展"的特点，其原因"有地理、气候等自然方面的因素，也有人文传统的延续等社会与

---

① 蓝天：《台湾文学场域的中国文化属性》，《南京师范大学学报》2009年第6期。
② 周宪：《二十世纪西方美学》，南京大学出版社2000年版，第351页。

文化的原因在内。这种多区域性不平衡发展，可追溯至新石器时代，甚至旧石器时代晚期"。①台湾开发历史较晚，很长一段历史时期中属于化外之地。三国时期吴国丹阳太守沈莹编著的《临海水土志》，最早介绍了"夷州"（台湾）的风土人情，从他的记录来看，当时的台湾还是处于"用鹿貉矛以战斗，磨青石以作矢镞、刃、斧"的新石器时代。到了7世纪，《隋书·陈稜传》中再次出现有关台湾的记载，其中记载岛上土著有"食人肉之风"，由此可见，在400多年中，台湾社会文化面貌并没有发生重大变化，还基本处于原始社会形态。但值得注意的是，《临海水土志》中提到当地居民"初见船舰，以为商舶，往往旨军中贸易"。②由此可推知，大陆与当时的台湾土著之间已有一定的通商关系。唐朝之后，中原汉人为避战乱逃入闽地，之后，又有少数人渡海前往台湾及周边附属岛屿谋生。元明两代，政府开始对该地区进行管理，期间，荷兰和西班牙曾侵占台湾部分地区。明代中后期，福建沿海渔民迁移台湾的人数增多，捕鱼开荒，他们带去了汉族地区的生活方式、生活习惯和文化习俗，中原文化开始在岛上生根发芽。郑成功主政台湾后，汉人大批入台，人口已达15万之多，与原住少数民族数量相当。郑成功不仅奠定了台湾的经济基础，更重要的是移植中华文化，他按照明朝的文化教育制度，在各村舍设立社学，施行科举制度，鼓励原住少数民族儿童上学，这些措施开启了台湾文化的先河。正如连横在《台湾通史》中所说：

  延平克台，制度初建，休兵息民，学校之设，犹未遑也。……永历二十年春正月，圣庙成，……命各社设学校，延中土通儒以教

---

① 邵汉明：《中国文化研究二十年》，人民出版社2003年版，第156页。
② 沈莹：《临海水土志》，中央民族大学出版社1998年版，第112页。

子弟。……亦以汉文教授番黎。①

康熙二十二年（1683年），清朝收复台湾。政府开始从闽粤两地招集民众入台垦荒（钟理和的祖辈也是在此期间来台），使得清代初叶的台湾社会呈现出浓厚的移垦色彩。及至中叶，台湾的汉人急剧增加，移民社会逐渐向土著社会转型。这种转型的趋势包含两个层面的意思：一是移垦居民努力在他乡建立一个与原乡文化精神或生活方式上相同的社会；二是为适应台湾特殊的风土，移垦居民也发展出另外一种有别于原乡的生活形态。这两种变迁的趋势，随着台湾各地的开发与经济的发展逐渐深化。同时，清朝政府也仿效郑成功的做法，在岛内兴办教育，推行相关政治文化制度，台湾的政治、经济、文化结构与大陆也进一步趋同化："台湾自乾、嘉以来，开垦日进，人民富庶，文风丕振，士之讲经习史者，足与直省相埒"。②

长期以来，台湾原住少数民族尚处于"赤手空拳，知识未开"的原始生活状态。随后而来的大陆移民是"带着一种悠久而完整的文化，所以他们能保存已有的特征，抵抗新环境的影响"。中原文化的输入，汉民族所创造的成熟和发达的物质与精神文明在台湾岛内传播开来，这种文明又不断整合和融汇原有的区域性文化，使中国的文化版图伸展到这块"靡有先王之制"的化外之地。钟理和未完稿《大武山之歌》中主人公吴增和的曾祖父当年只"带了一把镰刀、一把锄头和一支铳，离开嘉应州原乡老家，携家带眷，搭了帆船来到南海的孤岛"。他们在"山麓下的一个河流出口处的沿河地带定居下来"，却不幸遇到山洪暴涨，"把村子像破竹似的从中心破开"，村民们又不断迁居最终找到了合适的居

---

① 连横：《台湾通史》，九州出版社2008年版，第267页。
② 连横：《台湾通史》，九州出版社2008年版，第276页。

所。短短50年，村子在村民们的经营下"成长和繁荣起来。"吴增和的兄弟五人亦农亦商，他本人还开了一间"怀安堂"的药铺，自己的长子庆良在本地跟随先生读书，在岛上的"岁考"中"名登科甲"，"后来渡海赴省城乡试，挂了第二名水牌"。① 从这段家史的叙述中可以看到早先迁徙到台湾的客家先民，凭借着勇气、胆气和智慧，在与恶劣的自然环境进行抗争的过程中，不仅改造了自然，而且很快建立起一个与原乡相差无几的新家园。因此，台湾学者陈昭英说："中国文化就是台湾的本土文化，在追求本土化的过程中，台湾不仅不应抛弃中国文化，还应该好好加以维护并发扬。"②

黑格尔曾经说："'自然'是人类在他自身内能够取得自由的第一个立脚点。"但人类"不应该把自然界估量得太高或者太低"，"地理的基础"应该是而且也仅仅是民族文化精神滋生的"一种可能性"。③ 中华文化发源于中原地区的黄河长江流域，在漫长的历史发展过程中建构起一个以汉字为基础的庞大思想文化体系。在这个体系内，中华文化发挥了强大的凝聚力作用，创造了一个以汉族为核心，同时凝合了边境各少数民族群体为成员的文化共同体。"地理的基础"是孕育中华文化的"特殊之环境"，除此之外，文化的孕育还需"所遭特殊之问题、所用特殊之努力、所得特殊之成绩"等外部力量，而这些自然界是无法给予的。丹纳说："要想同样的艺术在世界的舞台上再度出现，除非岁月的车轮退回到有那样一种环境的时代。"④ 中华文化是台湾区域性文化之根之魂，决定了台湾文化场域的根本属性，但我们也应该看到在生产方式、生活

---

① 钟怡彦编：《新版钟理和全集·5》，高雄县政府文化局2009年版，第294—295页。
② 陈昭英：《台湾文化与本土化运动》，正中书局1998年版，第3页。
③ [德]黑格尔：《历史哲学》，王造时译，上海书店出版社2006年版，第124页。
④ [法]丹纳：《英国文学史》，载伍蠡甫、胡经之主编：《西方文艺理论名著选编(上)》，北京大学出版社1985年版，第152页。

模式、地理环境、文化背景、心理素质、风土人情等内外部条件下，以及台湾历史进展中所受到的异族文化的侵染，在此地完全复制中华文化只是一种文化理想。任何一个场域都具有自主性，台湾的文化场域也不例外，无论是当初被迫来台避祸的明朝遗民，还是后来被招募拓荒垦殖的移民，他们沿袭了"中土"的政治、经济、文化等旧制，甚至"以汉文教授番黎"，拓展了中华文化的空间，同时也受当地自然和人文环境的化育，既吸收了其他民族的异质文化，也在新的土地上发展出新的文化形态，这非但没有削弱中华文化的影响力，反而更加彰显了中华文化一贯的宏阔包容、积极进取的特性。《周易》曰："易穷则变，变则通，通则久。是以自天佑之，吉无不利。"翻检史页，中华文化每一次革新无不是由多元文化间会通引发，正如梁启超所言：

  中国文明，产生于大平原。其民族器度伟大，有广纳众流之概。故极平实与极诡异之学说，同时并起，能并育而不相害。其人又极富于弹力性，许多表面上不相容之理论及制度，能巧于运用，调和焉以冶诸一炉。①

  台湾的文化场域处于中华文化大的格局之中，具有特定的社会和地理空间，但它不是被一定边界物包围的领地，也不等同于一般的地理环境，而是内含力量的、有生气的、有潜力的存在形式。就像台湾诗人吴明兴所吟唱的那样："从诗经、楚辞、唐诗，一路下来的八音吟颂传统和感情，就像我的血流在你身上"，台湾文化场域的文化基因直接遗传于中华文化的本体，但这个场域又处于中华文化的边缘地带，土著文化、他族的异质文化和中原文化在这个场域内相遇、碰撞、交流，带有

---

① 梁启超：《先秦政治思想史》，岳麓出版社 2010 年版，第 6 页。

异域色彩的某些文化因素被结构到主流文化体系中,富有个性、多元共生的台湾地方文化场域建构起来了。从场域圈层结构的角度来看,中原地区的政治、经济、文化中心为核心文化圈层,包围在其周围的地区为第二圈层,像台湾这样的边疆地区处于场域的最外层,这种结构反映出我国由核心向外围呈规则性空间层次分化的文化景观。在"距离衰减规律"①法则的作用下,不同层次的圈层受主流文化的影响力呈递减态势。文学是表现文化现象最敏锐的部分,文学创作既是审美的创造行为,又是自觉的文化深层阐释活动,是文化精神的艺术体现。正所谓"每一个形势产生一种精神状态,接着,产生一批与精神状态相适应的艺术……今日正在酝酿的环境一定会产生它的作品,正如过去的环境产生了过去的作品"。②与同时期其他文化圈层的作家相比,台湾作家远离政治文化中心,受到的传统束缚较少,独特的海洋和山地文化渗透到他们的审美经验、审美理想和文学创作之中,在这种"精神状态"下创作出来的作品具有鲜明的地域特色。

纵观钟理和的全部创作,他所呈现和表现的审美情趣、价值观念、生命感悟、艺术气质和文化品格都可以从他所成长的自然环境和社会环境中找到原因和根据。钟理和出生于殖民时代,台湾被人为地从中国文化场域中割离出来,脱离了文化母体,客观上形成了一个"文化孤岛",但这个看似孤立的文化场域内部的冲突与竞争更加激烈。首先,作为它的元场域权力场③被殖民者控制着,因此存在着控制与反控制、制约

---

① "距离衰减规律"是地理学上的概念,指的是地理要素间的相互作用与距离有关,该规律认为在其他条件相同时,地理要素间的作用与距离平方成反比。文化学研究借用该理论用于文化影响力研究。
② [法]丹纳:《艺术哲学》,傅雷译,天津社会科学院出版社2007年版,第66页。
③ 布尔迪厄在他的场域理论中,将权力场视为元场域,所有场域都包含在权力场之内,都与元场域有着控制与被控制、制约与反抗的关系。

与反制约的较量；其次，场域中个体的习性受到殖民权力的挑战，过去的文化空间被改造，个体的心理积淀与现实话语产生冲突；最后，随着殖民政策的强力推行和社会的变迁，台湾自身文化场域内部也被分割成一个个地域性空间，产生了迥异的区域特质，形成了所谓"区域性格"。台湾光复之后，从主权的意义上来说它回归到原有的文化场域中，但此时的台湾文化场域内部结构已经发生重大变化，自主性增强，在场域圈层中它的向心力减弱，离心力却加强。钟理和经历了台湾这段悲欢离合的历史，他又是日据时期少有的在大陆生活多年的台湾本土作家。从台南山区的客家村落到战时大陆的东北、华北地区，再返回光复后的台湾，他在不同时期的大陆与台湾这两个文化场域之间移动着，他笔下的这两个文化场域之间即存在着交叉和重合，也存在对立和冲突，他个人的文化情感也在宏观的中华文化与微观的族群文化之间漂移。作为一种文化现象，钟理和及其创作在特殊的历史时空中具有了独特的文化价值和美学意义。

第二节 族群文化对钟理和创作的影响

族群文化是具有台湾本土特色的文化形态。台湾是一个移民和遗民的社会，其内部所蕴含的多元文化特质催生了族群文化的产生和发展。按照移居台湾的时间顺序，台湾形成了具有相对独立文化系统的族群：原住少数民族、闽南人、客家人、外省人。这种划分是以各族群来台先后时间以及所承载的历史文化为根据的。几百年来，来自大陆不同层次文化场域的移民们，在长期的生产和生活互动中，为了维护各自的政治经济利益和文化信仰表达，逐渐萌发了族群意识，并在一定的历史条件下强化为族群的分类，随之又塑造出不同族群的文化空间。作为从客家族群社会走出来的作家,族群文化直接影响到他的人生态度、价值观念、思维模式,他的创作也在很大程度上受制于所属族群的文化心理结构。

"族群"是西方现代人类学研究社会实体的一种范畴分类法,马克斯·韦伯在《族群》中的定义最有代表性:

> 如果那些人类的群体对他们共同的世界抱有一种主观的信念,或者是因为体质类型、文化的相似,或者是因为对殖民和移民的历史有共同的记忆,这种信念对于非亲属社区关系的延续是至关重要的。那么,这种群体就被称为族群。①

韦伯强调族群是一个共同体,其成员坚信他们共享某些历史、文化或者信念,这些共享的载体并非历史本身,而是他们拥有的共同记忆。因此,我们可以将族群理解为是对某些社会文化要素的认同,而自觉为我的一种社会实体。历史上,台湾移民"漳、泉为多,约占十之六七,粤籍次之,多为惠、嘉之民,其来较后,故曰客人。亦有福建汀州"。②从入台时间上看,闽籍的福佬人早在宋元时期就开始向台湾迁徙,到明末清初时达到高峰。先期抵达台湾的福佬人占据了自然条件较好的北部地区,以后迁来的其他区域的移民只能落脚在地理环境相对较差的山林地带。对于这段历史,钟理和在一些作品中有所反映。《大武山之歌》中吴增和的曾祖父和族人们从广东嘉应州老家来台时,"较肥沃的平野都已被先到的福佬人所占,他们只好在福佬人的边境上寻找土地,后来又移了几次村子,终而迁到中央山脉的奥地山麓下"。③台湾土地肥沃,

---

① 周星、王铭铭主编:《社会文化人类学讲演集》(下),天津人民出版社1997年版,第482页。
② 连横:《台湾通史》,九州出版社2008年版,第117页。
③ 钟怡彦编:《新版钟理和全集·5》,高雄县政府文化局2009年版,第294—295页。

物产丰富,加上政府部门管理较松散,一时间,闽粤两地居民蜂拥而至,据统计,仅"1782—1811年的三十年间,汉族移民台湾的人口高达100万"①。庞大的汉族移民群体的迁入也衍生出诸多社会事端。早期来台者聚集了大量财富,后期来台的新移民,多为闽粤之地无产无业的游民,赤手空拳,就如《大武山之歌》中吴增和的曾祖父,入台时只带了"一把镰刀、一把锄头和一支铳"②。前后来台的汉族移民间财富与生活水平差距加大,为之后台湾社会的动荡埋下了隐患。清朝中期,台湾爆发了多次大规模的闽粤移民之间的械斗,同时,即便同属闽南系的漳泉两地移民之间的冲突也时有发生,再加上汉族移民与当地"熟番""生番"各社之间也是争斗不断。吴增和与他的族人"在过去几十年来为了拓荒和自卫,在年轻时确也曾参加过几次示威性的移民战",生性平和的他始终认为"人和人相杀"是"野蛮和错误的",但"为了拓荒和自卫",只好跟上族人一起"打仗杀番人"。③ 不同族群之间为了争夺有限的资源大打出手,即便来自同一区域的移民到台湾后以居住地为界,相互之间也常发生内斗。《笠山农场》中笠山地区的客家人分为"本地人"和从"新竹方面移迁来的"所谓"北部人"两大族系。小说对"北部人"从台北地区转移到台南地区的原因和与本地客家人的矛盾进行了分析:

> 那里(新竹)地势倾斜,平野较少,加上人口繁衍,因此人浮于事,无地可耕的人们便只好四处找寻耕地。对于这种人,南部那广大而膏腴的平原,便具有了最高最大的吸引力。他们潮水似的涌到南部来了,在广大的平原上浪人似的由这里漂流到那里,一刻不停,直到把他们那漂浮无定的脚跟扎到地皮里为止。他们大部分虽

---

① 戚嘉林:《台湾史》,海南出版社2011年版,第125页。
② 钟怡彦编:《新版钟理和全集·5》,高雄县政府文化局2009年版,第294—295页。
③ 钟怡彦编:《新版钟理和全集·5》,高雄县政府文化局2009年版,第294—295页。

也同是客家人，但愚蠢而顽劣的地域观念和人类生存本能，却使得本地的客家人对他们怀着执拗而深刻的仇视，和尖锐到不可思议的惶恐。①

从所属的文化背景来看，文中的"北部人"和"当地人"同为客家人，双方的祖辈迁台时间却有先后，"北部人"早于"本地人"。"北部人"最先落脚的台北地区开发较早，人口稠密，饱和之后整个族群又被迫大规模南下。出于"地域观念和人类生存本能"，本地和外来这两支客家族群产生了尖锐矛盾，相互仇视，明争暗斗。文中农场主人刘少兴的长子与"北部人"何世昌就因为"稻田排水"这样的小事发生了争执，何世昌用锄头将人击伤致死。对于来台的移民来说，要在远离故土的异乡落地生根，仅靠个人的力量难以立足，于是，他们本能地以地缘、血缘、亲族、信仰、语言等为纽带，聚集成一个个社会实体，形成了族群社会的雏形。《大武山之歌》中吴增和与族人们生活在他们自建的村落里，为了防御外人的侵扰，村落四周建起栅栏，"栅门朝夕关闭，由村中青壮年男人轮流把守。栅门边，孤独地蹲着一只寮子（作者注：房屋）——更寮，就像卫兵房。由栅门出去，两边有两排高插云际的密茂挟迫的竹坞，自成一道天然的城门"。② 这种建筑格局让人自然想到中国古代的城墙，虽然不很坚固，但也能有效抵御"番人"的扰掠。栅栏在客观上起到防御工事的作用，同时也为吴增和及族人们圈定了一块自给自足的生存空间。小说还描写了元宵佳节来临之际村中的热闹景象：

  广场里有小饮食摊、赌摊、小孩的玩具摊，游人熙攘、人声嘈

---

① 钟理和：《笠山农场》，草根出版事业有限公司2008年版，第35—36页。
② 钟怡彦编：《新版钟理和全集·5》，高雄县政府文化局2009年版，第293页。

杂，穿着最漂亮的小孩子们在人缝间奔跑追逐穿梭，时时扬起尖锐的嬉闹和欢呼声，一时把所有的声音都盖了下去。不知在哪个地方有锣鼓和铙钹声随风传到，那是村里的舞狮阵，听来好像是由庙场那向送来的……到处都是太平景象，佳节的快乐融融气氛，弥漫在村子各个角落，每张脸上都只有欢乐和嬉笑。①

这里不仅是移民们新开辟的生活乐园，也是远离故土的游子们精神的寄托之地。在关于族群的不同概念中，有一个核心的理念却是相同的：就是族群之所以成为族群，根本原因在于内部成员对某种文化要素有一致的认同。文化要素包括语言、文化、习俗、组织结构等，所以有人说族群实际上就是一种社会文化承载和区分单位。族群内部成员具有强烈的"自觉为我"的意识，对族群共同体及其行为规范、价值标准具有高度统一的认同和评价。清朝中后期，台湾族群社会日渐成熟，以族群为单位的区域性文化空间也随之建立起来，早期族群社会的功能以自卫防御、集体对抗自然灾害为目的，但社会稳定之后，各自族群拥有了相对独立的社会空间，相互之间的对抗逐渐减少，族群的社会功能逐步向文化方向转型。

费孝通曾经在《江村经济》的序言中对"文化"的内涵有一段精彩的论述：

  文化是物质设备和各种知识的结合体。人使用设备和知识以便生存。为了一定的目的人要改变文化。一个人如果扔掉某一件工具，又去获取一件新的，他这样做，是因为他相信新的工具对他更加适用。所以，任何变迁过程必定是一种综合体，那就是他过去的

---

① 钟怡彦编：《新版钟理和全集·5》，高雄县政府文化局2009年版，第293—294页。

经验,他对目前形势的了解以及他对未来结果的期望。①

费孝通从社会学的角度对文化的实质做了价值判断,他认为任何形态的文化都是为人服务的,文化没有一成不变的,在历史的长河中,人类为了生存而不断主动地改变着文化。对从大陆迁徙到台湾的移民来说,生存为第一要务,其次才是发展。在完成了开荒拓土、新建家园、安居乐业等本土化过程后,原先的族群社会要继续发挥作用,这个社会实体就必须体现凝合个体的功能,而文化具有"化成天下"的特质,因此,通过族群文化的建设可以实现对内维护族群的团结安定,对外彰显群体力量的目的。早期移居台湾的闽粤地区的民众,多是以原住地为单位聚族而居,他们相互之间大多具有宗亲关系。如《笠山农场》中上下庄的刘姓人家就源于同一宗族,所以,农场主刘少兴坚决反对次子刘致平与上庄刘淑华的同姓之婚。除宗族外,笠山周围还分布着其他大大小小的客家社区,连接成片,形成了单一的客家族群。文化是民族传统的积淀,无论闽粤,同处大中华文化场域,虽各有地方性特色,但其核心都与场域中的主流文化同源同构。随着台湾汉人社会结构的形成及政府有效的行政管理,台湾从过去的化外之地被整合到文化共同体之中。这点就连台湾岛内一些"绿营"的人物也不得不承认:

> 台湾有文献记载的台湾文化历史,虽历经荷西、明郑、清治、日治、中华民国等多朝统治,但因为移民族群分布与占领期间较冗长等因素,仍以中国文化的传承演进为主,台湾文化也因此成为中国文化移垦的边疆地带。即使于日本文化与美国文化大量进入台湾的今日,台湾民间的价值判断与社会习俗仍均以中国的儒家道德标

---

① 费孝通:《江村经济》,戴可景译,商务印书馆2001年版,第1页。

准为主。①

台湾的族群文化是在移植、传习原乡文化传统的基础上演化而来的。一方面,通过复制原乡的文化形态,传承中华文化精神,让离乡背井的游子精神有所依托;另一方面,也为后世子弟建立起"历史认同",这种认同包括对祖籍地民族、国家和政权的多重认同,也包括对诸如客家人、闽南人、潮汕人这种民系的认同。通过共享"历史认同","人们可以由族称追溯和重构他们的族群历史、族群起源和代表性的文化"。②作为大陆客家人的后裔,钟理和自幼生活在客家人较为集中的屏东山区,浸染于浓郁的族群文化之中,他的作品以文化的视角,用艺术的形式审视着台湾客家族群文化的传承、发展以及演变的历史。文化的核心是价值观,有什么样的价值理念就有什么样的行为取向。中华文化延绵几千年香火不断,最关键一点就是其核心价值观始终深入人心。"养其根而俟其实,加其膏而希其光。根之茂者其实遂,膏之沃者其光晔。"(韩愈的《答李翊书》)中华文化根深叶茂,在一次次历史的劫难中,不仅民族得以保全进而发展,同时,它也不断吸收异文化丰富自己的体系。钱穆说:"只要有文化、有历史,这一民族是消灭不了的。"③钟理和在抗战胜利之后的一篇日记里,引用当时北平《光华周刊》刊发的《关于文化联合》一文中的话,揭示了殖民时代台湾文化依然保持中华文化属性的根本原因:

因为文化本身仍旧是文化,就如一棵树木一样,待我们除去的是虫蚀了的枝干,而根基还永埋土中。文化不是可任性涂抹的东

---

① 史明:《台湾人四百年史》,蓬岛文化公司1980年版,第56页。
② 周大鸣:《中国的族群和族群关系》,广西民族出版社2002年版,第305页。
③ 钱穆:《钱穆先生全集之民族与文化》,九州出版社2011年版,第54页。

西，在沦陷期间的文化只是征服的文化，是虚伪的文化，而真的文化传统是在地下生存着的，而今只待我们的发掘了。①

钱穆将文化分为三个阶层：第一阶层是"物质的"，包括衣、食、住、行，它是文化的基础；第二阶层是"群体组织的"，这是人与人相处的一种社会生活；第三阶层是"心灵陶冶的"，这个阶层的文化包括文学、艺术、哲学、宗教信仰等。②物质性的文化被视为看得见、摸得着、能直接感受的"可观察的文化"，结构主义语言学认为在"可观察的文化"深处，存在着被称为"文化的文法"的内在法则或逻辑。"文化的文法"是"儿童时代就开始灌输，甚至于在母亲怀胎里就开始'深入'的文化法则，所以经常是下意识存在的，但却无时无刻不在统合支配人的行为，使他的行为成为有意义而可以为同一群体内的人所了解的"。③"文化法则"在布尔迪厄的场域理论中又被称为"文化惯习"：

  所谓惯习与习惯不同，它是某个共同体成员在长期的共同社会实践中所形成的高度一致，相当稳定的品位、信仰和习惯的综合。是特定共同体的集体认同和身份徽记，也是其内部整合和区别其他共同体的最重要标志。④

布尔迪厄认为"惯习"能起到强化和巩固现存社会秩序的作用，这一点对刚刚形成的台湾族群社会非常重要。因此，当大陆移民稳定下

---

① 钟怡彦编：《新版钟理和全集·6》，高雄县政府文化局2009年版，第15页。
② 钱穆：《钱穆先生全集之民族与文化》，九州出版社2011年版，第140页。
③ 李亦园：《人类的视野》，上海文艺出版社1997年版，第103页。
④ [法]皮埃尔·布迪厄，[美]华康德：《实践与反思——反思社会学导论》，李猛、李康译，中央编译出版社1998年版，第131页。

来后，不同的族群开始不遗余力地移植原乡的文化传统，在异乡的土地上重构原乡的文化体系，通过构建族群成员的"惯习"，唤起他们曾经拥有的共同历史记忆，增强内部成员的认同感和凝聚力。原乡的文化传统是移民的祖先们在大陆"长期的共同社会实践"积累和沉淀下来形成的稳定的文化结构，表现为生存方式、思维方式、价值观念、审美情趣等。传统隐藏于文化系统中的深层，制约着人们的文化心理和行为方式。在钟理和描写的客家社会图景中，族人们正是以这种古老的方式传授和传播正统文化。《原乡人》中的奶奶和父亲，作为族群的长者和智者有意无意之间充当了文化传承的角色。奶奶用叙述故事的方式告诉孙子族群的渊源、原乡的传说，虽然这些故事中的要件支离破碎，奶奶只好用"大概""我想"等模糊的语言加以掩饰，但她传递给子孙们的是客家人千百年来恪守的"慎终追远"的价值观念，在台湾的客家后裔中建立起一条与大陆祖地之间联系的精神纽带。小说中的父亲是一位见多识广有威望的长者，子弟们"年事渐长"后就被他送到由原乡来的先生执教的私塾接受正规的传统教育，同时，他本人也时常将自己在大陆的所见所闻告之子弟和族人。每当他叙述大陆的事情时，村人们"百听不厌"，父亲的口吻"就和一个人在叙述从前显赫而今没落的舅舅家，带了二分嘲笑、三分尊敬、五分叹息。因而这里就有不满、有骄傲、有伤感。"村人们"衷心愿见舅舅家强盛，但现实的舅舅家却令他们伤心"，发出"原乡！原乡！"的叹息。① 原乡遥远而陌生，让远在台湾的客家子孙们对它产生了一种视为舅舅家的生疏感，但是，族群长者们的历史叙说像一泓清泉流进他们的心田，培育和滋养了源于血缘与亲缘的族群情感，唤起对同一文化身份的认同，无论是"不满""骄傲"还是"伤感"，这些情绪中不正流露出他们对原乡无法释怀、难以割舍的原生情感吗？

---

① 钟怡彦编：《新版钟理和全集·2》，高雄县政府文化局2009年版，第40页。

惯习是一种"在个体之上体现出来的社会化了的主体性",它是人的社会属性的集中体现。个体的全部密码不光是遗传和个体本身所带来的东西,它们只是生命发展中的一个基本要素。人在适应或塑造社会环境的同时,也会被社会环境所塑造。教育是构建惯习的重要途径,教育的模式除了学校教育,家人的言传身教尤为有效。对于闭塞落后的台湾客家山村,这种教育模式成为传承族群伦理意识、价值观念的重要手段。《薄芒》中女主人公阿英在家为长女,母亲自幼就不断向她灌输长女的贤良之道,病重期间更是反复叮咛:"须孝顺父亲……兄弟还年幼无知,早晚必须关照;并且又说,她死后,这家是要她来替她操持的,凡事总要睁开眼睛,自不会有错,切记,切记,切记……"①客家女性以贤良、勤劳、忍耐著称,19世纪末有一位在梅县传教的美国人评价她们是"我们所见到的任何一族的妇女中最值赞叹的"。②清朝光绪年间的《嘉应州志》对本地女性多有赞美之词:

　　　　州俗土瘠民贫,山多田少。男子谋生,各抱四方之志,而家事多任之妇人。故乡村妇女:耕田、采樵、织麻、缝纫、中馈之事,无不为之。③

　　客家妇女在家庭日常生活和经济生产中承担了主要职责,有"健妇持门户,亦胜一丈夫"④之说。客家人家往往是女人主持家政,男人在

---

① 钟怡彦编:《新版钟理和全集·3》,高雄县政府文化局2009年版,第28页。
② 佚名:《外国人对客家人的评价》,载张卫东、王洪友主编:《客家研究》第1集,同济大学出版社1989年版,第177页。
③ (清)吴宗焯等纂修:《中国地方志集成·嘉应州志》,上海书店出版社2003年版,第54页。
④ (清)吴宗焯等纂修:《中国地方志集成·嘉应州志》,上海书店出版社2003年版,第54页。

外奔波。深受中原文化熏陶的她们孝敬长辈，以家庭为重，甘愿为家人牺牲。阿英的母亲在病重时反复叮嘱女儿要孝顺父亲，照顾幼弟，把家中女主人的责任移交到女儿身上。母亲去世时阿英才 16 岁，还是一个懵懂的少女，但是她义不容辞担当起家庭主妇的职责：

> 幼弟们的一切事情，都归阿英妹一人料理。她是幼弟们的姐姐，又是他们的母亲，是她父亲的女儿，同时也是这家庭的主妇。①

自私的父亲生怕她结婚之后，会给这个家庭带来很大的不方便，"那是一个很大的打击，幼弟们会失掉关照，家庭间会失掉一个操持的人"。②父亲百般阻挠阿英嫁人，时常拿出她母亲的遗言感化她。转眼阿英已经二十七八，也有了意中人表哥阿龙，父亲却依然婉拒了对方的求婚。面对父亲的固执和自私，阿英将积蓄已久的怒火向幼小的弟弟们爆发出来。然而，"一瞬间的兴奋过去，她反省到她如狂兽的丑态，而深恨起自己。这与弟弟们无关呀，弟弟们不是这么稚弱而无知吗？至少弟弟们是应该无罪的，我如何怪起他们来了呢？这是我的错呀？而且，啊！母亲呦，母亲叮嘱她什么了？"③冷静之后，阿英又陷入深深的自责，母亲的叮嘱重上心头，尽管在内心中她常常怪罪母亲："啊！母亲呀，你害了我了！"祖祖辈辈留传下来并遵循的行为模式和价值理念早已深深扎根到阿英的灵魂中，她曾经试图挣脱这副枷锁，但又被自己否定，最后顶着邻人们的"英妹真孝顺呀，孝顺的姑娘呀"这些赞美之词，默默地为家庭付出自己的青春年华和幸福。

---

① 钟怡彦编：《新版钟理和全集·3》，高雄县政府文化局 2009 年版，第 38 页。
② 钟怡彦编：《新版钟理和全集·3》，高雄县政府文化局 2009 年版，第 28 页。
③ 钟怡彦编：《新版钟理和全集·3》，高雄县政府文化局 2009 年版，第 30 页。

同样,《大武山之歌》中吴增和的小女儿玉招柔娴贞静,分明贤淑,事亲至孝,持家有方,和兄弟庆庭又是十分亲爱,具备了一个客家女子应有的美德。她时年23岁,"若照普通一般的说法,则似乎已稍超过了结婚年龄,变成了'老处女'了。但是她的母亲已故,父亲年老",而且弟弟尚未婚娶,"家里浆洗缝补没有一个女人料理,她只好稍晚留几年主持家务"。① 阿英与玉招为家庭牺牲奉献的意识是由自己的亲人在日常生活中不断灌输,逐渐形成的一种惯习,这种惯习又是客家族群集体意识的体现。千百年来,客家女子孝顺、奉献的精神成为族群稳定发展的根本保障,它是客家女子"由于其生存的客观条件和社会经历而通常以无意识的方式内在化并纳入自身的、持久的"禀性,即使在她们的"经历中可以改变",客家女人也"倾向于抗拒变化"。② 阿英内心充满痛苦和不满,但仍屈服于家庭的需要,在外人和父亲的面前连一句抱怨的话也没说出来。当情人受惊发疯,爱情无望之后,阿英"不复如前感着喜或恨",默默地躲在家里全心尽着自己主妇的责任。玉招虽已聘人,在弟弟没有完婚前,她毫无怨言地继续留在家中操持家务,尽孝尽责。在族人们看来,阿英的牺牲不是悲惨或痛苦的,相反,由于她恪守了族群社会的惯习得到了邻居们的夸奖和尊重。

　　惯习来源于社会结构,并通过社会化在个人身体上体现。它既具有稳定持久性,又不是永远不变的,往往以无意识的方式实现内在化并进入到个人自身的意识形态中,具有非理性的特点。《大武山之歌》中李瞎子打着砰嘭筒和竹板,合着节拍在节日的大街上快活地唱着劝世歌:"为人子弟要贤良……"《薄芒》中的竹头村在村头的石峰下盖了一座善堂,阿恭伯是长年堂守,负责给族人们读经解惑,除春秋大祭,"全村

---

① 钟怡彦编:《新版钟理和全集·5》,高雄县政府文化局2009年版,第296页。
② [法]菲利普·柯尔库夫:《新社会学》,钱翰译,社会科学文献出版社2000年版,第36页。

居民还规定有轮流守堂的规则，每日一换"①，这是全村人共同遵守的义务。李瞎子和阿恭伯为族中长者，他们不遗余力地向族人宣讲族群的价值观念和伦理道德，正如客家劝世歌中所唱："儿女就爱奉爷娘，父母也爱教儿女；夫妻互敬好商量，邻里叔侄共相帮；有父有母福就长，忘恩负义要不得；低河饮水念高岗，孝顺之人有春光。"通过这种娱乐化的形式，族群社会不断向族人灌输从善从孝的做人准则。布尔迪厄认为惯习对人类实践的引导作用是在无意识层面上运作的，正如人们亲身体验到游戏的愉悦感后，才能真正体验到游戏的规则。②人的实践行为是由惯习来定向的，不以理智为基础，个体在实践中直接生成习性，并且在实践中遵循习性的指引。某个场域中成员的实践经验的积淀，使人的行为过程既是无意识的，也是有意识的。这种非理性的行为导向使族群社会"生成出排除意识的认识根源，生成出排除意图的意向性"③，保持住族群的文化和社会特征，不断增强内部成员的自我认同感。《原乡人》中，幼小的"我"就可以通过外貌特征、语言、行为方式来区分原乡人、福佬人、日本人等不同"人种"④，他对原乡人充满了一种亲切感，美国人类学家格尔茨称之为"原生性情感"。格尔茨认为族群有一种基于血缘、语言、习俗等方面的一致性而产生的一种非理性感情，它具有原生

---

① 钟怡彦编：《新版钟理和全集·3》，高雄县政府文化局2009年版，第15页。
② 布尔迪厄所说的"游戏"，是指行动者的实践行为。
③ [法]布尔迪厄：《文化资本与社会炼金术——布尔迪厄访谈录》，包亚明译，上海人民出版社1997年版，第175页。
④ "人种"或"种族"的概念是"具有形态上和生理上的特点和语言、习俗等历史文化因素组成的有区域性特点的群体"。在这篇小说中，钟理和显然将"人种""种族""族群"等概念混为一体，他在给钟肇政的"关于台湾方言文学"的一封信中，同样将台湾的四大族群称之为"族"："在台湾，外省人不算，高山族不算，还有闽粤二族"。（《新版钟理和全集·6》，第5页）以此可见，在台湾的文化场域，由于历史原因，族群的概念泛化了，甚至错误地将异族与本族的根本差异等同于文化同质的族群之间的差异。

性和根基性。在他看来,"文化是某种生命情感的表现形式,是人们赋予那些包括行为在内的各种象征符号的意义,通过它们人与人相互沟通,代代相传,并发展出他们对生命的知识和态度"。①钟理和笔下的客家山村充满着"热烈的社会情感"和"醇厚而亲昵的乡人爱",比邻而居的大大小小的村落有着千丝万缕的血缘关系,他们的祖辈多是从原乡某个区域一起结伴到台湾,具有共同的起源或世系,血缘与亲缘交织在一起,彼此遵守共同的"文化法则",在同一个文化系统中维持着族群社会的平衡和结构的严密。

连横说:"台人重宗法,敬祖先,故族大者必立家庙,岁时伏腊,聚饮联欢。公置义田,以作祭祀,又为育才婚嫁温孤娠乏之资。其大者则联合全台之子姓,建立大宗,追祀始祖,深得亲亲之义。"②"敬天法祖"是中国人几千年来恪守的精神法则,信仰神明,祭祀神灵,既是感恩祈福,亦是增强族群凝聚力的纽带,正所谓"神不歆非类,民不祀非族"(《左传》)。据统计,台湾民间所供奉的247种神明中,除极少数为台湾原有外,其余皆由闽粤二省传来。几百年来,通过各种祭祀活动,台湾汉族既与大陆原乡保持着紧密的血肉联系,同时,也成为他们在异乡开疆拓土、反抗异族统治的精神依归。钟理和在作品中描写了大量的客家信仰和民俗,构成了另一道独特的文化景观。他的作品时代背景多为20世纪初中期,但此时台湾的大部分山区依然闭塞落后,人们的生活状态似乎还停留在"满清遗留下的文化形式"上,其意识观念同样停滞不前:

> 这地方的人情风俗还是那样地醇厚,质朴,温良,同时因循而

---

① [美]克利福德·格尔茨:《文化的解释》,韩莉译,译林出版社2002年版,第309页。
② 连横:《台湾通史》,九州出版社2008年版,第397页。

守旧。他们对于自己的命运和生活从来不去多费心……总以为它应该这样和那样。他们似乎以为它本来就是那样的，根本无需乎去用脑筋。他们不把它想得很复杂。看上去，好像他们只让生活自身去和上面的一段接上线，然后向着下面滚转下去，而自己则跟在它后面走，自然而不费事。

　　这种因循保守的态度，大概和地理环境不无某种关系。这地方三面环山，交通闭塞，与外界较少接触……因此文化交流无形中受到限制是难免的事。在这里，如果时间不是没有前进，更像蜗牛一般进得非常慢。一切都是保留得古色古香，一切都呈现着表现在中国画上的静止，仿佛他们还生活在几百年前的时代里。①

　　从这段描写中我们可以看到，台湾殖民时代的客家山乡依然保存着与原乡基本一致的宗法制农耕社会的生活习俗和价值观念。尽管殖民者的统治已近30年，但在这块文化场域中，人们依旧秉承先人的意志，在追求天、地、人和社会的整体均衡与和谐的过程中，共同维护族群社会的稳定和族群文化的尊严。台湾闽粤两大族群的祖先都来自文明程度较高的中原地区，历史上经过几次大的迁徙，最后落脚闽赣粤的边地，这里林峒邃密，山峦叠嶂，原是百越之族的发源和栖息之地。汉族移民到来之前，这里还处于刀耕火种的社会发展阶段，生产力水平低下，当地土著"好巫尚鬼"，原始宗教盛行。从平原地区迁移到山地和海边，南徙的汉人面对生疏恶劣的自然环境，他们一面发扬开疆拓土的精神重建家园；一面在新的土地上迅速建立起原有的社会和文化体系，正如客家人的一条祖训所讲的那样："宁卖祖宗田，不卖祖宗言。""祖宗言"包括祖宗使用的语言和文化传统，在动乱的年代，"祖宗田"无法保留，

---

① 钟怡彦编：《新版钟理和全集·4》，高雄县政府文化局2009年版，第38—39页。

而祖宗创建的语言与文化是一份可以流动的遗产，无论身在何方，这些无形的财富在后人们辗转迁徙中始终得以传承和发展。清朝大诗人黄遵宪对客家族群坚守文化传统的精神大为赞叹："筚路桃弧辗转迁，南来远过一千年，方言足证中原韵，礼俗犹留三代前。"

人类学家泰勒说："历史告诉我们，文明有时会长期停滞不前，有时还会稍有后退。为了理解这种文化衰退现象，就必须明白，高级的技术和最为健全的社会结构并不总是占有优势的；实际上，它们可能太过于完善了，因为人们只需要适应他们发展的东西。"① 文化并不单指物质技术层面，它还包括社群与精神层面，泰勒认为在社群与精神层面上，文化与人类的现实生活相适应。落地生根的中原移民与当地土著分属不同的文化形态，两种异质文化在交流碰撞中相互吸收和糅合，开辟出一块新的次文化场域，演生出客家与闽南等地域文化。就客家文化而言，它较好地保存了中原文化形态，正所谓"方言足证中原韵，礼俗犹留三代前"。中华文化具有强大的包容性和开放性，南迁汉人在重构中原文化体系的同时，也大量吸收了百越之族的文化观念和仪式，使自身的文化结构与新的地域环境相适应。文化是适应的结果，中原文化融合了百越文化的部分内容，既使自身具有了存在的合理性，也让中华文化的内涵丰富起来。从夏商周三代起，中原文化就有崇拜、迷信鬼神的传统，并形成一套完整的祭祀礼仪和仪式。客家文化中的巫鬼文化正是糅合了中原礼仪文化、北方萨满文化和百越地区的巫鬼文化中的理念和仪式，在继承"三代"遗风的基础上发展为客家族群最为隐蔽、稳定的文化心理。

迁徙到台湾的闽南人和客家人所居住的环境与原乡的自然风貌相差

---

① ［美］爱德华·泰勒：《人类学——人及其文化研究》，连树声译，广西师范大学出版社 2004 年版，第 24 页。

无几。从地理环境来说,同处一个纬度区间,同属亚热带气候;从自然环境来说,福建漳、泉闽人居住在海边的平原地带,闽粤交界的客家大多依山而居,台湾闽粤两大族群的生态群落模式与此几无差异;从人文环境来说,被统称为高山族的台湾土著与百越之族有着密切关系,据历史学家翦伯赞的考证,台湾的少数民族是百越之族的支裔①。千百年之后,两种异质文化在孤悬海外的异乡土地上又一次相逢,这仿佛是历史冥冥之中的召唤。海峡两岸相近的自然与人文环境为闽粤族群文化在台湾的传播提供了土壤。②

客家族群的民间信仰体系既包括受巫鬼文化影响的自然物崇拜,也包括以原型意象为核心的对祖先和先贤的祭祀。前者源自先民的原始崇拜,具有超自然的神秘性。费尔巴哈认为"人的依赖感"是原始宗教产生的基础,"而这种依赖感的对象,亦即人所依靠,并且人也为自己感觉到依赖的那个东西,本来不是别的东西,就是自然。自然是宗教最初最原始的对象;这一点是一切宗教和一切民族的历史所充分证明的"。③在生产力水平低下的农耕时代,面对大自然各种超人的力量,人们的心灵受到强烈震撼并产生恐惧,他们视强大的自然物和自然现象为至高无上的灵性,将自然力拟人化,赋予它以各种形体加以顶礼膜拜,以求得风调雨顺,人畜平安。"对于自然的依赖感,再加上那种把自然看成一个任意作为的、有人格的实体的想法,就是献祭这一自然宗教的基本行

---

① 20世纪二三十年代,我国学者就开始对台湾少数民族的族源展开研究。1929年林惠祥在田野调查的基础上完成了《台湾番族之原始文化》,该书被誉为研究中国台湾少数民族的"开辟荆榛之作"。1947年3月,翦伯赞发表《台湾番族考》一文,他指出:"台湾的番族是百越族的支裔,这种番族之占领台湾,不在宋元之际,而是在遥远的太古时代。"
② 蓝天:《台湾文学场域的中国文化属性》,《南京师范大学学报》2010年第6期。
③ [美] 费尔巴哈:《宗教的本质》,载《费尔巴哈哲学著作选集(下卷)》,王太庆译,商务印书馆1984年版,第446页。

为的基础。"① 不同区域的人们依赖的自然环境不同，近山者拜山、靠水者敬水，不同族群因居住地域不同，信仰的神灵各具特色。"逢山必有客，无客不住山"，客家人傍山而居，靠山吃山，对大山里的草木生灵充满敬畏，因此，在客家民间信仰中，山神崇拜无处不在。其中，两岸客家共同信仰的三山国王影响最大，它源于广东潮州地区对山岳与灵石的自然信仰，之后演变为巾山连杰、明山赵轩、独山乔俊三山国王神明的灵魂信仰。在客家人东渡台湾、开荒垦殖、抵御侵扰、农业生产等一系列历史活动中，三山国王曾作为保佑平安的航海神、抗击瘟疫的医疗神、保民安境的防"番"神、庇佑丰收的农业神在客家人移居台湾的历史上发挥着重要作用，它给客家移民带来了巨大的心理安慰，增强了他们战胜恐惧与病魔的勇气，在远离故土的游子与遥远的家乡之间建立起一条精神纽带。

钟理和小说中的客家山民们每当遇到天灾人祸，他们无一例外地都会祈求三山国王显灵降福。小说《雨》的背景是 20 世纪 50 年代，台湾正在从农业社会向工业社会转型，然而，在天灾面前，人们还是习惯向平安宫里的三山国王祈雨求福：

> 这时，宫前的广场已搭起了一座坛，当天摆着香案，上奉神明——三山国王和观音菩萨，下供清斋果品，香炉里盛燃香烟，烟气氤氲、缭绕，香传遐迩。镇中几位年长的老人全身披麻戴孝，跪在前排；老人的后面左右有更多镇民跪着，他们一律光着头，戴着烈日；他们半闭着眼睛跪在那里，晒得一个个面红耳赤，黄豆大的汗珠自头顶、额门、脖颈像雨一般滴落。他们的眉宇之间现出一种

---

① [美] 费尔巴哈：《宗教的本质》，载《费尔巴哈哲学著作选集（下卷）》，王太庆译，商务印书馆 1984 年版，第 446 页。

决心，这决心和悲壮、诚谨、肃穆揉和在一起，使他们的脸孔有了一种既刚又柔，既谦卑又倔强的表情，他们想以一片赤子之心上通天庭，用真诚感动上苍给他们布施甘露，给他们那荒芜而又干燥的可怜的土地一点滋润，他们准备倘使上天不接受他们的祷告，便晒倒在那里，让神看看上天是多么地冷酷残忍，多么地不通人情。①

无论是农耕时代还是现代社会，客家族群对神灵的信仰一代一代传承下去，成为增强族群凝聚力，维护族群生存与发展的精神支柱。这些民间信仰已经化作一股无形的力量积淀到客家人文化心理的内核，制约着他们的人生态度、行为方式、价值观念。在苦难和灾难面前，客家人往往表现出巨大的坚毅力和忍耐力，这与他们对神明虔诚的信仰是分不开的。客家人迁到哪里，神庙就修到哪里，他们对自然界充满敬畏，在"万物有灵"的观念作用下，敬神拜神的风俗渗透到生活的方方面面，甚至连养猪和安灶这样的家务琐事也离不开神灵的指引。《猪的故事》中，"我"家中两次遇到猪发病，妻子拒绝找兽医，而是跑到王爷坛和观音庙祈求神仙保佑，并求来圣水和仙丹为猪治病；《安灶》中阿振嫂家砌灶台，泥水匠按照礼俗先恭贺她"打灶头养大猪"，然后阿振嫂"点了三支香，向地下的三角台拜了几拜。她的面孔泥渍斑斑，但她的表情却是严肃、静穆、诚谨。她插好香，又拿了一叠金纸，先拆了几张点了火放在灶面，然后两张两张拆着烧"。② 客家人对神明的态度正如《山火》中传福伯所说："神这东西，你奉在那里嘛，就风调雨顺，国泰民安。"但在殖民时代，日本人为了根除台湾民众的民族记忆，以高压的手段，封闭原有的宗教祭祀场所，毁坏神像，其目的"是要教化被殖民统治

---

① 钟怡彦编：《新版钟理和全集·3》，高雄县政府文化局2009年版，第256—257页。
② 钟怡彦编：《新版钟理和全集·5》，高雄县政府文化局2009年版，第106—107页。

的台湾民众，能逐渐接受'国家神道'的信仰宗旨——即认同日本皇室神圣化的正当性"。① 殖民者甚至将入侵台湾时病死的北白川宫能久亲王打造成"台湾的守护神"，动用"国币"在各地建神社迫使民众祭祀。殖民者试图通过扼杀和改造族群内部最广泛也是传承最悠久的文化记忆实现台湾的"国民日本化"野心。正如钟理和所说"真的文化传统是在地下生存着"的，一个民族经过千百年历史积淀下来的文化心理不是武力和强权可以征服的。小说《山火》描写了一个很有意思的情节：村民阿容的父亲在殖民时代做过保正，村中天师爷庙里的法师像恰恰是被他藏起保存下来，表面上他迎合着殖民者，但内心始终坚持自己的民族文化和信仰。

台湾光复之后，干旱、水患等自然灾害不断，人们重开祭祀，但神仙们似乎坐视不救，就像《竹头庄》中的农夫所说：

> 村子里的王爷往常是有求必应的，这回也不知怎的就是不灵；求了三天神，愿也许下了；全猪全羊，秋底收成后，准谢！可怎么样，半个月了，太阳照样白花花，东边出来西边落。②

乡民们将此罪过归因为殖民者对客家神灵的亵渎："王爷？王爷早就——神都回天庭去了，哪还会有灵？塞在布袋里，一吊就是几年，有灵才怪！"③ 殖民时期台湾各个族群的信仰被禁止，取而代之的是异族强加给他们的所谓"国家神道"，但在民间，在台湾人的内心深处，敬仰的神灵从来没有改变过。台湾光复，神明们重见天日，人们纷纷捐款修

---

① 江灿腾：《日本帝国在台殖民统治初期的宗教政策与法制化的确立》，《中华佛学学报》2001年第14期。
② 钟怡彦编：《新版钟理和全集·1》，高雄县政府文化局2009年版，第106页。
③ 钟怡彦编：《新版钟理和全集·1》，高雄县政府文化局2009年版，第106页。

复或重建祭祀的场所。《山火》中的村民听说要盖一所观音坛,"捐的款竟超过了预算的建筑费,结果把规模扩大了"。殖民者被赶出了遭受他们蹂躏的土地,曾经福佑这块土地的神明重又回到神坛上接受人们虔诚的祭拜,就如作品中天师爷庙的一副对联所写:"失土重光,天师依旧高升座;自由还我,士庶从新再奉神。"①

美国人类学家怀特说:"自从人类诞生以来,人类种族的每一个成员从他降临人世的那一刻起,便生存于一定的气候、地形、动植物群地带的自然环境之中,同时也进入一个由一定信仰、习俗、工具、艺术表达形式等所组成的文化环境,这种文化环境是一种连续性,一种传统,它一代代地延续下去,并可能横向地从一个民族扩散到另一个民族。"②怀特所说的"连续性"和"传统"就是族群内部被结构化的诸如习俗、族规、信仰等生活习性,这些习性逐渐"内化"为个体心智结构和主体行为而被遵守和传承。在传统社会中,生活习性规范了社会秩序,维护着族群的延续和发展。生活在某种习性社会的个体往往认为自己的一切都是自然的、唯一的、客观的、真理性的,而对其他社会价值产生排斥心理。钟理和作品里那些漂洋过海、客居他乡的客家人,在新垦殖的土地上依然坚守从祖先那里传承下来的生活习性。日本殖民统治时期,就像钟理和作品所描写的那样:民间信仰被破坏、私塾被废除、汉文被禁止,但族群文化如同地下的烈火始终燃烧在客家人心中,那些最基础的民族文化特质仍较为完全地保存下来,他们以此为精神武器抵抗殖民者的同化政策,"以巨人的缄默和沉着君临在那些菅草上面,坚持最后的胜利"。③

---

① 钟怡彦编:《新版钟理和全集·1》,高雄县政府文化局2009年版,第106页。
② [美]怀特:《文化科学——人和文明的研究》,曹锦清等译,浙江人民出版社1988年版,第157页。
③ 钟怡彦编:《新版钟理和全集·4》,高雄县政府文化局2002年版,第42页。

第三节 原乡与故乡

钟理和的作品建构了两个地理文化空间：原乡与故乡。身在故乡之时，他对大海西岸的原乡充满了好奇、想象和向往；当他"不顾一切，不惜和父亲、家庭、和台湾决绝"辗转来到朝思暮想的原乡后，呈现在他眼前的不是"赏心悦目""花团锦簇"的山水风景，也没有"低回激荡，缠绵悱恻"的浪漫情怀，古老贫瘠的土地上残垣断壁，哀鸿遍野，钟理和曾经满怀的"对海峡对岸"（《原乡人》）的憧憬与神往被眼前衰败凋敝的现实击破了，他转而开始思念"自己生长的亲爱的家园"。钟理和的文学之路始于大陆，出版的第一部作品《夹竹桃》也多是以大陆现实生活为题材，小说描写的人与事灰暗阴沉，充斥着悲观、失望。在大陆的后期，钟理和开始着手创作他生命中最重要的作品——《笠山农场》，他试图用记忆中富有"热烈的社会情感"的故乡来平复自己精神的苦闷和人生的失意。当初，为了摆脱殖民主义和封建主义双重势力的压迫，钟理和毅然决然奔向心驰神往、遥远陌生的原乡，寻求精神的自由和人生的希望。然而，对大陆历史与现实认识的缺失，注定了他的原乡之旅必定以幻灭告终。"独在异乡为异客"，身处一个依稀熟悉却又陌生的文化空间中，钟理和对自己的文化身份产生了困惑和迷茫。曾经无数次想象的那个优美、高雅、古典的原乡，现实中却如此残破、萎靡、衰落，巨大的反差让他对原乡产生了疏离感，转而向故乡寻求慰藉。时隔八年之后，钟理和回到阔别已久的故乡，然而，让他魂牵梦绕的这块土地满目荒凉，物是人非，他遭遇到了原乡和故乡双重理想的破灭。返乡到他去世的15年间是钟理和创作的黄金时期，他一面与贫困、疾病抗争；一面扎根乡土，以知识者的睿智和人文情怀书写故乡。他的作品深沉凝练，故乡不再是一个地理空间，而是他思考、批判的一个具有表征意义的文化实体。拥有了原乡经验之后，钟理和的文化视野更加开阔，他将原乡与故乡视为一个文化整体，并将它置于宏观的民族发展历史进程中，考量其中的得与失。

何谓"原乡"？其本义是指某个宗系的祖先未迁移前所居住的地方。从文化学的意义上来看，原乡往往是一种被对象化了的复杂的情感意象——它是家，是祖先流动的血脉，是根植在每一个"原乡人"生命中的文化记忆。按照弗洛伊德的观点，原乡情结是一种回归母体欲望的象征。在文学创作中，原乡是作家借用文学想象构建出的母土故园审美形象，文学作品中的多种精神向度的原乡形象，容纳了作家们的回溯意识、历史感喟、源头意识乃至生命轮回的希望。正如台湾评论家邱佩萱所说：

> 追寻原乡既是人类境况的本能和宿命，又是对已然消逝或尚未出现的乌托邦理想作追寻建构的需求。这样的需求多是受到乡土失落或改异之变动下，所自然驱策的一股缅怀追忆过去旧有美好情感动力；但除了属于时代人群所共享共有的理想国度外，也极具个人生命色彩与自我价值定位的心灵世界，那就是当个体思索自我存在的意义与价值时，往往必须找寻到一块能安身立命之处，以作为自我生命意义的源头。因此，出自于怀恋乡土与探本溯源的原乡想象回归欲望，应是作为原乡书写的主要动力来源。①

原乡不单只是实指一个地理上的位置，它更具有生命、文化、伦理以及社会等多种意蕴，在文学作品中有时它实指祖居地；有时它是虚拟

---

① 邱佩萱：《战后台湾散文中的原乡书写》，学生书局2006年版，第239页。

想象的故乡;也有时泛指祖国故土;还有时是融入了异乡元素的"故乡"。无论哪一种形象,"原乡"是人类始终追寻的"自我价值定位的心灵世界"。"乡"与"原乡"这两个文化概念在台湾文学中有着特殊的意义,这是由台湾"移民"与"遗民"的社会性质所决定的,它具有浓厚的"隐喻"和"象征"意义。在台湾作家心中,"原乡"往往具有生命终极意义的现实超越性,它既是文化身份认同的对象,又是精神世界的依托。作家们把"原乡"视为生养自己生命、寄托自己梦想的"文化"或"理想",并且从原乡形象中又衍生出"根"的意象和意识。台湾作家黄春明把五千年历史的中华民族比喻成"一棵神木",把自己比喻成"神木"的一片叶子,他说:"我仍然希望成为一个作者,作为神木的一片叶子和大家一起为我们的社会,为我们的国家,为我们的民族献身。"① 出生于殖民时代,成长于两岸分离的文化语境中的黄春明,自觉地意识到自己是历史意义中的中国人,中国既是他心目中的原乡形象,同时也是他生命的本质,两者在他身上取得了价值同构的意义。

钟理和的原乡意识与大多数台湾作家一样,原乡既是个人灵魂栖息的家园,也是"根"的意识与中国情怀的体现。"人情同于怀土兮,岂穷达而异心。"(王粲《登楼赋》)古往今来,从农耕文化走出来的中国人对土地和故乡都有一种特殊的亲近感,并凝结成类似本能的集体无意识的"原乡情结",在中国传统士人的创作中,这种原乡情结往往化为怀乡、思乡、乡愁等永恒的文艺母题。根据钟理和自己的说法,他真正意义上的创作始于北平时期,他在那里留居了六年,"直到此时此地才坚定了要做一个文艺工作者的决心,因而也就在此时始真正埋头读书"。② 他早期的作品是以战时沈阳、北平两地市民生活为题材,具有

---

① 黄春明:《一个作者的卑鄙心灵》,载《我爱玛丽》,远景出版公司1979年版,第200页。
② 钟怡彦编:《新版钟理和全集·7》,高雄县政府文化局2009年版,第175页。

强烈的现实批判意义。钟理和的创作是从书写原乡现实生活起步的，但是，美学意义上的原乡形象却是在他返台之后创作的一系列"故乡"题材的作品中呈现出来的。尽管作者在原乡生活了八年之久，回台之后却从没有在作品中直接描写过他所看到的真实的原乡形象，甚至在他的信函和日记中也少有这方面的记录，我们从他作品中所能获得的原乡形象依然是间接的、审美的、情绪化的，虚实相间，给读者留下了丰富的想象空间。这点让人费解，似乎也不符合创作的一般逻辑。如何理解钟理和这一看似反常的文学现象呢？我们只能从作品及他本人的思想轨迹中寻找答案。

《原乡人》中的父亲曾经明确告诉"我"："'原乡'原本叫做'中国'，原乡人叫做'中国人'；中国有十八个省，我们便是由中国广东省嘉应州迁来的。"[①]父亲口中的"原乡"就是"中国"，它是"我"祖辈生活的地方，"原乡人"和"中国人"是同一称谓，"我们"也就是中国人。但在"我"奶奶的口中，"我们原来也是原乡人；我们是由原乡搬到这里来的"。老人以"我们都不住在原乡了"为由，只认为"我爷爷的爷爷"是原乡人，而否认"我们"现在原乡人的身份。"奶奶"与"父亲"的观点分别代表了近代以来台湾的知识阶层与普通民众对祖国的两种基本认识：作为知识阶层的父亲基于民族的情感将"我们"的身份确定为"中国人"；"奶奶"则是最基层的民众，他们不知民族为何物，只能以最朴质的族群意识来理解"原乡"，正如乡人们将原乡看作"从前显赫而今没落的舅舅家"一样。普通民众对遥远陌生"原乡老家"充满着复杂的情感，一方面他们视原乡为自己的根，牵挂着它的兴衰，"衷心愿见舅舅家强盛"[②]；另一方面，从原乡迁到台湾的移民们已经在此繁衍了

[①] 钟怡彦编：《新版钟理和全集·2》，高雄县政府文化局2009年版，第38页。
[②] 钟怡彦编：《新版钟理和全集·2》，高雄县政府文化局2009年版，第36页。

几代人，特别是日本占领台湾之后，两岸的联系被迫中断，由于殖民同化政策强制推行，移民后裔的心理上与原乡疏远了，产生了距离，就连像奶奶这样的老辈人都说："我们可不是原乡人呀！"小说中，除了父亲因为生意去过原乡之外，人们只能靠零散的原乡信息在头脑中拼凑原乡的形象。

斯图亚特·霍尔认为："人的文化身份不是固定的本质，它不是我们内在的、历史未给它打上任何根本标记的某种普遍和超验精神。它不是一成不变的。它不是我们可以最终绝对回归的固定源头。当然，它也不是纯粹的幻影。它是某物……它有历史……过去对我们说话，但过去已不再是简单的、实际的过去，因为我们与它的关系，就好像是孩子与母亲的关系一样，总是已经是'破裂之后'的关系。它总是由记忆、幻想、叙事和神话建构的。"① 原乡的文化随着原乡人的迁徙也被移植他们落脚的地方，正如霍尔所说"人的文化身份不是固定的本质"，原乡文化一旦脱离母体进入异乡的土地，它所依存的本源性文化家园已不复存在，在这里，"过去已不再是简单的、实际的过去"。为了与所在的地域环境相适应，在保持基本文化取向稳定的同时，不可避免地会发生一些变异。而对于移民们的后裔来说，原乡就如《原乡人》中奶奶口中的传说与神话，他们的文化身份也随着社会的变迁，经济和政治环境的改变进行重新定位。《假黎婆》是钟理和创作的一篇题材独特的小说，从中可以看到客家人移居台湾之后与当地土著融合的真实历史。在客家话中，"假黎"的意思是"山地人"，"婆"即为奶奶，"假黎婆"就是具有山地人身份的奶奶。小说中的"假黎婆"是"我"祖父的继室，她的外貌具有很鲜明的山地人的特征：

---

① ［英］斯图亚特·霍尔：《文化身份与族裔散居》，载罗钢、刘象愚主编：《文化研究读本》，中国社会科学出版社 2000 年版，第 212 页。

第一章 文化场域对钟理和创作的影响

  她的个子很小，尖下巴，瘦瘦，有些黑，时常把头发编成辫子在头四周缠成所谓"番婆头"，手腕和手背有刺得很好看的"花"（文身）。①

  由于文化背景的不同，孙儿们不能"按所有奶奶们那样要求她讲民族性的故事和童谣"，她不会"讲说'牛郎织女'的故事"，也不会教孙儿们念"月光光，好种姜"这些客家人的民谣，"假黎婆"用"她的人种的方式"疼爱和照料丈夫的孙子们。②通过与其他民族的联姻，台湾客家人的血液中既注入了异族的基因，同时也接受了部分异族文化，客家文化在新的场域传承中发生了形态上的变化，正如霍尔所说，文化身份"决不是永恒的固定在某一本质化的过去，而是屈从于历史、文化和权力的不断嬉戏"。③

  文化身份在定位或重新定位时，要考虑多种"在场"关系。就台湾移民的后裔们来说，他们的文化身份建构至少要考虑三个在场：原乡文化的在场、其他族群文化的在场、异族文化的在场。原乡文化是根源性文化，是构建文化身份的基础，对于远离祖居地的族群来说，它不是"纯粹的幻影"，而是以传统的文化形态在族群内部代代相传，如语言、山歌、传说、礼仪、习俗、行为习惯、民间故事等，像钟理和这批在殖民时代成长起来的新一代台湾人才能通过族群的"记忆、幻想、叙事和神话"建构起自己的文化身份。钟理和生长的殖民时代，殖民者不仅"透过军事、监视、法律的力量掌控人民"，而且"国家机器的权力也会透过学校、家庭、媒体等种种社会文化机制，形成共识与社会价值观来

---

① 钟怡彦编：《新版钟理和全集·2》，高雄县政府文化局2009年版，第147页。
② 钟怡彦编：《新版钟理和全集·2》，高雄县政府文化局2009年版，第147页。
③ [英] 斯图亚特·霍尔：《文化身份与族裔散居》，载罗纲、刘象愚主编：《文化研究读本》，中国社会科学出版社2000年版，第212页。

对人民进行宰制"。① 殖民者不遗余力想要借同化政策"对历史、信念、民情、习惯迥异之台湾悉如日本内地各府县而统治之，……务将台湾人固有之特性消灭混合统一之"，以达到"抹杀民族之历史，势必使其盲从本国之思想习惯"②的统治目的。在殖民语境下，原乡文化作为显性的在场，在对抗殖民文化和塑造民众文化身份中发挥了主导作用，它不仅维护了族群的稳定，同时也激发出台湾民众的民族意识。钟理和的《笠山农场》《薄芒》《原乡人》等作品都是以殖民时期的台湾为时代背景，从中可以看出殖民统治已渗透到方方面面，如《笠山农场》中的笠山最初是被"日本人经营的拓殖会社"霸占，然后再转卖给本地的南海会社。原本属于客家移民开垦的山林，却被日本人以"拓殖"的名义强占，再转手倒卖给中国人牟取暴利，这是典型的经济侵略。殖民者强力推行所谓"国民教育"，连黄进德（《雨》）、涂玉祥（《亲家与山歌》）这些偏远山区的农家子弟也是满口结结巴巴的日语。台湾几辈人信奉的神明被禁止了，神像和神牌被"塞在布袋里，一吊就是几年"（《竹头村》）。然而，正如钱穆所说："亡了国的固然多，灭种的究竟少。国家是不存在了，民族还是存在着。"③日本殖民台湾 50 年，给台湾人民的肉体与精神造成了极大的伤害，也培养了一批像小说《浮沉》中李新昌这样的被奴化的人：

  李新昌受的日本教育，加之过去生活在安定优裕的环境里，对中国的社会人情难免隔膜，因而对当时社会情形，显得相当不满，

---

① 杨杰铭：《论钟理和文化身份的含混与转化》，载《台湾现当代作家研究资料汇编·钟理和卷》，台湾文学馆 2011 年版，第 284 页。
② 陈逢源：《台湾议会设置请愿理由书》，载王小波编：《台胞抗日文献选新编》，海峡学术出版社 1998 年版，第 116 页。
③ 钱穆：《钱穆先生全集之民族与文化》，九州出版社 2011 年版，第 54 页。

言语间时常流露了悲观忿懑的情调。①

不可否认，殖民教育的确让部分台湾人模糊了自己的文化身份，在精神上沦为殖民者的奴隶。但中国有几千年的历史文明，短时期的文化入侵是无法撼动根深蒂固的中华文化，就如钟理和认为的那样："文化并不是随意可以任性涂抹，如衣服是无法取代皮肤作用，衣服可以随意更换，但皮肤却是深层不变。"② 即便是殖民时代，原乡文化在台湾社会基层仍具有强大的影响力。闽粤两大族群迁出原乡100多年，在台湾逐渐完成本土化的过程，在他乡的土地上，这群被称为"流散"③的移民们努力通过实物的展示或是文化的传承来建构与原乡相似的文化空间，不断唤起人们的历史记忆，保持与原乡精神上的联系。"族群作为命名的社会文化单位，共享着共同的认同，人们可以由族称追溯和重构他们的族群历史、族群起源和代表性的文化。"④ 在钟理和的小说中经常出现"人种"这个词汇，并且以"人种"的不同来区分客家人、福佬人、山地人、日本人。显然，钟理和将"人种""种族""族群"混为一谈，并没有真正理解"人种"的内涵，他对"人种"的理解是基于强烈的自身所属族群的文化立场，体现出个体文化身份的自觉。钟理和的创作具有浓郁的客家色彩，处处可见原乡文化的身影，特别是《笠山农场》和《薄芒》两部作品称得上是台湾客家文化的风俗画卷。在这些作品中，我们

---

① 钟怡彦编：《新版钟理和全集·2》，高雄县政府文化局2009年版，第66—67页。
② 陈祈伍：《从一篇遗落的文章，看钟理和对战后台湾教育的反思》，载《台湾现当代作家研究资料汇编·钟理和卷》，台湾文学馆2011年版，第272页。
③ "流散"又被译为"族裔散居"，原是植物学名词，描述植物种子在一个或几个区域的散布。后来有人借用以描述人类历史上出现过的种族或人种在较大范围内的迁徙移居现象，以及由此而产生的族裔散居与当地居民在社会、经济、文化交流中的适应、冲突和融合等问题。
④ 周大鸣：《中国的族群与族群关系》，广西民族出版社2002年版，第305页。

所看到的原乡文化是第一在场，它是台湾客家族群坚守的精神家园和共同的记忆，也是巩固族群整体性的"原生纽带"。乔纳森·弗里德曼说过："没有历史的人民，就是那些无法向他人表明他们自己的人民。"①如果失去了原乡的文化历史记忆，台湾移民的后裔们也就无法向他者表明自己的文化身份，那将会真正成为一群无家可归的人。传统文化在日常生活中最直观的形态莫过于语言和民俗，在某一具体文化场域内，它们仿佛是一种与生俱来的本能被代代传承。钟理和笔下客家乡村的村民们在内部交流中始终沿用原乡的客家话，其他族群和种族的语言很难在此通行。《原乡人》的"我"因为家中常常有福佬商人到访，因此才"懂得点福佬话"，钟理和在与钟肇政讨论"方言文学"的时候说过："在台湾，外省人不算，高山族不算，还有闽粤二族。拿我个人的经验而论，我的闽语，在客家人中自信尚在中上之列，然而，过去我阅读用闽语写出的文章，只能看懂十之七八，余可类推。至于说到写，那更是梦想吧。"②由于特殊的历史原因，汉语在20世纪初的台湾还没有推广，族群与族群之间相对封闭，像钟理和这样与外界交流较多的人虽然掌握了一些其他族群的方言，但仅限于口语，若是阅读，也深感吃力。由此可见，尚处于传统社会形态下的台湾，不同族群使用的原乡话作为各自的母语有着不可撼动的地位，即便是所谓的"皇民化"时期，日语也只是在一些社交场合被少部分台湾人使用，而在民间，日常交流的语言仍然是原乡话。吴浊流的《先生妈》中被日本人授予"国语家庭"的钱新发一家人，穿日式服装、住日式房屋、改日本姓氏，人前人后更是满口的日语，但"美中不足"让他"忧郁"的是自己的母亲却是"顽固不化"的：说"台湾话"，穿"台湾衫"，敬台湾本土的神，在母亲面前，已将

---

① [美]乔纳森·弗里德曼：《文化认同与全球性过程》，郭健如译，商务印书馆2004年版，第285页。
② 钟怡彦编：《新版钟理和全集·7》，高雄县政府文化局2009年版，第4页。

第一章　文化场域对钟理和创作的影响

自己改名为"金井新助"的钱新发也不敢"改变母亲的性情。若要强行，一定受他母亲的打骂"。① 在家中，钱新发还是原来的钱新发，还得用原乡话与母亲交流，还得遵从原乡的礼仪顺从长者。钱新发作为一个极端"日本化"的分子尚需在母亲与家人面前遵守祖制，对于大多数普通民众来说，他者文化的影响更是微不足道。《笠山农场》中的山民们秉持着"因循保守的生活态度"，"对于自己的命运和生活从来不去多费心思……他们似乎以为它本来就是那样的，根本无需乎去用脑筋"。他们的生活"像蜗牛一般进得非常慢。一切都还保留得古色古香，一切都呈现着表现在中国画上的静止，仿佛他们还生活在几百年前的时代里，并且今后还预备照样往下再过几百年"。② 在笠山客家山区，"满清遗留下的文化形式"很少改变过，进入那里的文化空间能时时处处感受到它的在场。钟理和在《笠山农场》和《薄芒》的开头部分就把读者带进台湾的客家文化空间中：

　　这是一面不很急的斜坡，像刮过的脸孔一样已开垦成一块干净的地面了。那蚯蚓翻了又翻，黝黑而稀松的土，被细心的锄起来；带有霉味的淡淡的土腥，在空气中飘散着。地面上还留了一丛一丛的灌木，那拔，对面乌，蔓头萝，相思……。两个浑身蓝色的人影在那些灌木丛间掩映着，太阳把灌木的随影投在她们身上，画出斑斑驳驳的图案，随着人影的转动，这些随影便一颤一颤的跳动起来。③

《薄芒》是以描写主人公阿英在田间劳作为开头：

---

① 吴浊流：《先生妈》，载《亚细亚的孤儿》，华夏出版社2008年版，第172页。
② 钟怡彦编：《新版钟理和全集·4》，高雄县政府文化局2009年版，第39页。
③ 钟怡彦编：《新版钟理和全集·4》，高雄县政府文化局2009年版，第10页。

> 她弯着腰身，静静地在摘猪菜。上下身弯成九十角度的臀后，已经洗褪成黑色无光的双蓝衫裙，泼剌剌地迎风飘荡；偶尔给吹得与弯下的背身打著水平，或竟高扬起来，像一支灰黄的母鸡在摇著尾巴。她一株一株挑著老熟的蔓藤齐地皮割起来，像渔人收网般地，从横织竖串的乱蓬蓬的番薯垄里把它抽出来。①

上述两段文字描写客家妇女劳动的场景同样存在于同时期大陆梅县籍作家张资平的作品中，原乡的客家妇女一样的辛劳，一样地承担着家庭的重任：

> 春水来时正是插秧的时候，裤脚高卷至大腿部，雪白的一双有曲线美的腿、膝、胫等都毕露出来。走进田里时泥水高及膝部，或竟涨至大腿部，泥臭和水的污湿浸渗至她们的腰部和腹部来。黄昏时分放了工回来，腿上的泥巴还没有洗干又要为丈夫为儿子的事情忙个不了，喂乳、挑水、劈柴、洗衣裳准备明天一早拿出去晒。②

钟理和一生从未踏上祖籍地梅县，对那里的自然环境、生活习俗一无所知，然而，他所刻画的台湾客家女性与张资平笔下的原乡客家妇女的形象如此相似，这不是巧合。文化相对主义者认为，每一种文化都会产生自己的价值体系，人们的信仰和行为准则来自特定的社会环境。钟理和所生活的客家族群社会的价值体系的根基是原乡文化，由此滋生的信仰与行为准则必然打上了深深的原乡烙印，作为根源性的原乡文化已经在钟理和及其族群中生根发芽。

---

① 钟怡彦编：《新版钟理和全集·3》，高雄县政府文化局2009年版，第2页。
② 张资平：《最后的幸福》，载李葆琰编：《张资平小说选》，花城出版社1994年版，第608页。

山歌是客家典型的民俗，同为客家的诗人黄遵宪称赞："土俗好为歌，男女相赠答。颇有《子夜》《读曲》遗意。"钟理和在《笠山农场》中说："客家人是爱好山歌的，尤其在年轻的男女之间，随处可以听见他们那种表现生活、爱情和地方感情的歌谣。他们把清秀的山河、热烈的爱情、淳朴的生活、真挚的人生，融化而为村歌俚谣，然后以蝉儿一般的劲儿歌唱出来，而成为他们的山水、爱情、生活、人生的一部分。它或缠绵悱恻，或抑扬顿挫，或激昂慷慨，与自然合拍，调谐于山河。流在刘致平血管中的客家人的血，使他和这山歌发生共鸣，一同经验同样过程的情绪之流。他爱好这种牧歌式的生活，这种淳朴的野性的美。"①

钟理和在创作之余，也搜集了一批流行于台南地区主题不同的客家山歌，并将此作为素材有机地融合到作品中。山歌不单纯是劳动中的男女即兴对唱，它还蕴藏着客家文化的密码，记录下客家人流离辗转的悲怆历史，同时也是背负着精神与生活双重压力的客家男女寻求慰藉和解脱的一种娱悦方式，它是客家人历史、命运和生存意识艺术化的表现。无独有偶，中国现代文学史上，在作品中嵌入山歌往往是两岸客家作家自觉的艺术选择，他们虽然彼此从没相见过，也从未去过对方生活的土地，共同的文化源头和文化身份却让他们在不同的地理空间中释放出同样的艺术观念。山歌对钟理和的创作意义来说不仅仅是一种丰富作品内容和拓宽解读空间的艺术技巧，更是作家对自己文化身份的渲染和彰显。

在殖民文化语境中，作为台湾文化根基的原乡文化在民间始终保持着活力，人们遵循祖先传下来的礼制，敬畏神灵，非礼勿动，小心翼翼地保护着自己族群的文化生态。在钟理和的笔下，客家人的文化生态与

---

① 钟怡彦编：《新版钟理和全集·4》，高雄县政府文化局2009年版，第32页。

自然生态相互叠加，相辅相成，成为孕育及保护族群文化的物质基础，充满着生机与希望：

> 春已在这些树林中间，在凄黄的老叶间，又一度偷偷地刷上了油然的新绿，使得这些长在得天独厚的南天之下的树木，像懵然不知自然界中有循环交替的法则，蓬勃而倔强地又燃上了旺盛的生命之火。菅草以贪多不厌的老头儿的气概，不管是石隙，绝壁，河边，路坎，只要能吸得一点生的滋养的地方，它便执拗地伸探它那像铁丝般细而坚韧的根。另一边，楠，榉，樟，铁刀木，胡乔，樫、竹等——这些或太古以来独能免无数次野火的焚劫和居民的滥伐，或虽烧而复生伐而复荣的树木，却以巨人的缄默和沉着，君临在那些菅草上面，坚持最后的胜利。①

《笠山农场》中的树木花草、河谷岩石不正象征着客家人坚忍不拔、昂扬向上的族群精神吗？那在隙缝中求生存的菅草不正是客家人开拓进取生活意志的真实写照吗？1000 多年来，客家先祖一路从北方走来，颠沛流离，历经沧桑，饱经忧患，这支民系非但没有消失，反而在迁徙中不断壮大，就像"烧而复生伐而复荣"的树，"坚持最后的胜利"。客家祖先在历史中积淀下来的文化精神在台湾的子孙中一脉相传，他们敬仰祖先，"慎终追远"，不仅建造祠堂祭祀，而且一直延续原乡客家习俗，无论走到哪里，都要背上祖先的遗骨，不忍先人流落至荒野之中，久而久之，发展成为客家人特有的"二次葬"（注：又称风水葬）风俗。钟理和曾在日记中提到族人为祖父做"风水葬"一事，《笠山农场》中的冯国干更是将"二次葬"视为家族的一件大事，马虎不得：

---

① 钟怡彦编：《新版钟理和全集·4》，高雄县政府文化局 2009 年版，第 49 页。

把自他的高祖以下四代人的金罐，这个月葬下去，下个月挖起来，说是要找更好的风水地下葬。他什么事都不做，整年整月在外别瞎闯，要找好风水地。结果是一份家产荡光了，而好风水地仍然没有找到。①

冯国干一切都遵照旧礼，拜访客人，"他用了在台湾已久不通行的旧式礼法"；他还是一个堪舆师，整天在帮自己和他人寻找适居的"龙脉"，按照他的说法："'头风水，二屋场'，这是马虎不得的，屋场和家道一气相通。"他去给农场主刘少兴新房落成贺喜，先是说人家的屋子建在"真龙福地"，是"福地福人居"，后又不客气地说刘家屋子的地势"稍高了点儿，要能放低点儿就好了。……你这是阳地，阳地不宜太露，不然，纯阳有失于刚"。这些从原乡传承下来的老派作风和习俗在异族文化的压制下受到些冲击，但是当遇到教育、婚嫁、建房、祭祀、庆典等重大事项时，谁也不敢怠慢老辈规矩。像刘少兴这样见多识广、善于接受新事物的人在做屋时也不敢轻举妄动："我从来做屋，但取其当阳、开朗、通风、干爽。我认为只要有这几样，住来自会平安。"② 新屋落成，刘家大摆酒宴，祭祖、酬宾、仪式一样不能少。当人们遭遇灾难、病痛的时候，在惯习的作用下，他们本能地向信奉的神灵或是祖先祈求，以此获得庇佑。

相对于原乡文化的在场来说，台湾文化场域中的异族文化的在场是"关于排除、强行、和侵略的"，正是它的出场，造成了权力与抵抗、拒绝与承认之间的对话。在这场不平等的对话中，早期的荷兰和后期的日本两大殖民者的文化带有强烈的征服性和同化性色彩，尽管殖民者通过

---

① 钟怡彦编：《新版钟理和全集·4》，高雄县政府文化局2009年版，第95页。
② 钟怡彦编：《新版钟理和全集·4》，高雄县政府文化局2009年版，第95页。

武力和强权迫使台湾民众部分地接受了他们的文化,但是同时它又被当作了一个文化参照物,以一个他者的形象出现在台湾本土文化的背景上,反而强化了台湾民众自我身份的认同,继而走出狭隘的族群意识,自发形成了质朴的民族意识。民族意识的觉醒标志着台湾社会从传统向现代转型,殖民者的文化开始被质疑甚至是被挑战。《原乡人》中的"我"正是通过将自己所见到的原乡人与日本人和福佬人进行对比,才萌发了所谓"人种"的意识,进而发现了自己与其他族群和异族的不同,之后,又在家族长者的"启发"下,"我"对大陆"发生思想和感情","我"的二哥更是满怀"倾慕祖国大陆"①的倾向,在抗战爆发不久就义无反顾投奔大陆。异族文化的在场使殖民者与被殖民者双方都置于一种吊诡的处境中:对于殖民者来说,一方面必须依赖这种文化来维系自己的统治,另一方面,异族文化的在场又促使他者的民族意识觉醒。对于被殖民者来说,一方面他们被迫接受殖民文化,中间也出现了一些像罗丁瑞(《雨》)、李新昌(《浮沉》)这样的奴才和帮凶;另一方面,被殖民者在接受异族奴役的过程中,逐渐意识到双方身份的不平等,产生了对抗和逃避的情绪,自我形象的认同得以明晰。《原乡人》的"我"被强拉进日本人组建的"防卫团",监视自己的同胞。在一次防空演习中,一位从原乡移居本地的糕饼店老板因为疏忽漏了一点光,惨遭日本警察的毒打。如果说"我"之前对大陆产生了感情是受父兄的影响,但目睹了这件事后,"我"的内心受到强烈震撼:无论台湾人如何"日本化",被殖民者就是被殖民者,在殖民者面前他们没有任何尊严和人权。此时的"我"感到"一切都显得空虚而没有意义","我"开始怀念远走大陆的二哥,仿佛听到了来自原乡的呼唤:"欢迎你来!欢迎你来!"之后不久,"我就走了——到大

---

① 钟怡彦编:《新版钟理和全集·4》,高雄县政府文化局2009年版,第41页。

陆去"。①

异族文化的在场不仅没有能取代原乡文化和台湾本土文化，它的出场反而造成了不平等对话，对话双方的角色意识不断强化，激发了台湾民众的民族主义思想，原乡不再是那些古老的记忆图腾和林林总总的风俗习惯，它是被压迫和奴役的台湾民众心中的家园意象。何为民族？它"是想象的，因为即使是最小的民族成员，也不可能认识他们大多数的同胞，和他们相遇，或者甚至听说过他们，然而，他们相互联结的意象却活在每一位成员的心中"。②原乡是联结台湾民众的"意象"，使他们跨越了各自族群地域的界限，在民族文化身份的确立上树立起民族的尊严。《原乡人》中二哥所倾慕的"祖国大陆"中的"祖国"不是现代性意义上的国家概念，而是家园与民族文化共同体的抽象结合物。据郝时远研究，中国历史上"民族"一词最早出现在南齐人顾欢的《夷夏论》中："今诸华士女，民族弗革，而露首偏居，滥用夷礼，云于剪落之徒，全是胡人，国有旧风，法不可变。"我国古代"民""族"和"民族"等词多为表示地域、经济生活和居住等情况，民族定义更注重文化因素和心理认同，血缘和地域种族等因素都居于次要地位。孔子说："远人不服，则修文德以来之，既来之，则安之。"他提倡通过"修文德"的方式让别人认同自己的文化，从而到达"安"与"服"的目的，也就是"文化因素和心理认同"，因此，我国历史上的"华夷之辨"实则是以文化标准来区分"华"和"夷"，在中国古人看来，似乎民族界限就在"文化"上。钱穆说："世界上并没有一个纯血统的民族，任何一个民族都夹杂有异血统。而中国古人则似乎不拿血统来做民族的界限。"③直到鸦片战争爆发，

---

① 钟怡彦编：《新版钟理和全集·4》，高雄县政府文化局2009年版，第46页。
② [美] 班纳迪克·安德森：《想象的共同体：民族主义的起源与散布》，上海人民出版社2006年版，第11页。
③ 钱穆：《钱穆先生全集之民族与文化》，九州出版社2011年版，第21页。

中国人的"普天之下，唯我独尊"的天朝大梦终于破灭，西方列强的坚船利炮打开了封闭的国门，将中国卷入弱肉强食的资本主义世界竞争体系中。在自我与列强的相互对照中，国人才逐渐感受到不同文化存在着差异，意识到在"自我"之外还存在着"他者"的形象，中国社会发展到此才萌发出民族意识，认识到"文化必有一主体，此主体即'民族'"①。梁启超是将现代民族理念引进中国的第一人，他在《中国历史上民族之研究》中通过对中华民族之由来、分类、分布、演化和融合的历史研究和论述，提出"血缘，语言，信仰皆为民族成立之有力条件，然断不能以此三者之分野，径指为民族之分野。民族之成立的唯一要素，在'民族意识'之发现与确立。何谓民族意识？谓对他自觉为我。'彼，中国人；我，中国人。'凡遇一他族而又'我中国人'之观念浮于其脑际者，此人即中华民族之一员"。②梁启超将民族意识定义为一种基于共同文化而产生共同心理素质和心理认同感及归属感。他强调民族意识是唯一要素是很有见地的。"事实上，语言、信仰、经济生活等要素，在特定的历史条件下是可以改变或消失的，唯有共同的民族意识与民族情感是一个民族得以确立和长久保持特性的关键，缺此要素便不成其为民族。"③

钟理和与作品中的人物一样，在族群传统文化和殖民者文化双重挤压下，对现实产生了极度的排斥情绪，而他从小到大听到和感受到的那个缥缈却又很实在的原乡成为他唯一的精神寄托，也是他民族意识和自我意识觉醒之后回归母体的冲动。在布尔迪厄看来，每个人或社群都被局限在一个社会空间或文化空间的特定位置和阶级里，而这社会位置的分配，则依其拥有的资本总量，以及资本（包括经济、文化、社会与象

---

① 钱穆：《钱穆先生全集之民族与文化》，九州出版社2011年版，第1页。
② 梁启超：《中国历史上民族之研究》，载刘东编：《梁启超文存》，江苏人民出版社2012年版，第267—268页。
③ 安静波：《论梁启超的民族观》，《近代史研究》1999年第3期。

征资本）结构来决定。显然，在殖民文化空间中，被殖民者处于资本总量的劣势地位，丧失了话语权，他们的文化身份变得模糊起来。

而"文化的民族性，是从种族血缘关系中分化出来的一种社会属性"①，随着殖民者变得越来越强势，处于被统治地位的弱势文化群体往往以"流浪"和"放逐"的形式面对此种景象，在中华文化滋养下成长起来的台湾文化精英感到锥心之痛。正如陈寅恪所说："凡一种文化，值其衰落之时，为此文化所化之人，必感苦痛。其表现此文化之程量愈宏，则其所受之苦痛亦愈甚。"②这种苦痛的根源来自被称为"内在感、自由、个性和被嵌入本性的存在"③的自我主体性的消失，受此"文化所化之人"与母体文化之间的血肉关系被人为割裂，个体丧失了赖以生存的精神家园，内心便产生了被萨义德称为文化"错位"与"移置"的心理，在这种心理的支配下，进而造成归属的失落感和身份认同的困惑。当个体意识到自己的民族语言、生活方式、文化宗教濒临消亡时，或者一种强势文化将它的评判标准强加到自己民族文化身上时，文化意义上的"流放"成为个体保持文化尊严的最好途径。

第四节　文化场域的迁移：放逐与返乡

人类学家乔治·斯班德勒说："人类永恒的自我是一种对过去的延续，对个人的生活经历、生活意义以及社会身份的延续。这些能够帮助

---

① 司马云杰：《文化社会学》，中国社会科学出版社 2001 年版，第 78 页。
② 陈寅恪：《王观堂先生挽词序》，载张步洲编：《陈寅恪学术文化随笔》，中国青年出版社 1996 年版，第 1 页。
③ [加] 查尔斯·泰勒：《自我的根源：现代认同的形成》，韩震译，译林出版社 2001 年版，第 1 页。

人们确认自我。"而这种延续是需要一定的社会语境,一旦失去了相应的社会语境延续就会中断或转变方向。"社会语境中的自我总是在不断地调整以适应语境的要求,而当永恒的自我被现实语境中的自我不断强暴时,自我就失去了安全感。"①殖民者打破了台湾社会固有的社会语境和文化形态,作为原乡后裔的台湾民众,他们缺乏故土生活经验,隔海相望的原乡是他们家园认同的精神脐带,是集体意识投射的抽象目标,也是族群情感上诗意的想象。当这些业已建立起来的精神家园受到异质文化的破坏后,社会生活的延续受到挑战并逐渐被打断,甚至转变了方向,当巨大的不安全感降临时,其中的"文化之程量愈宏"之人在原来的"自我"无法再延续下去的时候,作为反抗,不得不采取"自我流放"的形式来实现自我的救赎。

一般意义上的"流放"是指身体在地理空间上的移动,而文化学意义上的"流放"是指心理空间上的移动。萨义德对文化流放的状态进行了描述:"流放存在于一个中间位置,它既不完全在新的系统一边,也没有完全摆脱旧的系统,它处于与旧的系统半牵连半脱离的位置,它一方面是怀旧的和感伤的,另一方面又是模仿的能手,并偷偷地放逐。"②他认为文化流放既可以是真实的,也可以是隐喻的;可以是被迫的,也可以是自愿的;而在受殖民统治的语境中,文化流放具有双重含义,它不仅表述离乡背井的状态,更表达一种强烈的"家园"追求。这个"家园"可以是真实的,也可以是想象的,从本质上看是一种文化认同和心理归属的结果。③对于成长在复合文化语境中的钟理和来说,他接受了汉文化与殖民文化的双重教育,前者是根源性的,体现了自我主体性;

---

① 任一鸣:《后殖民:批评理论与文学》,外语教学与研究出版社 2008 年版,第 2 页。
② [美] 爱德华·W. 萨义德:《知识分子论》,单德兴译,生活·读书·新知三联书店 2002 年版,第 73 页。
③ 任一鸣:《后殖民:批评理论与文学》,外语教学与研究出版社 2008 年版,第 133 页。

第一章　文化场域对钟理和创作的影响

而后者是外来的，强制性的，对原有的主体性是种破坏。在主体意识还未形成的少年时代，"原乡"以及"原乡人"的概念在他个人的意识中是抽象与具象混杂在一起的模糊概念。尽管此后他进入日本人办的学校接受殖民教育，但族群、父兄的教诲和影响，传统文化经典的熏陶，以及不断从大陆新文化运动中诞生出的优秀作家和优秀作品那里汲取丰富的母体文化养料，钟理和本人的主体意识越来越清晰，他不仅滋生出民族的意识，也同步接受了现代民主意识，个人的感情和理念与当时大陆的文化氛围融通在一起。钟理和给友人的信中描述了自己这段心灵历程：

> 小高毕业后，入了一年半村私塾攻读古文——中文。我后来的文艺工作，主要是由我阅读课外的散书建立起来的。小高时籍着由父亲得到的一点点阅读力，我浏览中文古体小说。入村塾后，阅读能力提高，随着阅读范围也增广。举凡在当时能够搜集到手的旧小说，莫不广加涉猎。后来更由高雄嘉义等地购读新体小说。当时，隔岸的大陆上正是五四之后，新文学风起云涌，像鲁迅、巴金、茅盾、郁达夫等人的选集，在台湾也可以买到。这些作品，几乎令我废寝忘食。在热爱之际，偶尔也拿起笔来乱画。①

从未有过原乡经验的钟理和凭借这些文学经典作品所呈现出来的艺术形象构建了个人的原乡图景和精神指向。传统诗文的精致与优美，历史故事的神奇与悠远，"五四"新文学传递的力量和勇气，无不让被残酷的殖民压迫与严密的封建礼教挤压得几乎窒息的钟理和看到了人生的希望。认真研读《原乡人》，可以看出钟理和心中的原乡既非单一的台

---

① 钟怡彦编：《新版钟理和全集·7》，高雄县政府文化局2009年版，第135页。

湾客家人在大陆的祖籍地,也非特指祖国大陆,文中出现的与原乡有关的原乡来的教书先生、苏杭风景、传统戏曲、地图、大陆各个省的手艺人、祖籍地梅县等林林总总的形象,所指代的对象都是原乡。由此不难发现,钟理和心中的原乡并不是一个非常清晰的地域,而是与大陆有关的一切美好意象的集合体,是作家文学想象中的具有生命、文化、伦理以及社会等多种审美意蕴的中国情怀。在钟理和的心灵深处,原乡既是自己文化认同的对象,又是个体精神世界的依托,原乡形象和自我生命取得了价值同构的意义。文学世界的原乡是一个充满歧义的原乡,正如《原乡人》中所指涉的不同意象,其中充满着作家的文化思考和历史想象。王德威对钟理和文学世界中的原乡有着深刻的认识:"作为客家子弟,钟理和显然为自己族群身份归属的不确定性,早有敏锐的反思。所谓原乡,无非是他安顿自己的终极向往:原乡可以是土地国家,是他至亲至爱,但更可以是他的文学专业。"①

钟理和的学习经历很独特,他入日本人创办的公学校前,在村中的私塾学习了两年汉文;入读公学后,暑假中仍然被父亲送到私塾继续学习汉文。钟理和在公学校读了八年。毕业后,又跟随家乡一位有名的文人光达兴学习汉文两年。② 与同时代的台湾青年相比,钟理和接受了很好的传统文化教育,尽管他也被强制灌输了不少殖民文化,其至也和《原乡人》中那群年轻的伙伴们一样,对殖民文化已经有了某些认同。但这只是一个短暂的过程,随着年龄的增长,他从所谓"日台亲善"的幌子下看到了日本殖民者的残暴、丑恶的嘴脸,体会到殖民者与被殖民者的不平等,感到了被欺骗、被奴役的屈辱。除《原乡人》外,钟理和对这方面的记述散见于他日记和信函中,他将这段沉

---

① 王德威、黄锦树:《原乡人——族群的故事》,麦田出版社2004年版,第56页。
② 应凤凰:《钟理和文学年表》,载《台湾现当代作家研究资料汇编·钟理和卷》,台湾文学馆2011年版,第51页。

重的"殖民地的痛苦"称为"做奴隶的味道"①，不堪回首。从另外一个方面来看，在受殖民统治的时空背景之下，殖民文化作为参照物的作用日显突出。钟理和对殖民文化接受的过程也是走向自我主体意识觉醒的过程。钟理和的性格和心理形成深受汉文化影响，对殖民文化接触得越深，他越是意识到自己处在现实文化语境中的边缘地带，更加向往心中无限憧憬的原乡。此时的钟理和已经逐渐从殖民者为自己设定的文化身份中走出来，他的潜意识中开始浮现"放逐"的念头。人一旦成为某种非中心化的主体，常常难以感知自己与现在、过去乃至未来的切实关联。这时的个体生存会因此失去内在的依托，以致陷于漂泊、孤独的窘境，形成一种沉重的焦虑感。钟理和此时正处在如萨义德所说的"中间位置"，一方面他无法完全接受外来的殖民文化；另一方面，他因"同姓婚姻"受到家人与社会的责难，对旧有的传统文化既留恋同时又痛恨，他内心的痛苦正像《门》中主人公袁寿田所感受的那样："出不能有用于家国，入不能保有其妻子。"②他的生活"宛如被抽去内容，一切都显得空虚而没有意义"（《原乡人》）③，在"压迫和阻难"面前，"肉体是已经疲倦不堪，灵魂则在汨汨滴血"④。这不仅是钟理和个人的苦闷，也是那个时代所有台湾人的苦闷，被殖民者肆意蹂躏的台湾已经无法安顿他们的灵魂，自我放逐去寻找精神的家园成为不少台湾人的共同选择。

"放逐"作为文学的母题，它跟一个民族的历史文化、族群生活的方式以及作家个体生命体验紧密联系。"放逐"有被迫也有主动，有有意也有无意，有现实的也有精神的，它可以将我们引向一个之前未知的

---

① 钟铁民编：《钟理和全集·5》，高雄县立文化中心1997年版，第76页。
② 钟怡彦编：《新版钟理和全集·7》，高雄县政府文化局2009年版，第157页。
③ 钟怡彦编：《新版钟理和全集·7》，高雄县政府文化局2009年版，第47页。
④ 钟铁民编：《钟理和全集·5》，高雄县立文化中心1997年版，第130页。

文化与历史语境之中。"放逐"往往是一个时代的隐喻或缩影,具有历史性和当代性,也有人把"放逐"看成"人生的一种际遇,或是一种宿命,或是一种挑战"。中国传统文学自屈原《离骚》以来"放逐"母题经久不衰,在波澜壮阔的历史长河中,一些个体有的因政治迫害被放逐到偏远荒蛮之地,备受肉体和精神的双重折磨;有的背负沉重的精神枷锁,文化上无所依归,被迫离开自己熟悉的文化语境,自我流放到一个陌生的环境中。无论是被动还是主动的放逐,被放逐人的心理结构具有多层次性。从深层结构上看,"主要表现为对人的终极价值的关怀和追问。它以生命的体验为根基,升华为生存的哲学意识,为形而上者;作为表层结构,表现为对生存的现实价值的关切和回答,它以生存现实环境为背景,体现为伦理与道德的观念,为形而下者"。①而在这两个层次之间贯穿着一条历史——文化的纽带,这是被放逐人恒定的精神因素。

生活在殖民时代的钟理和,他所依存的族群文化正遭受到殖民文化的围剿而日趋衰落,甚至有消亡的危险,这是一个民族集体的伤痛,也是他个人的悲伤。然而,这种悲痛"因为集合了一个民族的声音"而无法被大多数麻木的人聆听到,但这种声音却是他个人生命中的最强音。故乡和家庭对每个人来说是最温馨最安全的栖身之地,在钟理和的童年记忆中,尚未受到殖民文化侵染的台湾客家山区封闭宁静,处处保留着宗法制社会的古朴与纯美:

> 肥沃的大地,已结著累累的华实了,展开在眼前的是无限的丰饶与充实的生命,绿的树梢,与白的花穗……一切在交织著生之歌曲。微风唰唰地吹来,这些辽阔的稻田更兴起仿佛似梦的波浪,从

---

① 杨匡汉:《"游子文学"与放逐情怀》,《内蒙古社会科学(汉文版)》1998年第6期。

南冈一直向北冈下滚过去，滚过一阵又一阵，似乎有什么无形的东西，闲雅而极潇洒地在那上面跑著一样。风里送来清冽的草香、与疏淡的稻花香，间或夹杂有浓馥的山花香气，那似乎是从山坳里带出来的山棕花香吧！① (《薄芒》)

这里有"人瘦瘦的，黄脸，背有点驼"从原乡来的先生(《原乡人》)；有供奉保佑客家人平安的三山国王神庙(《薄芒》)；有"头风水，二屋场"这样悠久的习俗(《笠山农场》)；还有飘荡在山野之中优美动听的客家山歌(《亲家与山歌》)，就连人们的衣着也还保留着满清时代的装束。然而，这一切随着殖民同化政策的加剧逐渐消亡：孩子们入了日本人办的公学校，日本教师取代了私塾先生，几年之后，少年们都是"用流利的日语彼此辩论"(《原乡人》)；客家人世世代代信奉的法师爷的神像被日本人推倒了(《山火》)；"辽阔的稻田"被铲平种上了殖民者的经济作物甘蔗，被破坏的土地"像刚出窑的实惠，干渴而松燥。风一刮，尘土飞扬"(《亲家与山歌》)；客家妇女们在"日本人的严厉禁令"下，一改"由移民以来便一直保留下来的古式齐膝长衫"装束，改穿简朴的短褂(《竹头庄》)。传统社会形态分崩离析，在殖民者强制推行所谓"工业化"的进程中，台湾民间社会反而更加保守，一些陈规陋习甚至被视为族群的文化传统令不少人心醉痴迷。《原乡人》中的二哥和"我"，作为台湾社会中较早接受现代民族意识和民主思想的青年一代，在殖民主义与封建主义双重桎梏的压制下，"只想离开当时的台湾"(《原乡人》)，挣脱束缚的枷锁，争取人身和精神的自由。《门》中袁寿田在给处于苦闷迷惘之中的弟弟的信中写道：

---

① 钟怡彦编：《新版钟理和全集·3册》，高雄县政府文化局2009年版，第3页。

希望只在肯死干到底的人手里。神只在头上，他不能叫人白流尽汗珠与热血，他不会独薄于你，他将祝福于不空躺在床上怨恨命运，而只顾埋头苦干的人身上。请你只顾向前奔，不顾其他。①

"只顾向前奔，不顾其他"这是钟理和当时内心最真实的写照，与其怨恨命运，不如向前奔走寻找希望。在钟理和一系列作品中，"自我放逐"是其中重要的主题：《奔逃》《同姓之婚》中的"我"和平妹，《门》中的袁寿田和妻子，《笠山农场》中的刘致平与刘淑华，《游丝》中的朱锦芝和张先生，他们为了争取婚姻自由，不惜与家人和社会决裂，逃离家乡；《原乡人》中的二哥和"我"，不甘忍受殖民者的欺辱，冒着风险辗转来到心仪已久的大陆；《新生》中的存直对如"股份公司"一般的封建大家庭彻底失望，他抱着"我只知道有我自己，我自己要活下去"的信念，离家出走远方去寻找"美的乐园"②；《生与死》中的张伯和真实、正义、坦直，却不为环境所容："社会嫌他血气太冲，朋友则认为他太骄，家庭则咬定他是个有辱祖宗的不孝子……"他只好"像黑乡的流浪者，挈着妻子"逃到"不为世人所注视的角落里来了"。③ 这些人物无不是殖民时代的失败者，他们对未来怀有憧憬，现实的无情却让他们付出了沉重代价，曾经栖息的温暖家园已经变成了一潭死水，毫无生机，沉闷窒息，随时可能吞噬这些年轻的生命。殖民社会是畸形的，它使"有反抗性的每个年轻人，都磨削掉其富有弹力性的棱角，叫他屈服，并且柔顺如羊才肯干休"。④ 日本殖民下的台湾如同"黑色的夜，无言地横盘"，对于像张伯和这些清醒的青年来说，黑暗的现实"执拗地，

---

① 钟怡彦编：《新版钟理和全集·3》，高雄县政府文化局2009年版，第158页。
② 钟怡彦编：《新版钟理和全集·1》，高雄县政府文化局2009年版，第28页。
③ 钟怡彦编：《新版钟理和全集·5》，高雄县政府文化局2009年版，第55—56页。
④ 钟怡彦编：《新版钟理和全集·3》，高雄县政府文化局2009年版，第157页。

冷笑地，狰狞地，在向着他挑战。但他的惘然的眼睛，既没有任何表示了。忿怒，憎恶，血性，热情，这些，由他的死灰似的心里消逝了。占据着他的心里的，不复是这些，而是比这些更坏，更不良的性质的东西：既是绝望……"①在绝望面前，有些台湾青年选择了静默和妥协，如《竹头庄》中的炳文，抗战前在高雄邮局找到一份差事，没几年就被辞退回乡，从此，曾经"机智、活泼、肯努力、有希望"的青年沉沦为一个"扯开了面皮就什么事情都做得出"的骗子。炳文的悲剧正是殖民时代无数无路可走的台湾青年的命运缩影，他们的悲哀就如《新生》中的存直所感受的那样："脚下踏住的地块，仿佛在一直往下沉"②，直到最后被吞没。在精神上的伤痛与压抑和生活中的困苦与无奈面前，钟理和始终没有屈服，他游离于当时台湾所谓的主流社会，被排斥在集体之外，尽管在肉体与灵魂上付出了"昂贵"的代价，但他秉承"我只知道有我自己，我自己要活下去"（《新生》）的信念，与扼杀人性的社会抗争着：

> 没有反抗的勇气的人，固然凄惨可悲，但没有彻底反抗的勇气，在半途里便挫折了的人——他不能彻底实践他的意志而摧毁了时，那时候，才是人生莫大的悲剧……只有有彻底反抗的勇气的人，才配期待能劈开自由与光明之路的希望实现。③

钟理和在意识形态上与现实的文化和政治产生对抗，他无法在自己的家园安身立命，只好把自己抽离出原本熟悉的世界和系统，去寻找一个没有压迫、没有束缚的理想的精神家园。残酷的现实是无法满足这一

---

① 钟怡彦编：《新版钟理和全集·5》，高雄县政府文化局2009年版，第7页。
② 钟怡彦编：《新版钟理和全集·1》，高雄县政府文化局2009年版，第26页。
③ 钟怡彦编：《新版钟理和全集·3》，高雄县政府文化局2009年版，第158页。

愿望的，在他的心里逐渐升腾出一个具有审美意蕴的原乡意象，它具有生命极致意义的现实超越性，既是钟理和文化认同的对象，也是个体精神世界的依托。对于台湾民众来说，离开母体之日就是他们精神开始漂泊之时，离开得越久，离曾经栖息的家园越远。然而，殖民时代的台湾文化场域，中华文化的影响力依然强大，它是包括钟理和在内的绝大多数台湾民众文化结构中最深层的底蕴。当异族文化不断侵入他们的文化空间，身份认同产生了危机的时候，在台湾这个特定的文化场域中，他们由主人沦为非中心化的主体，失去了自己与现在、过去乃至未来之间切实关联的感知，个体生存因此失去内在的依托，普遍陷入漂泊、孤独的窘境，形成一种沉重的焦虑感。当民族文化面临消亡危机的时候，萨义德所说的"心理流放"的状态已经在钟理和这批台湾早期现代知识分子身上产生了。他们选择了迥异于群体中大多数人规范的生活方式，注定了他们与所属的社会或团体主流的不一致，注定他们远离现在的生活、社会中心和主流话语。他们缺少与社会中心的情感共鸣与理解，与现实环境之间相互没有任何妥协的可能，他们选择自我放逐，自觉地被漠视，也漠视他人，在"心理流放"的基础上，终于选择"自我放逐"，离开自己的故乡，离开自己曾经所属的文化语境，以流浪的方式去找寻能够安顿自己灵魂的精神家园。

钟理和本人和他作品中的人物在选择自我放逐，到异乡流浪的时候，内心是复杂的，既有渴望重获新生的欣喜和欢愉，也有离别的伤感和对未知命运的担忧。钟理和与妻子在前往大陆的客船上，望着渐渐消逝的台湾海岸线，两人"默默地坐着，望着"，内心的情感在翻滚着：

    天地是如此空旷的、辽阔的、深远的。就是漂浮在海空的云朵，看来也是那么渺小无奇。而我们，我们的船，便是在这里飘着、流着，向着令人不能相信的，虚无缥缈的地方驶去，来也茫茫，去，更不知归于何处？

……

人间便是这么广大的、寥落的、荒漠的。被孤独地抛出去的我们这一对青年夫妻，不正像海天的云朵一样，四无依据吗？多寂寞呵！多凄凉呵！此去，海阔天空，我们将何所靠而生呢？①

自我放逐的人虽然要承受"被抛出广大而荒凉的世间的孤独"（《奔逃》），但冲出精神的牢笼又带给他们满怀的希望。当存直（《新生》）鼓足勇气，走出冷漠的家庭的时候，他仿佛看到"从远处射来的一丝阳光"，满世界"富有生命，富有活力，大地好似从梦中清醒过来的美人……生命的发展，它绝非旧的延长、继续，而是新的净化、充实！是从旧者转化过来的另一种生活态度的获得，理解与开始——即新生"。②对钟理和来说，他的自我放逐既有"个人原因"，也有"民族意识在作祟"，是"抱定了誓死不回的决心出走的"③。然而就像《原乡人》中的"我"一样，钟理和在自我放逐的时候，"没有给自己定下要做什么的计划，只想离开台湾"④，只想"逃到远远的地方，没有仇视和迫害的地方"⑤。由此来看，钟理和自我放逐之地之所以选择大陆，除了在族群文化的熏陶下所形成的一些民族意识"在作祟"之外，寻找他心中那个充满神秘和浪漫的精神原乡，实现自我救赎和文化认同才是他最根本的目的。"我不是爱国主义者，但是原乡人的血，必须流返原乡，才会停止

---

① 钟怡彦编：《新版钟理和全集·5》，高雄县政府文化局2009年版，第7页。
② 钟怡彦编：《新版钟理和全集·1》，高雄县政府文化局2009年版，第26页。
③ 钟怡彦编：《新版钟理和全集·5》，高雄县政府文化局2009年版，第7页。
④ 钟怡彦编：《新版钟理和全集·2》，高雄县政府文化局2009年版，第47页。
⑤ 钟铁民编：《钟理和全集·5》，高雄县立文化中心1997年版，第130页。

沸腾!"(《原乡人》)钟理和的这句名言真实道出了他自我放逐、奔逃大陆的心声。

英国社会学家齐格蒙·鲍曼说:"并非所有的流浪者都是自愿的,因为他们宁愿呆在原地,而不愿意移动。……如果他们在移动,是因为他们被后面的力所推动——由于被一个如此强大、如此神秘的力所推动以至于无法拒绝。他们决不把他们的境况视为自由的显现。……对他们而言,自由意味着不必在乎外面流浪,意味着拥有一个家,并呆在里面。"[①] 从鲍曼的观点来看,钟理和的自我放逐既是一次精神流浪,同时也是一次精神返乡,而后者就是推动他"移动"的神秘力量。台湾虽然是生养他的故乡,但在他和族人的心里还存在着一个遥远而又亲切让人神往的精神原乡。当故乡被外族侵略蹂躏、面目全非的时候,为了追求自由,为了找寻一个安身立命的家园,无数次萦绕在心头时而清晰时而朦胧的原乡成为他们自我放逐的目的地。因此,钟理和的自我放逐也是一次涉及母族文化的"文化返乡",他是带着掺杂一些疼痛感的乡愁踏上了幻想的精神家园之路。自我放逐是在身份无法在固有的社会环境中得到确认时发生的,它既是一次无奈的离乡背井式的逃离,也是对精神"家园"的追求。这个"家园"是一种文化认同和心理归属的结果,是建立在情感共鸣与理解基础之上的。钟理和的自我放逐与文化返乡具有同构的价值意义,蕴含和附着着浓厚的民族文化心理色彩。但是,"文化居家"是不可复制的,一旦离开原有的家园,就永远不可能重返原初意义上的家园了。从大陆迁到台湾的客家人离乡已经百余年,其后裔早已本土化,祖辈记忆中的原乡只是永恒的文化乡愁载体和族群自身文化认同的对象,原初意义上的家园只存在于审美意义上的意象之中。因

---

① [英] 齐格蒙·鲍曼:《后现代性及其缺憾》,郇建立、李静韬译,学林出版社 2002 年版,第 108 页。

此，从本质意义上来看，钟理和的自我放逐是一种对原乡文化的怀想或反刍，他试图返回母体文化的时空结构中，将自己从自我归属的困惑和失落中解救出来。

人一旦放逐，离开原有的时空定位，就会产生被法农称为"移置"的文化现象。所谓"移置"就是人的躯体和精神在时空的转换中，定位发生错乱，"与自我生命选择过程所建构的生存空间发生位移，原本的生存环境被打破了，原本的生存价值系统被否定了"。① 文化上的"错位"感随着"移置"产生了，它是隐喻的，是由不同文化之间的差异造成的。当一个人离开习惯的生活环境进入陌生的场域中，就会发现这个场域中存在着许多令自己费解的文化现象和难以适应的生活习惯，这就是不同社会和群体之间的文化差异。钟理和自我放逐是为了消除个人内心感受和外部世界刺激造成的张力，以求得心态暂时平衡，它具有心理代偿的功能，更多的体现为一种精神现象，而不是简单的行为方式。这种放逐意味着从寻常生涯中解放出来，意味着自己成为边缘人，意味着总是以移民或放逐的思维方式面对阻碍。特别是对于知识分子的放逐者来说，他们"对非确定性、冒险性和实验性的东西更感兴趣，对于常规性和权威性的既成事实却不屑一顾"。② 放逐本身就包含着各种艰辛与痛苦，放逐者要经受"饿其体肤，劳其筋骨"磨难的同时，更要面对他乡文化差异的挑战。然而，钟理和并没有做好上述的心理准备，他自愿放逐，并将放逐的目的地选择在一直寄托他人生理想的大陆，而他对大陆的感知是间接的、零散的、艺术化的。100多年来，中华民族内忧外患，积弱积贫，与世上大多数落后的国家一样，"民族文化的蕴积出现了真正的衰竭……在这些文化残迹里，几

---

① 庄伟杰：《空间位移与放逐诗学》，《文艺研究》2009年第2期。
② [美] 爱德华·W.萨义德：《知识分子论》，单德兴译，麦田出版公司1997年版，第60页。

乎看不到任何运动的迹象，没有真正的创造性，没有涌动不息的生命力"①。对于在殖民者统治下生活的台湾民众来说，大陆以及中华文化象征着民族的尊严和辉煌，是他们与殖民文化抗争的最后堡垒。日本侵占台湾之后，采取了两岸隔绝政策，大陆的背影越来越模糊，大多数台湾民众对大陆的现实状况了解得少而又少。《原乡人》中"我"的父亲算是对大陆情况比较了解的人，因为在大陆有生意，"每年都要去巡视一趟。他的足迹遍及沿海各省，上自青岛、胶州湾，下至海南岛"，甚至他还"不辞跋涉之劳深入嘉应州原籍祭扫祖先"。即便如此，父亲所观察到的大陆也只是"地方太乱，简直不像话"之类的表象。钟理和带着寻找"没有仇视和迫害"乌托邦似的理想家园的热情踏上大陆的土地，面对"一片令人作棘心之痛的落后和悲惨"的祖国，他的"精神返乡"注定要遭遇挫折与失落。

与一般意义上的"返乡"不同，大陆对钟理和而言完全是陌生的，这里曾是所有台湾民众的祖国，也是台湾闽粤族群的祖居地，大陆就是他们生命中的文化记忆和精神家园。追寻原乡是人类境况的本能和宿命，更是那些遭受迫害和压制的被殖民者实现自我救赎的必由之路。大陆是钟理和的祖籍地，并不是他生长之地，他没有任何大陆的生活记忆和经验，他的"返乡"与自我放逐纯粹是文化意义上的行为。对他来说"乡"意味着"乐园形式的家乡"，是关乎祖辈的记忆图象和割舍不断的民族情怀，也是他苦苦寻找的精神家园和心灵栖息地。但钟理和此次的"返乡"与他所敬仰的大陆现代文学大师们同类小说有着很大差异，像他在日记中提到的鲁迅、茅盾、郁达夫、巴金、废名等都创作过数量不菲的乡土小说，这部分作家是"被故乡所放逐，生活驱逐他到异地去

---

① 罗钢、刘象愚主编：《后殖民主义文化理论》，中国社会科学出版社1999年版，第289页。

了"①的文化群体，他们的返乡既是精神之旅，也是怀旧之旅；他们作品中的"乡"既是生养自己的故乡，也是他们无限留恋的精神家园。钟理和的大陆之行充满了未知的变量，当真实的大陆呈现在他面前的时候，他胸中曾燃烧的热情和希望很快就被"失望与幻灭"淹没了。

在布尔迪厄看来，"个体受教育的社会化过程一定浓缩着他本人的社会地位、集体历史、文化传统等多种因素，而这些因素反过来又会影响他的社会实践"。②钟理和受到的教育是多维的，包括家庭、族群社会、学校（私塾和日本人办的公学校），因此，他的社会认知与社会行为必然受来自这些环境的影响，其中，从家庭、族群与私塾那里获得的是"集体历史"与"文化传统"；而在日本的公学校和他们主导的公共社区，钟理和接受的是与前者对立的认知教育，所以，在他进入社会后，不可避免地面临身份认同的困境，成为"一个充满矛盾的畸形人"③。但身处畸形社会中的他并没有意识到自己身上的矛盾性，当从原有的文化语境中迁徙到另一个完全陌生的地带时，诸如语言、文化、生活习俗、空间距离等方面的差异性才会显现出来。钟理和来到大陆，他的生存空间发生了移置，"身体空间"的流放使他不得不面对随之而来的心理和精神上的"错位"感。日本殖民下的台湾文化场域文化形态紊乱，汉文化、日本文化、土著文化、葡荷文化相互碰撞和交汇，曾经占

---

① 鲁迅：《中国新文学大系·小说二集序》，载《鲁迅全集》（第6卷），人民文学出版社1981年版，第238页。
② [法]皮埃尔·布迪厄、[美]华康德：《实践与反思——反思社会学导引》，李猛、李康译，中央编译出版社1998年版，第133页。布迪厄认为人的"惯习"是一种生成性结构，它塑造、组织实践、生产着历史，同时它本身也是历史的产物，是人们后天获得的各种生成性图式的系统，它是持久性的性情倾向系统，是被建构化的结构，寄寓着个人接受教育的社会化过程。而这种教育所形成的"惯习"又决定着他的实践。
③ 洪炎秋：《洪炎秋自选集》，黎明文化事业公司1975年版，第15页。

主导地位的汉文化在殖民文化的打压下趋向边缘,但是,殖民文化并没有也不能在短短的几十年里将其他形态的文化整合到自己的体系中,其他形态的文化依然以各种途径和手段在不同的人群中传播。不可否认,残酷的殖民同化政策对其他文化形态造成了巨大破坏,日本文化已经渗透到不同的文化群体中,正在瓦解着这些文化形态的同一性。这些可以从钟理和小说中很多人物身上得到印证,从底层的农民(如《雨》中的黄进德、《亲家与山歌》中的玉祥)到依附日本人生活比较优裕的所谓上流人物(如《浮沉》中的李新昌)的身上都多少掺进了日本文化的成分,他们日常交流时的语言要不中日文混杂,要不满口的日语,他们对祖国的情感错综复杂,台湾民众就在这些不同性质的文化碎片中漂移,缺乏文化的归属感和依附感,精神迷离,陷于身份认同的危机之中。钟理和同样迷惘和混乱,他急切地想通过自我放逐寻求一条能消除窘境的通道,他在放逐中所关心的不是如何通过自我的力量去实现自我,而是迫不及待地想让自己的身份在新的文化场域中得到认同。

不同时代和国度,人们自我放逐的精神诱因是相同的,都是对现状的诸多不满。原有的生存环境、价值标准,道德规范是他们要背叛、要逃离的,但原有的一切已经在放逐者内心深处积淀成文化心理图式,因此,在流浪的过程中,当新的文化图式还未形成的时候,他们又自然而然地以原有的标准作为参照物,对现实环境进行判断,这是所有放逐者都无法摆脱的"逃离与眷恋"的悖论,他们处在"与旧的系统半牵连半脱离的位置"上,很少能实现完整意义上的"流放"——在放逐中获得超越。萨义德将自我放逐者的生存空间称为"中间状态",这个空间是由其他空间的边缘组成的,"来自各个空间中心地带的力量在这个由边缘构成的空间中呈现出不同力量的对比和张力"①,在"中间状态"生存

---

① 任一鸣:《后殖民:批评理论与文学》,外语教学与研究出版社2008年版,第138页。

第一章 文化场域对钟理和创作的影响

的人们游离于各个空间的中心，但因血缘、习俗、文化传统等因素又与各空间保持着千丝万缕的联系。

钟理和把"还乡"的第一站选在了伪"满洲国"，而不是直接到大陆的其他地方，本身这里包含了自我放逐的自由不自由的哲学命题。以台湾人当时的身份来看，他们属于日本"岛外人"，"法律上又是日本籍民"（《祖国归来》），只要持有"日本外务省发给的'渡航证明书'"（《奔逃》）就可以自由进入同为日本殖民范围的东北、华北等大陆沦陷区，似乎享受到殖民者给予他们的某种特权。因此，在国人的心里，"台湾人""朝鲜人"都被看成是"依靠日本势力"的附庸，这种尴尬的身份一到大陆就凸现出来。与大多数台湾人一样，钟理和是抱着"离开被压迫着的台湾来到祖国"[①]的愿望投奔大陆的，但让他们始料不及的是"'台湾人'响在国内同胞的耳朵里与心弦上的音律，则非很好的名词"[②]。"国土原本整块，同胞原本一体"[③]，"历史的错误"使台湾被殖民者生生地从母体上割开，沦为"别族底奴隶，做了所谓被征服底劣等民族，做了亡国奴。"（许地山）在台湾，日本人从没有给予台湾民众真正的所谓日本国民待遇，蔑称他们为支那人、清国奴，肆意地屠杀、殴打和辱骂；而脱离台湾来到大陆的时候，"是否真正回到了祖国，这一点他们却好像不知道似的"[④]，台湾人被看成另类的"白薯"和"日本人的奴才"（《白薯的悲哀》）。奔逃到大陆只是让钟理和暂时摆脱了礼教的束缚和殖民者的残暴统治，但并没有实现真正的自由。相反，当地域上的"移置"成为一种事实的时候，钟理和感受到了文化"错位"给他带来的冲击，现实的大陆与他向往与想象的家园形象存在巨大的反差，过

---

① 钟怡彦编：《新版钟理和全集·5》，高雄县政府文化局2009年版，第268页。
② 钟怡彦编：《新版钟理和全集·5》，高雄县政府文化局2009年版，第270页。
③ 钟怡彦编：《新版钟理和全集·5》，高雄县政府文化局2009年版，第270页。
④ 钟怡彦编：《新版钟理和全集·3》，高雄县政府文化局2009年版，第140页。

去在明信片上、留声机里、父辈的口中所看到、听到、感受到的那个千姿百态、婉转优美的祖国不见了,眼前的祖国却是一个哀鸿遍野、贫穷落后,充满了"卑鄙与肮脏,与失掉流动的热情和理性"①的国度。虽然回到了日思梦想的祖国,但在这个似曾相识的环境中,钟理和却无所适从了,他不仅没有从这个空间里获得应有的文化认同,心理和精神上的"错位"感再一次把他推到社会的边缘地带:一方面,他难以认可苦难中民族是和他"流着同样的血、有着同样的生活习惯、文化传统、历史与命运的人种"②,同样,大陆的民众对"台湾人"也抱以怀疑和索寞的态度,他不被他们所接受,他也拒绝他们;另一方面,他更不愿与日本人为伍,为了生存,钟理和做过司机,开过石灰铺,当过三个月的翻译,除此以外,他大部分时间过着读书写作的生活,居无定所,离群索居,常常要靠同在北平的表兄接济。作为一个放逐者,钟理和充满了对家园的渴望,他视大陆为自己的精神归宿和生命的栖息地,现实却并非他所愿,在这个新的环境里,业已形成的思维模式阻隔了他与群体的交流,相互之间缺少情感的共鸣和理解,他仍然处于新的文化语境的边缘地带。无法融入新的环境,而旧的自我又无法延续时,钟理和从一个放逐者转变成无根的漂泊者。

《门》是反映钟理和这个时期思想波动的一部重要作品,它以第一人称的叙述视角和日记体裁揭示了主人公袁寿田从台湾投奔大陆之后的一段心理历程。主人公袁寿田与钟理和在东北的经历基本是重叠的,他的内心感受正是钟理和的自我表白。从遥远的南方来到奉天的袁寿田原先住在日本站,那里"生活比较能安心",但在他的心里却藏着一种崇高的"信仰"和"爱",它们"诱惑"着他"搬到满人街来"。他的"信

---

① 钟怡彦编:《新版钟理和全集·3》,高雄县政府文化局2009年版,第268页。
② 钟怡彦编:《新版钟理和全集·3》,高雄县政府文化局2009年版,第84页。

仰"就是对自己文化身份的认同;"爱"就是发自内心的最朴实的民族之爱。然而,袁寿田怀着强烈的"信仰"与"爱"来到"满人街"的大杂院后,所"瞧见的"是一群"聚合着世间最末流、最下层、最不洁、而最为世人所不齿的人们"①,他们如"由里腐败的果物"②,生活中充斥着"吝啬、欺诈、愚昧、嫉妒、卑怯、狭量、猜疑、角逐、鲁莽"③。对于当初"立下很强的决心"并且"捧颗热烈、真挚之心"而来的袁寿田来说,他在报以"信仰"与"爱"的人身上没有找到自己的理想与归宿,转而"失望与幻灭",由爱生恨,挣扎在"憎之而又爱之,爱之而又不能不憎之"④的旋涡中,甚至"诅咒"起曾经的"信仰与爱"和自己的"命运"。对此,好友康孝先从"彼方"与"此方"的角度分析了这种心理产生的根源:

  时代已不同往昔,给我们以余裕的时间了。此方的不爱与抛弃他们,和彼方的不爱与不理解我们,我认为均有同样的自由。彼方已然没有强迫他们必须认识此方的价值的权利,自然此方也没有低头去为他们服务的义务,绝对没有。爱与信念,纵然如你所说,不因对象而有所增损,但你却忘了一个重要之点,即它也许将因此而凋谢并陨落。⑤

康孝先将"台湾人"与"大陆人"置于"彼方"和"此方"的位置上,体现出双方文化认同的差异性。人本身是一个以自身民族文化为中心的

---

① 钟怡彦编:《新版钟理和全集·3》,高雄县政府文化局2009年版,第140页。
② 钟怡彦编:《新版钟理和全集·3》,高雄县政府文化局2009年版,第140页。
③ 钟怡彦编:《新版钟理和全集·3》,高雄县政府文化局2009年版,第140页。
④ 钟怡彦编:《新版钟理和全集·3》,高雄县政府文化局2009年版,第140页。
⑤ 钟怡彦编:《新版钟理和全集·3》,高雄县政府文化局2009年版,第175页。

单一整体，如果受到"他文化"的影响，就会成为一个两种或多种文化的混合体，影响到文化身份的确定。袁寿田生长在多元文化混合的受殖民统治的空间里，在那里，殖民与被殖民者的文化身份界限分明，为了摆脱文化身份的困境，他和妻子流落到奉天，试图在这里获得身份的认可。正如康孝先所说的"时代已不同往昔"，祖国大陆此时正遭受着近百年来最大的灾难，国土沦丧，百姓流离失所，泱泱大国黯然无色。袁寿田的放逐目的是寻找自己的文化之根，但这条"根"历经风雨，千疮百孔，特别是近代以来，内忧外患，中华民族正经历着从传统向现代转型之前的阵痛，曾经灿烂的文化逐渐失去了生机和活力。而袁寿田与祖国从未谋面，对祖国历史的了解还停留在古调苍然的过去，并且他的文化身份在殖民同化教育过程中悄然发生了漂移和变迁，偏离了自身的文化主体，他想要寻找的"根"就像梦境中的幻象那样难以捉摸，离他越来越远了。他生活的大杂院聚合了"菜贩子、柴贩子、皮鞋匠、洋车夫、织工、摆摊子的"这些社会底层人，他们的精神被残酷现实挤压得严重变形，深深地刺激了袁寿田。在他眼里，这是一群"失却人性、羞耻"的"死灵魂"，就像正在腐烂的"果物"一步步走向灭亡。他无法将他们与自己联系在一起，内心中"彼"与"此"的距离感不断生成，曾经满腔的"信仰"与"爱"在绝望中"凋谢并陨落"，袁寿田悲哀地发现在祖国的土地上他迷失了自己的身份。

霍米·巴巴在《文化的位置》一书的导言中认为，文化的特性不是"被预先给予的""不可增减的""有原型可依的和非历史性的"。[①] 所有的文化是没有"被预先给予的"，袁寿田试图通过放逐实现自己寻根的目的显然是徒劳的，寻根是一种愿望、企图，是一种寻觅家园，对归宿的渴求。现实中的母体文化也在不断地自我建构中，有的已经腐朽没

---

① Homi Bhabha, *The Location of Culture*, London, New York:Routledge, 1994, p.35.

落，而新的内容也正在孕育生长。人的文化身份具有多重性和发展性的特点，一方面，文化身份由个人所属的群体内部成员代代相传，一些行为规范、道德标准、价值观念依然被传承沿用；另一方面，随着社会的变迁，经济和政治环境的改变，新的文化内容也被创作出来。文化身份既是存在的，又是变化的，它不是超越时间、地点、历史和文化的东西。它有源头、有历史，但决不是永恒固定在某一本质化的过去。对于受殖民统治的人民来说，他们生活在不同文化、不同语言的混合性文化空间，骑墙于自身民族文化和殖民文化之间，造成文化身份的模糊。袁寿田来祖国是为了摆脱殖民者的压迫，寻找到精神归宿。现实却是残酷的，当他一接触到祖国文化实体的时候，两者的文化差异就显露出来。他的文化身份并不是如他自己想象的那样清晰，尽管他认同自己的身份，但是，他没有认识到即便同一文化的内部，由于外在因素的影响，也会出现地域性的差异。殖民时期台湾文化的汉文化基本属性没有改变，但是，它与内地文化发展的同步性却被人为地中断了，台湾岛内的汉文化只能依靠惯性自主发展，在保持独立性的同时，也受到岛内土著文化及包括殖民者文化在内的异族文化的影响，其文化形态与同时期大陆相比，虽然文化内核没有改变，但具有独特的地域性文化特征。在这种文化语境中成长起来的袁寿田，其文化价值观体现出地域文化与殖民文化的双重标准，当他置于一个看似熟悉实际陌生的环境中以自己固有的文化标准对周围的人和事进行评价时，错位就产生了。他悲哀地发现自己虽然生活在祖国的土地上，却依然有一种身处异国他乡的陌生感，对自己祖国的文化有一种面对异域文化的隔膜感，自己捧着一颗赤热之心而来，想"奉献一切我所爱者"，却遇到了"受之者其为谁"的尴尬。袁寿田发现自己被两股力量撕扯着：一面是对祖国的怀乡之情和忠诚之感，另一股力量则来自于心中要逃离自己民族令人窒息的、落后的和贫穷的文化的渴望。陈映真把这类人物的性格称为"殖民地性格"，他认为这类人在日本殖民者所谓"光辉灿烂"的文明照耀下,产生严重的劣等感,民族认同发生了深刻危机。①陈映真的论述有一定道理,但他忽略了像袁寿田这样具有双重文化背景的人在认识事物时的双重视野的必然性。不可否认,在殖民者的同化下,部分台湾人丧失了民族自信心,极力拉开与自己民族的距离。但绝大多数台湾人坚守民族文化的底线和民族意识,尽管他们也如袁寿田一样接受了一定的殖民教育,在国家认同上出现偏差,但是与那些完全背弃自己民族的人截然不同,意识上的偏差与认识上的模糊是特殊的时代加于他们身上的悲剧。《门》中袁寿田的好友康孝先始终没有正面出现,他是一个隐喻,是另外一个袁寿田。袁寿田不断回忆他与康孝先的谈话,同一个问题两人从不同角度解读,实际上反映出袁寿田本人内心的纠结:他在被殖民文化同化的过程中不得不承受对民族文化的深刻记忆给自己带来的沉重的心理负担。他试图拉开与周围人的距离,但又无法彻底否定自己与他们的关系,小说中的邻居老太太一家纯洁、善良、真挚,他们给"远离家乡,来到千万里外的异域,举目无亲,孤伶伶的只两口子相依为命"的袁寿田夫妻无微不至的"安慰或照料",让这对"被投落在大千世界里,失掉温暖的庇护与安慰"②的异乡人感受到慈母般的关爱。老太太与大院中的其他人家形成了鲜明对比,他们一家人代表着原乡中美好的一面,这也是袁寿田在放逐之后所感受到的归属感。正因为如此,他对原乡并没有彻底失望,他想逃离现在的环境,将希望寄托在往关内寻找新机会的康孝先

---

① 陈映真在《原乡的失落——试评〈夹竹桃〉》一文中对钟理和在大陆时期的几部作品进行了批评,他认为钟理和在作品中过多地渲染了负面性的东西,以一个事不关己的"旁观的人"的立场,对祖国的落后发出恶毒的批评,"在这个批评中,看不见他自己的民族的立场,从而拒绝和自己的民族认同"。关于这个问题,本书将在第二章详细论述。

② 钟怡彦编:《新版钟理和全集·3》,高雄县政府文化局2009年版,第148、210页。

的身上。但是,他最终等到的是康孝先在济南"仙逝"的消息,康孝先一路向南甚至到了中国的腹地济南,他的生命却在那里戛然而止,接到消息的袁寿田彻底失望了:"万事俱休了,希望已化成一星星的火花,由我眼前消灭而去了,一年来我所守候的是康孝先的,同时,也即是自己的讣音!"① 老太太一家的出现让袁寿田在对原乡失望之时又看到希望,康孝先正是这种希望的化身,然而,他的生命就在儒家文化的发源地熄灭了,钟理和如此安排情节隐约地透露了他内心原乡之旅的失落与惆怅,因此,在《门》中"荒原"意象出现了。

  台湾虽然属于汉文化场域范畴,但被割据之后的台湾与大陆已经分属两个不同的文化空间。从共时性的角度看,两地的文化都在经历着变革,大陆千百年来的封闭文化空间被打破,沦为半殖民地半封建社会;台湾被异族从母体上分割,受殖民统治;从历时的角度看,台湾被殖民之前,两地同处一个文化场域,中华文化在两地的传承具有同步性。台湾被日据之后,这条文化的传承轨迹出现了分叉:一方面,大陆依然按照这条文化历史轨迹向前发展;另一方面,中华文化在台湾的传承被迫转入民间,自我发展。殖民文化成为主流,强行改变了岛内原有的文化生态,两地文化的发展出现了差异性。钟理和没有认识到从台湾被殖民那一日开始,两地就进入到不同的历史进程中,塑造了两地民众有差异性的国家观和世界观,同样也塑造了不同的文化观。汉文化对于生长殖民时期的钟理和这代台湾人来说是"第一文化",日本殖民者的文化是"第二文化",这两种文化碰撞交融又派生出"第三文化",这三种类型的文化交错在一起,使台湾文化更加混乱,台湾民众在这些不同性质的文化碎片中漂游,精神上产生了迷离,缺乏文化的归宿感。钟理和饱受岛内这种文化形态的困扰,他怀着家园情结自我放逐,是一种精神的逃

---

① 钟怡彦编:《新版钟理和全集·3》,高雄县政府文化局2009年版,第210—211页。

离和解脱。然而，家园情结不只是地理空间的阻隔，更有时光流逝的内涵。钟理和将从未谋面的大陆想象成理想的家园，将汉文化看成一个定型不变的形态，然而，地理空间的阻隔使他无法了解一个真实的祖国，两岸30多年不同的历史进程产生文化的差异，个人理想的家园形象"已被变动的形象所占据"。如果认识不到这个现实的存在，以固有的思想去观察现实，必然会如袁寿田一样，"失望于外部世界"，永远生活在冲突与焦虑中，与孤独为伴。目睹大院的租户们每天为了一些琐事争吵打骂、相互猜疑等行为，袁寿田仅仅看到他们"失却人性、羞耻"的一面，却看不到他们与他一样因民族命运的多舛遭受着种种苦难，他一味以实现个人精神追求为目的，在生存空间发生移置导致文化错位时，他的身份意识越来越模糊了，甚至在文化错置的过程中迷失了。自我放逐所要寻求的精神家园破灭了，袁寿田的失望情绪不断加深，小说中的荒原意象也反复出现，作者运用这种艺术手法将袁寿田内心的幻灭表现出来，让我们感受到一个"得不到完全与自由之孤独"的孤独者的痛苦、迷惘、挣扎的精神世界。

    每从飘着水气而湿漉的玻璃窗，仰见今天的天空也依样混沌、暗澹、与低迷时；在寂无人声的深宵，侧耳听见紧若满张之弓的冬天，匍匐在一丈多远的屋外的跫音时，听见凛冽的朔风如野马，沿着地面、沿着屋顶、沿着都会的上空，咆哮着奔驰而去时，一目望见街衢、山河都给深深的禁锢在冰雪之下时，我常是感到此都会的绝望，与像死兽之冰冷。①

  空旷混沌的荒野中，寒风咆哮，万物冰封，死一般的沉寂，毫无生

---

① 钟怡彦编：《新版钟理和全集·3》，高雄县政府文化局2009年版，第143页。

机，这不正是主人公袁寿田内心绝望的真实写照吗？为了摆脱奉天死气沉沉的生活，袁寿田前往通辽一家电影院应聘，当他满怀希望地抵达那里，映入眼帘的却是一个"灰与死的地方"——"在一望无际的雪原之中，贫寒地匍匐着一个寂寥、萧条的小市镇。""暗澹、凋零、憔悴，这些像低迷的云雾，冥顽地紧缠着这市镇全体。"应聘的那家电影院建在"陈旧、古朴，而且龌龊、杂芜的一排民房之间"，冷冷清清，面对这样一个荒凉凄冷的地方，袁寿田触景生情，"想起自己落魄可怜的身世……不禁一阵伤心，滚下两滴热泪"①，连经理的面都没见，在风雪之夜，"执拗"登上返程的列车。他想逃离"荒原"，但周围又处处是"荒原"，在原乡之旅失望之际做出的另一次寻找努力失败了，加上自己寄托了很大希望的康孝先也死在寻找出路的他乡，袁寿田感到无限的"惆怅与叹息"。小说的最后写道：

夜，漆黑的夜。

咿——

院门又被关上了，接着，就是那无情而绝望的扣闩声。

砰！

足声走开了，消逝了，继之而来的，便是一片凄寂，与难有光明之希望的漫漫的永夜！

啊啊！万事皆休了，一切全完了！关吧！明日尚有什么希望呢？不，此后还有什么希望呢？没有！那是痛苦，是幻灭，是丝毫没有光明与温情的灰色的日子的连续！

那么，关吧！门呀！关吧！永闭着吧！②

---

① 钟怡彦编：《新版钟理和全集·3》，高雄县政府文化局2009年版，第182页。
② 钟怡彦编：《新版钟理和全集·3》，高雄县政府文化局2009年版，第212页。

袁寿田从捧着一颗炽热的心而来，却得不到同胞的"爱与理解"；残破落后的祖国让他有种"异域"的感觉。为了生存，他"败而又胜，立而又仆，辗转沉浮""身心俱感到有似溺者之解了体样的疲倦"①，他开始怀疑自己当初怀着"反抗""自由""信念""力量"踏上原乡的放逐之路的行为，曾经的热情逐渐熄灭，被失望、不满、苦闷甚至"憎恶"所代替，他心中那扇曾为祖国和原乡开打的情感大门在黑暗的现实中又悄然闭合了。

在这部作品中，钟理和用第一人称的叙述视角真实地记录一个从受殖民统治的台湾出走大陆的青年人由热情到绝望的心理历程，主人公袁寿田尽管在东北感受到了和这里冰天雪地一样寒冷的人情世故，但并没有放弃自己的原乡之旅，在希望破灭的同时，他又做好了南下的准备，正如小说中材木贮置场的看守所说：

> 袁先生您瞧，这是满洲，是奉天，可是，不成，奉天已经死掉大半截了。您瞧瞧天津去，特别是北京，好，啧，好哇！袁先生，去，丢开奉天，急速到北京去吧，老中国是顶喜欢您们年轻人的。②

到北平去也正是钟理和本人的选择，然而，即便到了北平，钟理和以及他的小说主人公们能否实现自己身份的认同也是一个难以预测的结局，只要文化错位存在，身份的认同就永远得不到实现，也就永远在社会边缘地带放逐，找不到精神栖息地和文化的根。

---

① 钟怡彦编：《新版钟理和全集·3》，高雄县政府文化局2009年版，第152页。
② 钟怡彦编：《新版钟理和全集·3》，高雄县政府文化局2009年版，第151页。

第二章
原乡的失落

"认识你自己",这是镌刻在古希腊德尔菲神庙墙壁上的一句箴言,它是人类对自身主体性关注和探求的开始,也由此引发出"我是谁?""我从哪里来?""我要到哪里去?"三个哲学基本问题,这些问题始终伴随着人类认识自我、发现自我的全过程。美国心理学家罗洛·梅曾经说过:

> 人是从他与他人的关联中获得其最初的自我体验的,一旦他感到孤独,失去了对他人的依傍,他怕他就会失去这种作为一个自我而存在的体验。人这种生物社会意义上的哺乳动物,不仅在漫长的童年时代出于自己的安全需要而依赖于父母,他同样也需要从这些早期关系中获得他的自我意识,这种自我意识,乃是他能够在生活中确立方位的基础。①

自我意识是人对自己的身心状态、自己同客观世界的关系的意识。这种意识既是人脑对主体自身的认识与反映,也反映出个体与周围现实

---

① [美]罗洛·梅:《人寻找自己》,冯川、陈刚译,贵州人民出版社1991年版,第32页。

之间的关系。自我意识越强，人越关注自己与环境及他人的关系，就对"我是谁？"这个人类发展过程中的永恒话题产生兴趣，也就越会追问自己"我从哪里来？""我要到哪里去？"社会性是人类的根本属性，个体生活于群体之中，寻求与他人的认同是人类与生俱来的心理需求，人正是在与他人的关联中获得自身存在的意义。心理学家埃里克森说："在人类生存的社会丛林中，没有同一感也就没有生存感。"① 他认为寻求认同以获得自身的存在证明，是生命个体在其成长过程中不可或缺的重要关键。

　　从社会学的意义上看，"认同"（identity）是指人与人之间思想观念的一致性。一般来说，认同分为"自我认同"和"社会认同"两种类型。"自我认同"是个体自觉地将自己的价值观念和精神追求与其他的价值体系相联系，通过这种关联从而使自己的身份在其中得到确认，这个认同过程回答了"我是谁"这个一直困扰人类的哲学问题，帮助个体获得心灵的慰藉。自我认同是人类自进入文明社会以来的重要心理生活，它是个体摆脱孤独、寻求精神寄托的恒常现象。社会认同则是指个体周围的他者对具体个体的世界观、价值观和生活方式等的接纳和认可。

　　钟理和生于日据台湾的中期，成长于传统文化气息浓厚的客家人聚集的山区。幼年时期受过严格的私塾教育，七岁时入日本人举办的"公学校"被迫接受殖民教育，前后八年，毕业后又被父亲送到乡塾学习两年的汉文。23岁时辗转来到大陆，在东北、华北日占区生活八年，于抗战胜利后的次年重回台湾，直至病逝。钟理和是台湾本土人，也是大陆移民的后裔；既接受过系统的汉文化教育，又被灌输过殖民者的异质文化；他在台湾的殖民环境中出生和成长，又有八年多的大陆生活经

---

① ［美］埃里克·H.埃里克森：《同一性：青少年与危机》，孙名之译，浙江教育出版社1998年版，第114—115页。

验；他饱尝过被殖民的痛苦，也经历了光复后的萧条和落寞。短短的45年生命里，他始终处于历史与现实、自我与他者、真实与虚幻、记忆与遗忘、怀疑与确证、认同与拒绝的矛盾冲突之中。他的身份时而分裂，时而转移；时而模糊，时而清晰，从身份的困惑到身份的焦虑，从寻求认同到自我重构，钟理和用一生的时间在为自己的身份正名。

第一节　认知暴力下的身份困惑

"文化身份"（简称身份）又称"文化认同"（简称认同），它是"人们对世界的主体性经验与构成这种主体性的文化历史设定之间的联系"，也是"一个个体所有的关于他这种人是其所是的意识"。① 身份的形成既是社会和文化的结果，同时，"具体的历史进程、特定的社会、文化、政治语境也对'身份'起着决定性作用"②。在共同的语言、民族传统、风俗习惯、价值观、宗教信仰、伦理道德、地理环境等综合因素作用下逐步形成文化认同，它是个体和自身所属的社会文化传统之间的联系，也是人与人之间或个人同群体之间共同性的一种确认。

身份是一个族群或个体界定自身文化特性的重要标志，它既不是某种客观条件的天然限定，也不是某种主观想象支配下的随意构建，它是一种由环境所激发的认识和被认识的互动行为。斯图亚特·霍尔认为："身份是内与外的一个桥梁，是个人与社会的桥梁。我们把自我投射到这些文化身份上，同时也把这些身份的意义和价值内化成为我们自身的一部分。获得某种身份的认同和确认，意味着个体被社会接纳和自身存

---

① 转引自魏红珊：《论郭沫若文化身份的嬗变——从〈女神〉到〈屈原〉》，《中国社会科学院研究生院学报》2006年第3期。

② 张京媛：《后殖民理论和文化批评》，北京大学出版社1999年版，第6页。

在价值的实现,反之,将陷人身份危机之中,产生困惑和焦虑。"① 人类寻求认同的深层心理因素是希望通过确立与他人的一致性来确定个体在群体中的位置,从而固化已经建立的自我意识。认同也是个双向行为,个体在渴望得到他人认同的同时,也在努力适应社会环境,认同他人。

对于钟理和这代台湾人来说,他们生长于中华民族"值数千年未有之巨劫奇变"(陈寅恪)的时代,国家积贫积弱,列强乘虚而入,割地赔款,国土沦丧,更有一部分国民被无能的政府抛弃,沦为悲惨的亡国奴。1895 年清政府在甲午战争中失败后,割让台湾给日本,台湾从此脱离母体成为他国的领土,台湾民众的身份被迫改变,成为所谓的"日本国民"。钟理和的父辈经历了从"大清国民"向"日本国民"的转变,尽管身份发生了变化,但这代人的民族意识与文化认同早已在受殖民统治之前完成,台湾被割让之后,他们的国籍身份随之改变,但他们固有的文化身份和民族意识就连当时日本官方都认为无法撼动:

> 台湾人的民族意识之根本起源乃系于他们原是属于汉民族的系统,本来汉民族经常都在夸耀他们有五千年传统的民族文化,这种民族意识可以说是牢不可破的。②

吴浊流的《先生妈》中钱新发的母亲是个地地道道的台湾老妇人,钱新发处处迎合日本殖民者的喜好,深得信任,被授予所谓的"日本语家庭"称号。然而,钱老太太十分排斥儿子的做法,始终坚持传统的生活习惯和习俗:她"身穿台湾衫裤,说出满口台湾话","每月十五一定

---

① 贺玉高:《霍米·巴巴的杂交性身份理论研究》,中国社会科学出版社 2012 年版,第 23 页。
② 台湾总督府警务局:《警察沿革志·台湾社会运动史》总序言,转引自王小波:《台胞抗日文献选编序》,海峡学术出版社 1998 年版,第 12—13 页。

要到庙里烧香"，她拒绝一切日本的生活方式，她当着众人的面将儿子为她准备的和服"用菜刀乱砍断了"，她说："留着这样的东西，我死的时候，恐怕有人给我穿上了，若是穿上这样的东西，我也没有面子去见祖宗。"① 像先生妈这样的老台湾人，虽然不懂什么叫民族、国家，但这些抽象的概念早已通过具体的语言、习俗、宗教等文化形式渗透到了他们的骨子里，他们对祖宗传下来的东西敬之若神，任何外来的异质文化很难将他们从母体文化上隔离开，他们自身也已经成为传统文化的一部分。钟理和的《原乡人》中的奶奶和父亲同样是这些老台湾人的代表。奶奶不断向自己的孙辈们讲述祖先们生活的家园，虽然"我"爷爷的爷爷那辈人就已漂洋过海来到台湾定居，但是家族内部的联系从来没有断过。日据台湾之后，父亲仍"不辞跋涉之苦深入嘉应州原籍祭扫祖先，回来时带了一位据说是我远房的堂兄同来"。② 这种牢不可破的民族意识不仅植入了那代台湾人的观念中，同样也浸入到日常生活之中。钟理和在《笠山农场》中是这样描写种番薯女人的衣着：

都穿着蓝长衫，袖管和襟头同样安着华丽的彩色栏杆，蓝衫浆洗得清蓝整洁，就像年轻女人的心。各人身边都带着盛了番薯秧的畚箕，身躯半弯，锄口不时发出闪光。头上戴的竹笠，有一顶是安着朱红色小带的，却同样拖了一条蓝色尾巴——那是流行在本地客家女人间，以特殊的手法包在竹笠上的蓝洋巾。③

如果不是作者在小说中有过背景交代，恐怕没有人能相信这种场景会出现在日本强制推行"皇民化"政策的时期。日本人侵占台湾的几十

---

① 吴浊流：《先生妈》，《吴浊流代表作》，华夏出版社 2009 年版，第 173 页。
② 钟怡彦编：《新版钟理和全集·2》，高雄县政府文化局 2009 年版，第 40 页。
③ 钟怡彦编：《新版钟理和全集·5》，高雄县政府文化局 2009 年版，第 10 页。

年间，先后采取了各种野蛮的同化政策，虽然收到了一定成效，但是，无论是民间的主流文化意识，还是绝大多数人的生活习俗，其中国属性从来没有改变过，连日本官方文件对此也不得不承认：

> 台湾人固然是属于这个汉民族的系统，改隶虽然已经过了四十余年，但是现在还保持着以往的风俗习惯信仰，这种汉民族的意识似乎不易摆脱，盖其故乡福建、广东与台湾，仅一水之隔，且交通来往也极频繁，这些华南地方，台湾人的观念，平素视之为父祖坟墓之地，思慕不已，因而视中国为祖国的感情，不易摆脱，这是难以否认的事实。①

每个人总是以某一个文化传统为基点来确立自己的认同系统。钟理和的父辈们生长的台湾，无论是政治还是文化与大陆同为一体，中国属性已经内化成为他们自身的一部分。之后，台湾受日本的殖民统治，他们实际的身份从中国人变成了"日本岛外人"，但是，正如先生妈一样，他们的身份在此之前已经确立，同化政策很难动摇他们认同的改变。人的身份实际由文化情感和现实策略交织而成，"文化情感之中带有一种无以名之恍若天生的性格，而现实策略则压低包括情感在内偏向本质的因素，强调以福祉或利害为依归"②。这代台湾人是不幸中的幸运者，他们毕竟在传统的文化语境中完成了身份的建构和认同，由此凝结成的民族文化情感流淌在他们的血液中，任何外力都无法把他们与自己的民族割裂开来。殖民者也很快认识到这种强烈的民族身份的认同靠武力是无

---

① 台湾总督府警务局：《警察沿革志·台湾社会运动史》总序言，转引自王小波：《台胞抗日文献选编序》，海峡学术出版社1998年版，第12—13页。
② 廖咸浩：《在解构与解体之间徘徊——台湾现代小说中"中国身份"的转变》，《中外文学》1992年第7期。

法征服的,曾任台湾总督府民政长官的后藤新平在他所谓的"科学的殖民政策"中说:"对其他民族骤然地进行改革,可以说是忽略生物进化的原则,将招致最大危险的政策。"① 面对台湾固有的文化意识和文化形态,殖民者也不得不调整统治策略,试图在"台湾人的心灵深处实现日本化"。台湾总督府第一任学务部长伊泽修二于是提出将台湾文化整合到日本书化范畴的同化策略,他说:

> 占领台湾可说是我方以数以千武夫流血下,使得以归顺的结果,但是,要把台湾岛民自心底归顺日本,用武力及武夫是不能做到的,而且必须要应用教育的方式,以刻苦、仁爱、容忍、耕耘、牺牲、奉献的精神,才能见其实效,而非以武夫手腕和压迫方式推展。②

伊泽修二建议殖民政府从文化教育入手,实现台湾人心灵的日本化,最终使他们从心底归顺日本。后藤新平更是赤裸裸地说:"我等母国人若不求文字的统一,则将无统治殖民地的力量,将缺乏统治殖民地的威信。"③ 语言是文化之根,"一切民族语言是一种思想方式"④,对某种语言的运用意味着对使用这种语言的民族的文化集体意识的认可和接受。伊泽修二推行的"同文"政策的终极目的就是"务将台湾人固有之

---

① 春山明哲:《后藤新平与台湾——对殖民统治与文明之间关系的考察》,载《日据时期台湾殖民地史学术研讨会论文集》,九州出版社2010年版,第454页。
② 后藤新平:《日本殖民政策一斑》,转引自驹达武:《殖民地帝国日本的文化统合》,岩波书店1996年版,第94页。
③ 后藤新平:《日本殖民政策一斑》,转引自驹达武:《殖民地帝国日本的文化统合》,岩波书店1996年版,第94页。
④ [法]弗朗兹·法农:《黑皮肤,白面具》,万冰译,译林出版社2005年版,第14页。

特性消灭混合统一之"①。此后,伊泽修二以推行日语教育为台湾教育的最高原则,不遗余力在台湾开办"国语传习所",强迫台湾的孩童学习日语,试图从文化的根基上入手,将新一代台湾人同化为"日本国民"。台湾学者邱敏捷对这段历史进行了高度概括:

> 日本帝国主义在台实施殖民地语言政策,统治初期即以"同化应自语言开始"的观念,采半强制方式实施日语普及政策。当日本官员在1895年7月中旬抵台湾时,日语还只是被称作"日本话",但在短短一年内,日语便正式称为"国语"。日本统治者为了使台湾人接受日语,涵养日本书化,乃于占领台湾的第二年,公布设立"国(日)语学校"及"国(日)语传习所",作为推展日语的教育机关,并由此发展出制度化的学制,逐步渐进地加强日语普及设施与活动,形成了近现代台湾社会语言学上的重要历史事件。②

语言是一个民族的重要标识,它储存了该民族在历史发展过程中积淀下的所有文化信息,它是民族文化的载体。某一民族的文化承载着该民族的自我价值观,而价值观又是该民族所有成员自我身份认同的基础。摧毁了一个民族的语言,就是摧毁了这个民族的文化、价值观、集体记忆,也就摧毁了所有成员民族认同的物质与精神基础,最终会导致一个民族思想的混乱,从而再一次陷入"我是谁"的灾难中。日本殖民者希望通过推行日语,切割台湾人"保持对岸的语言和习惯",使他们不再因为"使用本岛话(作者注:台湾通用的闽粤方言)及随着使用本

---

① 王小波:《台胞抗日文献选编序》,海峡学术出版社1998年版,第116页。
② 邱敏捷:《论日治时期台湾语言政策》,《台湾风物》1998年第3期。

岛话而怀着思想祖国及怀念祖国的感情"①。台湾总督府在全岛范围内采取缩减直至全部停止汉语授课的递进式办法，使日语逐渐成为台湾人的官方语言，汉语仅以客家话、闽南话等方言形式存在于民间。1916年，国民政府官员汪洋以官方身份在台湾游历了17天，回来之后，他在《台湾》一文中揭露了日本人实行语言殖民的险恶用心："予谓日人治台，其他政策不足畏，此则根本政策，再二十年以后，无人知历史所从来矣。"②随着日语的普及，灾难降临到钟理和这代台湾人身上。

寻根问祖，溯本追源是中华民族的文化传统，它是形成民族凝聚力、向心力的重要途径。台湾本是荒远之地，开发历史较短，至明末清初，闽粤沿海居民开始大规模迁移台湾，垦荒拓疆，历经300多年，到清朝中期，岛内"人民富庶，文风丕振，士之讲经习史者，足与直省相埒"③。作为移民的后裔，一代一代的台湾人通过修建宗祠祖庙、举办祭祀仪式、研读文化经典等方式传承民族的情感和文化，增强国家认同和民族认同，不断塑造后人的民族身份，即便殖民时期，在日本的同化政策胁迫下，上述活动被迫转入私人空间，但从没中断过。小说《原乡人》中的奶奶、父亲，通过日常的聊天和交谈，向子弟和族人们讲述祖辈生活的原乡及原乡的种种风物：

> 六岁刚过，有一天，奶奶告诉我村里来了个先生（老师）是原乡人，爸爸要送我到那里去读书。但这位原乡先生很令我感到意外。他虽然是人瘦瘦的，黄脸，背有些驼，但除此之外，我看不出和我们有什么不同。这和福佬人日本人可有点两样。他们和我们是

---

① 陈建樾：《族与国，李春生与清末民初的台湾》，载《日据时期台湾殖民地史学术研讨会论文集》，九州出版社2010年版，第73页。
② 汪洋：《台湾》，中华书局1917年版，第188页。
③ 连横：《台湾通史》，九州出版社2008年版，第120页。

不同的。放学回来时我便和奶奶说及此事。奶奶听罢，笑着说道：我们原来也是原乡人；我们是由原乡搬到这里来的。

这事大大出乎我意想之外。我呆了好大一会儿。

"是我爸搬来的吗？"停了会儿我问奶奶。

"不是！是你爷爷的爷爷。"奶奶说。

"为什么要搬来呢？"

"奶奶也说不上。"奶奶遗憾地说，"大概是那边住不下人了。"

"奶奶，"我想了想又说，"原乡在哪边？是不是很远？"

"在西边，很远很远；隔一条海，来时要坐船。"

原乡，海，船！这可是一宗大学问。我张口结舌，又呆住了。奶奶从来就不曾教过我这许多东西。①

奶奶告诉自己的孙子"我们原来也是原乡人；我们是由原乡搬到这里来的"。实际就是回答了"我是谁？""我从哪里来？"这两个涉及身份与认同的核心问题，尽管奶奶对祖先迁移的历史细节并不十分清楚，在她的口中原乡是遥远的，也是神圣的，自己是原乡人身份无可置疑。随着子弟们认知能力的增加，受过教育的父亲不再像奶奶那样用描述的语言讲述原乡的故事，而是准确地告诉他们"原乡本叫做'中国'，原乡人叫做'中国人'；中国有十八个省，我们便是由中国广东省嘉应州迁来的"②。民族的历史记忆被一代又一代台湾人激活，其中蕴含的家国情怀、价值观念、思维模式通过族群内部的口耳相授，流传后世。但是，这种传承却被殖民者推行的同化政策粗野地打断了。《原乡人》中的"我"只读了两年村塾，就被迫入所谓的公学校"读

---

① 钟怡彦编：《新版钟理和全集·2》，高雄县政府文化局2009年版，第33页。
② 钟怡彦编：《新版钟理和全集·2》，高雄县政府文化局2009年版，第38页。

日本书"。1898年7月,台湾总督府颁布《台湾公学校令》,以地方经费设立六年制公学校取代之前的"国语(日语)传习所",专门招收台湾人子弟,教授日语和简单职业技能。后藤新平对开办"公学校"的目的做过明确的回答:"统治之根基,在国语之普及与国民性之涵养;故加速实施初等义务教育制度,强迫入学,根本上施以同化,为最要紧之事件。"① 伊泽修二也毫不掩饰地说:"教授台人国语(日语),资其日常生活且养成日本的国民精神为本旨。"② 对此,当时的《台湾民报》曾一针见血地指出:"公学校不是学校,简直是人种变造所,是要将台湾儿童变造日本儿童,不是要教他学问,启发他的智识,仅仅是要使他变种,变成日本人种。……是要灭却民族观念,使儿童容易日本化。"③

同化教育的后果如何呢?作为亲身经历过那段历史的钟理和,对此有切肤之痛。他的小说中随处可见在这种教育下成长起来的台湾人,他们大多丧失了母语的言说能力,只能借助异族的语言进行表达与交流。《原乡人》中那些进入公学校学习的台湾子弟,长大之后,相聚一起,"用流利的日语彼此辩论着",日语已成为在殖民期间成长起来的台湾人的主流语言;小说《校长》中那位年轻的中学校长以及其他本省籍教师,全部具备日语教育的背景,汉语在日常生活已经渐行渐远。台湾光复之后,校长和本省籍的教员拼命"学习国语""吃尽了苦头",正如文中所说:"一时流行于民间的'上午批来下午卖',这句挖苦的刻薄谚语,十足的道出当时的真相。唯其是得批来卖,故贩卖者所付出的心血和劳

---

① 转引自齐红深主编:《日本对华教育侵略——对日本侵华教育的研究与批判》,昆仑出版社2005年版,第12—13页。
② 转引自齐红深主编:《日本对华教育侵略——对日本侵华教育的研究与批判》,昆仑出版社2005年版,第150页。
③ 钟怡彦编:《新版钟理和全集·2》,高雄县政府文化局2009年版,第43页。

力,是不知比学生要多出多少倍的。"① 为了给师生做表率,校长以身作则,和学生们一起同堂学习汉语:

> 对于每一个可能的机会,都不让空过而善加利用。国文的每一节时间,只要是可能,他便坐在教室的最后边,和学生们一起哼哼哈哈的学习,比学生更紧张,聆听国文教师的讲话,他有不耻下问和大胆学习的美德。他借用自己所有的日文知识的帮助,把一句话,一节短文准确的分解开,或组织起来。逢有发表的机会——这机会是很多的——便不怕用僵硬的舌头,坦率地发表出来。②

对于像校长这些接受日语教育的台湾人来说,学习母语如此艰难,不仅舌头僵硬,甚至还要借助"日文知识"来帮助,就如他所说:"自己相信是用尽全能力了,可是还无法跟上……真伤脑筋。"③这位校长在其后的汉语考试中"考在最高之列",但这并未让他高兴,却"深深地吐了一口气",眼睛里流露出"一抹悲哀的神色"。校长的"悲哀"不仅仅是感叹学习语言的艰难,更是感叹他们这代人时运不齐,命运多舛。读书时被迫学习殖民者的语言,疏离了母语;成年之后,台湾回归,又要和学生一起重学母语,个中滋味,难以言表。

殖民者试图改造台湾人原有的"对岸的语言和习惯",割裂台湾人内心深处的"思想祖国及怀念祖国的感情"。他们首先在城镇开设学校,强制推行日语教育,稍后又将这种手段在偏僻的乡村和山地民族部落复制,凡是适龄儿童都被赶进所谓的公学校学习"国(日)语",殖民者精心制定的"日本化"战略从城市向农村和山地蔓延开来。抗战爆发之

---

① 钟怡彦编:《新版钟理和全集·5》,高雄县政府文化局2009年版,第32页。
② 钟怡彦编:《新版钟理和全集·5》,高雄县政府文化局2009年版,第32页。
③ 钟怡彦编:《新版钟理和全集·5》,高雄县政府文化局2009年版,第32页。

后，殖民政府为了配合日本对大陆的侵略，彻底切断台湾民众与祖国的精神纽带，同化政策更为严酷，此时的台湾总督小林跻造叫嚣："必须排除万难，不断智力于教化事业，使之成为真正的日本人，除此别无他径。"① 如果说日本人早期在台湾推行同化政策还盖着一块"涵养国民之性格"的遮羞布，到了统治后期就彻底暴露出这种教育的"教化"本质，正如后藤新平所说："台湾教育是以国（日）普及为目的……只道教育是好事，未经深思熟虑，便贸然开设学校，乃是贻误殖民政策的做法。"② 日据台湾50年所实施的教育始终没有超出"对本岛人教授国语（日语），作为日常生活之用，并养成本国之精神"③这个战略意图，它根本上就是殖民统治的一个工具。

日本人处心积虑推行的同化政策，经过三四十年的强制实施，到了统治后期已见成效，台湾原先的文化生态遭受重创，日语和日本书化充斥于主流和民间社会，不少台湾人的文化身份悄然发生了变化。钟理和后期的作品，刻画了一批普通的知识分子和农民形象，他们日常的言行举止无不打上了殖民者同化教育的印记。从农场里的伐木工涂玉祥（《亲家与山歌》）、农民黄进德（《雨》），到高山族的小护士（《十八号室》）、一群青年人（《原乡人》），再到中学校长（《校长》），他们接受的日语教育程度不同，像涂玉祥和黄进德都是贫困的农家子弟，只是读过三四年的所谓国民学校，而《原乡人》中的"我"、哥哥以及他的朋友们有的读到中学毕业，有的还留学日本。尽管涂玉祥和黄进德受到的学校教育不长，但他们后来都被征兵到南洋参战，在日

---

① 转引自何况：《拥抱阿里山——1945年光复台湾纪实》，解放军出版社1998年版，第169页。
② 转引自汪婉：《日本殖民统治下的"同化"教育与近代民族国家之认同》，《抗日战争研究》2006年第4期。
③ 转引自宋恩荣：《日本侵华教育全史》，人民教育出版社2005年版，第1页。

本的军队中，他们的日语交流能力得到了提升。回台之后，涂玉祥说话中都"夹杂着日语。日语也比以前流畅得多了，似乎两年间的军队生活，使他到达了以一个公学校出身的人很难想象的程度"①；黄进德从海外死里逃生回来后，整天日语同样不离口，而且"说得越快，日语就不得不用得更多"；就连高山族的护士也已习惯操着流利的日语为病人们服务。作品中的这些看似不经意的细节描写，仔细品味就能感受到作者寓于其中的深切忧患：一个人的语言系统受到外来强势语言的侵袭，他的母语意识将随着外来语言的不断植入而弱化。如果将上述情景与《原乡人》描写的日据台湾早期的乡村社会相比，我们就会发现一个让人震惊的事实：日据台湾的前20年，汉语还有一点生存的空间，《原乡人》中的"我"在幼年时尚能接受村塾教育，民间以汉语为主体的语言环境也未受到太大的冲击；而又过了20年之后，不要说那些受过系统日式教育的青年，就连涂玉祥和黄进德这样最底层的农民，也都是满口熟练的日语，村塾更是无踪可寻，台湾已在同化的路上越走越远。

与钟理和同期的台湾籍作家洪炎秋曾反省过这段殖民教育的本质，他说："在外表上看来，可谓'猗欤盛哉'，然而考其实际，则台湾人所得沐其恩泽者，努力的教育而已，敷衍的教育而已，榨取的教育而已。""它（台湾教育）的运用小可以绝人智慧，大可以灭人种族。"② 日本人在台湾推行的殖民教育，核心任务是教授宗主国的语言，其目的不是启迪民智，更不是促进殖民地的开发，而是"绝人智慧""灭人种族"，消灭"台湾人固有之特性"，割裂他们与中华文化的联系，最终异化为殖民者的附庸。一位日本进步学者曾说过：

---

① 钟怡彦编：《新版钟理和全集·1》，高雄县政府文化局2009年版，第32页。
② 洪炎秋：《日本帝国主义下的台湾教育》，三民书局1968年版，第9页。

> 由支配者给予的语言,被支配者若是使用,则变为奴隶的语言。语言不单是表现的工具,也是思维的工具。当作社会语言的日本话与当作血所流通的母国话之分开使用,是使思想或思考分裂成奴隶性与人性两者,而致使格格不入。①

语言不仅是交流的工具,也是文化身份的重要标识。克拉姆契曾说:"一个社会群体成员所使用的语言与该群体的文化身份有一种天然的联系。"② 不同民族的语言蕴含着不同的思维方式、价值标准和行为准则,同时,也寄托着各自的民族感情。因此,"在殖民过程中,语言,和武器一样,是摧毁民族文化的强有力的工具,而且语言在瓦解殖民地的传统文化方面常常显示出更强有力的渗透作用"。③ 如果说子弹是征服肉体的武器,那么语言就是征服精神的武器。殖民者获得的究竟是一种什么样的力量呢?这种力量又是如何获得的呢?《原乡人》中真实描写了公学校的日本教师教化台湾学生的场景:

> 日本老师时常把"支那"的事情说给我们听。他一说及支那时,总是津津有味,精神也格外好。两年之间,我们的耳朵便已装满了支那,支那人,支那兵各种名词和故事。这些名词都有它所代表的意义:支那代表衰老破败;支那人代表鸦片鬼,卑鄙肮脏的人种;支那兵代表怯懦,不负责任等等。④

仅仅将"支那人"表述为"衰老破败""卑鄙肮脏""怯懦不负责"

---

① 转引自郑钦仁:《生死存亡年代的台湾》,稻乡出版社1989年版,第94—95页。
② Claire Kramsch, *Language and Culture*, Oxford University Press, 1998, pp.65–126.
③ 任一鸣:《后殖民批评理论与文学》,外语教学与研究出版社2008年版,第165页。
④ 钟怡彦编:《新版钟理和全集·2》,高雄县政府文化局2009年版,第39页。

似乎还很苍白，日本教师们又编造了很多"支那人"的故事用以证明：

> 老师告诉我们：有一回，有一个外国人初到大陆，他在码头上掏钱时掉了几个硬币，当即有几个支那人趋前拾起。那西洋人感动得尽是道谢不迭。但结果是他弄错了。因为他们全把捡起的钱装进自己的衣兜里去了。
>
> 然后就是支那兵的故事。老师问我们：倘使敌我双方对阵时应该怎么样？开枪打！我们说。对！支那兵也开枪了。但是向哪里开枪？向对方，我们又说。老师诡秘地摇摇头：不对！他们向天上开枪。这可把我们呆住了。为什么呢？于是老师说道：他们要问问对方，看看哪边钱拿得多。因为支那兵是拿钱雇来的。倘使那边钱多，他们便跑到那边去了。
>
> 支那人和支那兵的故事是没完的，每说完一个故事，老师便问我们觉得怎样。是的，觉得怎样呢？这是连我们自己也无法弄明白的。老师的故事，不但说得有趣，而且有情，有理，我不能决定自己该不该相信。①

与钟理和同时代的吴浊流也曾谈过自己在公学校所学的内容："依日本教科书的教育，邻国（大陆）是个老大之国、鸦片之国、缠足之国，打起仗来一定会败的国家，外患内忧无常的国家。"②被称为"隐蔽的教育课程"的《国民读本》是当时公学校教授学生日语的法定教材，编撰者精心选编了一些融入殖民意识的故事和短文，向台湾儿童灌输殖民者的思想，正如日本研究者指出的那样：该读本内容"展示出日本国内先

---

① 钟怡彦编：《新版钟理和全集·2》，高雄县政府文化局2009年版，第39—40页。
② 吴浊流：《南京杂感》，《吴浊流作品集4》，远行出版社1980年版，第50页。

进的，合理的，坚固的，有依靠价值的印象，这也就相应地包含了台湾落后的、非合理性的且必须要改革缺点的印象。如若一旦形成那样的印象，对于外国国民即台湾人民，就能够很容易被移植自己是日本人的意识，或许可以认为，以此能够唆使他们做出类似先进的日本人是有好处的，作为日本人是感到骄傲的这样的判断。"① 教科书中采用对比的方式，一面赞扬日本，另一面贬损台湾和大陆，甚至直接对汉族的一些生活传统进行讽刺，比如《缠足》这篇课文，先是描写了缠足对女子行走产生的障碍，并对此进行了批评，然后在最后的部分用一首短歌《畸形的体态》来讽刺缠足的女性是残废人。当时这些儿童的母亲与祖母绝大多数保持着缠足的习俗，如此贬损，让儿童的自尊心受到极大伤害，逐渐滋生出自卑感，感觉到做中国人、做汉族人的悲哀。而在另一篇《我的国家》一文中，编者对日本大肆美化，说什么"我们从古就是同一血统的天皇陛下的带领下，安乐的生活着，真是没有比这更幸福的了"。② 殖民者这种卑劣的手段应验了法农在《论民族文化》中所说的话：

> 殖民主义并非仅仅满足于对被统治国家的现在和未来实施统治。仅仅把一个国家的人民握在掌中并把本土人脑中的一切内容掏空，殖民主义并不满足。出于一种邪恶的逻辑，殖民主义转向被压迫人民的过去，歪曲、丑化、毁坏他们的过去。对殖民前历史进行贬低，在今天看来具有一种辩证意义。③

---

① [日] 酒井惠美子：《殖民地台湾日语教育浅论》，载《日据时期台湾殖民地史学术研讨会论文集》，九州出版社2010年版，第73页。
② [日] 酒井惠美子：《殖民地台湾日语教育浅论》，载《日据时期台湾殖民地史学术研讨会论文集》，九州出版社2010年版，第73页。
③ [英] 吉尔伯特：《后殖民批评》，杨乃乔等译，北京大学出版社2001年版，第162页。

殖民者通过这种手段迫使被殖民者与自己原有的民族文化疏远,其"所追求的全部效果的确在于令本土人深信,殖民主义到来的目的就是为他们的黑暗带来光明。殖民主义刻意寻求的就是向本土人的头脑中塞进一种认识,如果这些殖民者撤离了,他们就会立即重新落入野蛮、低级、兽化"①。美国学者斯皮瓦克在研究殖民历史时提出了"认知暴力"的概念,他认为殖民者"统治不仅是通过构建剥削性的经济联系和控制政治、军事机构得以实现,重要的是建立一定的认知体系,通过该体系,统治阶级的各项规章制度得以合法化并铭记于心"②。这种非强制性的软暴力,其危害不亚于使用武力产生的暴力。认知暴力既美化了殖民者对殖民地的侵略和占领,使殖民者暴力合法化,也摧毁了殖民地固有的文化主体性,剥夺了殖民地人民表达自己的权利,使他们被迫处于依附状态。

认知暴力是以"传输统治权力并以阶级统治为目标的暴力"。(布尔迪厄)它不以武力为前提,也不以说教为手段,而是运用了更为隐蔽,更为行之有效的诸如"科学、普遍真理和宗教救赎"等话语形式来实现,借此对殖民地文化进行排斥和重塑。《原乡人》中的日本教师采用说故事的方式教授儿童日语,"说得有趣,而且有情,有理",很容易让小孩子们接受。在他们的故事中"支那人"和"支那兵"永远是怯懦、不负责任、卑鄙、肮脏的形象,老师一说到这些"总是津津有味,而且精神也格外好",说起来还"没完"。殖民者巧妙地运用儿童们喜闻乐见的方式,扭曲丑化大陆人,讽刺贬损汉文化中的一些陋习,不断灌输殖民文化和意识观念,在他们内心深处制造身份和认知的分裂。殖民者将日语以国语的名义强加给民众,借助日语这个载体有意识地改造台湾人固有

---

① [英]吉尔伯特:《后殖民批评》,杨乃乔等译,北京大学出版社2001年版,第162页。
② [美]佳亚特里·斯皮瓦克:《从解构到全球化批判:斯皮瓦克读本》,北京大学出版社2007年版,第75页。

的民族观和价值观，尤其是书面语，一方面，它所呈现的修辞、语法和文字，从外观上改变了台湾的传统文字形态；另一方面，使用日语书写的同时，使用者必然要适应和接受这种语言的思维模式和蕴含其中的文化理念，使用得越频繁，他们的思维和情感越会滑向殖民者的一方。这就是殖民者通过认知暴力达到控制语言目的之后所获得的力量：殖民者剥夺了被殖民者使用母语的话语权，代之以殖民者的语言，从而潜移默化中改造他们的认知，模糊他们的身份，使他们的民族意识在强势的殖民者文化围剿下被削弱和淡化，随之产生压迫感、屈辱感、困惑感，最后，从被动到主动接受殖民者早已给他们规定的身份和地位。这种力量比任何血腥的弹压还要来的野蛮。法农曾以一个法属殖民地黑人的身份写出了被殖民者丧失母语后的痛苦：

> 法属非洲人运用法语，他们对法语的运用意味着对整个法国文化集体意识的认可和接受，而这个法国文化是把黑人认作是恶的和有罪的。使用了法语的黑人就会对自己的肤色和种族产生一种罪恶感。为了摆脱黑人与罪恶的联系，黑人只能戴上白色的面具，或把自己想象成为一个世界性的、具有普遍意义的主体，这个主体可以平等地参与社会。文化的价值因而被内在化了，或被表层化了，在黑人的意识和身体之间制造了分裂，在此意义上，黑人不得不把自己异族化。①

法国殖民者认为黑人"是恶的和有罪的"，日本殖民者同样认为"支那人"和"支那兵"是卑鄙肮脏的。使用了法语的黑人接受了法语中给自己设定的身份，也认为黑人是有罪的，他们为自己拥有的黑色皮肤和

---

① 任一鸣：《后殖民：批评理论与文学》，外语教学与研究出版社2008年版，第165页。

种族背负上罪恶感。于是，他们想洗清自己身上的所谓罪恶，而皮肤的颜色是改变不了的，只能从文化上打开进入白人世界的大门。他们对法国文化认同的程度越来越高，离自己的种族和文化却越来越远，最后异化为带着"白人面具的黑皮肤人"，精神与身体彻底分裂。生活在日本殖民者铁蹄之下的台湾人又何曾不是如此呢？

《原乡人》中的"我"幼年时在村子里接触过很多从大陆来的原乡人，"有宁波人、福州人、温州人、江西人"，他们的职业尽管"都不是很体面"，有"卖蓼的、铸犁头的、补破缸烂釜的、修理布伞锁匙的、算命先生、地理师"，形形色色，"言语、服装、体格不尽相同"。奶奶和父亲不断告诉"我"："我们原来也是原乡人"，于是，"我"对这些"像候鸟一样来去无踪的流浪人物"有着天然的亲近感，在"我"的眼里他们"都神奇、聪明、有本事。"然而，"我"在学校听完日本老师不断灌输的那些负面的故事之后，头脑产生了混乱，这些"支那人""支那兵"是"我"从小见过的神奇、聪明、有本事的原乡人吗？为什么他们之间会有那么大的差距？到底哪一个才是真的？这些"连我们自己也无法弄明白的"，"我不能决定自己该不该相信"。没有进入公立学校之前，"我"对原乡人的身份有着强烈的认同感，尽管他们身上有着各种不足，如杀狗、吃狗肉、不讲卫生、穿着不体面等，但他们的勤劳和善良还是深深地吸引了"我"。接受日本老师教育之后，"我"的头脑中被塞进了大量的负面信息，曾经的观念和意识开始动摇。"我"是不是原乡人？如果像奶奶和父亲所说的那样自己的家族是从原乡搬来的，那"我"是不是也一样卑鄙肮脏呢？如果不是原乡人，"我"又是什么人？童年的"我"认定自己是原乡人，父亲也准确地告诉自己家族的根在哪里，然而，早已解决的"我是谁？""我从哪里来？"的问题，在"我"进了日本人的学校，受到同化教育后，却对原先的答案产生了怀疑，重又回到问题的起点："我是谁？""我从哪里来？""我"的认知体系被植入了异族的文化价值观，逐渐也学会了用异族的思维方式思考问题，与法属殖民地的黑人一样，"我"的身体与意识之间开始产生裂痕，而且随着受到殖民教育程度的增加，裂痕也越来越大。

日本人的殖民教育到底有没有获得"非凡的力量"呢？同样是《原乡人》中的那群在殖民教育下长大的青年人，除了能够操一口流利的日语相互交谈，他们对大陆的认知观也已被部分整合到殖民者的意识形态中了。文中有个情节，抗战爆发后，这群年轻人聚在一起预测着这场战争的结局，其中一个伙伴说："中国打胜仗的希望甚微"，他的依据是"战争需要团结"，而"中国人太自私，每个人只爱自己的老婆和孩子"。这些话不禁让人惊讶，他所说的中国人太"自私"的性格不正是那些日本老师曾经在课堂上告诉"我"的吗？对于一个毫无大陆经验的年轻人来说，竟无端地指责大陆人是自私的，这不正是殖民者塞进他们头脑中的"怯懦、不负责任"的"支那兵"形象和观念吗？钟理和曾在抗战胜利后不久的一篇日记中记下了观看第二次世界大战新闻电影的感触：

> 看到缅甸战线祖国的勇士们活跃在硝烟弹雨之下的英姿，不觉潸然泪下。是悲是喜抑所谓悲喜交集。以往日本的教育宣传，极力对吾人灌注带有轻蔑与不肖的气氛的"支那兵"，今日，吾人才真正见到祖国勇士们实在的姿影，却知道前此所抱见解之错。①

当钟理和看到真实的"支那兵"在战场上是如此英勇，"悲喜交集"。钟理和所说的"悲"是因为在日本人教育的蒙骗下，包括自己在内的那代台湾人对"祖国勇士们"长期"抱见解之错"。钟理和的"喜"是看到了"活跃在硝烟弹雨之下"的真实的祖国勇士，并为与他们拥有同样

---

① 钟怡彦编：《新版钟理和全集·6》，高雄县政府文化局2009年版，第15页。

的身份感到自豪。

在钟理和的小说中，殖民教育的虚伪性与残酷性被真实地再现和揭露，它让我们看到了台湾人民在日本殖民时期除了遭受过血腥的镇压和屠戮外，还承受着巨大的精神伤害。他们被剥夺了使用母语言说的权利，他们的认知被殖民者强暴，他们的身份认同出现了危机甚至逆转，他们游走在身体与意识之间巨大的裂缝中，他们被殖民者的文化霸权统治着，身心疲惫，成为迷惘的一代，而这代人随着台湾的收复还将面临巨大的考验。

第二节 身份的迷失

夹竹桃属常绿灌木类植物，茎部像竹，花朵像桃，生命力顽强。20世纪40年代初，流落在北平的钟理和看见城内的院落中到处种植的夹竹桃，就被它深深地吸引了。夹竹桃既像竹又像桃，很普通，种在院中少有人问津，开出的花也不娇艳，但生命力顽强，栉风沐雨，枝繁叶茂，默默生长，给人带来一片阴凉。从台湾到大陆，当奶奶、父亲、哥哥口中的原乡真实地呈现在钟理和的面前时，"便有一种感觉使他们高兴：即回到了祖国的感觉"（《祖国归来》）。然而，时值抗战，国家正在遭受侵略者的蹂躏，山河破碎，国土分裂，满目疮痍，他既没有看到像《原乡人》中二哥所说的"赏心悦目的名胜风景"，也没听见曾在唱机里放过的"低回激荡，缠绵悱恻"的京腔粤曲，从东北到华北，他一路上看到的是硝烟弥漫的战火、衣衫褴褛的男女、断垣残墙的村落；听到的是挣扎在死亡线上的百姓痛苦的呻吟，他想拥抱自己的祖国和同胞，现实中得到的却是"感情的索漠与冷淡"（《夹竹桃》），进而产生了"虽然逃出了台湾，但是否真正回到了祖国"的困惑。正如钟理和自己所说：

> 在抗战中，台湾人的衣兜里，莫不个个都一边揣着中国政府颁给的居住证明书，一边放着日本居留民团的配给票。他们大部分都是二重国籍。但这绝非台湾人企图要捡来便宜，或准备当间谍，而是……怕自己的身份被人知道。也唯其要他们如此两面应酬，弄得他们头晕目眩，精神疲乏。结果，则并未讨得国人之好。台湾人的可怜相，盖有如此。①

"二重国籍"不是台湾人自己的选择，是历史的错误给他们套上了这副沉重的枷锁。在大陆生活了近八年，钟理和倍感孤独，常常生发出"宇宙如此侄偬，生命无限倏忽。并且在这里夹杂着宛如自己置身异域，踽然无亲的孤凄感"②。当初钟理和奔逃大陆，"除开个人的原因外，似乎还有一点民族意识在作祟"③。他所说的"民族意识"就是自己对中国身份的认同，虽然如《原乡人》中的那些年轻人一样，在殖民教育下，钟理和的身份认同并不是非常清晰，但是，自幼接受汉文化教育和始终坚持用汉语写作，使他与祖国之间保持着精神上的联系。当真正身处在想象过无数次的原乡的土地上时，钟理和才发现自己真的像《原乡人》中奶奶告诉孙子那样："我们可不是原乡人呀！"长期的殖民教育早已模糊了钟理和这代台湾人的身份意识，置身大陆犹如置身"异域"，无论是情感还是认知上他都与周围的人和物产生了隔阂。为了生存，在大陆的台湾人"只能藉此教育与国籍赐予他们的能力与方便吃饭"，也正因为如此，"'台湾人'响在国内同胞的耳朵里与心弦上的音律，则非

---

① 钟怡彦编：《新版钟理和全集·5》，高雄县政府文化局2009年版，第270页。
② 钟怡彦编：《新版钟理和全集·6》，高雄县政府文化局2009年版，第15页。
③ 钟怡彦编：《新版钟理和全集·7》，高雄县政府文化局2009年版，第137页。

很好的名词"。① 在大陆，台湾同胞遭受殖民者施加的肉体与精神的迫害鲜为人知，同样，台湾同胞对大陆自近代以来经历的半殖民地半封建的历史也少有耳闻，很多台湾人对祖国的记忆仍然停留在古调苍然的"天朝大国"时代。从这个方面来看，日本人的同化教育"成功阻隔了台湾与大陆母体的文化联系，培养了在情感上倾向于殖民者的文化力量，对以中华文化为主体的台湾本土文化带来了毁灭性的打击……也使台湾民众遭受的精神奴役远比其他日本殖民地、半殖民地的民众更为深重"。②1945年4月，钟理和将自己在大陆创作的作品以《夹竹桃》为名结集出版，他以似竹非竹，似桃非桃的夹竹桃为书名，不正是作者当时身份苦闷的象征吗？

身份认同的概念首先由美国精神分析学家埃里克森在其著作《童年与社会》一书中提出的。他认为，认同决定人的生存感，人之所以寻找认同就是想要证明自己的存在。身份认同不是个体的单方面行为，必须在社会关系中得以实现。③"个人文化身份之建构起于生"，人类自身的文化身份建构始于孩提时代，在建构的过程中，家庭是培养个人身份意识最为重要的场所之一。林语堂说："造就近日之我的各种感力中，要以我在童年和家庭所受者为最大。"④钟理和是同时代中不多的几位坚持汉语写作的台湾作家，他自幼入读私塾，接受汉文化教育，父亲是当地有名望的乡绅，也具备良好的汉学的功底，有时亲自教授子弟读书认字，钟理和后来回忆说："小高时藉着由父亲得到的一点点阅读力，我浏览中文古体小说。"不仅家庭内部有着良好的汉文化氛围，他所生活的区域依旧保存着完好的客家风俗文化，虽然殖民文化已经开始入侵，

---

① 钟怡彦编：《新版钟理和全集·5》，高雄县政府文化局2009年版，第268页。
② 计璧瑞：《殖民地处境与日据台湾新文学》，《东南学术》2004年第1期。
③ [美]爱利克·埃里克森：《童年与社会》，罗一静等译，学林出版社1992年版。
④ 林语堂：《林语堂自传》，陕西师范大学出版社2005年版，第29页。

当地文化的中国色彩基调没有改变。正如他在自传体小说《原乡人》中描写的那样，私塾照样开办，客家子弟照样可以去那里读书；从原乡来的形形色色的手艺人、教书人活跃在生活中的方方面面。文中的"我"虽然感觉到原乡人与自己有些不同，比如生活习惯、言行举止，但总的来说"看不出和我们有什么不同"。当从奶奶那里得知自己也是从原乡迁徙来的时候，"我呆了好大一会儿"，第一次知道自己的身份竟然与原乡人如此亲密，既让我惊讶，也让我得到一种内心的满足。随着年龄的增加，父亲又很明确的告诉"我"说"爷爷的爷爷"的家在中国，自己的祖先是中国人。在家庭、环境、私塾的熏陶下，"我"对原乡充满了幻想，也对原乡人有着天然的亲近感和认同感。

埃里克森认为身份认同与文化传统密切相关，每个人总是以某一个文化传统为基点来确立自己的认同系统。根基性的文化元素会对其他文化层面的文化元素产生制约和影响。钟理和的小说《薄芒》《笠山农场》所描写的台南客家人聚居的山区在日据前二三十年间，社会文化、风俗民情、人文宗教这些根基性文化元素在民间仍然保持较好的存在，即便一些人接受殖民教育，一旦回归家庭和生活的社区，他们又会融入到群体的主体文化之中。《原乡人》中父亲常常向村民们叙述自己在大陆做生意时的所见所闻，"原乡怎样，怎样，是他们百听不厌的话题"。虽然已经沦为异族的子民，绝大多数台湾人的心中仍然凝结着浓厚的原乡情结，对汉文化怀有强烈的认同感。但我们又不能不承认，台湾人的原乡认同与祖国认同还是有差异的，它更多的是一种精神上的联系，一旦受到外来文化的冲击，这种认同的基础就会发生动摇甚至倒塌。

首先，从原乡移居台湾的后裔们已逐渐完成本土化的过程，即便是在清朝领属的时期，受地域文化的影响，台湾地区的闽南与客家人的风俗习惯甚至语言上与大陆相比都出现了差异。就如《原乡人》中从大陆来的两位私塾先生和另一位久居村里的"杀牲者"，他们还保留着原乡人爱吃狗肉的习俗，尤其是那位杀牲人杀狗的手段极为残忍，而这些不良习俗已经在台湾的客家群落中逐渐消失了。因此，奶奶不假思索地告诉"我"："我们可不是原乡人呀！"其次，日本侵占台湾之后也意识到让"有悠久之历史，据特殊之民情、风俗、习惯，保持固有之思想与文化的现在三百四十万汉民族"与"日本大和民族，站在纯然同一制度下，而加以统治"①的确不是容易的事，因此，殖民者开始鼓吹所谓"内地人（即日本人）和本岛人（即台湾人）。由人类学骨相学看来，两者同属一个民族，仅言语和风俗存在差异。内地人的祖先和本岛人，同是由南支那流来，内地人于文字、伦理、宗教、道德、思想等，皆和本岛人相同"②等荒谬的观点，并利用手中的权力将它们灌输到台湾民众的脑子里，妄图改造台湾的历史，改造台湾人的历史记忆。除此之外，殖民者对中国落后性的一面不断夸大、歪曲甚至污蔑，刻意制造出一个不同于本岛人的中国人形象。这些伎俩试图把台湾人从中国人的群体中剥离出来，将大陆人塑造成有别于台湾人的"他者"形象，最后从精神上彻底斩断台湾与大陆的联系。

经过日本人二三十年的统治后，台湾的文化生态发生了变化，中国传统文化退出主流话语体系，在殖民社会中成长起来的新一代台湾人与传统文化产生了隔膜，甚至是抗拒的心理，他们在汉文化与殖民文化的对立、冲撞中，陷入认同的危机中。台湾作家龙瑛宗创作于1937年的小说《植有木瓜树的小镇》，就描写了一批从日本人创办的学校毕业之后的台湾青年人的苦闷。主人公陈有三的父亲节衣缩食，让他读了中学，原本指望儿子毕业后可以过得较安适的生活，但现实却将父子俩的

---

① 陈建樾：《族与国，李春生与清末民初的台湾》，载《日据时期台湾殖民地史学术研讨会论文集》，九州出版社2010年版，第75页。
② 陈建樾：《族与国，李春生与清末民初的台湾》，载《日据时期台湾殖民地史学术研讨会论文集》，九州出版社2010年版，第75页。

希望击得粉碎。在日本人的眼中，所谓的本岛人（台湾人）不过是一群"狸仔"（意为"汝也"，含有对台湾人的侮辱之意），陈有三好不容易考上了一个小职员的位置，但因为是本岛人，薪水仅能满足自己生活的最低要求。在殖民主义的经济、政治和文化侵略下，汉族变成了劣等民族，没有文化地位，没有民族自尊，很多台湾人在灵魂深处慢慢地滋生出无可排解的自卑情绪。他们憎恨自己的民族，视自己的民族身份为耻辱，为了摆脱低下的身份，他们拼命按照殖民者的教育指引，从头到脚，从内到外，自我改造，试图重新塑造身份，跻身到殖民者的集团内。正如陈有三，他"俯瞰群聚于他周围的同族们"①，认为他们"吝啬、无教养、低俗而肮脏"，这些人可以因为"一分钱而破口大骂，怒目相对"，也可以"平生一毛不拔而婚丧喜庆时借钱来大吃大闹"，他们的性格"多欺诈、好诉讼以及狡猾"，他视本岛人为"不知长进而蔓延于阴暗生活面的卑屈的丑草"。于是，他极力想摆脱本岛人的身份，还幻想通过迎娶日本姑娘换来内地人（日本人）的户籍。为了让自己有别于本岛人，陈有三"常穿和服，使用日语，力争上游"，以此"认定自己是不同于同族的存在，感到一种自慰"。陈有三对日本文化的崇拜与迷恋源于内心的自卑，在他所处的时代，殖民者一方面想消灭台胞的民族意识和情感，于是构建了"台湾人／大陆人"这样的"自我／他者"的身份结构，台湾人是"自我"，大陆人是"他者"；而在岛内社会结构中，殖民者从没有把台湾人整合到自己的民族中，为了保持自己的绝对统治地位，同时也为了收买人心，编制了一个"内地人（日本人）／本岛人（台湾人）"的身份神话，表面上看两者都是日本人，只是居住的地点不同而已，实际上暗含着"自我／他者"的身份结构，在"内地人"的眼里，"本

---

① 龙瑛宗：《植有木瓜树的小镇》，载《日据时代台湾小说选》，麦田出版社2007年版，第214页。

岛人"永远是他者,永远不能享受与他们同等的权利,这就是殖民地的本质。在这两个被殖民者构建出来的社会结构中,台湾人的身份是游离的,丧失了自我的主体性,陷于身份分裂的边缘。

钟理和进入大陆后,很快发现他所看到和感受到的与想象中的原乡有着巨大的差异,有一种身处"异域"之感。尽管"一踏到大陆"就有"回到了祖国的感觉","他们虽然逃出了台湾,但是否真正的回到了祖国,这一点他们却好像不知道似的"。他想融入到同胞中,却发现无论是在自己的内心还是在同胞的意识里,相互之间的认同已经存在隔膜,各自在对方的眼里似乎都多了一些异样的感觉。抗战时期,到大陆沦陷区谋生的台胞因为具有"二重国籍",以致国人误以为"台湾人之有饭吃,是完全依赖于日本势力的"(《祖国归来》)。钟理和在奉天和北平生活时也先后在"奉天交通株式会社""华北经济调查所"等日资机构任职,他对这个时期生活在大陆的台胞内心复杂的心理有切身体验:

> 台湾人并非依靠于日本势力,然而依靠于历史与社会环境,却系事实。当一个台湾人离开故国去到人地生疏的异域,要想能和既能吃苦、又肯耐劳的、有着强韧的生活力的国内人士相竞争,那是很难的。……有什么货卖什么东西,他们过去受的是日本教育,法律上又是日本籍民……如此,他们很自然的都在伪政权下解决了生活问题。这固不是他们的权利,也决不是他们的责任。①

此时,中日正在交战,对于台湾人来说,一方为"母国",另一方为国籍所属国,他们时时处于身份的迷惘与困惑的煎熬中。日本人在台湾强制推行同化教育近40年,但从来都没相信过台湾人真的会彻底臣

---

① 钟怡彦编:《新版钟理和全集·5》,高雄县政府文化局2009年版,第269页。

服，抗战爆发之初，日本人在全台实施以"拉近外地与内地的距离"的皇民化运动，全面禁止一切带有汉民族文化印记的语言、文字、宗教、习俗、戏剧甚至姓名。当时在台湾任教员的吴浊流回忆道：

> 七七事变后，实施所谓国民总动员，因此步入纯粹战争的时局里，全国上下揭起"暴支膺惩"的标语，但事实上是日本人侵略台湾人的祖国，表面上高举正义的旗帜，欺骗台湾人，展开皇民化运动，把"内台一致""灭私奉公""献身报国"向异民族的我们强制执行。在各部落里，把家长及主妇召集起来，开了"暴支膺惩"的演讲会，讲师则动员警官、保甲役员、役场吏员、学校教师等人。我们台籍教员，尝到无法说出口的痛苦，遭受了内心被针刺一般的经验。在殖民地下的台湾人民没有叫祖国的自由，完全像奴隶一样，而且又被置身于不能不向祖国的敌人忠诚的地位。①

钟理和的《原乡人》也记录了这段历史的点滴："七七事变发生，日本举国骚然；未几，我被编入防卫团。"所谓的"防卫团"就是日本人强迫台湾青年组建的准军事化组织，日常辅助军警"送出征军人、提灯游行、防空演习、交通管制"等，实际上是以台湾人监视台湾人。在一次防空演习中，"我和我的伙伴"发现一家糕饼铺的老板"出来应门没有把遮光布幕遮拢，以致灯光外漏"，我们"以情有可原，只告诫了一番之后便预备退出。但此时一个有一对老鼠眼的日本警察自后面进来了。他像一头猛兽在满屋里咆哮了一阵，然后不容分说就把老板的名字记下来"。第二天，"我"就目睹了这位老板在警察署内被惩治后的惨状，他"摇摇晃晃"只能"爬上停在门口的一辆人力车，仿佛身带重病，垂

---

① 转引自戚嘉林：《台湾史》，海南出版社 2011 年版，第 314 页。

头丧气，十分衰弱"。① 在受殖民统治的地区，被统治者不可能被整合到殖民者的行列中，歧视、压迫、侮辱是统治的手段也是保持殖民者强势地位的伎俩。吴浊流的《亚细亚孤儿》中的胡太明从大陆回台后，警察第二天就找上门，他们疑心胡太明是大陆派回的奸细。之后，胡太明的个人行动处处受到特务和警员的监视和跟踪。

在台湾，本岛人的一举一动都在日本人的监视下，而那些"一心脱离台湾"到达大陆的台湾人也没有找到"真正回到了祖国"的感觉。台湾归属日本后，两岸之间的交流被殖民者严密控制，绝大多数大陆人对台湾的了解少之又少，正如钟理和所说："国人对台湾的山海经式的认识与关心。"② 他在日记中记下了北京报馆刊登的"一篇新约卡先生的台湾素描"，他说"这里头所显露的偏见与歪曲，简直可以说是造谣生事。也许记游之类非如此不足以引看者之兴趣。故无怪此类文章皆像志怪也。"这位新约卡先生又是如何描述台湾的呢？

> 台湾温度总在95度以上，而且地震之频使一般土人在定期会常说："我在上午地震后必去看你。"于是他记数他在一年之中竟经验至九百余次之多。新约卡先生更兴头十足的说，于六七世纪时，中国有大批大部分是属于"客家"的游牧民族移到台湾去，而"这群人是以吃人肉为快事的"，并且他们也无什么成绩。③

对台湾不仅存在认识上的偏差，而且一些国人对进入大陆的台胞抱有政治上的歧视。抗战期间确有个别台湾人"藉敌人之势力，而祸及中国同胞"，他们"助纣为虐，残害我人民，破坏我国家，为虎作伥，贩

---

① 钟怡彦编：《新版钟理和全集·2》，高雄县政府文化局2009年版，第45页。
② 钟怡彦编：《新版钟理和全集·6》，高雄县政府文化局2009年版，第11页。
③ 钟怡彦编：《新版钟理和全集·6》，高雄县政府文化局2009年版，第11页。

运毒品"(《祖国归来》)。另外,战前"日本人把不少台湾的流氓遣到厦门,教他们经营赌场和鸦片窟,以治外法权包庇他们,供为己用"。这实际上是日本人的离间政策之一,"结果祖国人士皂白不分,提到台湾人就目为走狗"。① 再加上很多台湾同胞为了生存只好在"伪政权下解决了生活问题",这"固不是他们的权利,也决不是他们的责任",如此一来,更加深了大陆人对台湾同胞的误解,视他们为"日本人的间谍",蔑称他们为"番薯仔"。

在台湾同胞一方,曾经想象无数次的祖国真实地出现在自己的眼前时却又让他们感到如此陌生。吴浊流记下了刚到上海、南京时的感觉:

> 登陆后,我发觉到一句话也听不懂。虽是自己的祖国,给予人感觉却完全是外国。……我觉得上海倒不像是想象的天堂……最大的问题是语言的隔阂,在上海所听所闻,都没法懂得。加上人情、风俗、习惯等,也都有异,简直如置身异域。
>
> 只身抵达南京,是在翌年的1月18日,南京正在酷寒之中。那天正在零下四度或五度,台湾穿着的我,与大陆绅士在一起,难免自惭形秽,真有群鹤只鸡之感,使我无法不顾虑自己的可怜的样子。台湾的冬服窄而短,和大陆的洋服,那上海的堂堂大派比起来,简直不能看。……步行于上海的租界时,连朋友都为之赧颜。②

受殖民统治的台湾人由于身份特殊,由里而外,举凡语言到穿着,无不显得格格不入。他们以为逃离台湾,就能尽情呼吸自由空气,享有平等生活,怎料甫踏上祖国的土地,竟有祖国似异国的陌生感,这里的

---

① 钟怡彦编:《新版钟理和全集·6》,高雄县政府文化局2009年版,第11页。
② 吴浊流:《无花果》,前线出版社1995年版,第91页、96—97页。

人情、风俗、习惯甚至语言都异于这些从受殖民统治地区归来的"弃子"。恍惚间，他们的情感发生了偏移，钟理和、吴浊流不约而同都发出身处祖国却如"置身异域"之感。既然在"异域"，他们就无法完全与周围的大陆同胞产生认同，互为"他者"，始终处于焦虑与困惑的情感纠缠中。

钟理和《夹竹桃》中的同名小说《夹竹桃》和《门》真实地记录了这段特殊时期台胞在大陆的心路历程。小说以日记体的形式叙述了台湾青年袁寿田夫妇在奉天生活。作品的原名是《绝望》，钟理和曾接受朋友建议改为《落叶》，最后才定为《门》。无论是《绝望》《落叶》还是《门》，都带有浓厚的象征意味，概括了钟理和初到大陆疲于生计而又窘于个人"出路"的困顿心境。钟理和出走大陆有各种原因，一是"因家庭关系破裂而出走"；二是出走后"得不到任何经济的奥援"①，需要寻找生存的空间。而当时的"满洲"是块"新天地"，它以地广人稀所造成的真空，吸引着大量日本帝国的臣民，想发大财和做大官的野心家，都想到那里去显显身手，"移民的怒潮透过那条连结着日本、朝鲜和南满铁路的大动脉，以排山倒海之势直向那里猛扑"②；三是个人的"民族意识在作祟"，正如《原乡人》中的"我"在"原乡人的血，必须流返原乡，才会停止沸腾"的民族意识的激发下，义无反顾地冲破阻扰回到大陆。钟理和祈望在大陆开始新的生活，修复他在受殖民统治地区所受的情感和精神的伤害，在原乡找回温暖和自信，完成自我救赎，让孤独的灵魂得到安顿。但进入"满洲"后，才发现自己很难融入周围新的环境，他的希望、热情、理想很快破灭了。首先，这里并不是想象中的乐土，"满洲"同样是日本受日本殖民统治，殖民压迫无处不在。钟理和这个时期的未完稿《地球之霉》，以一位来自"南太平洋海岛中的人"司机崔志

---

① 彭瑞金：《钟理和文学的生活经验和生命体验》，《民众日报》1994年7月16日。
② 钟怡彦编：《新版钟理和全集·2》，高雄县政府文化局2009年版，第29页。

信的视角,揭示出"满洲"殖民社会的真相。这里的日本人住在高级的公寓:"一式一样的潇洒的日式房子,隔著窄窄的庭子比邻衔接,庭里有繁茂的草树,在朦胧的灯光之下,静静着垂着枝叶,在做夏夜的梦。"与此相比,崔志信和那些同为司机的中国人、朝鲜人的休息室除了"暗红色的,沾满了油垢、尘土、虱子的沙发"和"一枱长方形、颜色不分明的棹子"外,还有一张大家轮流休息"由三叠榻榻米而成的,台子似的矮床"。殖民者们有着体面的工作和舒适的住所,被殖民的人们只能从事卑微的职业甚至像文中的"静儿"一样出卖肉体。日本人为非作歹,骄奢淫逸,小说中描写了这群人的丑态:

> 他们跌跌撞撞,东倒西歪,满口扯些连他自己也听不懂的话;或骂街,或像财狼的干嚎,或哼些不成调子的歌曲,甚或流着眼泪嚎啕大哭,宛如他们昨日才死掉父亲一样。有的手里还抓着酒瓶,一边吐着,一边喝着,像在灌着自己玩儿。有的非要人们对他好好的行一个礼,则不放过任何由他身旁经过的行人:"你不认得我是谁吗?告诉你……我是西乡隆盛呀。"①

这个叫"西乡隆盛"的日本人,借着酒劲,随意让路人给他行礼,否则不放过。在他们眼里,没有什么可以约束自己的行为,他们才是这块土地的主人,他们可以为所欲为。目睹日本人的骄横和不同等级的人们生活的巨大反差,崔志信愤恨地对自己的老乡老李说:"司机与妓女"都是"侍候老爷"的"同路人"。②他认识到无论是出卖肉体还是出卖体力,处于殖民社会最底层的人都摆脱不了被人凌辱、被人欺压的命运。

---

① 钟怡彦编:《新版钟理和全集·5》,高雄县政府文化局2009年版,第248页。
② 钟怡彦编:《新版钟理和全集·5》,高雄县政府文化局2009年版,第249页。

这个时期的另一部作品《柳荫》的主人公金泰基来自同为日本殖民地的朝鲜，来中国之前，金的一家住在南部地区"一个极其边陲的山间部"，"一家人几口便那么寒酸冷莫地住著几间破屋过佃户贫农的日"。①父子三人无论如何劳作，仍难逃"家计老往下坠往贫穷里走"的厄运，于是，金泰基也"登上流浪的旅路，跑到这灰黯黯的"的"满洲"来了。金泰基"担负了繁琐的家庭，被残忍地推落在生活的，使人晕眩的疾速的漩涡中"②，二十刚出头的他"又矮、又小；细细的、长长的脖子，在有著魁梧伟岸的体格的他的同种人中，实在可说是一个变种，在他里面，有著那种因收了物理变化，发育突然中止的，成熟前的衰落之感"。③为找一份稳定的工作，他报考汽车司机，因为人矮和家里经济困难，中途退了学，后又卖起了冰果，冬天来临，再也找不到营生，最后又逃回了朝鲜。崔志信和金泰基从受殖民统治的故乡逃出来，想在"满洲""显显身手"，寻到一块新的生存天地，却始终没有挣脱被殖民的命运，他们依然生活在社会的底层，看不到一点光明和希望。看着周围与自己同命相怜的伙伴在这块所谓新天地里沉浮直至最后被淹没，《柳荫》中的"老钟"对着充斥煤烟和尘土的奉天诅咒道："这是永远不洁的都市"④。只要殖民者存在，受殖民统治的社会就永远充满罪恶和肮脏。

钟理和也遭遇了吴浊流在上海、南京的尴尬。正如小说《泰东旅馆》中的沈若彰和妻子刚一进旅店就引来住客们的一阵躁动：

"喂，喂，你瞧，搬进日本人来啦！"

"是高丽棒子（对朝鲜人的恶称，棒子是流氓的意思）吧，日

---

① 钟怡彦编：《新版钟理和全集·5》，高雄县政府文化局2009年版，第257页。
② 钟怡彦编：《新版钟理和全集·5》，高雄县政府文化局2009年版，第220页。
③ 钟怡彦编：《新版钟理和全集·5》，高雄县政府文化局2009年版，第229页。
④ 钟怡彦编：《新版钟理和全集·5》，高雄县政府文化局2009年版，第149页。

本人他住这样的旅店?"

……

东厢房一间房门开了一半,只见探出一颗脑袋来,以疑问的眼光,往庭心扫一扫,随后向我们投来敌视、轻鄙的神色,和一句恶毒的"高丽棒子!"狠狠地把门关上了。①

沈若彰认为"使得他们得到如此印象的,大概是妻的拖在后边的朝鲜妇人型的圆髻,和我们的姿势。以及我们那不近中国话(北京语系语言),又不近日本话的言语。"②作者构思巧妙,把一对从台湾来的夫妻置放到旅店这样狭小的空间,两人从外表与语言都与周围的当地住民形成强烈的反差,以致有人误认他们是日本人或朝鲜人。一个小小的细节,凸显出主人公身在异乡遭遇的身份困惑。从房客们的话语中可以看出在日本所谓"大东亚共荣圈"的殖民体制下,民族之间的芥蒂已经渗透到社会的最底层。在这样杂乱无序没有归属感的异乡,钟理和处于身份的摇摆之中,他眼中的"他们"既有熟悉的日本人,也有第一次接触的朝鲜人,更多的是一直想要拥抱的祖国的人,无论是自己想要亲近的还是憎恶的,在同一生存空间中,"他们"的形象更加鲜明,而自己很难融入"他们"之中,随之产生的苦闷、彷徨和失望的情绪,都在作品《门》与《夹竹桃》中得到宣泄。

英国社会学家普列斯顿指出,认同涉及了地域、网络与记忆三个层次与概念。地域指的是人们居住在特定地点中的生活方式,它是一个充斥着实践、互动与意义的场所。人们以地域为基础,在与他人互动的人际网络中形成认同观,而这种认同观又存在于主体持续不断修正的记忆

---

① 钟怡彦编:《新版钟理和全集·5》,高雄县政府文化局 2009 年版,第 150 页。
② 钟怡彦编:《新版钟理和全集·5》,高雄县政府文化局 2009 年版,第 223 页。

场所中。因此，个人先认同于居住的地域，而后认同于地域中与他人互动的网络，最后则将这些认同有选择地储存在记忆中。① 钟理和在台湾的家乡完成了自我认同，那里独特的地域与人文环境塑造了他的身份。进入大陆之后，原有的生存环境和价值体系被打破、被颠覆，面对异己的空间，要生存下去必须重新自我定位，修正原有的记忆，这对于任何一个人来说都是痛苦和无奈的，往往会陷入认同的迷乱之中。

　　钟理和在《门》和《夹竹桃》分别构建了"我／他们""他／他们"两个话语空间，通过主人公的视角，对"他们"进行审视，从而确立个人的身份。黑格尔在《精神现象学》一书中有个著名的理论，他认为如果没有他者的承认，人类的意识是不可能认识到自身的。黑格尔还以主人与奴隶为例，这两个角色可互为定义，主人需要来自奴隶的确认，他的自我意识的获得要依靠奴隶的存在，没有奴隶，也就无所谓奴隶主，反之亦然。当奴隶主作为一个阶级被消灭，奴隶也就不复存在，至多会说他／她活得像个奴隶，以此类推，性别、人种也如是。《原乡人》中的"我"从小生活在一个较为封闭的客家山村，当他三四岁时接触到福佬人（闽南人）和日本人，逐渐发现自我和这些他者的不同：闽南人多是一些走街串巷的小商贩，"我"的父亲与其中的一位还是很好的朋友，他"人很高，很会笑"，还时常给小孩子们一些零用钱，在与他们的交往中，"我也懂得点福佬话了"；但"我"看到的日本人却是另一副模样：

　　　　经常着制服、制帽，腰佩长刀，鼻下蓄着撮短须。昂头阔步，威风凛凛。他们所到，鸦雀无声，人远远避开。"日本人来了！日本人来了！"母亲们这样哄骗着哭着的孩子。孩子不哭了。日本人会打人的，也许会把哭着的孩子带走呢！

---

① 郑晓云：《文化认同与文化变迁》，中国社会科学出版社1992年版，第4—5页。

这些"威风凛凛"的日本人显然处于"我们"的对立位置，他们所到之处，"我们"就远远地避开。"我"感觉到自身与"福佬人""日本人"存在"人种学"上的差异，那么"我"属于什么"人种"呢？当接触到来自原乡的私塾先生后，"我"的情感起了变化：

  这位原乡先生人瘦瘦的，黄脸，背有点驼，但除此之外，我看不出和我们有什么不同。这很令我感到意外。福佬人日本人和我们是不同的。①

"我"用"他们"指称福佬人和日本人，而把原乡人归于"我们"。奶奶因居所的改变说"我们可不是原乡人"，但并不否认"我们原来也是原乡人"的事实。父亲与兄长将在"原乡老家"的所见所闻不断讲述给"我"听，更加确定了"我"就是原乡人的认同，也"加深了我对海峡对岸的向往"。

  踏上原乡，真实地接触到这里的环境、人物、文化后，钟理和并没有找到自我的影子，相反，他时常有一种身处异域的感觉，就如《门》中的袁寿田，孤苦无援地生活在冰天雪地的奉天城，"浓重的感着孤独与寂寞，宛如远出异域的外国人"②。同样，《夹竹桃》中来自"富有热烈的社会感情，而且生长在南方那种有醇厚而亲昵的乡人爱的环境里"的主人公曾思勉，对于大杂院里"街坊间的感情的索漠与冷淡""甚感不习惯与痛苦"。③萨义德说："每一种文化的发展与维护都需要一种与其相异质并且与其相竞争的另一个自我的存在，自我身份的建构……牵涉到与自己相反的他者身份的建构，而且总是牵涉到对与'我们'不同特质的不

---

① 钟怡彦编：《新版钟理和全集·2》，高雄县政府文化局2009年版，第33页。
② 钟怡彦编：《新版钟理和全集·3》，高雄县政府文化局2009年版，第187页。
③ 钟怡彦编：《新版钟理和全集·3》，高雄县政府文化局2009年版，第86页。

断阐释和再阐释,每一个时代和社会都重新创造自己的他者,因此,自我身份或他者身份绝非静止的东西。自我与他者不断对话,自我不断丰富、不断阐释。"① 像钟理和这样没有任何原乡经验的台湾人的原乡认同,是建立在与殖民者异质文化竞争的基础上,尽管后者对前者进行了同化教育,但两种文化从没有真正融合在一起,相反,由于有了殖民者文化这个对照物的存在,台湾人对自我有了更深的认识。进入大陆,钟理和先后在奉天(沈阳)、北平生活,无论人文地理还是政治经济与同时期的台湾相比显出巨大的差异。一方面,经过日本人30多年的同化教育,台湾人在语言、生活习俗、装束等方面已经与大陆渐行渐远。身处岛内的人很难察觉到这些变化,一旦回到原乡,他们身上的异质性暴露无遗。就如《泰东旅馆》中沈若彰夫妇的装束、语言与当地人有鲜明的差异,他们一出现在旅馆就引起骚动。另一方面,中国南北人文地理环境差异巨大,语言、习俗、性格迥然不同,再加上台湾被割让之后,该地区汉文化的传播与传承受到极大破坏,区域性的地方文化却得到一定的发展,使不少台湾人将岛内的地域文化等同于汉文化。殖民时期,绝大数台湾人是通过书刊、口述等间接渠道习得汉文化,就像《原乡人》中的"我"基本是从私塾先生、奶奶、父亲、二哥等人的口中获取原乡的信息。而这些信息往往是碎片化的,像二哥从大陆带回来的苏州西湖等名胜风景的照片和马连良、梅兰芳、荀慧生等人的唱片,这些是中国山水和艺术的精髓,仅仅是中国文化的一小部分,但对于"我"来说,这些又是所能接触到的最直观的原乡景象,并由此对原乡产生美好的想象。

事实上,进入现代社会以来,中国社会内忧外患不断,国势衰败,西方强势文化随着它们的枪炮一并带到中国,军事与文化的双重入侵,

---

① [美]萨义德:《东方学》,王宇根译,生活·读书·新知三联书店2007年版,第87页。

把一个饱经沧桑的古老国度折磨得遍体鳞伤，千疮百孔，这些是生活在封闭的台湾岛内的人们无法获知也是无法想象的。他们所认同的原乡是诗书礼仪之邦，是赏心悦目之乡，到处充满着缠绵悱恻的情调。所以，见到了国家的实体后，他们无法相信这是曾经梦寐以求的祖国：国土沦丧，百业凋敝，民不聊生，哪有风景和风情。在死亡线上挣扎与呻吟的老百姓，精神颓丧，麻木不仁，丝毫看不出诗书礼乐教化的影子，正如《门》中袁寿田所感叹的："是贱民的，是贵民的，但其所构成的内容，则不外是吝啬、欺诈、愚昧、嫉妒、卑怯、狭量、猜疑、角逐、鲁莽。"这是"失却人性、羞耻，与神的民族"①。美好的想象幻灭了，身居大陆的台湾人对自己的身份又一次发出"我是谁？"的疑问，他们无法接受自己与眼前"失却人性、羞耻，与神"的人们同属一个种族的事实。《夹竹桃》里的曾思勉，也为这个问题"甚感烦恼与苦闷，有时，他几乎为他自己和他们的关系，而抱起绝大的疑惑。他常疑惑他们果是发祥于渭水盆地的，即是否和他流着同样的血、有着同样的生活习惯、文化传统、历史与命运的人种"②。袁寿田与曾思勉于同胞之间反倒产生身份的疑惑，落入到殖民者给他们设置的"台湾人/大陆人"的话语结构中。置身大陆，他们向往的原乡与原乡人并没有出现，呈现在他们眼前的原乡却是如《原乡人》中日本教师所说的"衰老破败"和"卑鄙肮脏"的形象。初来大陆的袁寿田心里也对原乡人怀有"信仰"与"爱"，这是一种内在的"力量"与"诱惑"，"仿佛一条强韧的麻绳"把他的情感与当地的同胞"牢牢的栓在"一起，所以，他"从生活比较能安心的日本站，搬到满人街来"。③ 然而，在他居住的大院里，却"聚合着世间最末流、最下层、最不洁、而最为世人们所不齿的人们"，"他们谁也不管谁，平静而安详的，

---

① 钟怡彦编：《新版钟理和全集·3》，高雄县政府文化局2009年版，第145页。
② 钟怡彦编：《新版钟理和全集·3》，高雄县政府文化局2009年版，第84页。
③ 钟怡彦编：《新版钟理和全集·3》，高雄县政府文化局2009年版，第143页。

负起自己的地位生活着"。同样,《夹竹桃》中所描写的北平的大杂院内居民也"多半是那么谁也不管谁。他们有如在偶然的机会聚集在一起的、彼此陌生的破难船的旅客。他们既不可抗拒地负着这种命运,则他们须就这样子渡过他们的世纪的风波,人生的航程"①。这种生活态度对"生长在南方那种有醇厚而亲昵的乡人爱的环境里"的人来说是无法接受的,因此,袁寿田与曾思勉便从表面所看到的人和事对原乡产生了误解,甚至对自己的身份产生疑惑,在陌生的环境中,他们既没有认同殖民者,也对原乡人产生了排斥感,进而生发出挥之不去的身世困惑。

第三节 "矛盾时代中矛盾的人"

对于《门》和《夹竹桃》中流露出的"烦恼与苦闷",评论界争议不断,应凤凰对此现象进行了分析:"同一个'钟理和文本',各方在不同年代有不同的解读。这些角度各异的诠释与评论,今天回头看,仿佛镜子般折射着各时期的思潮起落,也反映着不同年代相吸或相斥的意识形态。"②在这些"诠释和评论"中,影响最大的应属陈映真的《原乡的失落——试评〈夹竹桃〉》,在这篇长达万字的评论中,陈映真把钟理和置于他的作品所反映的时代背景中,从历史、文化的角度,揭示出钟理和复杂的思想情感的根源:

> 钟理和的一生,代表着那个时代部分知识分子一生的历程。钟理和的民族感情,也是一定历史过程下的产物,具有重大的意义。

---

① 钟怡彦编:《新版钟理和全集·3》,高雄县政府文化局2009年版,第81页。
② 应凤凰:《钟理和研究综述》,载《台湾现当代作家研究资料汇编·钟理和卷》,台湾文学馆2011年版,第72页。

他代表了在光复前后的一部分台湾省知识分子的整个痛苦的心灵的历程。在日人统治下,他们的"原乡人——中国人"意识尚有一个归托。原乡中国,代表着民族的解放,国家的独立;代表着同胞间骨肉般的热情;代表着一切未来的光明和幸福。然而,一旦面临了前近代的中国,他们吃尽苦头,受尽挫折。他们和钟理和一样,在整个新生的、近代中国的分娩期所必有的混乱中,所漫天揭起的旧世界的灰尘中,看不见中国的实相,从而也不能积极地、主体性地介入整个中国复兴运动之中。正相反,他们寻求原乡的心灵顿时悬空,在苦难的中国的门外徘徊逡巡,苦闷叹息。①

陈映真认为钟理和缺乏对"近代中国的分娩期所必有的混乱"应有的认识,"他在中国大陆所看见的是数百年来帝国主义和国内旧势力在中国所造成的可悲的落后和贫困。他对这一切的贫困'深恶痛绝',以犬儒的、嘲弄的语言浴之以恶言。更进一步,他怀疑,甚至拒绝承认自己在民族、人种上和中国人有相同的地方"。《门》与《夹竹桃》中流露出的"烦恼与苦闷"实质是钟理和的民族认同发生了深刻的危机。与陈映真的观点颇为相似的还有唐文标,他在《来喜爱钟理和》一文中对钟理和写于大陆时期的长篇小说《笠山农场》的情节与主题进行了批评:

> 在当时日本欺凌中国人,以及伟大的民族抗日战争,他没有采取更积极的立场,没有参与更建设的行动,更很少看他提及,这一点不能不说他的世界观太狭隘,只能在个人的爱情生活转迷宫之故了。②

---

① 陈映真:《陈映真文选》,生活·读书·新知三联书店 2009 年版,第 207 页。
② 唐文标:《来喜爱钟理和》,《文季》1973 年第 2 期。

另外，也有一部分评论者则认为钟理和"对原乡故国的观察、描述，或许有人不能接受，但如果我们冷静地想想鲁迅、老舍作品里中国文化的部分，我们反驳的勇气，不免要大大地打折扣"。① 钟理和对原乡的认同"包含两个层面的，一个是表面的中国符号，另一个其背后深层的'新中国'思想的认同……对他们而言，认同的对象最主要的并非中国的符码，而是符码背后的精神与思想"。②

以上论述视角各有不同，理论依据也五花八门，总体来看，都存在偏颇之处，既反映出钟理和创作心理的复杂性，也从中可以看出持不同意识形态立场的人在诠释钟理和作品时往往"所'再现'的不是钟理和本人，而是他们所'希望'的钟理和形象"③。不少作者偏离了正常的文学评论轨道，扭曲了钟理和创作中所秉承的价值观，也就谈不上客观公正地认识、探析他创作思想的复杂性与时代性，反而湮没了钟理和在中国现代文学史上所具有的独特文化价值。文化研究学者斯图亚特·霍尔认为人的身份"既是'存在'的又是'变化'的"，它"属于过去也同样属于未来"。他进一步解释道：

> 文化身份是有源头、有历史的。但是，与一切历史的事物一样，它们也经历了不断变化。它们决不是永恒地固定在某一个本质化的过去，而是屈从于历史、文化和权力的不断"嬉戏"。身份绝非根植于对过去纯粹的"恢复"，过去仍等待着发现，而当发现时，

---

① 许俊雅：《光复前台湾小说的中国形象》，载《台湾文学论——从现代到当代》，南天书局1997年版，第135页。
② 杨杰铭：《论钟理和文化身分的含混与转化》，载《台湾现当代作家研究资料汇编·钟理和卷》，台湾文学馆2011年版，第292页。
③ 杨杰铭：《论钟理和文化身分的含混与转化》，载《台湾现当代作家研究资料汇编·钟理和卷》，台湾文学馆2011年版，第283页。

就将永恒地固定了我们的自我感,过去的叙事以不同的方式规定了我们的位置,我们也以不同的方式在过去的叙事中给自身规定了位置,身份就是我们给这些不同方式起的名字。①

霍尔对文化身份的理解是基于两种不同的思维方式:一是强调文化身份的稳定性、持续性和共同性;二是强调文化身份的不稳定性、断裂性、差异性。前者承认文化身份具有指涉某个民族共同的历史经验和文化符码等"共有"特征的功能;后者认为人的自我主体身份不是始终如一、一成不变的,它是处于一种不断流变与建构的过程中:"文化身份根本就不是固定的本质(不同与血缘与种族),它不是我们内在的、历史未给它打上任何根本标记的某种普遍和超验精神……它不是我们可以最终绝对回归的固定源头"。霍尔还以加勒比海地区黑人为例,说明文化身份构成的复杂性:

> 我们可以认为加勒比黑人的身份是由两个同时发生作用的轴心或向量"构架"的:一个是相似性和连续性的向量,另一个是差异和断裂的向量。必须依据这两个向量之间的对话关系来理解加勒比黑人的身份。一个给我们指出过去的根基和连续。另一个提醒我们,我们所共有的东西恰恰是严重断裂的经验:被拖入奴隶制、流放、殖民化、迁徙的民族大多来自非洲——而当那种供应结束时,这种断裂又由来自亚洲次大陆的契约劳工而临时补充进来。②

---

① [英]斯图亚特·霍尔:《文化身份与族裔散居》,载罗钢、刘象愚主编:《文化研究读本》,中国社会科学出版社 2000 年版,第 208 页。

② [英]斯图亚特·霍尔:《文化身份与族裔散居》,载罗钢、刘象愚主编:《文化研究读本》,中国社会科学出版社 2000 年版,第 213 页。

在殖民时代，非洲大陆上的黑人被殖民者不断地贩卖到加勒比海地区不同岛屿上充当种植园主的奴隶，这些黑奴来自同一块大陆，遭受一样的被奴役的命运，从这个向量来看，他们的文化身份具有相似性和连续性。但是，加勒比海地区的黑人本来就来自非洲不同国家、种族、部落，文化背景各不相同，贩卖到该地区之后，又分属不同的宗主国，在"历史、文化和权力的不断'嬉戏'"下，他们的语言、文化、意识形态已经被塑化为各自宗主国的样子，不仅与非洲文化的联系断裂了，也与本地区其他岛国之间产生了差异。在两种不同向量的作用下，加勒比海地区的黑人"通过改造和差异不断重新生产和再生产他们自身的身份"①，建构成一种杂交的、异质的、变动的散居族裔的文化身份。

霍尔的身份理论为解读钟理和的《门》《夹竹桃》提供了一个很好的思路，我们可以依据身份的变与不变这两个向量之间的对话关系来理解文中所隐藏的文化身份问题。钟理和前半生辗转于台湾、大陆、日本等地，失地丧权的家国之恨，饱受歧视压迫的殖民统治的悲哀，前现代到现代社会转型的巨大冲击，新旧文化的矛盾与冲突，是他无可选择的历史境遇，也构成了他人生历程、文化选择与认同难以回避的多重困境。正如与他同时生活在大陆的另一位台湾作家洪炎秋所说："我是这个矛盾时代、矛盾地区、矛盾遭际，以至于矛盾家庭所产生一个充满矛盾的畸形人。"②"充满矛盾的畸形人"是那个时代所有台湾人集体的写照，他们身上的矛盾性既是由特殊的历史境遇造成的，也是由霍尔所说的两个向量之间发生作用的结果。

日本殖民统治台湾30多年之后，尽管异质文化对岛内原有的汉文化造成了冲击，但其文化的根本属性并未改变，对此，钟理和曾在日记

---

① [英]斯图亚特·霍尔：《文化身份与族裔散居》，载罗钢、刘象愚主编：《文化研究读本》，中国社会科学出版社2000年版，第222页。

② 洪炎秋：《洪炎秋自选集》，黎明文化事业公司1975年版，第15页。

中谈到对这段时期台湾文化性质的认识："文化不是可任性涂抹的东西，在沦陷期间的文化只是征服的文化，是虚伪的文化，而真的文化传统是在地下生存着的。"① 不可否认，台湾沦陷之后，其文化形态遭受到"征服者"的蓄意破坏，但它是虚伪的，汉文化才是生存于台湾地下的"真的文化"，它弥散在城市的街道、乡村的田头，它缭绕于山川丘陵、倘徉在湖泊河流；它是山歌和传说，也是虔诚的信仰与精神的寄托；它无处不在，无时不有，"野火烧不尽，春风吹又生"。从这个意义上来说，钟理和这代台湾人同他的父辈一样具有鲜明的汉文化身份，就像《原乡人》中"我"的二哥，"少时即有一种可说是与生俱来的强烈倾向——倾慕祖国大陆。在高雄中学时，曾为'思想不稳'——反抗日本老师，及阅读'不良书籍'——《三民主义》，而受到两次记过处分"。二哥也成为"真正启发我对中国发生思想和感情的人"。小说中还写到族人们"喜欢听父亲叙述大陆的事情。原乡怎样，怎样，是他们百听不厌的话题"。虽然从没有接触过大陆，但"他们衷心愿见舅舅家强盛。现实的舅舅家却令他们伤心，我常常听见他们叹息：'原乡！原乡！'"② 这是潜隐在他们灵魂深处的一份血浓于水的民族情感，"原乡"就是他们的源头与历史，他们的先祖从大陆到台湾繁衍了几代人，民族情感与认同始终延绵不断，汉文化扎根到地下深处，即便上面的枝叶与躯干受到损坏，根在文化就在，民族就不会消亡。"每一个民族成员对自己属于什么民族、自己民族的传统文化、风俗习惯、民族形式、语言文字等的自识性非常强烈和亲切，它是作为民族的精神财富传给后代，认为这些表示着一个民族的内在力量。"③"民族的内在力量"就是一个民族几千年来凝聚成的文化精神，是民族内部成员共同守望的家园。《门》中的袁

---

① 钟怡彦编：《新版钟理和全集·6》，高雄县政府文化局2009年版，第12页。
② 钟怡彦编：《新版钟理和全集·2》，高雄县政府文化局2009年版，第40页。
③ 刘伯鉴：《关于建立中国民族科学体系的探讨》，《民族研究》1981年第3期。

寿田来自被大陆人视为"海外"的台湾，然而，内心深处的一种力量和诱惑牵引着他搬离所谓的日本街去与当地人一起居住，在那里，他虽然看见了一些无法认同的人和事，也由此产生"痛苦、烦闷与悲哀"，但是内心从没有真正拒绝过他们：

> 我想牺牲自我，捧颗热烈、真挚之心，奉献与一切我所爱者，然受之者其为谁？
>
> 不能因人之不爱与不理解我，而和他们相疏远，相拒绝往来。他们的不爱与不理解，并不足为此而抛弃爱他们，抛弃自己的信念的理由。爱与信念，决非主观的所产，而是客观的存在，它并不足因对象的舍就，而发生多余，或不足。①

"满人街"上充斥的"卑鄙与肮脏"让他"憎恶"，但是这种憎交织着"憎之而又爱之，爱之而又不能不憎之"②的复杂情感。袁寿田所说的"爱"不是宽泛的人道主义之爱，而是发自内心的对民族的挚爱，正如他自己所说："于今为我所爱并且尊敬的人，是这些最为世人所不齿、在生活中间发见自身的命运、发见爱、与归依、与幸福，且以真挚对待人生的平凡的人。"③

面对"真的文化传统"殖民者凭借文化暴力来确立"虚伪的文化"的权威，他们利用科学、宗教、历史、习俗等文化因素建构了一整套的话语体系，通过控制和运用话语确保殖民者的霸权地位，而将被殖民者置于政治、经济和意识形态的边缘位置或被压制地位，使其失却言说自身的权力，沦为沉默的他者。"自我/他者"话语体系的基本特征是意

---

① 钟怡彦编：《新版钟理和全集·3》，高雄县政府文化局2009年版，第147页。
② 钟怡彦编：《新版钟理和全集·3》，高雄县政府文化局2009年版，第141页。
③ 钟怡彦编：《新版钟理和全集·3》，高雄县政府文化局2009年版，第179页。

识形态暴力,殖民者通过各种手段宣扬"自我"在人种、文化、性别等方面的优越性,丑化"他者"的形象,强化两者之间的差异。

长期以来,殖民者把不符合自己价值观、审美标准的所有外物定义为他性,并通过认知暴力将他们的价值观强加给被殖民者。殖民者不允许被殖民者主体性的存在,他们为被殖民者制定了严格的行为准则,违反的人员将受到严厉的制裁,使被殖民者的心理形成了一种恐惧,小心翼翼处理与殖民者的关系。这种潜在的认知暴力已经深深地烙在被殖民者的心里。正如福柯说:"权力是相对隐蔽的,通过看见一切而又保持自己不可见来控制我们。"① 在殖民者的"凝视"中,被殖民的台湾人变成了一种景观,一种处于被观看的地位的他者,殖民者构建的"自我/他者"这一对立的意识体系,使被殖民者在所生活的环境中无法与"他者"建立平等、自由、和谐的关系,始终处于被歧视、被忽略的地位,主体意识逐渐丧失,陷于身份危机的漩涡中。《原乡人》中有个情节:中日战争进入胶着状态,日本兵源匮乏,开始从台湾人中招收新兵,"新兵肩系红布,频频向人们点首微笑。送行的人一起拉长了脖子在唱陆军进行曲。替天讨役不义,我三军忠勇无比……"② 台湾子弟们穿上了日本军装替殖民者"讨役不义",并以此为荣,这些高唱"我三军忠勇无比"的青年恍然觉得自己成为殖民者的一员。被称为"皇民文学"代表人物的周金波,其小说《志愿兵》中的高进六是一个小学毕业、出身卑微、朴质单纯的青年人,其所受皇民化思想影响比一般更甚,他将名字改为高峰进六,对日本的神道崇拜得五体投地,在精神上触摸"大和之心"的同时,为了实现自己跃升为日本人的梦想,竟然以血明志,应征为日军的"特别志愿兵"。他试图"去'触摸'和'体验'大和民

---

① [英]丹尼·卡瓦拉罗:《文化理论关键词》,江苏人民出版社2006年版,第129页。
② 钟怡彦编:《新版钟理和全集·2》,高雄县政府文化局2009年版,第44页。

族的心灵和精神，借以使自己从卑污的台湾人种脱蜕而出，成为高贵的日本人……充当帝国侵略的鹰犬"。① 对那些一心想要蜕变为日本人的台湾人来说，"对于自身体内流动着的台湾人的血液这个自然的限制，感到绝望和怀疑"，内心滋生出强烈的自卑感。

在受殖民统治的空间里，殖民者使用文化暴力强制改写台湾人的身份认同、历史和身体感官记忆，一部分人被整合到他者的意识范畴，丧失了自我的主体性，沦为他者的附属。而那些一心想改变"他者"身份的人，果真能被素来自傲的"自我"们接受吗？钟理和在日记中记载过这样一件事：

> 里义（注：钟理和胞弟）谈及日军（在南洋的）被围时，和败后逃命时，吃人肉的故事。台湾人而又较肥胖者便有被吃的危险。以此之故，投降后同为美军的俘虏时，便时有殴打日本人事件发生。②

在殖民者的眼里，即便进入了军队，被殖民者仍然摆脱不了甚至可能被吃掉的非人命运，这些他者只是工具，在以殖民者为主体的话语世界里不可能实现身份的逆转。"高进六"们努力认同所谓的"大和精神"，却始终处于"边缘位置或被压制地位"，从未被殖民者接纳为主体成员。失望之中，这些人甚至怀疑自己"终竟也是个人吗"？一个连自己是不是人的身份都怀疑的人，何谈民族身份。自我主体性的丧失导致身份认同的混乱之后，在殖民者的操纵下，通过"改造和差异"的伎俩不断"重新生产和再生产"被殖民者的身份，使他们成为一群与自己民族对

---

① 陈映真：《陈映真文选》，生活·读书·新知三联书店 2009 年版，第 282 页。
② 钟怡彦编：《新版钟理和全集·6》，高雄县政府文化局 2009 年版，第 142 页。

立、内心充满自卑、完全服膺殖民者的意识形态和价值体系的"帝国的帮凶"。

文化暴力的另一个后果是使被殖民者失去话语言说的能力，患上"失语症"。福柯认为话语权是权力的象征。失去了话语权就等于放弃了自我作为主体存在的权利，势必沦为他者。"如果没有话语的生产、积累、流通和发挥功能的话，这些权力关系自身就不能建立起来和得到巩固。"① 钟理和有一篇很独特的小说《第四日》，它从一个名叫小松的日本人的视角对殖民战争给战争双方带来的痛苦进行反思。小说中那些骄横不可一世的殖民者并没有因为战败而收敛往日的威风，相反一部分人狂妄地说：

> 他们当是日本打败仗了？笑话！日本没曾打败！日本曾把太平洋和支那大陆放到自己的脚边。日本接受波茨坦宣言，那是因为日本没有原子弹，日本的原子弹发明得迟了时候。日本是在科学上输了的！②

正是这种自大的殖民者心理作祟，输掉战争的日本人仍然保持着身份的优越感，相比之下，已经恢复了自由和民族身份的台湾人由于长期失语的惯性，在这群趾高气扬的失败者面前依旧不敢发声。小说写到一名官职很低的支配人在酒会上殴打台湾厨子的情节，起因是顾问官与女招待富子调情，拉扯间殃及正在上菜的厨子：

> 恰好厨子捧了个大碗热腾腾的肉汤走到桌边，乍见富子退来，

---

① [法]福科：《权力的眼睛——福科访谈录》，严锋译，上海人民出版社1997年版，第228页。
② 钟怡彦编：《新版钟理和全集·1》，高雄县政府文化局2009年版，第57页。

连忙向一边闪躲。顾问也看到了急叫着"富子！富子……"但富子已碰在厨子身上，汤泼出了。它泼得厨子一手，烫得他直皱眉；有些则泼在指导官和支配人身上。

厨子吓得目瞪口呆，捧着剩余的半碗汤立在那里，不知所措。不提防支配人跳了起来，挥起一只手向他右颊直击下去。

"混蛋！你瞎了眼睛是不是？"

支配人怒目圆睁，恶狠狠地骂道。

厨子立不住脚，踉跄了几步，摔倒在桌旁，几乎把桌子压倒。捧在手里的碗则飞得更远，汤和肉泼得满处都是。近边桌的人一齐惊叫都跳了出来。①

受了如此大的屈辱，厨子也不敢言语一声，"爬起来，拂拂衣服，默默地走了"。自视为殖民社会中唯一主体的殖民者，他们使用文化暴力改写了被殖民者的历史记忆和文化身份，制造出像高进六这样人格分裂的人，认贼为父，背叛自己的民族；同时，他们使用武力，使被殖民者不敢反抗，保持沉默，接受奴役。小说中的支配人一副主子的形象，他像对待奴隶一样任意殴打处于他者地位的台湾人，还不停地骂："他没有眼睛吗？这些猪猡，就是宽纵不得，最好砍掉他们的脑袋。"如果把《志愿兵》和《第四日》放在一起比较分析，我们就会清晰地看到高进六等人行为的荒诞与愚蠢：在自我与他者永远处于对立状态的殖民社会中，他者无论怎样改造自己，如何使语言、意识、外形与殖民者趋于一致，却从来都不可能实现平等的对话，殖民者只有需要他们做工具时才能达成某些暂时的协商和妥协。1941 年，《台湾时报》中的一篇文章毫不掩饰地说："皇民化为台湾战时文化政策

---

① 钟怡彦编：《新版钟理和全集·1》，高雄县政府文化局 2009 年版，第 59 页。

的一环","文化政策并不意味政治将指导文化,而是指一个文化将指导其他文化走向政治的方向……皇民化问题就是一国的文化如何透过政治指导异质的文化的问题"。① 由此可见,"皇民化"政策并非是接纳被殖民者为"皇民",真正的目的是以殖民者的文化"透过政治指导异质的文化",而所谓的"指导"实质上就是驾驭与驱使异质文化,实现从根本上改造台湾本土文化的目的。"高进六"们就是被成功改造的典型,他们不遗余力抛弃自己的民族,成为既远离自我又不容于异族的畸形人。两种向量的作用形成一种张力,使生活在殖民社会中的每一个被殖民者遭遇到身份的焦虑与困惑,成为一群无所归依的矛盾人。

从上述理论出发再来分析众人对《门》和《夹竹桃》的评论,就能看出其中一些言论忽略了钟理和的具体成长环境与个人文化背景,显然是从自己所"希望"的钟理和形象出发,偏离了文学评论的轨道。陈映真批评钟理和的"殖民地性格",在他的作品中"看不到一丝一毫作者对残破而黑暗的旧中国里的同胞的爱",也没有能够"在一片令人作棘心之痛的落后和悲惨的中国生活之内,看见隐藏在其中的中国的正体"。② 还有人指责他"没有采取积极的立场","他的世界观太狭隘"等。这类观点对钟理和有失公允,试想:一个二十出头的青年,之前全凭想象拼凑出大陆的模样,只因仰慕与他同一血缘的汉族文化,才会不顾一切地冲破封建枷锁,带着恋人私奔,来到自己心中的文化原乡大陆,因此,他的大陆之行不仅是个人逃避感情矛盾的行为,而且具有民族自觉的抵抗意识。正如《原乡人》中的"我"出走大陆,并"没有给自己定下要做什么的计划,只想离开当时的台湾"。在大陆的几年中,除在奉

---

① 张羽:《殖民地台湾文学史研究的当代趋向——以周金波的文学叙事与文化认同为中心》,《福建论坛(人文社会科学版)》2011年第5期。
② 陈映真:《陈映真文选》,生活·读书·新知三联书店2009年版,第206页。

天做过很短时间的司机,在北平华北经济调查所当过三个月的翻译外,钟理和主要靠经营小本生意和亲友救济为生,他独善其身,不与殖民者为伍。后来专事创作,始终坚持用中文写作。他在大陆生活的地域空间与台湾一样同属殖民社会体制,他看到了包括大陆人、朝鲜人在内的更多被殖民者的痛苦生活,原先的美好向往在残酷的现实面前破碎了,失望甚至绝望的情绪油然而生。《门》中的袁寿田在奉天生活了近四年,移居初始的憧憬与欢欣随着时间的流逝荡然无存,在袁寿田的眼中,奉天变成了"蹲伏在银紫色之下,像残酷的野兽的都会",再也激发不了他的"爱与兴奋"。袁寿田也在内省:"我不知道我为什么变了,为什么再不能用热情的视线瞧它,甚至和以前一样,怀着近似怯悦的陶醉,与甜美的颤抖亲近它了呢?"① 这是袁寿田的困惑,也是钟理和真实的矛盾纠结。钟理和出走大陆不是心血来潮一时的冲动,他和妻子是"抱定了誓死不回的决心","这里面除开个人的原因外,似乎还有一点民族意识在作祟"。但是由于两岸的阻隔,钟理和并不了解"二十世纪的中国,正值她由前近代的历史阶段,向着近代的历史阶段做着苦痛的冲刺阶段。在这一个时代中,充满着多次的革命和反革命;多次的侵略和反侵略。旧的、落后的中国,和新的、前进的中国,正在互相激荡、翻滚。一个新生的、近代的中国,正在和外来帝国主义,内在的旧势力做着最艰苦的搏斗"② 的历史与现实,所以,当他目睹被称为"新天地"的奉天和被喻为文化之都的北平城内的混乱、贫穷、堕落、麻木等现象,以及个人在此经历的"流浪、败北、饥饿、风霜、贫苦的试炼"之后,于是"他的单纯的,因'原乡人的血'而来的,单纯的民族感情幻灭了"。

---

① 钟怡彦编:《新版钟理和全集·3》,高雄县政府文化局2009年版,第139页。
② 陈映真:《陈映真文选》,生活·读书·新知三联书店2009年版,第206页。

第二章 原乡的失落

钟理和在《门》和《夹竹桃》中所流露出来的情绪不是"旁观的、犬儒的、恹恹然欲自外于自己的民族和民族的命运"的，也并非完全是日本人殖民教化的结果。客观地说，他的作品中所流露出的某些负面的情绪，既是个体在生活中产生的困扰感和挫折感，也是不同社群理念的冲突，也是现实与理想之间巨大反差造成的情感波动，更是与中华民族的深重灾难息息相关。钟理和在台湾所获得的原乡人自我认同，是建立在半实半虚的传说情节、口耳相传的历史叙述和书籍报刊音像的直观体现上，这是他及大多数没有大陆经验的台湾人构建身份的渊源与资源，这种身份构建模式又不断在历史的纵坐标上延续和复制。通过构建出的原乡形象充满着"异国情调"，寄托着殖民统治下的台湾人民向往自由、平等的美好愿望。带着这些美好愿望的钟理和踏上同为殖民体制下的"满洲国"，不仅没有寻找到"自由和光明"，反而目睹和体验到更多的人生悲剧。冰天雪地的满洲，"灰色的日继续灰色的日，漫长的月承接漫长的月，冬恰似永无晓时的长夜，用坚冰、白雪与死，严封住满洲的平野"。这里"生物绝迹，人生寂灭，周遭犹似冰河时代的洪荒，静谧而荒凉"。① 在这死气沉沉的环境里，对于一个从遥远的南国且是当地人眼中的"异邦"迁移于此的人来说，既感到孤独与不适，又要承受周围同胞的冷淡、猜忌与质疑：

> 台湾人——祖国说。并且它常是和朝鲜人什么的被排在一起。朝鲜人怎么样，台湾人又怎么样，——报纸上常常登着。这样的话，我们已经听得太多了。我们能由这里感到少许的亲热吗？从前，我们的支配者也同样叫我们——台湾人！这里，我们读到了很多的意味：差别、轻视、侮辱，等等。然而我们能够说什么呢？祖国——

---

① 钟怡彦编：《新版钟理和全集·3》，高雄县政府文化局2009年版，第143页。

它是那么伟大的。它不但包括一切善，并且它包括一切恶。它要求我们的代价。①

自然与社会环境如此恶劣，与《原乡人》中启发"我"对中国发生感情的"低回激荡缠绵悱恻"的古典情调、"赏心悦目的名胜风景"根本无法对位，这是钟理和原乡之行遭遇的第一重精神打击，而最大的打击则是他"想牺牲自我，捧颗热烈、真挚之心，奉献与一切我所爱者"之同胞的不接纳，同时，他也对那些生活在"浓烟、尘土、不洁、贫血、缺乏、臭虫、昏暗、忍耐"中的人是不是与自己"流着同样的血、有着同样的生活习惯、文化传统、历史与命运"开始"抱有绝大的疑惑"。原乡曾经承载着钟理和的童年记忆、青春热情和民族情感，但当他"离开被压迫着的台湾来到祖国"时，原乡的悲惨与落后、冷漠与疏远让一直支撑他信念的乌托邦世界彻底破灭了。在异乡的语境中，文化的错位感让钟理和一下子迷失了自我，无数次想象中的原乡如此陌生甚至可怕，自幼形成的原乡认同到了原乡却发生了动摇，心中的"爱与信念"也逐渐"凋谢并陨落"。这种心境在袁寿田给弟弟的信中表露无遗：

请你留神，感情强烈的人，往往会被感情本身焚毁，它往往会叫一个人抓住幻影当是能兑现的理想而期待着的，你须冷静的内省你所拿住的是幻影，抑是实际，幻影虽华灿，破灭只在瞬间。②

身份认同带有历史和社会影响的烙印，对于从受殖民统治地区回到

---

① 钟怡彦编：《新版钟理和全集·5》，高雄县政府文化局 2009 年版，第 21 页。
② 钟怡彦编：《新版钟理和全集·3》，高雄县政府文化局 2009 年版，第 157 页。

祖国的人来说，他们首先关心的不是如何通过自己的力量去实现自我，而是迫切让身份获得认同。人一旦成为某种非中心化的主体，常常难以感知自己与现在、过去乃至未来的切实关联。这时，个体生存会因此而失去内在的依托，以致陷入漂泊、孤独的窘境，形成一种沉重的焦虑感。自我认同的形成是在与他者差异化认知过程中形成的。作为土生土长的台湾客家人，钟理和对"日本"人种有着强烈的排斥心理，在与不同族群和种族的人交往中，无论在语言、服饰、性情等方面，他对原乡人逐渐产生亲近和认同，这种认同是个体认识到异族与自我的差异之后形成的。踏上大陆的土地，台湾人迫不及待地想获得同胞对他们身份的认同，体验"回到了祖国的感觉"（《祖国归来》）。现实却是四十多年的分离，彼此间情感已经疏离，相互的面目已经陌生，甚至部分大陆人认为台湾人是"完全依赖于日本势力"而生存。相互的隔阂与不理解，让钟理和感到深沉的悲哀，他在《门》中分别引用了泰戈尔和陶渊明的诗句，来表达内心的落寞：

泰戈尔——
　　我们如海鸥之与波涛相遇似的，
　　遇见了，走进了！
　　海鸥飞去，波涛滚滚地流开，
　　我们也分别了！
陶潜——
　　人生无根蒂，
　　漂如陌上尘。
　　分散逐风转，
　　此已非常身。
　　落地为兄弟，

何必骨肉亲！①

　　诗中的"海鸥"和"波涛"匆匆一遇马上又分别了，这不正象征着当时的台湾人与大陆人吗？从远方归来的台湾人如海鸥刚飞到大陆，霎时又各自"飞开"和"流走"了。此时，身世飘零无根之感涌在钟理和心中，他便借陶渊明《人生无根蒂》的杂诗来表达内心的苦闷：人生在世没有根蒂，飘泊如路上的尘土。生命随风飘转，此身历尽了艰难，已经不是原来的样子了。世人都应当视同兄弟，何必亲生的同胞弟兄才能相亲呢？有人说台湾现代文学充满了"孤儿意识"，它的实质是台胞在被祖国抛弃、被异族欺凌、又被大陆人疏离的多重打击下，产生扭曲的自怜自艾的自我意识。殖民者奴役他们，祖国又与他们若即若离，他们就像无根无蒂在空中飞扬的尘土，找不到自己的归宿。钟理和引用这首诗，隐约之中带有一丝对大陆人的不满，"落地为兄弟，何必骨肉亲？"都是天下沦落人，为什么还要把"大陆人"和"台湾人"划分得如此清楚？由困惑到失望，由失望到落寞，身在异乡的钟理和倍感孤独，思乡之情溢于言表：

　　仰首看月，忽然想起自己落魄可怜的身世，与将跟我同归于尽、而无辜受罪的妻子，不禁一阵伤心，滚下两滴热泪。同时翘首南望，心儿也就驰回百里外，在遥远南空之下的家里去了。于是，目前现出在举目无亲的人群之中，两个生命相依相靠的那种凄然的景象。②

---

① 钟怡彦编：《新版钟理和全集·3》，高雄县政府文化局2009年版，第206页。
② 钟怡彦编：《新版钟理和全集·3》，高雄县政府文化局2009年版，第184页。

在爱与怨的纠结中，钟理和并非如人所说是在日本殖民者的"光辉灿烂"的文明照耀下，产生深重的劣等感，于是对祖国的落后发出恶毒的批评，看不起自己的同胞。他的内心深处对民族的认同从来没有动摇过，他的所谓"恶毒的批评"，首先是一个"离开故国去到人地生疏的异域"的异乡人在希望破灭以后产生的困惑和失落；其次是他用所谓"现代文明"的视角审视落后的社会所产生的优越感，综合各种因素，使钟理和与他的小说中的人物产生出无所依归的心理，继而逐渐迷失了方向。

第四节　历史的书写与反书写

《夹竹桃》《门》两部作品饱受争议，特别是对大陆人落后性的描写以及表述出的一些极端性语言将钟理和推到了风口之上。纵观钟理和的全部创作，时间跨度不到20年，《夹竹桃》《门》既是他早期代表性的作品，也是少有的几部抗战时期台湾本土作家以大陆生活为背景的作品，无论在中国现代文学史上，还是在台湾地区的文学史上都有重要的影响。但是，对这两部作品的解读一直存在较大分歧，受意识形态的左右，肯定也好否定也罢，都没有真正发掘出它们的艺术与社会价值，这不能不说是件憾事。

孟子曰："颂其诗，读其书，不知其人，可乎？是以论其世也。"（《孟子·万章下》）孟子在这里提出了一个重要的文学评论原则"知人论世"。他认为诵一个人的诗，读一个人的书，就应当要了解写诗著书的人。而要了解写诗著书的人，又离不开研究他们所处的社会时代。同样，要客观公正地评价《夹竹桃》和《门》也离不开对钟理和成长与生活经历以及对当时台湾及大陆历史的研究，正如台湾的一位学者在评论钟理和时所说：

解读之道，必须将作品置回其所处来自的殖民情境和社会脉络之中，尽可能地让作者和作品发声，而非抽离式的只是文学本位的解读策略。至今解读的目的，不在清算殖民作家的意识形态是否正确，不在谴责作家当时思想与情感的幼稚，未能超越殖民情境，未能具备高明的洞察力与积极的行动力；而在进行去殖民化，唯有透过集体的驱魔与招魂，方能重塑自我，建构主体。①

"让作者和作品发声"就是基于一个具体情境，从文学本位主义出发，历史地、理性地对作家及作品进行解读，才能真正触及到艺术的本质和灵魂，才能彰显出一个优秀作家和一部优秀作品的价值。遵循这个思路，再去解读《夹竹桃》和《门》就会发现其中存在着大量的"双声现象"，在否定中又有肯定，在批判的背后又是理解与同情，两部作品充满了矛盾性、模糊性、多义性，浓缩了中华民族从近代到现代所走过的曲折、辛酸、悲愤的历史。

这两部作品所关注的对象多是些"这世间最末流、最下层、最不洁、而最为世上所不齿的人们；菜贩子、柴贩子、皮鞋匠、洋车夫、织工、摆摊子的……等等"。② 这群人"谁也不管谁，平静而安详的，负起自己的地位生活着"。"他们住得很和气，很相投，而且时或彼此照顾"，"他们有如在偶然的机会聚集在一起的、彼此陌生的破难船的旅客。他们既不可抗拒地负着这种命运，则他们须就这样子渡过他们的世纪的风波，人生的航程"。③ 这种"各人自扫门前雪，休管他人瓦上霜"的生活方式和生活态度，与钟理和熟悉的"南方那种有醇厚而亲昵的乡人爱

---

① 张惠珍：《纪实与虚构——吴浊流、钟理和的中国之旅与原乡认同》，载《台湾现当代作家研究资料汇编·钟理和卷》，台湾文学馆2011年版，第259页。
② 钟怡彦编：《新版钟理和全集·3》，高雄县政府文化局2009年版，第141页。
③ 钟怡彦编：《新版钟理和全集·3》，高雄县政府文化局2009年版，第75页。

的环境"相比,显出"感情的索漠与冷淡"。在钟理和的笔下,他们精神无所依托,既"自私、缺乏公德心、没有邻人爱、怕事",又"懒怠、虚荣心、面子、无理由的嚣叫";他们物质贫乏,生命得不到保障,终日"劳碌于生死的歧途,死与饿,时时展开在他们的面前"。他们"被贫穷所掳,就不容易挣出来。它是生命的危机,它将诱起了恶性的循环,即它会引起一切不良的状态,而和这种状态互相为因果,创造了一个死的深渊,让它的俘虏在那里浮沉而滚转,永远出不来"。①钟理和描绘的战时沦陷区百姓的众生相,连批评过他的陈映真也毫不否认它的写实性:

在这大杂院里充满着不堪的贫困和道德的颓败——吸毒、自私、偷窃、幸灾乐祸、卖淫和懒惰。如果这就是大杂院;就是当时的北京城;就是当时的中国,没有人应该对它的现实性有丝毫的怀疑。②

作者的艺术手法是写实的,毫无矫饰,残酷的生活真相一览无遗。钟理和把这群"命运的傀儡"比作"野猪""蝙蝠""牝鸡"等"栖息在恶疫菌里的一栏家畜",把他们居住的大院比成"肮脏、又潮湿的窝巢",并且说这里"荡漾着在人类社会上,一切用丑恶与被爱的言语所可表现出来的罪恶与悲惨",让人"深恶而痛绝"。生活其中的男女"吝啬、自私、卑野、贪小便宜、好事、多嘴、吵骂……"仿佛"宇宙间的一切恶德"都堆积在他们身上。小说中一再使用了"深恶""痛绝""痛恨""憎恶""鄙夷"让人听起来"辛辣、恶毒"的词语来表明主人公的态度。

---

① 钟怡彦编:《新版钟理和全集·3》,高雄县政府文化局2009年版,第126页。
② 陈映真:《陈映真文选》,生活·读书·新知三联书店2009年版,第200页。

对于文本中出现的这种声音，引发了陈映真的强烈反应：

> 在中国面临帝国主义鲸吞瓜分的时代，中国的志士仁人也成篇累牍地吐露过他们对旧中国的失望、悲哀、甚至忿怒。但这一切的悲忿，有一个下限，就是这悲忿源于对中国的深切而焦虑的爱；就是不丧失批评者自己作为中国人的立场。但钟理和的批评，却逾越了这个下限，对自己的民族完全地失去了信心，至于"深恶痛绝"起自己的民族。①

但也有不少人对此表示认同和理解，认为小说中"对于传统文化中的负面因素和现实生活中消蚀民族性格的劣根性予以揭露和抨击，是一种旨在强国图存的深刻的文化反思"②。台湾研究者许俊雅也说钟理和"对原乡故国的观察、描述，或许有人不能接受，但如果我们冷静地想想鲁迅、老舍作品里中国文化的部分，我们反驳的勇气，不免要大大地打折扣"③。两种截然不同的评价都是根据作品内在情节与流露的情感做出的判断，有事实和理论依据。即便如此，两种观点都有偏颇之处：或是脱离作品发表的历史背景和作者个人的生活经历，或是集中在某个领域而忽略了作品存在的另一种声音。无论褒抑或贬，都没有能揭示出作品及作家创作的真实意图与艺术价值。巴赫金曾提出小说话语杂交性的问题，他认为话语的杂交是"小说作品十分重要的得天独厚之处"④。所

---

① 陈映真：《陈映真文选》，生活·读书·新知三联书店2009年版，第201页。
② 张泉：《沦陷区中国作家的文化身份认同与政治立场问题——以移住北平的台湾、伪满洲作家为中心》，《抗战文化研究》2008年。
③ 许俊雅：《光复前台湾小说的中国形象》，载许俊雅：《台湾文学论——从现代到当代》，南天书局1997年版，第135页。
④ [苏]巴赫金：《小说理论》，白春仁、晓河译，河北教育出版社1998年版，第105页。

谓杂交就是"在一个单一的话语范围内，对于两种社会语言的一个混合。是在一个单一表述的竞技场上发生于两个不同的语言意识之间的一个遭遇战，这两种语言意识要么是由于时代、要么是由于社会分化或者其他因素而相互分离开来"①。德里达把这种语言现象看成是"有意杂交"，是通过作品中的一个声音讽刺并揭露另外一个声音。

霍尔·巴巴继承了巴赫金的杂交理论并将其运用到殖民文化的研究中，他认为殖民者要在殖民地发挥自身话语的作用，必须也只有和被他们视为"他者"的被殖民者的话语发生联系，直至产生杂交才能达到侵入被殖民者话语体系的效力。在这个过程中，殖民者话语无疑会遭播散和流失，然而，对于被殖民者来说，他们的语言借助这个渠道进入原本森严的殖民者的话语体系中，从而颠覆了殖民者的权威文化，使自己的话语借机进入殖民者话语体系，使殖民地的话语从单声变成双声，从内部质疑、挑战殖民者话语本身。《夹竹桃》和《门》是否具有双声的特征呢？这两部作品发表于 1945 年 4 月的北平，此时日本殖民者虽已是强弩之末，但仍占领着东北与华北大部分地区，对沦陷区的统治没有丝毫放松，在这种环境下公开发表的各类文章都要受到严格检查，一旦出现所谓的问题还将论罪处罚。因此，钟理和不可能在公开出版的作品中发表对抗、质疑殖民统治的言论，但他绝没有如人所说在日本殖民者"光辉灿烂"的文明照耀下，"拒绝和自己的民族认同"，对祖国发出"恶毒"的批评。不可否认，他也没"采取更积极的立场站在祖国与同胞的立场谴责殖民者的罪恶，表达自己的不满与同情"。无奈之中，钟理和选择了第三种表达途径——试图以人道主义者的身份出现，在作品中构建出被霍尔·巴巴称为"阐释的第三空间"的话语空间。在这个空间中，叙述者并不能确定话语的意义，读者可以对文本的话语进行转移和

---

① [苏]巴赫金：《小说理论》，白春仁、晓河译，河北教育出版社 1998 年版，第 87 页。

重新阐释，话语意义的产生既不完全属于叙述者也不是完全属于文本的接受者，产生双声现象，它既可以自我保护又起到揭露殖民统治的作用。《夹竹桃》中的曾思勉讽刺同院学哲学的大学生黎继荣是人道主义者，实际上他自己也是如此。目睹院中"滚转在动物的生存线上的人类的群体"，曾思勉总是一口一个"他们"如何如何，似乎这个群体与他无关。曾思勉的语气与《原乡人》中的那位日本教师如出一辙：日本教师所说的"支那代表衰老破败""支那人代表鸦片鬼，肮脏的人种"和"代表怯懦、不负责任"，在《夹竹桃》和《门》中随处可见：作品里的城镇、街道、院落、人物，无不死气沉沉，"有如由里腐败的果物"①。《门》中写到冬日的通辽是"在一望无际的雪原之中，贫寒地匍匐着一个寂寥、萧条的市镇……灰与死的地方。暗澹、凋零、憔悴，这些像低迷的云雾，冥顽地紧缠着这市镇全体。"②在北平，城里的院落一样的昏暗、肮脏、潮湿，院里的房屋简陋破旧，被钟理和称为野猪的"窝巢"：

> 至于这盖，则其种类就繁多了：瓦、洋灰、泥、苇、铁板，甚至于是一块草包、一领草席，莫不可括而有之——下撑之以物——这物可分为如下数种：三支半柱、二扇半壁、或数块砖角——那就不管它是垃圾堆，狗窝，毛厕，即不管是万物之灵长的人类住的，或是人类以外的动物住的……③

屋子里外"塞满了使用得变了形的家具呀、破桌椅呀、缺口的水缸呀"，还有从街上捡回的"树枝干草呀、小木头片等，永远像没有清

---

① 钟怡彦编：《新版钟理和全集·3》，高雄县政府文化局2009年版，第144页。
② 钟怡彦编：《新版钟理和全集·3》，高雄县政府文化局2009年版，第182页。
③ 钟怡彦编：《新版钟理和全集·3》，高雄县政府文化局2009年版，第74页。

净过一日，不洁如一个牛栏。"① 室内"又窄又暗，在夏天有如蒸笼，到冬天则像冰窖。墙壁上，斑斑驳驳地粘满了凄厉的紫赤色流星形斑点，那是臭虫的血，也即是他们贫弱的血"②。人们像"蝙蝠似的匍匐在那里头"，住在这里的老人"嘴是那么臭，而身体又那么肮脏。油垢、尘土、灰屑、虱子，只有动物的身上才会有的这些不洁的东西，粘满了她的衣服与头发"。③ 这里的男人在生活的重压下"身躯弯曲，脸痴呆而显着菜色，像永远见不到阳光的纤弱的草"④，女人们则"对别人的幸灾乐祸，打听谁家有没有快人心意的奇缺"，或是为了鸡毛蒜皮的小事"互相揪着头发厮打起来，像两只发疯的牝鸡"。⑤ 这里的孩子没有未来和希望，有的还没有长出花蕾就凋谢了。就像《夹竹桃》里的小福子，父亲整日劳作，所得报酬"多半只能够维系他自己一个人的动物的满足"，自己的食物还需自己获得。小福子和姐姐忍饥挨饿，捡煤块补贴家用，他的爷爷不管孙子死活，偷拿仅有的一点棒子面换取鸦片满足自己的烟瘾，小福子终于在后母的虐待和饥饿中死去。城与家的破败、物质和精神的贫乏，钟理和小说中的描写不正好表征了日本老师编织的"支那"谎言吗？也正因为此，陈映真指责他的作品充满了"民族自我憎恶意识"，是被日本"教化"后"完全丧失了民族自信心"的表现。如果仅以这些描写来看，陈映真对钟理和的指责不无道理，但是，这两部作品中存在着一个超越文本的"阐释的第三话语空间"。为了更好地、真实地把看到的社会中最残酷的一面还原给读者，在当时的语境下，作者不得不以隐蔽的第三者话语形式说话，甚至模拟殖民者的话语方式进入殖民者的

---

① 钟怡彦编：《新版钟理和全集·3》，高雄县政府文化局2009年版，第112页。
② 钟怡彦编：《新版钟理和全集·3》，高雄县政府文化局2009年版，第112页。
③ 钟怡彦编：《新版钟理和全集·3》，高雄县政府文化局2009年版，第93页。
④ 钟怡彦编：《新版钟理和全集·3》，高雄县政府文化局2009年版，第110页。
⑤ 钟怡彦编：《新版钟理和全集·3》，高雄县政府文化局2009年版，第82页。

话语体系，产生话语的杂交，通过这种"双声风格"的语言又使"殖民者话语本身的意义遭受播撒和流失"，达到揭露作品所述内容荒谬性的目的。

两篇小说中有不少具有"双声语气"的段落，它既带有那个时代的特点，也是作者自觉的创作策略的选择，这点对理解作品尤为重要。《门》中中尉太太被夫抛弃，夜里躲在角落里哭泣，凄厉绝望的哭声触发了主人公袁寿田内心的悲痛。一个被丈夫抛弃无依无靠，一个身在异乡孤苦伶仃，不同的身世，相同的遭遇，让他不禁发出哀叹："哭吧！少妇呀！尽你所能哭的哭吧！哭完了你的残酷的命运时，你再哭你的堕落的民族吧！"① 这句话的前后的意义指向从个人跳跃到民族，把个人的悲剧与民族的悲剧交织在一起，"残酷"与"堕落"形成互文关系，它看似一个旁观者的独白，实际上隐含着作者对民族命运的忧思。袁寿田（《门》）与曾思勉（《夹竹桃》）都毫不留情地批评大院里的人懒惰、自私、愚昧、欺诈、冷漠、不负责等，并频繁使用"憎恶""鄙夷""痛恨"等偏激的语言表达不满，斥责他们是"卑鄙与肮脏、与失掉流动的热情和理智所代表的堪诅咒"的人，他们的民族"失却人性、羞耻，与神"，两人"不由得对此民族感到痛恨与绝望了"。② 这种声音符合殖民者的话语范式，在当时的社会语境中具有合法性。但作品中另外一种声音同样很强烈，它"从内部质疑和挑战殖民者话语本身"，既揭露出殖民统治的虚伪性和残酷性，又表达出作者对民族和同胞遭受压迫与奴役的同情与悲愤。《夹竹桃》最后一段中，曾思勉在大街上偶遇曾与他同处一院的老太太和孙儿在乞讨，少年"腰间束着一条麻绳"，在瑟瑟冷风中搀扶着"颠颠撞撞，步行困难"的老太太向路人求乞。见到熟悉的邻居，

---

① 钟怡彦编：《新版钟理和全集·3》，高雄县政府文化局2009年版，第198页。
② 钟怡彦编：《新版钟理和全集·3》，高雄县政府文化局2009年版，第86页。

少年"冷冷地瞧了曾思勉一会儿，便又毫无表情，而像对其他的生人一样地，向他伸出右手。同时，那似乎已近于失明的老太太，也用了能以感动人的哀声，对他乞怜说：'善心的老爷修点好吧！可怜可怜我们没有饭吃的人吧！修福修寿的老爷——'"①望着失去儿子和父亲的祖孙俩，"曾思勉悲痛地瞧了他们一眼，就也掏出毛票，和对普通的乞丐一样扔给少年，头也不回地走了过去。同时，在心里感到了一种类似憎恶与鄙夷的感情"②。一句话混杂了"悲痛"与"憎恶""鄙夷"两种情感截然对立的声音，形成了巴赫金所说的"单一表述的竞技场上发生于两个不同的语言意识之间的一个遭遇战"。两种话语的"语义"及"价值信仰体系"完全不同："悲痛"表达出对殖民压迫下同胞悲惨境遇的同情；"憎恶""鄙夷"则归属于殖民者的话语体系。在一个"单一的句法整体之内"，作者佯装殖民者的口吻对行乞的祖孙俩表现出"憎恶与鄙夷"，而"悲痛"才是作者真实的情感。通过语义杂交，作者获得了话语的合法性，巧妙地将自己真实的情感嵌入同一个"句法整体之中"，完成了对看似合法性话语的讽刺和揭露。这种句式在《门》和《夹竹桃》中还有不少，比如《夹竹桃》中的曾思勉站在一个局外人的立场，用看似冷静的态度剖析院中各色人物身上"一切用丑恶与悲哀的言语所可表现出来的罪恶与悲惨"③。他说"他们忍耐、知足、沉默"，有"像动物强韧的生活力"和"野草坚忍的适应性"，即使住在肮脏潮湿的窝巢中也会感到"舒服"和"满足"，此种生活态度让人"不胜瞠其目，摇其头曰：善哉，善哉！"④这段话语充满了讽刺和挖苦的味道，但作者又借曾思勉之口对上述话语进行否定：

---

① 钟怡彦编：《新版钟理和全集·3》，高雄县政府文化局2009年版，第133页。
② 钟怡彦编：《新版钟理和全集·3》，高雄县政府文化局2009年版，第133页。
③ 钟怡彦编：《新版钟理和全集·3》，高雄县政府文化局2009年版，第74页。
④ 钟怡彦编：《新版钟理和全集·3》，高雄县政府文化局2009年版，第75页。

趁早收起了你那一文不值的人道主义吧！告诉你，那种东西在中国是行不通的，它离实际太远，至少在现在！①

曾思勉所说的"实际"既是当时中国的现实，他在与黎继荣争论时将之总结为："贫穷、无知、守旧、疾病、无秩序、没有住宅、不洁、缺乏安全可靠的医学、教育不发达、贪官污吏、奸商、鸦片、赌博、嫉视新制度和新的东西的心理……"②目睹大院里一个个鲜活生命的毁灭，曾思勉内心充满苦楚，他既为他们凄惨的命运悲戚，也对他们麻木的灵魂感到悲哀，无奈地说道："这就是他们的命运，是他们当前的状态。"③袁寿田对大院里的家长里短、流言蜚语深感"憎恶"，挣扎于"爱"与"憎"的困惑之中，他对这些"憎恶"的人也给予同情与理解："于今为我所爱并且尊敬的人，是这些最为世人所不齿、在生活中间发见自身的命运、发见爱、与归依、与幸福，且以真挚对待人生的平凡的人。"他们虽为人所不齿，但在恶劣的环境中所显现出的"坚忍"精神让人"尊敬"。不可否认，以钟理和当时对祖国的认知程度，他的确没有"在一片令人作棘心之痛的落后和悲惨的中国生活之内，看见隐藏在其中的中国的正体"，他有些失望和迷惘，但他绝没有"痛恶"自己的民族和同胞。作为一个要靠所受日本教育与国籍赐与的能力与方便吃饭的受殖民统治的子民来说，要求他"积极地、主体性地介入整个中国复兴运动之中"不仅脱离实际，而且会对他的作品产生误读。研读这两篇小说，就会发现其中的语气多疑问而非肯定，作者或通过日记体方式，直接呈现"我"内心的困惑和矛盾；或是以设问、反问、对话等修辞手段，使主人公对周围事物的表象产生怀疑，进而

---

① 钟怡彦编：《新版钟理和全集·3》，高雄县政府文化局2009年版，第124页。
② 钟怡彦编：《新版钟理和全集·3》，高雄县政府文化局2009年版，第127页。
③ 钟怡彦编：《新版钟理和全集·3》，高雄县政府文化局2009年版，第179页。

消解了殖民者话语的权威性和合法性。

钟理和作品中的双声现象既是客观的存在，也是主观情感曲折的反映。不可否认，钟理和进入大陆之后，他酝酿过无数次的骨肉同胞之情并没有一下子迸发出来，反倒是找到了日本殖民者长期灌输的一些意识和观念的印证。与已经转变为近代的、资本主义的受殖民统治的台湾相比，当时的东北、华北相对落后贫瘠，人民的生活悲惨，面对这些差异，钟理和心里难免产生落差。他对小说中人物身上的负面性格仅做文化学意义上的批判，却看不到人性堕落、民族衰落的社会性根源。然而，即便钟理和内心有一些"不屑"和"鄙夷"，但在他的心灵深处对自己苦难的民族和同胞始终抱有深沉的眷恋和哀伤。20世纪50年代，钟理和在与友人的通信中多次主动谈到他的作品《夹竹桃》，在得知钟肇政创作《番薯少年》时常为主人公的命运而"坠泪"，他深受感动，由此联想到自己"在写习作《夹竹桃》时，亦曾有过此经验"。钟理和认为《夹竹桃》虽然不是成功之作，却是"自爱最深的一篇"。这个创作细节真实反映出钟理和当时的创作心理，我们可以想象到作者在写到小福子被虐待而死、老太太祖孙二人在凄冷的寒风中呼号行乞、被遗弃的中尉太太躲在角落中哭泣时，内心悲恸，情不自已，泪流满面的模样。如果只是一个秉承理性意识的人道主义者，他是无论如何也难以沉浸到人物的身世中的。那捧眼泪出自作者最朴素、最真挚的民族情感，不仅是为这些柔弱的生命哭泣，更是为"堕落的民族"哭泣。钟理和在谈《奔逃》这篇文章的构思时也曾经说：

> 主人公逃到东北后，看不惯"满洲国"的一切作为又继续奔逃下去了，直到认为可以停下来的地方为止。一下便是写他在东北的所"见"，但写到这里，忽然发觉虽同为奔逃，毕竟动机不同，前

者为了儿女私情，后者则是另一种不同的东西了。①

所谓"另一种不同的东西"即是他在自述中所说的"民族情感"。主人公奔逃到大陆是为了逃避婚姻的枷锁，本以为满洲这块"新天地"可以安顿他们疲惫的灵魂，但让他始料不及的是"满洲国"仍然属于日本殖民者的领地，主人公夫妻虽然挣脱了世俗对"同姓之婚"的束缚，民族压迫与民族歧视却如噩梦般挥之不去。这一切让他"看不惯"，他们决定南下继续奔逃，一直到"认为可以停下来的地方为止"，这个地方就是作者和主人公内心中最神圣也是最温暖的"原乡"。

这两部作品中，除去那些外，钟理和在《门》中还描写了善良、勤劳、质朴的斐老伯一家人，他们"和气蔼蔼地过得颇幸福，而平安"，他们的家门"无论对于谁，都是那么自由而和平地敞开着，使要来的人高兴地来，要去的人高兴而去"。他们"怜悯与体恤"远离家乡，举目无亲、相依为命的"我"和身怀六甲的妻子。"老夫妻俩疼爱我们不亚自己的亲生的儿女"，妻子临产在即，老太太"天天过来，甚至时或一天来两次，或三四次，一来便是逗留大半日"，善良的一家人给孤伶伶的两口子带来了"温暖的庇护与安慰"，让他们在冰天雪地的异乡感受到了母亲般的爱②。让人"获得自由与舒适"的斐家，不正是钟理和理想中古调苍然的中华文化的象征吗？慈祥仁爱的斐老太太不正象征钟理和朝思暮想、温暖热情的原乡吗？在这些善良可亲的同胞身上，钟理和找到了"回到了祖国的感觉"，而前文提到的小说《泰东旅馆》主人公沈若彰夫妻在与当地人消除了误解和隔膜之后，双方也逐渐建立起了认同：

---

① 钟怡彦编：《新版钟理和全集·7》，高雄县政府文化局2009年版，第58页。
② 钟怡彦编：《新版钟理和全集·3》，高雄县政府文化局2009年版，第148页。

因为我们并非如他们所猜想的那可憎的高丽棒子，因为我们同样都是泰东旅馆的住客——即我们都是同伴，更因为我们同样负着那可咒诅的，悲哀的统一运命——殖民地的人，因为这些，很快的使我们亲近起来。更特别是因为后者的关系，甚至使我们发生了同情的、感伤的，类似友谊的微妙的感情。①

钟理和在作品中体现出的这种复杂、矛盾的情感也被一些人看作是"旨在强国图存的深刻的文化反思"，是"对中国的民族性作出明锐的审视"②，甚至将他与鲁迅和老舍并论，称之为中国市民社会的"表现者与批评者"。不可否认，钟理和的小说至始至终都贯穿着反思的精神，且随着经历的增加以及文化视野的拓展，这种精神不断升华。但具体到《夹竹桃》中的几部作品，表面上看与鲁迅、老舍等人的写作趣向比较相似，但两者内在的精神焦虑和苦恼意识是完全不同的。年轻的钟理和"未接触到现实中国之前，中国是他们精神、文化的母国，是他们的'理想乡'，但等他们亲临中国本土，映入眼底的却是贫穷、脏乱及颓废、怠惰、猥琐、腐化，种种超乎他们想像的故国，原先建构的文化母国不免自此宣告崩溃。"③ 因此，小说中所出现的崩溃或隔断，源于生长于殖民时代的台湾知识阶层自身精神文化基点的错位。而鲁迅与老舍一代人的文化批判是从历史经验和民族前途出发，特别着意于国民性的"改造"，创作素材"多采自病态社会的不幸的人们中"，以此挖掘他们身上负面的文化性格，以期"揭出病苦，引起疗救的注意"。钟理和也

---

① 钟怡彦编：《新版钟理和全集·5》，高雄县政府文化局 2009 年版，第 155 页。
② [美] 耿德华：《被冷落的缪斯：中国沦陷区文学史（1937—1945）》，张泉译，新星出版社 2006 年版，第 247 页。
③ 应凤凰：《钟理和研究综述》，载《台湾现当代作家研究资料汇编·钟理和卷》，台湾文学馆 2011 年版，第 134—135 页。

试图对不幸的人们身上的"劣根性"进行揭示,但他的文化基点发生错位,忽略了残酷的殖民统治这个根本性因素,一味从传统文化的基因中寻找那些悲剧的源头,偏离了理性的轨道,是对文化批判的误读。

《夹竹桃》中的曾思勉一再否认自己是"人道主义者",但他分析问题的依据与落脚点都离不开精神、物质、道德、伦理等这些抽象的人道理论。曾思勉称大院里的那些不幸人是"命运的傀儡",而"日日在蹂躏他们,践踏他们的铁蹄,是他们背负的祖先所留下的遗产"——中国传统文化。这个观点并非钟理和自己臆想出来的,而是从"五四"时代的文化大师们的作品中承袭而来。虽然两岸相对隔绝,"五四"文化思想还是通过不同途径吹到了那里,钟理和在给友人的信中曾经详细地谈到新文学对自己的影响时说:"当时,隔岸的大陆上正是'五四'之后,新文学风起云涌,像鲁迅、巴金、茅盾、郁达夫等人的选集,在台湾也可以买到。这些作品,几乎令我废寝忘食。"①

经过"五四"新文化运动的洗礼,中国文化开始向现代转型。运动中的骁将和一批在其影响下成长起来的新文化干将的民族意识与自我意识崛起,他们对传统文化中腐朽没落的一面发起猛烈攻击。近代以来,中华民族积弱积贫,危机四伏,有识之士忧心忡忡,正如鲁迅所说:"中国人失去了世界,却暂时仍要在这世界上住!——这便是我的大恐惧。"② 在这样一个大的历史语境下,传统被看作是阻碍国家现实发展的共时性状态而不是作为一个复杂的历史性过程,因此,"五四"文化精英对传统批判的意义不仅是文化上的,更带有很强的"图强保种"的民族色彩。由于个人经历和文化养成环境不同,对传统文化进行批判的态度与角度各有不同。在鲁迅笔下,传统文化被他比喻为一场"吃人的筵

---

① 钟怡彦编:《新版钟理和全集·7》,高雄县政府文化局 2009 年版,第 136 页。
② 鲁迅:《鲁迅全集》(第 1 卷),人民文学出版社 1981 年版,第 307 页。

宴"，"虚伪""麻木""愚昧"和"迷信"是"筵宴"上一道道"大餐"。鲁迅在给许广平的信中说道：

> 大同的世界，怕一时未必到来，即使到来，像中国现在似的民族也一定在大同的门外，所以我想无论如何，总要改革才好……中国国民性的堕落，我觉得不是因为顾家，他们也未尝为"家"设想。最大的病根，是眼光不远，加以"卑怯"与"贪婪"，但这是历久养成的，一时不容易去掉。我对于攻打这些病根的工作，倘有可为，现在还不想放手，但即使有效，也恐很迟，我自己看不见了。①

鲁迅的批判犀利而彻底，在那个时代起到了振聋发聩的历史作用。作为欧化派代表人物林语堂，他对中国传统文化采取的是激进的甚至是否定的态度。在给钱玄同的信中他说："今日谈国事所最令人作呕者，即无人肯承认今日中国人是根本败类的民族，无人肯承认吾民族精神有根本改造之必要。"② 对林语堂将中国人称为"败类的民族"之言，钱玄同非但没有任何异议，在给林语堂的回信中对此还大加赞赏。林语堂在《吾国与吾民》等作品中将中国国民性根本的痼疾归纳为"奴性""保守""老滑"和"容忍"等方面。林语堂认为在封建专制下，中国人失去了个性，退化为唯唯诺诺、麻木不仁的一群。除了上述的一些特性外，林语堂还将中国传统文化中的其他劣性进行了列举，比如中国人法制观念淡薄，缺少科学精神，体魄不强健，狂妄自大，沾沾自喜，不讲卫生，缺乏公共意识。

---

① 鲁迅：《鲁迅全集》（第11卷），人民文学出版社1981年版，第39—40页。
② 林语堂：《林语堂文集·有所不为》，群言出版社2010年版，第38页。

综上所述，我们不难发现，钟理和在作品中使用的批评性言语基本移植于鲁迅、林语堂等人作品，对国民性的批判远未能超越他所崇拜的文学大师们的思想境域，其中还混杂着日本殖民教育的残渣。此时的钟理和只是毫无大陆经验的青年，他对大陆现实的有限认知一部分来自于新文学作品，另一部分来自殖民者的扭曲教育，二者对大陆现实文化都进行了猛烈批判，但前者是否定中的肯定，后者却是肆意的侮辱和歪曲。同一个指向，不同的立场，其批判的内涵和实质大相径庭，以当时钟理和对大陆的认知程度，他很难辨析这两者的区别。《夹竹桃》《门》这两部作品都是在一个封闭的空间开展叙述，与外面的社会隔绝开来，钟理和以批判性思想作为驱动力，勾勒了一幅北平大杂院的素描。其中的人物和事件，乃是其观念的注脚，"对人物的描摹虽然细微，但他们因缺乏自主性，故而总体上显得面目不清。对故事的有声有色的讲述，同样不能掩盖其零乱和匆促的弱点。大体上，人和事的登场，仿佛只是为了印证作者的某些想法而已。作者也过分地强调了这些小人物身上的劣根性。这使得他们精神上的病症成为事件的主因，而被不断地渲染，最终把小人物推向了悲剧的深渊"[①]。作为一个文学者，钟理和的细腻、真诚使他触及到了生活中的痛苦和不幸，但他的文学想象深受历史的束缚，叙事中叠合着两种自我形象：一是作为社会良知代言人的文学者，一是深受认同问题困扰的台湾人，造成他的作品始终交织着两种杂乱的声音。钟理和的创作拘泥于日常的琐碎，看不到当时中国的实体，多以外在的视角进行批判，他充其量称得上是一个忠实的社会观察者和记录者。当然，作为"五四"的继承者，钟理和也意识到了民众的价值和意义：

---

① 张重岗：《原乡体验与钟理和的北平叙事》，《中国现代文学论丛》2008年第1期。

> 五四运动我们最大的收获,便是在旁边发现了数千年来被人们所遗忘的一群"民众"。由那时候起,这时代的宠儿便搬着它的粗野而拙笨的巨体登上了舞台。①

然而,钟理和缺乏中国现实和历史的经验,更不具备五四思想者所具有的丰厚文化积淀和思想内涵,"当民众的个体出现在面前时,他却不只难以在感情上接受他们,甚至不能在理智上容受他们"②。钟理和对"民众"的苦难抱有同情,对他们身上的不足进行批判。在当时特殊的历史语境中,钟理和运用高超的写实手法记录了沦陷区民众悲惨的生活实相,具有历史书写的价值。他的一些作品混杂着"双重语气",隐含了作者对殖民统治的否定声音,在殖民时代不仅是难能可贵的,这也是对殖民者的一种反抗。但是,我们也应该看到,钟理和此时的人生观与价值观还处于构建阶段,复杂的生活经历与来自不同渠道的意识观念作用在他身上,必然产生文化撕裂的现象。他试图营造一个第三空间,以人道主义的立场切入,这在当时的中国不仅不是适宜的,而且双重形象与双声语气的不断角力消解了作品本应具有的反思和批判力量,甚至陷入身份困惑与文化焦虑之中不能自拔,这既是个人和时代的悲剧在文学中的反映,也真实地记录了钟理和从故乡到原乡的心理历程。

---

① 钟怡彦编:《新版钟理和全集·6》,高雄县政府文化局 2009 年版,第 37 页。
② 张重岗:《原乡体验与钟理和的北平叙事》,《中国现代文学论丛》2008 年第 1 期。

第三章
悲悯情怀的书写

钟理和一生坎坷，少年时，饱受殖民者的欺凌与殖民压迫的痛苦；青年时，又因同姓之婚与家庭决裂，流落大陆八年多，与妻子相依为命。在大陆期间，他目睹同胞在侵略者的铁蹄下遭受欺凌与剥削，内心的悲痛油然而生；抗战胜利后，他携妻带子回到阔别多年的家乡，同年因肺病入住疗养院三年，经受了"开刀切除肋骨"生死考验，期间也经历了家庭的重大变故。先是长子因病未能及时治疗，终身残疾；紧接着次子又因病夭折。为了给三个病人治病，钟家"财产已经变卖一空"①，丧子之痛又让钟理和夫妇"感到对人生无望，而失去活下去的兴趣和勇气"，甚至一段时间"时时想到自杀"②。在"没有地位、没有财产、没有名誉、也没有朋友"③的恶劣环境下，文学成为支撑钟理和活下去的最大"理想与愿望"，他"藉笔来发泄蕴藏在心中的感情的风暴"④，将内心的失望、苦闷、悲痛宣泄出来，求得心灵的安慰。从第一部作品集《夹竹桃》开始，钟理和就尝试用文字抒写内心的悲痛、悲悯和悲凉，

---

① 钟怡彦编：《新版钟理和全集·7》，高雄县政府文化局2009年版，第136页。
② 钟怡彦编：《新版钟理和全集·7》，高雄县政府文化局2009年版，第136页。
③ 钟怡彦编：《新版钟理和全集·7》，高雄县政府文化局2009年版，第136页。
④ 钟怡彦编：《新版钟理和全集·7》，高雄县政府文化局2009年版，第136页。

这些情感在作品中凝结成浓郁的悲情意识。

第一节　台湾早期垦殖生活的悲苦

相对于大陆，作为遗民与移民社会的台湾开发时间较晚，正如连横在《台湾通史》序言中所说："台湾固无史也。荷人启之，郑氏作之，清代营之，开物成务，以立我丕基，至于今三百有余年矣。"①17世纪以前，台湾还是一个孤悬海外、人烟稀少的荒芜之岛，主要居民是被统称为高山族的12个原住少数民族，社会形态是落后的原始社会。万历三十年（1602年），福建人陈第在《东番记》中，对当时台湾土著居民的生活有详细的记录："地暖，冬夏不衣。妇女结草裙，微蔽下体而已。无揖让拜跪礼。无日历、文字，计月圆为一月，十月为一年，久则忘之，故率不纪岁，艾耆老髦，问之，弗知也。交易，结绳以识。"②这些土著"性好勇喜斗"，"邻社有隙则兴兵，期而后战"。他们还存有将对手"斩首，剔肉存骨，悬之门"的野蛮习俗。闽粤两省多山，"地如巾帨，民耕无所，且沙砾相薄，耕亦弗收"，百姓生活艰辛，自古就有渡海到台湾谋生的传统。17世纪后，闽粤两省沿海民众大规模向台湾迁移，他们多是生活艰难的底层百姓，在生活无门、被逼无奈的情况下移民，仅崇祯年间，郑芝龙就协助福建巡抚"以船徙饥民数万至台湾，人给三金一牛，使垦岛荒"③。这些漂洋过海的移民内心深处潜藏着一股难以名状的悲情。中国传统文化是典型的农耕文化，人们在相对封闭的区域里以血缘为纽带群居生活，千百年来形成了安土重迁的文化心理，在

---

① 　连横：《台湾通史》，九州出版社2008年版，序言。
② 　戚嘉林：《台湾史》，海南出版社2013年版，第8页。
③ 　魏源：《圣武记》第三册，岳麓出版社2005年版，第271页。

这种心理的支配下,对于跨海移居台湾的人来说,不免怀有深深的怀乡情结。台湾虽然资源丰富、风景秀丽,但因四面环海,经常会遭遇台风、暴雨的侵袭,自然环境较为恶劣。在这样一个特殊的地理环境中,更加引发岛内大陆移民对故土的怀念。思念和回忆是人类本能的思维活动,也是复制人类的生命历程,当思念和回忆通过艺术加工呈现出来的时候,就会产生巨大的感染力。闽南民谣《补破网》通过夸张的艺术手法,巧妙地把台湾移民的思乡之苦表达出来:"见着网,目眶红,破甲这么大孔,想要补,无半项,谁人知阮苦痛。今日若将这里来放,是永远无希望,为着前途钻活缝,寻像司补破网。"① 这些被称为"哭调"的民谣,曲调哀伤,它所传递出来的情感与屈原所作的"鸟飞反故乡兮,狐死必首丘"(《九章·哀郢》)的诗句所表达的眷恋故土的传统文化心理一脉相连。

清朝统一台湾之后,政府逐渐放开原先实行的海禁政策。闽粤两地沿海居民为获得更大的生存和发展空间,向台湾移垦的人数剧增。经过几十年的移民,台湾以汉人为主体的基本社会结构逐渐形成,据清初成书的《台海使槎录》所载:"台湾始人,为五方杂处之区,而闽粤之人尤多……闽人与粤人适均,而闽多散处,粤恒萃居。"② 从历史上来看,大规模开发台湾始于闽人,但闽粤两省的客家人在台湾垦殖的时间并不比闽人晚,他们漂洋过海,将源自中原的农耕文化延伸到荒蛮的台湾岛,筚路蓝缕,为台湾岛的发展做出了重要贡献。清朝初年,福建水师提督施琅"对粤地怀有狭隘的地方排外主义",他"严禁粤中惠、潮之民,不许渡台"③,因此,一段时间里,台湾移民多以福建沿海居民为主。直

---

① 魏源:《圣武记》第三册,岳麓出版社 2005 年版,第 271 页。
② 黄叔璥:《台海使槎录》卷四,载台湾银行经济研究室辑:《台湾文献丛刊》第四种,1957 年,第 92 页。
③ 谭元亨:《客家文化史》(下册),华南理工大学出版社 2009 年版,第 884 页。

到施琅去世，这一限制才逐渐放开，然而，"泉州人先至，开发了滨海原野；漳州人后至，开辟了近山地区"，台湾肥沃地区大部分已被先来的泉漳等地的闽南人开发殆尽，后来的客家人迫不得已向南端的烟瘴地带和中北部的山丘隔离地带开垦。

  客家先祖来自中原，为避战乱，背井离乡，千年以来，不断从北向南迁徙，劈荆斩刺，一路跋涉，孕育出吃苦耐劳、坚忍不拔的族群精神。客家人再次跨海迁徙到台湾，所到的山区人烟荒芜，林木敝日，荆棘丛生，野兽出没，蚊虫肆虐，瘟疫流行，生存环境极为险恶。一方面他们要面对岛上的地震、台风、海啸等自然灾害；另一方面，还要随时抵御凶残的原始土著"生番"的侵扰与流匪的劫掠，在极端恶劣的环境中，客家人秉承先辈们开疆拓土的勇气和坚忍，启山林，开良田，历经磨难，在这块新天地繁衍生息，落地生根。20世纪50年代中期，钟理和曾计划创作反映客家人迁徙台湾百年历史的长篇小说《大武山之歌》，后因身体缘故未能完成，但留下6000多字的开头和写作大纲。小说的主人公老郎中吴增和的曾祖，在100年前"带了一把镰刀、一把锄头和一支铳，离开嘉应州原乡老家，携家带眷，搭了帆船来到南海的孤岛。那时，较肥沃的平野都已被先到的福佬人所占，他们只好在福佬人的边境上寻找土地"。到了他这一辈，年轻时"为了拓荒和自卫"，"参加过几次示威性的移民战"，甚至"人和人相杀"。①吴增和的祖辈和他本人的这段经历正是客家人移垦台湾的历史缩影。

  钟理和祖籍广东梅县，钟家移居台湾近百年，落籍客家较为集中的屏东山区，世代务农。钟理和少时家境殷实，过着富足的生活，他曾经在给妻子的信中写道："我11岁时，还要姊姊给我洗澡。由学校回来，知道的只是玩、吃和撒野；更那去理会下雨天衣服是否该收，饭又如何

---

① 钟怡彦编：《新版钟理和全集·7》，高雄县政府文化局2009年版，第294页。

做呢？"① 后钟父与人合买下美浓地区的部分山林开办农场，刚满 18 岁的钟理和被派往农场做督工。虽为农场主的儿子，但按照父亲的要求，钟理和与普通雇工共同生活，曾经"不识愁滋味"的富家少年，目睹客家山民生活的艰难和悲苦，内心产生了强烈的震撼。经过近一个世纪的开发，台湾社会和自然环境都发生了巨大变化，正如连横所说："台湾自乾、嘉以来，开垦日进，人民富庶……足与直省相埒。"然而，对于身处穷山恶水之间的普通客家人，他们的生活环境与生活水平改变不大。台湾受日本殖民统治后，日本人残酷的剥削与掠夺更使台湾民众坠入痛苦的深渊。钟理和曾经回忆道："日本人到来时，一块儿他们带来了皮鞭与尖锐的犁儿。他们可以说从开始就用这具犁儿，由三貂角犁到鹅銮鼻，再由西海岸到东海岸。凡是他们能够由那里犁起来的，便不问什么，统统拿走。而皮鞭，就跟在那后边。于是，那地方成了他们所说的'帝国的宝库'。"②

长达六年的农场生活，培育了钟理和朴素的人道主义情怀，确定了他今后创作的方向，铸锻了作品内在的精神气质。长篇小说《笠山农场》是一部台湾客家人的开垦史。小说的时代背景是 20 世纪 30 年代日本殖民台湾的中期，主人公刘少兴招募一批客家人到笠山农场开垦种植咖啡。这块农场基本保持原始生态，到处是"层峦叠嶂和一望无际莽莽苍苍的营林"，给人"永恒的沉默和荒凉的深邃"感觉。③ 刘少兴年轻时经营土地，到了晚年又做起了贸易，飘洋渡海，动荡不安，接手这片荒芜的农场，又是一次新的创业开始。垦殖是一项艰苦卓绝的工作，它"需要超乎寻常甚至是不可能的种种条件……以及超人的勇气和耐

---

① 钟理和：《钟理和与妻书》，载《台湾现当代作家研究资料汇编·钟理和卷》，台湾文学馆 2011 年版，第 33 页。
② 钟怡彦编：《新版钟理和全集·5》，高雄县政府文化局 2009 年版，第 20 页。
③ 钟理和：《笠山农场》，草根出版社 2008 年版，第 20 页。

心"①。他们祖辈的移居时代充满着"悲惨，疾病和死亡"②，刚刚定居下来的人们，为了拓展更大的生存空间，又不断向更深更远的山地开进。小说中与笠山农场相邻的南眉地区就是一块"才开发的新地方，瘴气重，又容易生病"。刚去那里的人会得"黄水湖"病，"通身六黄水"，到那开荒的人"一半人就是这样丢了性命"。即便如此，"只要有饭吃，就有人去，不管那是什么地方"，甚至"还一年比一年多"。为了生存与死亡搏命，这是何等悲壮！正如早期流传在台湾客家人中《渡台悲歌》中所唱："千个人去无人转，知生知死都是难。"

刘少兴开垦农场七年，"灾害迭至"。第一次放牧，"百来头牛一阵牛瘟就只剩下七八头"；种咖啡，又遭雇工的背叛和周边山民的蓄意破坏；长子致远在与山民的争执中被袭身亡；最后，由于缺乏培植经验，咖啡树苗感染疫病，所有的努力以失败告终。农场的雇工张永祥、叶阿凤们，"在风尘仆仆的人世间浮沉辗转"，"自北部漂到南部"，本指望能在农场落地生根，他们住在由竹和茅草搭成的"简陋狭窄的山寮里"，一家老少租地开荒、播种耕作，吃尽苦头，到头来却是"来也空空，去也空空"！在旧历年即将到来之际，张永祥一家人挑着"用一张破草席当包袱巾包裹着的"铺盖卷，和"一些零零碎碎破破烂烂的东西"③，又要踏上不知方向的迁徙之路。临行前，刘少兴的夫人劝他们过了旧历年再走，张永祥说："我们这种人什么地方不好过年？挑着铺盖卷儿过年，我们可不算稀罕。"④面对漂泊不定的生活和未知的命运，张永祥很淡定，"并不后悔，也不因此而消沉"⑤，在他50多年的生命中，有40年

---

① 钟理和：《笠山农场》，草根出版社2008年版，第44页。
② 钟理和：《笠山农场》，草根出版社2008年版，第184页。
③ 钟理和：《笠山农场》，草根出版社2008年版，第268页。
④ 钟理和：《笠山农场》，草根出版社2008年版，第272页。
⑤ 钟理和：《笠山农场》，草根出版社2008年版，第268页。

是居无定所，人近老年，仍然要继续奔波在寻求安身立命的迁移路上。与张永祥有着相同命运的还有《还乡记》中的阿财，为了生计，一家人背井离乡去给别人做长工。八年的时间里，他"做完田事做林场，做完林场做田事，磨石儿似的来回做着转，到了烟叶收获期，还要加上整夜烧火熏烟，那就更加忙碌了，有时甚至连吃饭拉屎的功夫都没有"。自己的女人帮别人养猪，"每天光预备饲猪一项就够她忙的了"，在深夜，"人们都已睡定了，而她仍在隔壁一刀一刀地剁猪菜"。后来几个孩子大了，也"学会了犁耙莳割"，跟着大人一起在田塍上劳作。然而，他们得到什么了呢？"大人们更加老了，孩子们多了年纪，其他一切都还一样"①。八年来全家老少辛勤的劳作，到头来一无所获，同样是在旧历年来临前，阿财带着家人赶着唯一值钱的家产破牛车，无声地离开了曾经耕作过的村庄。

客家人自从迁出中原的那一天起，流寓他乡仿佛成为这个群体的宿命，并且逐渐沉淀为一种文化精神。他们以超乎想象的忍耐力承受着垦殖中遭遇到的种种苦难，可能被毁灭，但从来没有被击垮过。《老樵夫》中的邱阿金，"由十几岁起，便把自己的血汗当作肥料"来培育"荒秽壅蔽的山野"，"一直到今天从没有间断过"，终于把田野"开拓成肥沃膏腴的田垄"，"他像一块路基的石头，将自己的一生贡献于人间。然而自身却从来不曾对人间要求过什么"。②年老之后，邱阿金的亲人们都像泡沫一样消逝了，孤苦的他一个人躺到棺材里，毫无恐惧，静静地等着死亡的来临。第二天一早，他发现自己还活着，只是"深深叹了一声，就开始生火做饭了"③，对客家人来说，"活下去"就是生命的全部意义所在。《烟楼》中青年农民萧连发的父母早年垦荒，有一年"风雨失调，

---

① 钟怡彦编：《新版钟理和全集·2》，高雄县政府文化局2009年版，第106页。
② 钟怡彦编：《新版钟理和全集·5》，高雄县政府文化局2009年版，第54页。
③ 钟怡彦编：《新版钟理和全集·5》，高雄县政府文化局2009年版，第55页。

田里歉收，割起来的谷子全部给头家还不够"。最后"一粒没剩"，他的父亲"一声不响一气抽完几十筒烟"，母亲则"躲进屋后淌了几个钟头的眼泪"。祸不单行，母亲又患了疟疾，"不但无钱买药，父亲甚至还不让她休息，用条绳子拴在她腰间，把她死活拖到营林局去做工"。① 一个"连走路都困难"的病妇，被自己的男人当作牲口一样用绳子拖着，为生存耗尽最后一点力气，这是一幅怎样悲惨的画面。

　　钟理和在书写客家人这段历史的时候，没有过多宣泄悲情，而是着重表现隐蕴在那些移垦者个体身上不屈服的民族精神与坚韧的民族个性，并通过塑造一个个鲜活的客家人物形象表现出来。在经历过殖民统治和20世纪50年代岛内白色恐怖的钟理和看来，这种精神与个性正是支撑我们的民族走过那段黑暗历史的原动力。

第二节 "同姓之婚"下的悲剧人生

　　朱光潜对悲剧的意义有过这样的论述："悲剧把生活的苦恼和死的幻灭通过放大镜，射到某种距离以外去看。苦闷的呼号变成庄严灿烂的意象，霎时间使人脱开现实的重压而游魂于幻境"，他认为这种现象就是尼采所说的"从形相得解脱"②。纵观钟理和并不丰富的作品，以表现"同姓之婚"为内容的作品占了一半以上，这些作品是他个人生活悲剧的真实书写，他试图通过创作发抒苦闷，向外界呈现内心的焦灼与悲痛，以此寻求解脱。

　　钟理和19岁随父到屏东地区"开拓山林"，在那里"认识了一个农

---

① 钟怡彦编：《新版钟理和全集·2》，高雄县政府文化局2009年版，第4页。
② 朱光潜：《我与文学及其他》，安徽教育出版社1996年版，第49页。

场的女工，后来又爱上她"。这位女工就是后来成为他妻子的钟台妹。然而，两人同宗同姓，这在相对封闭的客家山区是绝对的大忌，被"认作是一种罪恶，是不被允许的。它的性质不是条件上的，而是原则上的。这是一个道德问题"①。正如他在写给妻子的信中所说："我们的爱，是世人所不许的，由我们相爱之日起，我们就被诅咒著了。我们虽然不服气，抗拒一切向我加来的压迫和阻碍，坚持了九年没有被打倒、分开。"② 为了坚守爱情，他们"受到旧社会压力之巨和为贯彻初衷所付代价之巨"是无法形容的，"被压迫的苦闷和悲愤"几乎把钟理和"压毁"，成为他生平的一次"大刺激"。客家人的倔强性格在钟理和的血液中流淌，面对家庭与社会的围剿，尽管他们的"肉体已经疲倦不堪，灵魂则在汨汨滴血"③，却始终没放弃。钟理和日后在给文友廖秀清的信中谈到这段经历时写道："现在事后回想，如果当初她是另外一个女人，那么在受到如许折磨和阻力的时候，也许我把她放弃了。但偏偏是同姓！偏偏旧社会不允许同姓的人结婚！这事倒反而是在心里激起一种类似偏执的固执和倔强的意志。"④ 经过八年的抗争之后，钟理和携妻奔逃至大陆，从此开始颠簸流浪的生活，寻找"没有仇视和迫害的地方"。

  大陆生活的八年时间里，钟理和一家先后在沈阳、北平等地生活，他做过司机、职员，经营过石炭生意，艰难为生，甚至有时要靠一位表兄接济维持生计。在大陆，他目睹了国土的沦丧和同胞的悲苦、殖民者的暴虐和贪婪，之前对大陆的美好向往在现实面前逐渐破灭了。正是这

---

① 钟理和：《钟理和与妻书》，载《台湾现当代作家研究资料汇编·钟理和卷》，台湾文学馆 2011 年版，第 88 页。
② 钟怡彦编：《新版钟理和全集·7》，高雄县政府文化局 2009 年版，第 137 页。
③ 钟理和：《钟理和与妻书》，载《台湾现当代作家研究资料汇编·钟理和卷》，台湾文学馆 2011 年版，第 88 页。
④ 钟怡彦编：《新版钟理和全集·7》，高雄县政府文化局 2009 年版，第 137 页。

段时期，钟理和开始"确立了自己的路线——文学，因而也就把全副精神和时间都花在修业和准备工作上"①。他辞去所有工作，"埋头读书"，卖文为生，以微薄的稿酬维持家用。一边要读书写作，一边要为妻儿的生活奔波，钟理和的健康出现了问题，他后来在给林海音的信中说："后来我之得病，此几年间的过分用功不无大原因。"②抗战胜利后，钟理和的身体愈加虚弱，曾经"抱定了誓死不回的决心出走的"的钟氏夫妇无奈"杂在一群难民中间，贸贸然回到台湾来了"。③同年冬季，钟理和因肠结核"病倒任所"，入院治疗一住就是三年。期间，做了两次胸廓整形术，切去了六根肋骨，"几乎有两年间一直在生死边缘上来去徘徊"④。为了支付高昂的医药费，钟理和开始变卖父亲留给自己的一点家产，"房子分开来卖了，地也一零一碎的切开来卖了"，他的家庭"一年一年的萎靡破落下去"。"拾得余命退院回家"⑤的钟理和已基本丧失劳动能力，全家的重担落在了妻子一个妇人的身上："力耕三四分薄田、养猪、和给人做工，由天未亮起一直做到深更。"⑥他在给林海音的信中这样描述当时的生活状况："寒舍独处山下，交通至不便，且病体虚弱，故数年来绝少外出。"⑦然而，这一切厄运似乎刚刚开始，先是长子患上蛀骨痨，成了驼背，终身残疾；后是次子"在一场急性支气管肺炎里，像水泡似的逝去了"。"一连串的失败"让钟理和夫妇"感到天地变色，感到对人生无望"，甚至"时时想到自杀"。⑧痛定思痛，冥冥之中他把

---

① 钟怡彦编：《新版钟理和全集·7》，高雄县政府文化局2009年版，第176页。
② 钟怡彦编：《新版钟理和全集·7》，高雄县政府文化局2009年版，第136页。
③ 钟怡彦编：《新版钟理和全集·7》，高雄县政府文化局2009年版，第136页。
④ 钟怡彦编：《新版钟理和全集·7》，高雄县政府文化局2009年版，第139页。
⑤ 钟怡彦编：《新版钟理和全集·7》，高雄县政府文化局2009年版，第139页。
⑥ 钟怡彦编：《新版钟理和全集·7》，高雄县政府文化局2009年版，第138页。
⑦ 钟怡彦编：《新版钟理和全集·7》，高雄县政府文化局2009年版，第138页。
⑧ 钟怡彦编：《新版钟理和全集·7》，高雄县政府文化局2009年版，第177页。

自己遭受的苦难归结到当初的"同姓之婚",归结到人们对他们的"诅咒",一向固执坚强的钟理和开始怀疑自己当初的行为"是否明智之举",内心的恐惧与不安与日俱增。

"一个作家的童年记忆、病历表和家族背景故事,往往是他创作上的秘密"。钟理和回乡养病的十多年里,其创作基本是以"记忆、病历表和家族背景故事"为素材,对自己遭遇过的"贫困和苦难"进行书写,"同姓之婚"和"丧子"这两个题材占了很大比重。结合他的惨痛人生,不难发现,这些内容是钟理和生活创伤的自我揭露,他把现实遭遇的苦难化为文字,铺陈出来,让内心中淤积的悲愤得到纾解,跳出了狭隘的个人生活空间,逐渐冷静下来,直面苦难并对此进行反思和追问。《笠山农场》中的刘致平与刘淑华年纪相仿,在接触中互生情愫。刘致平第一次到淑华家,被她一口一口的"叔"叫着,才知心仪的姑娘与自己同姓,此时,他从心底表现出"惊愕和惶惑"。刘致平受过现代教育的洗礼,头脑中的"宗法伦理的观念淡薄到等于零"[①],认为这些东西"滑稽""不通""愚蠢"。然而,自幼接受传统文化教育,他又深知这些乡规民俗对人们精神与行为的约束。那一晚,从淑华家出来之后,他"默不作声,心事重重","苍白的面孔,这时更显苍白"。[②] 在封闭落后的旧时代山区,宗姓是"一种血缘的纽带,一种神圣的关系",它可以"在彼此陌生而毫无痛痒关系的人们之间"建立起认同感,这种意识"是和平,但强制;是亲切,但盲目"[③],它就是一种行为规范,是一道墙,一个网。当刘致平在农场与更多的山民接触后,"一直被他忽略的世界之门"[④]打开了:村子里的好些人家的男人、女人、小孩、还有老头儿都

---

① 钟理和:《笠山农场》,草根出版社 2008 年版,第 88 页。
② 钟理和:《笠山农场》,草根出版社 2008 年版,第 88 页。
③ 钟理和:《笠山农场》,草根出版社 2008 年版,第 89 页。
④ 钟理和:《笠山农场》,草根出版社 2008 年版,第 89 页。

喊他"叔",而且所有人在喊的时候"声调和神态,是那样的自然而毫无矫饰。看上去,似乎他们都认为自己那样做是对的,是天经地义的,不为谦逊,也不是谄媚"①。甚至那些偷着进山打猎伐木的人被逮着后也自称是刘家的亲戚,而且"他们说的多数是实话"。曾经对宗法伦理观念不屑一顾的刘致平"重新对自己所生存的社会张开眼睛,然后他发现原来自己所栖息的世界,是由一种组织谨严的网儿所牢牢笼罩着。这网儿由无数直系的线,和同样无数横系的线一个小结一个小结而连结起来。每一个人就是一个小结,每一个人对另一个人的关系,就是一个小结对另一个小结的关系。每一个人背负着无数的这些直系和横系的关系,同时也由这些无数直系和横系的关系所严密地固定在那里。你不能更改你的地位,也不能摆脱你的身份,不问你愿意不愿意"②。

中国的传统社会仿佛一张巨大的、盘根错节的网,这里"保守,宗姓的观念牢固而严明,假使没有碰墙的勇气和自信,最好还是依照传统的指示来安排你自己的命运。这样可以给大家省却许多无所谓的麻烦"③。生活在其中的每一个人都是网中的一个结,他们的地位和身份从出生那一刻起就被固定了。刘致平与刘淑华"头上戴着同样一个字",这个字就成为他们恋爱的一堵墙,两人的"爱心越热烈,越迫切,这道墙的存在也就越清楚,越坚韧。它虽然看不见,摸不着,但可以感到它在四面八方回环竖立,重重的包围"④。与他们同样受到同姓婚姻困扰的还有《同姓之婚》《奔逃》《贫贱夫妻》中的"我"和"平妹",从相识、相恋到奔逃大陆,最后又回到台湾,形成了一个完整的系列。他们同为钟姓,同姓之恋挑战了人们"根深蒂固的成见","在当时的台湾社会,

---

① 钟理和:《笠山农场》,草根出版社2008年版,第90页。
② 钟理和:《笠山农场》,草根出版社2008年版,第90页。
③ 钟理和:《笠山农场》,草根出版社2008年版,第174页。
④ 钟理和:《笠山农场》,草根出版社2008年版,第172页。

这是骇人听闻的事情"。① 两人被同姓的意识苦苦缠着不放，它"像一条蛇，不声不响地爬进我的知觉中，使我在瞬间由快乐的顶点一下跌进苦闷的深渊"②。刘致平、刘淑华、"我"、平妹被这张无形的大网固定在一个个结点上，容不得摆脱，正如刘致平的朋友刘汉杰所分析的那样："我们这个社会是身份的社会，在这里面，每个人都赋有了一定而非常清楚的身份。人与人的关系，也就是身份与身份的关系，这身份透过家族而千变万化，身份变，关系又自不同。"③

　　叔本华在《作为意志和表象的世界》一书中，把悲剧划分为三类："一是由异乎寻常的恶人造就的悲剧；第二种是起于盲目的命运和偶然的机运；第三种是由人们不同的地位和相互关系造成的悲剧"④，叔本华认为这种悲剧最为可怕，离我们最近，因为它不需要"可怕的错误或闻所未闻的意外事故，也不用恶毒已到可能的极限的人物；而只需要在道德上平平常常的人们，把他们安排在经常发生的情况下，使他们处于相互对立的地位，他们为这种地位所迫明明知道，明明看到却互为对方制造灾祸，同时还不能说单是哪一方面不对"⑤。叔本华认为任何一个人都可能同时充当悲剧的制造者和悲剧的承担者这样两种角色，摧毁幸福和生命的力量无处不在，无时不有。刘致平与刘淑华、"我"与平妹"彼此亲缘相距十万八千里"，仅仅因为同姓，他们的恋情公开后，遭到了来自家庭及社会的强烈反对，刘致平以及"我"的父亲，大骂儿子们是"羞辱门第"，"我"的父亲在盛怒之下把"我"赶出家庭；刘致平的

---

① 钟理和：《笠山农场》，草根出版社 2008 年版，第 141 页。
② 钟理和：《笠山农场》，草根出版社 2008 年版，第 142 页。
③ 钟理和：《笠山农场》，草根出版社 2008 年版，第 226 页。
④ ［德］叔本华：《作为意志和表象的世界》，白冲石译，商务印书馆 1982 年版，第 350—352 页。
⑤ ［德］叔本华：《作为意志和表象的世界》，白冲石译，商务印书馆 1982 年版，第 350—352 页。

父亲刘少兴甚至想偷梁换柱,说服佃户的儿子迎娶刚有身孕的刘淑华。"我"的母亲迁怒平妹,"骂她是淫邪无耻的女人,是一个专会迷惑男人的狐狸精"①。家人如此,"整个社会也在反对"和指摘、咒诅他们,理由是这种行为"破坏风俗",让"社会发生紊乱"。② 家人本是至亲的人,社会上的人们也多是善良朴实的民众,他们却容不得一对同姓青年男女的相恋,不自觉地成为一场婚姻悲剧的制造者。

刘致平、刘淑华和"我"、平妹的婚姻悲剧既不是因为"盲目的运命",也不是因为"遭遇一极恶之人的陷害",而是"普通之人物,普通之境遇,逼之不得不如是",是普通的人与人之间种种复杂的社会关系所产生的结果。同姓不婚是早期人类社会流传下来的习俗,它是维持族群血缘关系的手段,有着合理性的一面。但随着社会发展,这些禁忌已超越生理学的意义,"它既有传统习俗观念约定对俗民某种行为加以禁止的客观意义,也有习俗化了的俗民在信仰心理过程中自我抑制的主观意义,"③ 从而逐渐沉淀为一种自律心理与行为。刘致平朋友刘汉杰对这个问题认识得很透彻,他说同姓结婚"是思想上的问题,而不是生活上的事件……一种制度,一种习惯,当初也许是想出来的,适合实际需要想通才创制出来的,但以后它就脱离了思想的领域"④,成为对所有俗民具有威慑力的乡俗,这些乡俗中还包含着违禁之后可能会遭受报应的暗示。出于对可能遭受报应的恐惧,在禁忌面前,人们控制着自己的行为,并对违反禁忌的他人形成围剿之势。为了争取婚姻的自由,刘致平、刘淑华和"我"、平妹这两对同姓男女,不顾社会的"猛烈反对",不惜与家人决裂,怀着受难者的心情出逃异国他乡:刘致平在一个凄冷

---

① 钟怡彦编:《新版钟理和全集·2》,高雄县政府文化局2009年版,第21页。
② 钟怡彦编:《新版钟理和全集·2》,高雄县政府文化局2009年版,第21页。
③ 乌丙安:《民俗学原理》,辽宁教育出版社2001年版,第206页。
④ 钟理和:《笠山农场》,草根出版社2008年版,第114页。

的雨夜中,和已有身孕的刘淑华私奔去日本;"我"和平妹"逃出了社会认为必须的手续和仪式,并且跳出了人们根深蒂固的成见"①,逃向"遥远的北方天空"。他们身心疲惫,既无经济来源,又无一技之长,饱受着"被抛出广大而荒凉的世间的孤独"②,远离故土亲人,去一个陌生的环境里开始"坎坷不平,艰难悲苦"的新生活。

这些叛经离道者对禁忌的恐惧并没有因为逃离过去的生活环境而减少,郁结的胸怀和紧张的神经也未得到舒展。平妹和"我"已经逃到千里之外的奉天,但她仍然"过分踌躇与疑虑""总还忘不了对世人的顾忌。仿佛随时随地可能由哪一个角落伸出一只可怕的手来",担心夫妻两人的生活和关系"随时都有被破坏和拆散的可能"。③他们虽然挣脱了世俗的桎梏,精神与心灵上所受的戕害与创伤却难以平复,以致平妹和"我"结婚之后,"就一直陷在迷惑、疑惧和烦恼的泥沼中,不能自拔"。她"一边在生活着,一边却不敢承认和正视那生活",④似乎被一种不可抗拒的恐惧所逼迫。弗洛伊德称这种心理为"强迫性心理症",他认为这种心理"并不需要外在惩罚的威胁",那些传统的禁忌"早已具有一种内在的肯定,一种道德上的信念,即任何触犯都将导致令人无法忍受的灾祸"。⑤民间禁忌是在人类文化发展中逐渐产生并以惯制或规约的形式长期稳定地传袭下来,生长在一个特定习俗环境的人,在成长过程中有意无意接受着该地区沿袭下来的各种禁忌的习俗化教养,形成心理定势,对禁约心存敬畏,对违禁可能遭到的惩罚产生畏惧,每个人都

---

① 钟理和:《笠山农场》,草根出版社2008年版,第114页。
② 钟怡彦编:《新版钟理和全集·2》,高雄县政府文化局2009年版,第27页。
③ 钟怡彦编:《新版钟理和全集·1》,高雄县政府文化局2009年版,第91页。
④ 钟怡彦编:《新版钟理和全集·1》,高雄县政府文化局2009年版,第91页。
⑤ [奥]弗洛伊德:《图腾与禁忌》,杨庸一译,中国民间文艺出版社1986年版,第38页。

极力维护这些禁忌在世俗社会中的权威性,保证家族和族群的平安。刘致平的母亲对淑华很满意,认为如果不是同姓"倒可以给他娶做媳妇",但得知淑华已经怀孕的事实时,"像突然脱了力气似的颓然坐到在床沿上",用"绝望"的声调责备致平:"你怎么做出这种蠢事来?"① 母亲对淑华并没有任何成见,心里也很喜欢她,但是,出于对家族名誉的捍卫,她必须斩断他们的情缘,否则,这件事"会丢尽刘家的面子,将影响到刘家在社会上的地位和声望",这些地位和声望是丈夫"由社会的底层一步一步"② 奋斗得来的,她决不能让儿女的"不伦之恋"给家族"涂上污泥"。面对非淑华不娶的儿子,一向温和的刘母表现出冷酷的态度:"我不是说了只有她不行吗?为什么这样想不开?你这不是故意要跟你爸过不去?你爸吃的人家头杯酒,说的人家头句话,哪里能让别人说句闲话?你一定要听妈妈的话把淑华丢开不想!"③

除了家人与社会对他们行为的反对和"诅咒",连他们本人也对自己行为的正当性产生过怀疑。刘致平结识淑华之后,对她的好感与日俱增,他对淑华喊自己"叔叔"这件事开始并未往同姓那里想,但真正得知淑华也姓刘的那一瞬间,"致平像咽下一枚针",同时"感到一种近乎失望和颓唐的情绪"。之后,他也常常自问:"这种爱在道德上是不是一种恶?一种犯罪?"④ 而且发现自己越爱淑华,"同姓的意识也就越扰乱他的心"。《同姓之婚》中的"我"知道自己和平妹同姓之后,同样也"陷在从未有过的彷徨和迷惘中,不知如何是好"⑤。刘致平和"我"的这些本能反应,与家人与社会的惯性思维并没有什么不同,尽管他们受过现

---

① 钟理和:《笠山农场》,草根出版社2008年版,第208页。
② 钟理和:《笠山农场》,草根出版社2008年版,第209页。
③ 钟理和:《笠山农场》,草根出版社2008年版,第236—237页。
④ 钟理和:《笠山农场》,草根出版社2008年版,第172页。
⑤ 钟理和:《笠山农场》,草根出版社2008年版,第142页。

代的教育，也不大相信禁忌中那些可怕的报应，但是在潜意识中，谁也无法超越沉淀在人们心底的心理与行为定势，因此，套在他们身上的精神枷锁，没有因为逃离家庭和过去的生活环境而解脱，反而像梦魇一般时刻纠缠着。

现实中，为了和自己心爱的恋人结合，钟理和"不惜和父亲、和家庭、和台湾决绝"①，两人出走大陆。台湾光复后，钟氏夫妇辗转回到台湾，起初在高雄的一家中学任教，生活也很平静。好景不长，钟理和在大陆生活期间落下的疾病再次复发，"为了养病，也为了生活"，一家人"不得不硬着头皮搬回乡下——老家里来"。②故乡虽有至亲，但这里给他们带来过太多的痛苦，钟理和夫妇"曾立誓永不再见到它的面"，为了生存，时隔九年后，他们又回到了这块"伤心之地"。回乡之后的一家人，很快感受到乡民们的冷落与鄙视，这些人"摆着难看的脸孔，这种脸孔是教人看了害怕和不舒服的"③。这些普通人曾经加给他们太多的伤害，也让他们历经了太多的磨难，在这场人为制造的悲剧中，钟理和被视为伤风败俗的逆子，人们惧怕这桩"不伦之恋"会给家族和族群带来传说中灾难性的后果，因此，他们把钟理和夫妇看成"不洁的"人，一面躲避他们，一面暗中迫害他们。钟理和在《野茫茫》一文中写出了他们当时的处境：

> 我们的关系，原是可悲的一种。……我们的结合，只为了名字上头一个字相同，在由最初的刹那起，便被诅咒着了。仿佛我们在道德上犯了多么可怕的弥天大罪，人们都用使人寒心的罪名加于我

---

① 钟怡彦编：《新版钟理和全集·6》，高雄县政府文化局2009年版，第136页。
② 钟怡彦编：《新版钟理和全集·6》，高雄县政府文化局2009年版，第137页。
③ 钟怡彦编：《新版钟理和全集·6》，高雄县政府文化局2009年版，第138页。

们。他们说我们是——牛、畜生、逆子，如此等等。①

小说《同姓之婚》再现了钟理和一家人回乡之后的种种遭遇。曾经斥骂平妹是"淫邪无耻的女人"的母亲和其他家人，虽然没有拒她于门外，但是态度是颇微妙的："他们虽说过去已曾相识，然而却有如对一个外人似的处处表示应酬。在他们的言语和仪态中都带有一种敬而远之的成分。"②家人虽然冷漠，"尚能平静相处"，无处不在的"歧视与指摘""卑劣和虚伪"才真正让他们感到"孤独无援"。正如钟理和在《野茫茫》中说："他们张开了两只眼睛，在注视我们一举一动，更张开了口，准备随时给我们更多的侮辱与嘲笑。无时无刻，我们和他们之间，都会感触到那激烈的、无休止的恶斗。"③"侮辱与嘲笑"他们的人中，既有周边的陌生人，也有过去的熟人和知己，他们毫不留情地拒绝这对同姓夫妻，甚至讽刺挖苦。《同姓之婚》中的"我"去乡公所办理户籍，办事员都是熟人，而且有一位是"过去有一段时间和我玩得不错"的朋友，他们故意装作不相识的样子，还拿两人同姓婚姻开心，存心与"我"为难。这件事让"我清楚地看出世人还未能忘怀于我和平妹的事情。这是一个警告。我们此后的日子，不会是很平静的"。④同样，平妹昔日的那些朋友，即使是最亲密的，也"都远远的避开她了。仿佛我们已经变成了毒蛇，不可亲近和不可触摸"。为了不让平妹担心，我"使用了一切可能的方法，去邀请、甚至哀求她的朋友到我家来游玩，但没有成功过一次"。⑤有一次，"我"遇到平妹一位旧日好友：

---

① 钟怡彦编：《新版钟理和全集·1》，高雄县政府文化局2009年版，第204页。
② 钟怡彦编：《新版钟理和全集·1》，高雄县政府文化局2009年版，第95页。
③ 钟怡彦编：《新版钟理和全集·1》，高雄县政府文化局2009年版，第205页。
④ 钟怡彦编：《新版钟理和全集·1》，高雄县政府文化局2009年版，第96页。
⑤ 钟怡彦编：《新版钟理和全集·1》，高雄县政府文化局2009年版，第97页。

我欣欣而雀跃，如获至宝……经过我一番歪缠和坚请，于是她和我约定：只需再耽搁一会儿就去，叫我先行。我飞奔回家把这消息告诉妻，她此时正在预备午膳，听了满心欢喜。她请我给她找找家里所能找到的可口的东西，她准备留她的朋友吃午饭。我给她翻出几只鸡蛋和两尾鱿鱼。夫妻两个兴奋得在家里转来转去，等待贵宾驾临。①

然而，夫妻二人并没有等来客人，这位朋友给出失约的理由是"讨厌他们"，这句话道破了那些违禁者与周围环境的真实关系：他们被社会、家庭、朋友抛弃，在被伤害的同时得不到任何人的怜悯与宽恕，只能独自在愚昧、封闭的落后乡村忍受别人的欺凌。"我"与平妹的遭遇也是现实中钟理和生活的缩影，他曾在给朋友廖清秀的一封信中写道："现在我在这里……好比是被绑起四肢摆向一群忿怒的群众。他们要骂我是背德者也好，骂我败家子也好，或者骂我残废者也好，那都是他们的自由了，我也准备默默承受一切。"②从大陆迁徙到台湾的客家人在他乡异地，经过百年的不断构建，原乡的文化模式逐渐被移植到新垦地，宗族、宗姓、宗法制度这些封建礼教的文化习俗仍然主导着乡民们的生活，他们对本族群传统的民俗文化表现出相当保守的尊重。人们在社会活动中创造出来的各种规则"成为大多数人想当然的常识，久而久之变成内化和概念化了的客观结构"③，这些规则也演化为族群内部的观念体系，制约着人们的思想与行动。作者和小说主人公周边的人，对于违禁行为表现出的冷酷正是民俗长期暗示民众的结果。传统社会中，在各种

---

① 钟怡彦编：《新版钟理和全集·1》，高雄县政府文化局2009年版，第97页。
② 钟怡彦编：《新版钟理和全集·7》，高雄县政府文化局2009年版，第138页。
③ 王铭铭：《想象的异邦——社会与文化人类学散论》，上海人民出版社1998年版，第295页。

禁忌的控制下，信仰群体严格遵守着禁约，违禁者被视为危险、可怕和具有破坏力的异类，会给整个族群带来灾难，危害到族人的安全，因此，触犯禁约的人必然要受到包括亲友在内的所有族人的痛恨、诅咒。现实中的钟理和被别人骂作"背德者""败家子""残废者"，受尽责难；小说《同姓之婚》中"我"和平妹不仅被亲友和乡人疏远，连他们的孩子也成为别人取笑和寻开心的对象，乡人们骂孩子是"牛，畜牲养的"，他们甚至肆无忌惮在平妹的面前戏弄和侮辱正在玩耍的孩子：

  一个女人突然叫着我们的孩子说："小孩子，你有几条腿？四条是不是？四条腿？"另一个女人马上加了进来。她给孩子指着系在庭边一棵树下的牛，说："小孩子，那是你爸爸，是吧？你爸爸是牛公，你妈妈是牛母，你是小牛子！"①

  懵懂的孩子"不解其意，莫名其妙地看看她们，又看看牛。她们都大声哄笑起来"。这些妇人还不放手，又指着一头牛说："你看，你爸爸在倒草（反刍）啊！"她们说着又大笑起来。鲁迅先生曾在《灯下漫笔》一文对中国传统文化中"吃人"的劣根性进行了猛烈抨击："即从有文明以来一直排到现在，人们就在这会场中吃人，被吃，以凶人的愚妄的欢呼，将悲惨的弱者的呼号遮掩，更不消说女人和小孩。"② 这群村妇与"我"的一家既没有仇恨，相互也无利益上的纠缠，她们取笑、愚弄小孩的行为在她们自己看来并不是一种恶，而是对"背德者"的嘲讽与惩罚。"她们"残忍地对待"孤独无援"的"我"和妻儿，没有丝毫的怜悯，同样，如果她们中的任何一位做出违背所谓伦理的事情，也会成

---

① 钟怡彦编：《新版钟理和全集·1》，高雄县政府文化局2009年版，第96页。
② 鲁迅：《鲁迅全集》第1卷，人民文学出版社1981年版，第217页。

为他者攻击的对象。生活在私有的、狭小的、低下的自然经济形态和与此相适文化形态中的中国旧时代的农民，承袭着落后、野蛮、封闭的人生价值观念，在冷酷无情的旧道德、旧习俗、旧礼仪面前，"自己被人凌虐，但也可以凌虐别人；自己被人吃，但也可以吃别人"①。现实中的钟理和因为同姓之婚而站到了整个社会的对立面，成为人们"凌虐"的对象，个人的尊严被肆意践踏，从一个富家子弟沦落到"败家子"，他和家庭被一张看不见的网牢牢地笼罩着，在他人"愚妄的欢呼"中挣扎，一步步走向毁灭的边缘。

坠入人生低谷的钟理和在精神与肉体双重折磨下，不得不去反思自己当初"大逆不道"行为的合理性。太多的磨难让他从感性中清醒过来，但受到认知能力的限制，钟理和未能真正从理性的角度思考自己所遭受苦难的根源，仅将此归结为"封建势力相当顽强"。在他有关"同姓之婚"的小说中，社会背景多为台湾殖民时代的中后期，这段时间，随着殖民者统治的加深，出于对异族文化本能性的抗拒，台湾本土民众的思想日趋保守，反对"同姓之婚"既是他们继承祖训，保证族群血统纯正之举；也是基于保国保种的目的对殖民者采取的软抵抗。小说《笠山农场》中有一个情节，说是台湾本地一家报纸曾就"同姓之婚"开展过"大大的"辩论，"结果是遇着极强烈的反对。据说反对的主要意见是：破坏风俗，社会发生紊乱"。②"风俗"是祖宗之法，不可变，一旦被破坏，外部的社会秩序和内部的伦理道德就会发生"紊乱"。生活在风雨飘摇之中的台湾民众，面对殖民者残酷的同化政策，似乎也只能通过尊崇那些盛行于民间的陈规陋俗，坚守属于自己的最后一块精神领地。生不逢时的钟理和所遭遇的"同姓不婚"的悲剧从显性的原因看，是旧中国的

---

① 鲁迅：《鲁迅全集》第1卷，人民文学出版社1981年版，第215页。
② 钟理和：《笠山农场》，草根出版社2008年版，第240页。

伦理习俗对人性的戕害，隐性的原因则是殖民者不断强化对台湾的控制和同化，迫使岛内民众以更极端的态度维护传统礼俗的权威性，以期对抗外族文化的入侵。

第二次世界大战结束后，台湾光复，岛内社会风气逐渐开放，人们对同姓之婚的态度越加包容。20世纪50年代初期，钟理和曾经接到一位台北青年读者的来信，信中就岛内同姓婚姻的问题与钟理和展开讨论。① 这封信让钟理和重新审视自己的那段痛苦经历，并根据现时环境的变化，对即将完稿的长篇小说《笠山农场》中饱受同姓之苦的男女主人的命运结局进行了较大的修改：原稿中，男主人公刘致平投海自杀，女主人公刘淑华削发为尼，两人的孩子一生下来就被淑华的母亲处理掉了，如此悲惨的结局与钟理和当初的心境相互对应。修改后的结局"不但一个不曾死，一个无须出家反而偿了宿愿——结成夫妻"。"同姓之婚"的悲剧不仅仅是钟理和个人所承受的痛苦，也折射出一个弱小民族苦难的背影。

第三节　挥之不去的死亡意识

叔本华认为："所有生物一旦诞生在这一世界上，就已具备了对死亡的恐惧。这种对死亡的先验恐惧正是生存意欲的另一面，而我们及所有生物都的确是这一生存意欲。所以，对每一个动物来说，惧怕自身毁灭就跟关注维护自身一样，都是与生俱来的。"② 叔本华提到的死亡恐惧就是人类普遍存在的"死亡意识"，它是关于死亡的感觉、思维等各种

---

① 钟怡彦编：《新版钟理和全集·7》，高雄县政府文化局2009年版，第56页。
② ［德］叔本华：《叔本华美学随笔》，上海人民出版社2004年版，第207页。

心理活动，既包括个体关于死亡的感觉、情感、愿望、意志、思想，也包括社会关于死亡的观念、心理及思想体系。

"未知生，焉知死"（《论语·先进》），人类从诞生的那一刻起即面临着死亡，死亡为生命设置了限度，它是人类个体不可避免的归宿，也是社会生活和文化活动的永恒主题。如果没有死亡意识，人类就无法认识到人生存在的意义，可以说人类在死亡的感受中建立起对人生的理解。"对于人来说，没有像死那样使人思考虚无的场所了。对自我说来，死是虚无的最强烈的现象……思索存在的人，而且思索人的人，不能不思索死。"① 死亡是人类个体最终的归宿，它是现实人生最自然不过的景象，作为生命世界里最强烈的否定力量，它必然会激起人们对生命意义的反思。"人心之动，物使之然也。感物而动，故形于声。"（《礼记·乐记》）古今中外，不同时代、不同种族、不同生命经历的人从来没有回避过死亡，他们不断地对死亡进行思考和追问，在生命的流逝与生存的价值之间构建了不同的死亡意识。死亡是文学作品描述最多的、最平常的人生景象，死亡意识作为一种普适性的集体无意识存在，始终徘徊在文学领地。

作为人学的文学，无法回避死亡这一人生最大的困境，特别是那些身处动荡纷乱年代或是人生困厄之境的作家来说，精神上的恐惧和焦虑，肉体上的折磨和苦痛，既让他们感受到死亡的可怕，同时，也让他们思索人类的终极意义。钟理和的一生始终被不幸包围着，既经历和目睹了殖民者的残暴，也遭受了幼女幼子夭折之痛；其生命的最后十年，又疾病缠身，一次次站到了死亡的边缘。面对殖民者的刺刀和暴政，他敢怒不敢言，悲愤交加，郁结难舒；眼睁睁看着自己的骨肉被病魔夺去生命而无能为力，让他欲哭无泪，甚至失去了活下去的勇气；劳累和贫

---

① ［日］今道友信：《存在主义美学》，崔相录译，辽宁人民出版社1987年版，第70页。

穷摧毁了他的健康,严重的肺病耗尽了家中的资产,整个家庭"一年一年的萎靡破落下去。房子分开来卖了,地也一零一碎的切开来卖了"①。疾病时好时坏,直至完全丧失劳动力。钟理和短暂的45岁生命里,死亡像一个幽灵始终徘徊在他的周围,由此给他带来了巨大的虚幻感和恐惧感,多重创伤性的生命体验在他心里深层形成的死亡意识或隐或现地左右着钟理和,并逐渐凝结成深刻的悲悯心理,左右了他的文学创作。钟理和的作品中渗入了无法克服的忧郁与悲哀,死亡描写、想象和场景随处可见,它们是隐潜于作家内心深处的死亡意识的显现。

殖民主义的本质就是"系统化地否定另一方,疯狂地决定不承认另一方的一切人类品质"②。殖民者不承认被统治者的"人类品质",对被殖民者采取血腥的镇压政策,实行"非人化"的统治,妄图从精神上摧毁他们的抵抗意识,从肉体上摧残他们的体魄,"企图使他们失掉人性"③,蜕变为任其宰割的奴隶。日本人占领台湾之初,为了让民众屈从他们的统治,他们一面使用武力进行屠杀,制造恐怖;另一方面实施专制的总督独裁统治,建立起遍布岛内的警察和保甲制度,通过颁布严酷的法令,将台湾民众置于严密的监控体系之中,稍有反抗,就会招致严酷的处罚和杀身之祸。在刺刀和皮鞭的胁迫下,台湾民众噤若寒蝉,死亡的危险无处不在。钟理和曾在日记中转述母亲幼年时期的一段记忆:"当时她仅十二岁。听见日本人上陆并且由外边进来的风声,日甚一日,日近一日。所到之处,因人们惧怕逃窜,日人遂以土匪论,将村子放火焚烧。"④根据1896年日本台湾总督府颁布的《匪徒惩罚令》规

---

① 钟理和:《钟理和与妻书》,载《台湾现当代作家研究资料汇编·钟理和卷》,台湾文学馆2011年版,第88页。
② [法]弗朗兹·法农:《全世界受苦的人》,万冰译,译林出版社2005年版,第177页。
③ [法]弗朗兹·法农:《全世界受苦的人》,万冰译,译林出版社2005年版,第1页。
④ 钟怡彦编:《新版钟理和全集·6》,高雄县政府文化局2009年版,第147页。

定:"凡借暴行或胁迫以达其目的而聚众"的人都以"匪徒论罪",对"首领或教唆者处死刑或重罚役"。该法令最初是为了惩治抗日分子,之后,殖民者将"匪"的定义无限扩大,民众稍有反抗或不满,一律以"匪"论处。小说《笠山农场》中的刘家有一位先辈在"光绪二十一年日军上陆台湾时","轰轰烈烈"地反抗日军,兵败之后,"这位英雄最终落到日本人手里,死了"。同时期台湾作家吴浊流的小说《路迢迢》,主人公何思源的曾祖父同样也是一位抗日的英雄,义军瓦解之后,他藏匿于山林之中,日军对他通缉追捕,后来也是死在殖民者的枪口之下。占领台湾后的日本人,和所有殖民者一样,使用野蛮的武力镇压民众的反抗和不满,对于反抗者毫不留情地予以消灭。马克思说,殖民统治使殖民地的"个人和整个民族遭受流血与污秽",让他们"蒙受苦难与屈辱"。沦陷后的台湾,日本殖民者用武力压迫和恫吓民众,又用"尖锐的犁"掠夺他们赖以生存的土地,使台湾彻底沦为任其奴役和剥削的殖民统治地区。1911年,梁启超应林献堂之邀赴台考察,所到之处,满目疮痍,普通百姓的土地和房屋被殖民者肆意霸占和掠夺,流离失所,民不聊生。他在诗歌中真实地记录了台湾民众悲惨的生活:"麻衣病瘘血濡足,负携八雏路旁哭。穷腊惨栗天雨霜,身无完裙居无室。""入冬北风起,饿殍填路歧,会社大烟突,骄作竹筒吹。"《垦田令》"旧田卖已空,新田取难袭。鬻身与官家,救死倘犹及。"对此,梁启超悲愤地说:"台湾人之财产所有权,固无一时可以自信自安。"① 失去了生活资料和生存空间之后,一无所有的普通台湾民众只能接受任由殖民者摆布操纵的命运,死亡的阴影笼罩在台湾岛的上空。

钟理和早期的创作是在大陆完成的,这些作品多是以大陆生活为背景,因此,与同时期岛内作家相比,他的小说直接描写日据时期台湾民

---

① 范明强:《梁启超别传》,华夏出版社1999年版,第244页。

众苦难生活的内容较少。抗日胜利,钟理和返台之后创作了《故乡》系列小说,塑造了一批劫后余生,奄奄一息的农民形象,他们仿佛一群被"压干瘪了的萝卜干"挣扎在死亡线上。

小说中,"故乡"已不再是《笠山农场》《薄芒》等作品里那个充满了"蓬勃而倔强"和"旺盛之火"的南国乡村,这里的田地弥漫着颓废、败落、死亡的气息:

> 农作物干枯了,萎黄了,土像刚出窑的石灰,干渴而松燥。风一刮,尘土飞扬,遮蔽了整面天空,炙热了的辣辣的土味,刺激着肺脏,使人呼吸困难。村庄慵懒地横躺在对面矮岗下,没有生气;人家的槟榔树和环绕村子形成自然的碉堡的竹坞,也已灰绿地憔悴,困苦地摇晃,仿佛已失去支持下去的气力和意志了。①

小说《阿煌叔》中的"我",走在"阴暗、凌乱"和到处充斥着"霉味和腐败"的村子里,眼前的景象让他震惊:

> 走近寮边,便有一股屎尿的、经过阳光蒸晒的浓烈臭味迎面扑来。一群金蝇,嗡地飞了起来,像一朵云。我俯视地下,原来是堆屎。再向四下里看看,这却使我大吃一惊:满地又一堆一堆的黑迹。人走上前去,便由这些黑迹飞起一群一群的金蝇,现出了黄色的东西来。……无数披甲戴盔的蜣螂,正在热心而且忙乱地把比它们地身子还要大的浑圆地屎球,用它们地前后肢,笨劣的拖向什么地方去。②

---

① 钟怡彦编:《新版钟理和全集·6》,高雄县政府文化局2009年版,第151页。
② 钟怡彦编:《新版钟理和全集·6》,高雄县政府文化局2009年版,第148页。

英国著名历史学家费尔德豪斯认为,"在殖民体系中,附属国完全为宗主国所控制(包括政府、社会、法律、教育、文化、宗教等),就连经济结构也是为适应宗主国的需要而存在。"①日本殖民台湾的50年间,彻底打破了岛内传统的经济形态,生产和种植完全服从殖民者对外战争和财富掠夺的需要。为了获取最大利润,日本殖民者经过占领初期的野蛮屠杀之后,开始用刺刀和皮鞭抢掠各种资源,驱使民众像奴隶一样在他们建设的工厂中和霸占的土地上劳作。让-保罗·萨特对欧洲人的殖民暴力有过一段精辟的论述:"殖民暴力的目的并非仅仅为了威吓这些被奴役的人,它企图使他们失掉人性。……将不惜一切,把他们累垮。他们挨饿、生病,如果他们仍然抗拒,那么害怕会使他们干完活儿;用枪瞄准农民……如果农民反抗,士兵们就开枪;如果农民让步,卑躬屈膝,那么农民就不再是人;羞愧和害怕使其性格产生裂痕,使本人蜕变。"②无论是在欧洲还是在亚洲,殖民者的伎俩如出一辙,被殖民者的命运同样是暗无天日。当反抗被镇压之后,台湾民众只能接受殖民者的枷锁,沦为任人宰割的羔羊。他们没有未来,死亡随时降临,慢慢蜕变成一群没有寄托、没有思想的"死灵魂"。《故乡》系列之《竹头庄》中的炳文,曾经是一位"机智、活泼、肯努力、有希望的青年",经常和友人"海阔天空,大聊其天",而且是为数不多"能够阅读和讨论中文文学"的人。然而,随着抗战爆发,日本在台湾加剧推行"皇民化"政策,台湾本土民众的生存空间被压缩得越来越小,炳文失业,被迫回乡,"靠着两只手混饭吃"。但是,在那个"有产有业的,还是有了今天没明儿"的年头,对于一个"没有一垄半丘"的平民来说,炳文"就是混得了日,也混不了年",没几年功夫日子就"撑不起来了"。走投无路

---

① 高岱:《殖民主义与新殖民主义考释》,《历史研究》1998年第2期。
② [法]弗朗兹·法农:《全世界受苦的人》,万冰译,译林出版社2005年版,第19页。

的炳文"扯开了面皮"招摇撞骗，他的精神彻底沦陷了。曾经意气风发的青年，现在"有如一个白痴"，"他那三角形的头，只有疏落几条黄毛，好像患过长期疟疾的人一样倒竖着；阴凄凄的眼睛塌落的眼眶深处向前凝视；口腔凹陷；细细的脖子；清楚可数的骨头"，他整天歪靠在一张破竹椅上，"眼珠散漫无光"，这不是衰老，而是毁坏。在残酷的现实面前，炳文放弃了所有的希望，他绝望地对自己的朋友喊道："不要——都不要了！"①

《故乡》系列的另一篇作品《阿煌叔》中的阿煌，年轻时是乡间互助团体的包班，每到农忙季节，他便带着一群年轻人热心为村民们除草，他有着魁梧的身姿，像"牛一般强壮"；他在劳作中的每一个动作"都像利刃快活，铁锤沉着"。随着殖民统治的加深，台湾本土四分之三的土地落入日本人手中，出产的粮食和蔗糖绝大部分被输往日本本土，昔日美丽的宝岛上"饿殍填路歧"。阿煌叔经历了"死光和卖绝"的惨痛人生之后，他的"性格产生裂痕"，本人蜕变为一个"懒得做工，懒得动弹"，连"饭也懒得煮来吃"的"懒得出骨"的人。他整日躺在一张"用山棕茎编就的低矮的床上"，"卷了条肮脏的被单在躺卧着"，他的身子"已显得十分臃肿，皮肤无力地弛张着"，"下眼皮肿起厚厚一块紫泡，恰像贴上一层肉。颓废与怠惰，有如蛆虫，已深深地吃进肉体了"。面对熟人的造访，他神色漠然，"由两个洞里发射出来的黄黄的眼光，表示了对于不速之客的造访，并不比自己的发问有更多的关切"②。这种眼光"是要把一切人们认为有价值的东西，统统嘲笑进里面去的"。阿煌叔和妻儿生活在肮脏、阴暗、恶臭的茅寮里，老婆如同一个死人悄无声息地坐在一个矮凳上，"脸孔像猪，眼睛细得只有一条缝，也像猪。

---

① 钟怡彦编：《新版钟理和全集·1》，高雄县政府文化局2009年版，第118—121页。
② 钟怡彦编：《新版钟理和全集·1》，高雄县政府文化局2009年版，第152—153页。

厚嘴唇、厚眼皮，更像猪。不想东西，心灵表现着空白，又是像猪"。①他们的生活环境比猪圈强不了多少，极度的赤贫将阿煌叔与家人推进了绝望的深谷里，他们甚至连挣扎的力气和愿望都已经失去，沦为一具具没有灵魂的空壳。曾经是种田好手的阿煌叔，如今仇视耕田，仇视劳动，他满怀悲愤地说："耕田？我为什么？""难道说我还没做够吗？人，越做越穷！——我才不那么傻呢！"②在殖民者和本土地主的残酷剥削与掠夺下，大多数普通台湾民众连维持基本生存的能力都在逐渐丧失，人生场合中"勤勉与富有，怠惰和贫乏"这一"普遍的真理"被彻底颠覆了。在经历了努力与失败之后，阿煌叔逐渐意识到他所遭受的苦难并不是因为自己的怠惰，并且也不会因为勤奋有所改变，于是，他放弃生活，放弃生命，以一种自戕的方式进行反抗，是逃避，也是无奈。

  钟理和早期的死亡意识是在经历了社会动荡，目睹了众多生命毁灭之后生成的，这种意识中渗透着作者对现实的强烈不满和对被欺凌、被侮辱的同胞的同情与哀悯。抗战爆发后，日本殖民者为了彻底切断台湾与大陆的联系，将台湾打造成侵华战争的后方基地，自1937年开始在岛内强行推行极端的"皇民化"殖民政策，动用包括宪兵军警在内的各种手段，制造恐怖，台湾民众在屠刀下苟且偷生。小说《原乡人》中勾画出了这些殖民者凶残的形象："日本人经常着制服、制帽，腰佩长刀，鼻下蓄着撮短须。昂头阔步，威风凛凛。他们所到，鸦雀无声，人远远避开。"连母亲们哄骗哭闹的小孩都会说："日本人来了！日本人来了！"孩子们马上就不哭了，黄口小儿也知道"日本人会打人"。生活在殖民者的铁蹄下，被殖民者的生命朝不保夕。小说中述说了一个糕饼铺老板的遭遇，在一次防空演习中，这家店铺老板因为"出来应门没有把

---

① 钟怡彦编：《新版钟理和全集·1》，高雄县政府文化局2009年版，第151页。
② 钟怡彦编：《新版钟理和全集·1》，高雄县政府文化局2009年版，第154页。

遮光布幕遮拢，以致灯光外漏"，一个"有着一对老鼠眼的日本警察自后面进来了。他像一头猛兽在满屋里咆哮了一阵，然后不容分说把老板的名字记下来"。在此之前，这位老板曾因为捐款的事情得罪过日本人，让他们"很不满"，借此机会进行报复。第二天，糕饼铺老板被强行带到警察署，遭到酷刑，之后"一个人自司法室摇摇摆摆的爬上停在门口的一辆人力车，仿佛身带重病，垂头丧气，十分衰弱"。① 失去了反抗能力的被殖民者，他们的生命已经不属于自己，随时都可能被殖民者剥夺。生长于受殖民统治地区的钟理和，随着与社会更广泛的接触，耳闻目睹同胞凄惨的命运，不断加剧了他的生命危机意识。在部分自传小说中，他没有直接描写死亡的过程和恐惧，也少有叙述生命个体的毁灭，他笔下的小人物们心如死灰，行将就木，哀莫大于心死，当他们意识到自己逃脱不了"人为刀俎，我为鱼肉"的命运时，反而少了对死亡的恐惧，如同炳文和阿煌叔一样，自甘沉沦，以消极的对抗等待着死亡的来临。"未知生，焉知死"，死亡意识与生命意识紧紧相连。钟理和以一颗悲悯之心关注着周围普通民众的个体存在，强烈感受到他们所面临的生存的危机，从生存意识出发，最终凝结为浓烈的死亡意识。法农在《黑皮肤，白面具》一书引用 A.塞泽尔《关于殖民主义的讲话》的一段话："我谈论的是几百万人，有人向这几百万人头头是道地反复灌输害怕、自卑感、颤抖、下跪、绝望、奴役。"② 作为一名受殖民统治地区的作家，钟理和对被殖民者的"绝望与奴役"的命运有着最切身的体会，也是构成他创作中死亡意识的核心内容。抗战爆发后，钟理和辗转来到大陆的东北、华北等地，在这里生活了近八年，谈及当初来大陆的目的，钟理和说："我们原抱定了誓死不回的决心出走的。这里面，除开个人的原因

---

① 钟怡彦编：《新版钟理和全集·2》，高雄县政府文化局 2009 年版，第 45—46 页。
② [法]弗朗兹·法农：《黑皮肤，白面具》，万冰译，译林出版社 2005 年版，第 68 页。

外，似乎还有一点民族意识在作祟。"①"同姓之婚"让他与妻子决心出走他乡，奔逃到被日本人诩为"新天地"的"满洲国"，对于钟理和来说，这个选择不仅仅是为了挣脱礼教的束缚，也是最质朴的"民族意识在作祟"。正如《原乡人》中的"我"在目睹糕饼铺老板被日本警察毒打欺压之后，长期淤积在内心的愤懑与痛苦终于爆发了，"我"意识到在异族的统治之下，被殖民者没有任何生命的尊严和保障，于是千方百计回到了从未谋面的祖国大陆。钟理和与小说中的"我"回归大陆，都带有强烈的民族意识色彩，在他们的潜意识中，摆脱"奴役"命运的唯一途径就是成为祖国的一员。然而，生不逢时，此时的祖国同样遭受外族的侵略和奴役，国土分裂，生灵涂炭。台湾被清政府割让给日本之后，从法理的角度来看，台湾人也就变成了"日本籍民"。依着这种"教育与国籍赐予他们的能力与方便"（《祖国归来》），在大陆，台湾人"很自然的都在伪政权下解决了生活问题"。钟理和在大陆的八年里，他从一个既"在场"又"不在场"的特殊的视角，对殖民者的罪恶有了更深的体验与认识。在台湾，他所看到的只是山区的农民在殖民者的摧残下一步步走向精神与肉体的死亡，在大陆，他所目睹的是一个古老民族被侵略者蹂躏，它的人民正在"失却人性、羞耻、与神性"，他所悲哀的是这个民族正"一步步走向贫穷，更由贫穷一步步走向破灭"。② 钟理和在台湾感受到的是一个被从母体上割走的"孤儿"，在强盗的铁蹄下渐渐死去的灵魂的呻吟；在大陆，他看到的是整个民族和其他弱小民族承受着残暴殖民统治的悲苦，与生活在台湾这块所谓日本"本土"上的民众相比，此时的华北沦陷区和"满洲国"的百姓地位更卑下，境况更悲惨，死亡对他们来说是一种生活的常态。让-保罗·萨特对殖民暴力有过一

---

① 钟怡彦编：《新版钟理和全集·6》，高雄县政府文化局 2009 年版，第 137 页。
② 钟怡彦编：《新版钟理和全集·3》，高雄县政府文化局 2009 年版，第 129 页。

段深刻的论述：

> 我并不认为把一个人变成牲畜是不可能的：我说的是如果不使人变得十分衰弱是达不到这种状况的；仅仅靠打骂是绝对不够的，必须在缺乏营养上使劲，奴役是件麻烦事：在制伏我同类的一个成员时，减少他的收益，给得那么少，一个家禽饲养场人最终所花的代价比他赚到的更大。因此殖民者不得不在训练一半时停止；结果既不是人，又不是牲畜，是土著。挨打，营养不良，生病，担惊受怕，但只到一定程度，不管是黄皮肤、黑皮肤或白皮肤，他总是有着同样的性格特点：懒惰、狡诈、偷窃。①

消灭所有被殖民者并不是殖民者的目的，他们是想通过暴力把被殖民者"变成牲畜"，任由他们奴役、剥削。钟理和在小说《夹竹桃》《门》中叙述了一群像"野猪"和"野草"一样生活在"既昏暗、又肮脏、又潮湿的窝巢之中"的沦陷区大杂院里的百姓生活，他们缺衣少食，营养不良，像是"生长在硗脊的沙砾间的、阴影下的杂草，他们得不到阳光的抚育，得不到雨露的滋养。他们为要维系他们的那半死的生命，总在等着把他们的运命与机会，作孤注的一掷、而不顾一切"。大杂院死气沉沉，聚集着来自乡村和社会最底层的百姓，他们拼命劳作仅能换来一点"配给的杂粮"②；他们少有财产，几乎都是赤贫；他们没有任何生命保障，在疾病面前只能坐以待毙。这些苦难到了一定程度，他们就"像失掉了善良的人性的野兽"，呈现出殖民者期望的所有"非人性"的特点：懒惰、狡诈、偷窃。无论是《门》中奉天城的大杂院，还是《夹竹

---

① [法]弗朗兹·法农：《全世界受苦的人》，万冰译，译林出版社2005年版，第16页。
② 钟怡彦编：《新版钟理和全集·3》，高雄县政府文化局2009年版，第127页。

桃》中北平城的大杂院，居住在那里的男人和女人以一种生物生存的本能"不顾一切"地挣扎，这些人已失去所谓的"人性"，他们"吝啬、欺诈、愚昧、嫉妒、卑怯、狭量、猜疑、角逐、鲁莽"，像动物一样弱肉强食甚至自相残杀。《夹竹桃》中西服匠林大顺，原是京郊通县的农民，"卢沟桥事变"前，他耕种三亩地赖以为生，"事变发生，乡下生活日更日难过起来"。翌年，"卖掉了那几亩地"，他带着一家老小到北平城讨生活。为了养活前妻的两个遗子和现在的妻子及她后生的两个孩子，林大顺"在昼夜开着电灯的幽暗的地下室里，在自己的位置上默默地工作着"，过分的负担"压得他身躯弯曲，脸痴呆而显着菜色，像永远见不到阳光的纤弱的草"，这一切"使他如驮着重负，爬越峭险山路的人一样，喘不过气来"。生活的无望与重压让林大顺渐渐麻木，除了机械地劳作之外，他只知道"坐在炕头出出神，或坐在阶沿边望望灰色的墙"，对于家里的事，"漠不相关，有如一个寄人篱下的食客"。而他的后妻，则"常会歇斯底里地"辱骂丈夫，整天想着如何"有效而迅速地弄死"前妻的子女，"她尽她所能够想出来的方法，来酷使与虐待这一对眼中钉"。①终于，年纪较小的男孩被后母虐待死了，作为父亲的林大顺看着儿子冷冰冰的身子却"缄默着，不回一言"，死亡在他看来或许是最好的解脱。《门》中一位友人在探视主人公袁寿田时说："环境是无情的，随地皆可使你毁灭。"②生活在被奴役的社会里，无论如何努力，都无法摆脱奴隶的地位，正如《夹竹桃》的主人公曾思勉目睹林大顺儿子的死亡后悲愤地说："不但是他们的父亲，就连他们的幼少者，都被无情地断绝了一切改善而使自己向上的机会。"③

钟理和对被殖民者命运的认识已不仅仅停留在死亡这一简单的事实

---

① 钟怡彦编：《新版钟理和全集·3》，高雄县政府文化局2009年版，第110页。
② 钟怡彦编：《新版钟理和全集·3》，高雄县政府文化局2009年版，第179页。
③ 钟怡彦编：《新版钟理和全集·3》，高雄县政府文化局2009年版，第125—126页。

上,他开始反思这种命运的不合理性,正如曾思勉所说:"这小孩大概三分之二是命定着要死的,而这死的机会,却偶然操在他的后母的手中罢了!"① 所谓的"命定"不是他天生就该这个时候死去,而是他生在这个环境下,死亡不仅是他也是他的民族无法挣脱的命运,所以,看似偶然的死亡事件实际上早已"命定"。小男孩死了,大院里原来的房东老太太的三儿子也死了;没有死的,有的偷盗,有的卖身,有的乞讨,有的骗婚,"他们劳碌于生死的歧途,死与饿,时时展开在他们的面前!他们是命运的傀儡"②。

钟理和的家乡在台湾南部山区,父亲经营着一家农场,虽成长于殖民时代,但与普通台湾民众相比,钟家的生活较为富足,即便在大陆的几年中,特别是后期,钟理和专心从事文学创作,家里的日子较为拮据,由于他和其他台胞都是"一边揣着中国政府颁给的居住证明书,一边放着日本居民民团的配给票",无论是经济条件还是政治地位要比周围普通大陆民众好得多。他所目睹的更多是他人的悲剧命运,这个时期的钟理和是从自身之外来关照现实,表现出的是个人对群体命运的思索,作品中流露出的死亡意识是对周围悲剧性环境做出的一种反映,是对殖民者和殖民制度的批判,而非有意的美学追求。

1946年春,钟理和携妻带子回到阔别八年的台湾老家,他在日后给妻子的信中回忆说:"我们在外面漂流了八年,在光复的次年,抗不住乡心的引诱,终于回到南海的台湾。但,苦难到了。在当难民被遣送的船上,20天吃不饱、睡不好、和过分劳苦的生活,把我原就虚弱的身体毁坏了。……八月,我病倒任所,翌年,以疗病之故,必须离开你

---

① 钟怡彦编:《新版钟理和全集·3》,高雄县政府文化局2009年版,第125—126页。
② 钟怡彦编:《新版钟理和全集·3》,高雄县政府文化局2009年版,第125—126页。

们，来北就医。"① 钟理和患上了严重的肺病，此后三年都是在医院里度过的。之前，钟理和以他者的视角描写死亡、困顿和失意，悲天悯人，充满了批判精神。如今，病魔缠身，"几乎有二年间一直在生死边缘上来去徘徊"，期间，做了三次胸廓整形术，切去了六根肋骨，才"拾得余命"。② 住院期间，反复发作的疾病一次次将钟理和推到死亡边缘，同时，他也目睹了很多身边的病友被疾病最终夺去生命，钟理和深切感受到死亡的恐怖，以及当死亡真正降临的时候，内心所产生的巨大悲痛。这种死亡意识是建立在自己最真实的生命体验之上，彰显着强烈的求生欲望。经过一段时间的治疗，钟理和的病情并未得到控制，他积极配合医生治疗，也从最初的恐惧与绝望中冷静下来，这个时期他的主要创作形式是日记，对他而言，日记不仅记录日常生活的点滴，也是他抒发情感、思想、人生感悟的精神园地。在第一次手术前，钟理和几乎每天都被生死问题交缠着，由生到死，由死到生，生死不再是一个简单的过程，它牵涉着家庭、社会、也关联着事业与理想：

> 一个人一旦倒下，问题也就接着来了，抛开经济不谈，就还有生活、家庭、事业、理想……这些原为他所有的，或将为他所有的，现在却都离开他了，像很远、飘渺，可望而不可及，像很近，即在眼前，伸手可及，然而却滚滚地流开了。③

死亡不是简单的个体生命的终结，正如钟理和所说："然死者长已矣，却可怜了被扔下而还该活下去的人！病者为自身著想，更大的，为

---

① 钟理和：《钟理和与妻书》，载《台湾现当代作家研究资料汇编·钟理和卷》，台湾文学馆 2011 年版，第 89 页。
② 钟怡彦编：《新版钟理和全集·7》，高雄县政府文化局 2009 年版，第 138 页。
③ 钟怡彦编：《新版钟理和全集·6》，高雄县政府文化局 2009 年版，第 137 页。

亲爱的人们著想，岂能无动于衷呢？"钟理和住院的三年里，父亲留下的房产和土地基本变卖光了，为了支付丈夫的治疗费和养活年幼的几个子女，钟理和的妻子"力耕三四分薄地、养猪、和给人做工，由天未亮一直做到深更"。这让钟理和万分愧疚，入院之初，钟理和对自己的病情是很乐观的，以为一年左右就可以恢复健康，后来虽未尽人意，但他通过研读医书得知"医治本疾，非数年不得"，"坚信自己是终能病好回家的。"随着病情的不断反复和对该病认识的加深，钟理和对康复逐渐丧失了信心，由希望转向绝望，甚至多次想到自杀。然而，正如钟理和自己所说："死而能够解脱的事情，尚是小事；只怕死了还不能解脱，那才算是莫大的悲剧。也就是悲剧的由来。"① 为了妻子儿女，经过一段情绪低迷之后，钟理和重新燃起了生的欲望，积极配合治疗，他在给妻子的信中说："曾为了你们而失眠，却也为了你而终于使自己酣然睡去；我呼著你们母子的名字来减轻痛苦。为你们，粗茶淡饭，我能吃得非常之好。"② 这种强烈的求生愿望，既是人类本真情感的流露，也反映出钟理和在经历生死考验之后，认识到个人的生死与家人的命运紧密相连的思想变化。

《杨纪宽病友》和《阁楼之冬》是以钟理和住院这段生活为背景的两篇小说，主人公杨纪宽和邱春木都是20多岁的青年，他们患上了与作者本人同样严重的肺病。《阁楼之冬》中的邱木春父亲早逝，只靠母亲做裁缝养活兄妹二人，台湾光复后，他刚刚在市政府找到一份工作，不久就发病入院。邱木春是肺病并发肠疾，身体衰弱，病入膏肓。对死亡的恐惧让他"变得十分神经质，时时显得不安、焦躁、敏感，对自己的病感到绝望"。他不断追问医师和病友自己是不是得了不治的肠痨，

---

① 钟怡彦编：《新版钟理和全集·7》，高雄县政府文化局2009年版，第139页。
② 钟怡彦编：《新版钟理和全集·6》，高雄县政府文化局2009年版，第90页。

他的性急之下掩藏着"太多的不安",他想得到的并不是真相,而是对自己猜测的否定,是对死亡的恐惧,对生的渴求。经过治疗,邱木春的病情稍有好转,"食欲大增",体重也"成比例直线上升",面孔"也很快恢复以前的饱满和红润了,嘴唇又有了血色",为了提升体重,邱木春不断加餐,每个星期一的早晨"他第一个怀着高兴和兴奋的心情等待护士把计重器推来",他和母亲从他体重的增加上看到了生的希望。《杨纪宽病友》中的杨纪宽,为了尽快"恢复健康"和"回到教坛上去",他"遵守着疗养生活中他相信对病人有利的各种规则",从睡姿、咀嚼食物、喝水、休息到治疗,都"表现着稀有的忍耐和勇敢",渗透出"一种宗教的虔诚和固执"。① 这种"虔诚"与"固执"与邱木春疯狂"填塞"食物都是基于同样的求生心理。"不知生,焉知死",不知死,又焉知生的可贵? 钟理和在做第一次手术之前,事先了解到手术的风险,当手术日期一天天临近的时候,他对美好生活更加向往和不舍。钟理和在手术前两个星期的日记中曾描写了一段充满生机的生活场景:

  在田垄间工作着的、在唱歌的、在想东西的,还有小贩们神气而调谐的吆呼;那条沥青路上,汽车由两边开过来,点点头你吃惊的,慌张的又开过去了,周围的工厂的烟突,向空吐着拖着尾巴的黑烟,这不正说明了外面正在进行着和经营着人类的生活么? 到了夜间,便是这些地方,灯火辉煌,明灭地,织成地上的星座——人间原是这样美的。②

"人间原是这样美的",当死亡的脚步逼近人们的时候,除了恐惧,

---

① 钟怡彦编:《新版钟理和全集·2》,高雄县政府文化局2009年版,第218页。
② 钟怡彦编:《新版钟理和全集·6》,高雄县政府文化局2009年版,第116页。

还有对生命与亲人的无限留恋。邱春木对母亲和妹妹的担忧,杨纪宽对妻子与女儿的牵挂,死亡对他们而言不仅意味着个人的毁灭,也意味着家庭的垮塌,求生是为了延续自己的生命,也是让亲人看到希望。杨纪宽与病友闲聊中,听到一个日本肺病患者被妻子绑在睡床上六个月,"终于克服了一场肺病"的故事,他偷偷效仿用一条白带勒住腹部,"把肚子勒成一个大气球,气球鼓胀到几乎要把肚皮炸裂了",从那以后,"他不曾睡过一个好觉",每天夜里,"眠床总是响个不停,痛苦的呻吟之声,虽说是低沉的,但在宁静的深夜中听来,却是那样凄惨,那样的充满悲凉之感"。这种做法既无科学依据,也"违反自然",然而,杨纪宽表现出的"悲壮的决心的姿态"①,让人动容。一个被死亡纠缠的生命,他要抓住每一根救命稻草,为自己,也为家人,对死亡的反抗就是对生命的尊重。"一端是病,死缠不放;一端是美丽的活动着的人生,不断招手。人,便夹在当中,进不来,出不去。"②对于游离在生死之间的大多数普通人来说,活下去才是生命的全部意义,无论是现实中的钟理和,还是作品中的杨纪宽、邱木春以及他们的家人,为了活命,变卖一切可以变卖的家产,可以忍受一切能够换来生命延续的苦难和折磨,逃避死亡让人的耐力和意志全部迸发出来。当钟理和看到"剥得光光的几粒蒜仁,全部抽出一寸来长嫩黄的叶子"时,不由感叹:"生命是如此坚强的!"如果说濒临死亡的病者表现出强烈的求生欲望是人性的本真,那么,殖民地的那些弱国子民们在做苦苦挣扎又何尝不是对生的企盼?当死亡逼近钟理和本人的时候,他才真正触摸到生命最粗糙的表面,他从过去对群体命运的关注转向对个体生命本质的探寻,从而体验、认识死亡,最终超越死亡,重新唤起生的勇气和信心。他在

---

① 钟怡彦编:《新版钟理和全集·2》,高雄县政府文化局2009年版,第220页。
② 钟怡彦编:《新版钟理和全集·6》,高雄县政府文化局2009年版,第117页。

一首小诗中写道：

> 死——是休息吗？不是；是终结么？也不是；是解脱么？更不是；是轮回么？都不是……是什么呢？……是新者与旧者间／强壮者与衰老者间的——交替！①

第四节 弱势群体的守望者

1950年美国作家威廉·福克纳在诺贝尔文学奖颁奖典礼上说过一段话：

> 人的不朽，不只因为他在万物中是唯一具有永不耗竭的声音，而是因为他有灵魂，那使人类能同情、能牺牲、能忍耐的灵魂。诗人和作家的责任，便是要写出这种同情、牺牲与忍耐的人的灵魂。诗人和作家的天职，是借着提升人的心灵，鼓舞人的勇气、荣誉、希望、尊严、同情、怜悯和牺牲，这些人类一度拥有的荣光，来帮助人类永垂不朽。②

一个优秀作家最可贵的品质就是能写出"同情、牺牲与忍耐的人的灵魂"，而这种品质的形成与作家本人的生活环境、生活经历与生命体验有着千丝万缕的联系。钟理和生长在以客家人为主体的台南山区，环

---

① 钟怡彦主编：《新版钟理和全集·6》，高雄县政府文化局2009年版，第113页。
② 黎先耀主编：《百年人文随笔》，吉林人民出版社2003年版，第35页。

境相对封闭，民风醇厚，在殖民时代的早期，日本殖民者对山区的控制力量较弱，汉文化及客家文化依然占据主流地位。钟理和自幼受族群文化熏陶，年纪稍长，便进村里的私塾接受汉文化教育。八岁后被迫进入日本人办的"公学校"读日本书，但一到寒暑假，父亲就将他和哥哥送到附近的村庄继续学习汉文。在被灌输殖民文化的同时，钟理和的家人始终没有放弃对他进行汉文化的教育，甚至在读完"高等科"后，又按父亲的要求，进入当地有名的老先生光达兴创办的私塾又系统学习汉文两年。在诵读古文，研修古书的过程中；在老师的传授与讲解中，中国传统文化中的悲悯意识与情怀逐渐渗透到钟理和的精神世界中，养成了温厚谦和、仁爱正直的善良品格。

一个富家的少爷与雇工们同餐共食，甚至还要被别人抢食，一来可见钟家家风朴实，平等待人；二来可见从少年起，钟理和温厚的性格已然形成。但这并不意味着他就是人生竞技场上的弱者，他日后在为反抗旧式婚姻的不合理，勇敢地与妻子远走大陆，向命运之神挑战所表现出的坚毅精神足以证明。他只是争其所当争，对于周边普通的民众，哪怕是对地位卑微的雇农都怀着一颗仁爱之心，平等对待，对他们的人格予以尊重。成年之后，钟理和先是遭遇婚姻的挫折，后偕妻赴大陆东北、华北等地漂泊，从一个富家子弟落入社会底层，目睹同胞的悲惨命运，自己也饱尝了生活艰辛；返台后，故乡满目疮痍，父亲去世后家道开始没落；刚刚开始新的生活，自己又重病缠身，后半生基本缠绵于病榻之上；为了医治疾病，家中财产变卖殆尽，一家人困厄穷苦。钟理和从20岁开始，便由命运捉弄走上了一条崎岖坎坷的生活之路，尝尽了饥饿、病魔带给他的折磨，他在自伤自叹之余，也以感同身受之怀去悲悯、同情那些同样承受苦难煎熬的沦落之人。钟理和在少年时就萌发了当作家的念头，从此开始断断续续的写作，直到在北平生活的后期，他才真正确定"要做一个文艺工作者的决心"。回乡后，他住院三年，死里逃生，

捡回一条残缺的命。没有了健康、财产,失去了养家糊口的能力,聊以寄托的只剩下写作:

> 而今,我只能在艺术里,在创作里找到我的工作与出路,人生与价值,平和与慰安。我的一切的不满与满足,悲哀与欢喜,怨恨与宽恕,爱与憎……一切的一切,在我都是驱我走近它的刺激与动机。①

殖民时代社会黑暗,光复之后经济凋敝,恶劣的生存环境与钟理和身上悲天悯人的气质相辅相成,在钟理和的文章中契合为一体,他"藉笔来发泄蕴藏在心中的感情的风暴",以细腻的笔触,叙说着自己和与自己一样穷困潦倒之人的郁悒、凄凉、无奈,令人扼腕叹息,又让人唏嘘同情,悲伤之后又能感受到作者内心散发出的温暖。

刘熙载在《艺概》中评价司马迁的创作风格时说:"太史公文,悲世之意甚多,愤世之意少,是以立身常在高处,至读者或谓之悲,或谓之愤,又可以自征器量焉。"②自古以来,中国文化常谓"悲"为"顾念"(颜师古),"悯"则为"忧也",太史公"悲世"而非"愤世",体现的就是悲悯意识,这与儒学所倡导的"怨而不怒,哀而不伤"的诗教精神一脉相通。刘熙载认为,只有体验到人生悲哀及其苦难的人,才算站到人生的制高点,创作也才会进入高深的境界。钟理和的悲悯意识既承接于传统文化,又是个体在与外界的对立冲突中生命意识的觉醒。荣格以人与环境互动模式的不同,将人分为外倾型和内倾型两大类,其中内倾型的人在认知世界时,以内在的自我感受为核心,倾向于将内在的感觉

---

① 钟怡彦编:《新版钟理和全集·6》,高雄县政府文化局2009年版,第32页。
② (清)刘熙载:《艺概》,上海古籍出版社1978年版,第3页。

和观念投射到外部环境中去。①钟理和无疑属于内倾型性格人物，因此，在写作中，他并不刻意通过向外积累生活的经验来拓展写作的视野和题材，而多以个人的生平遭遇和周边人物的生活境遇为素材，框取其中具有典型代表的片段，借着精确而优美的写实技巧，将个人的影像投射到作品中，将个人的小悲与大众的普遍性的悲哀融合到文字中，关照现实人生世相，审视底层社会的生存困境，怜悯众生，感知天地悲凉。

海涅曾说："诗人是按照自己的肖像来创作其他人物的。"②正因为作者亲身经历过、感受过，他们才能准确地把握生活中的细节，描摹出人物内心深层的情感，刻画出丰满生动的灵魂。无论在台湾还是在大陆，钟理和始终生活在民众之中，他也曾过了一段"由学校回来，知道的只是玩、吃和撒野"的优裕生活，但从来没有隔绝与底层社会的接触。他耳闻目染普通山民生存环境的恶劣、物质生活的贫困、传统习俗规范下的精神压抑等种种人生凄苦，待到成年，所有这些又无一例外向他袭来，现实之痛激活了潜藏于钟理和内心世界的悲悯情怀，他以自己熟悉的生活为素材，以"为人生而艺术，为社会而文学"为创作指向，从自己的人生遭际与情感体验出发，观照与之同命相怜的底层同胞，以感同身受的心灵抚慰他们的痛苦和伤痕。

中国传统社会中妇女的地位最为低下，而在封建和殖民势力的双重压迫下，她们的命运尤为凄惨：婚姻上得不到自主，经济上不能独立，社会上得不到应有的尊重；出嫁前，她们帮助父母养家糊口，出嫁后，就要遵从夫家的规制，代代相传，毫无精神的自由和人的尊严。钟理和笔下的女性大多遵循着千百年来的古训，即便反抗，最终不是毁灭，就是生活充满艰辛与坎坷。她们无权决定自己的婚姻，父母牢牢掌控着"主

---

① [瑞士]荣格：《心理类型学》，华岳文艺出版社1989年版，第185—186页。
② 鲁枢元、钱谷融主编：《文学心理学》，新文识文教出版中心1990年版，第23页。

婚权"。早在1000多年前的《诗经》中就写到："将仲子兮，无逾我里，无折我树杞。岂敢爱之？畏我父母。仲可怀也，父母之言亦可畏也。将仲子兮，无逾我墙，无折我树桑。岂敢爱之？畏我诸兄。"女子的婚姻要从"父母之言"和"诸兄之言"，自古已然。此后的千百年，这种习俗不断被法律化、制度化，虽至钟理和生活的20世纪初的殖民时代，也少有松动的迹象。小说《薄芒》中的阿英，年近30仍未说婆家，论模样，她"双颊细致""修眉娇美""嘴唇小巧""眼睛慧敏可爱"，只是生活的磨砺让她少了些"活泼和精神"；论持家，自打16岁那年母亲去世，"幼弟们的一切事情，都归英妹一人料理。她是幼弟们的姐姐，又是他们的母亲，是她父亲的女儿，同时也是这家的主妇"。早些年，她"还年轻，弟妹们尚幼弱"，自己也没有"属意的男子，所以父亲留下她，她也并不觉得如何"[①]。当阿英再次与青梅竹马的表弟阿龙相遇，两情相悦，阿龙的家人很快让媒人上门提亲，自私无情的父亲怕她结婚，"会给他带来很大的不方便，那是一个很大的打击，幼弟们会失掉关照，家庭间会失掉一个操持的人"。"为他、为他的孩子们、为他的这个家"，父亲又以两家"太亲，不雅观"为理由拒绝了这门婚事。父亲再次断送了阿英的幸福，绝望中的阿英仿佛觉得"在她脚边踏着的地，忽然深深的陷落下去"，她感觉自己好像"掉进一个有万仞绝壁的深壑里……觉得眼前一阵黑"[②]。在阿英父亲的眼里，女儿就是自己的私有财产，为了家庭的利益可以毫不犹豫牺牲她的个人幸福，无助的阿英终于怨恨其家人来：

> 她恨他们，恨这个家，也怕他们与这个家。他们是蜘蛛，拿残忍的丝，织成绵密的网子，像捉苍蝇一样把她捉住了。用她的生命

[①] 钟怡彦编：《新版钟理和全集·3》，高雄县政府文化局2009年版，第38—39页。
[②] 钟怡彦编：《新版钟理和全集·3》，高雄县政府文化局2009年版，第39页。

的粮秣，以维持和延续他们的生命。她的血，她的精髓已给吮尽了，完了，把她抛的远远的。①

阿英就是蜘蛛网上一只苍蝇，她想挣脱，但一想到母亲的嘱托，却终于放手了，听任父亲做主，甚至原谅了。她把对阿龙"如焚的相思"深深地压在心底，尽管一想到他"就感到自己好像要发昏"，只能跑到两人曾经相约的河边偷偷喊着他的名字，"仿佛能减轻压在她心头的苦闷"。父亲和家庭葬送了阿英的爱情，她无法反抗，只有接受，却博得了邻人们的赞誉："阿英真孝顺呀，孝顺的姑娘呀！"对此，阿英"已感觉不到这句话的意义，这句话对于她，已不复有什么痛痒"②，她顶着"孝女"的名号，在孤苦中消耗着最后一点青春。

对于没有任何自主权的旧时代女性来说，婚姻既可能是她们的天堂，也可能是她们的坟墓，憧憬美满的姻缘是每个待字闺中女子最大的心愿。而现实往往又是残酷的，事与愿违。《柳荫》中的朝鲜青年朴信骏"从他刚刚脱离母亲乳房的时候，父亲便给他暗聘下一个乡下姑娘，约定了成人以后成婚"。长大之后，朴信骏却选择另外一个与自己青梅竹马的女子为恋人，"他们的爱情热烈到使他们的关系突破了，也是到达了最后的，社会之允许夫妻间的权利的，那不能退回的一点"。双方的家长闻知后，迫使他们分开，各自成了婚。软弱的朴信骏虽然不满父母的安排，却也无可奈何，索性抛下女友和那位等他结婚的女子跑到中国的满洲。悲剧在这之后发生，痴情的女友为了寻找情郎逃离家庭，先是在咖啡馆做侍女，后来落入风尘，做了妓女。闻听消息，朴信骏只会"低首下心地听凭命运的摆布"，"摇头叹息，而自己并不拿出有效的办

---

① 钟怡彦编：《新版钟理和全集·3》，高雄县政府文化局2009年版，第39页。
② 钟怡彦编：《新版钟理和全集·3》，高雄县政府文化局2009年版，第69页。

法"去解救女友。作者在叙述"女子不幸的情爱和身世"时,深深叹息,在心底"为那女人一掬同情之泪"。

毕竟时代进入了20世纪,与以往逆来顺受的女性不同,钟理和笔下的青年女子们敢于表达和追求自己的爱情,面对父母强加给自己的婚姻,她们又敢于反抗,但终为社会与环境所不容,抗争的结果往往是给自己带来肉体和精神的伤害,甚至是付出生命的代价。《雨》中的云英与父亲黄进德朋友的儿子火生两小无猜,到了婚嫁的年龄,两人谈起了恋爱。云英的母亲总想为女儿找个"有钱、有地、有店面,一年到头,柴干白米,盐咸醋酸,样样不发愁"的好人家。火生的父亲在南洋战场上失踪,母亲租种几分薄地将三个儿女拉扯成人,他在镇上找了一份工作,薪酬不高,一家人的生活十分窘迫。云英的恋爱遭到父亲的激烈反对,黄进德严肃地对女儿说:"以后少跟他来往!我不说火生好不好,不过我不喜欢那一家人。那一家人,不管男的也好,女的也好,都是没有骨头的废料;那是一堆烂泥,扶不起来的。"① 父亲的话将云英的希望彻底粉碎,火生也因此对云英产生误解不辞而别。一个从没有见过世面的弱小女子一下子觉得自己的世界垮塌了,她想到同样被父母逼婚自杀的女友阿菊,似乎意识到这是作为女子绕不开的命运,最终,"穿戴得十分整齐就像出远门旅行一般"喝下农药自杀了。写到这里,一向温和谦恭的钟理和再也忍不住内心的悲痛,感情的闸门一下子打开了:

云头越来越深,布得越密,积得越厚,后来便溶成一块,把整个天空遮盖起来。太阳已躲得看不见了,地下昏暗得像在夜里。电闪一道一道划过黑空,接着便是一阵震动天地的雷鸣!匡朗朗

---

① 钟怡彦编:《新版钟理和全集·3》,高雄县政府文化局2009年版,第241页。

第三章 悲悯情怀的书写

朗……克拉拉拉……①

作者为这些美丽女子的命运鸣不平，为她们凄惨的结局而哭泣。在封闭的传统社会中，婚姻与情感是两条不相交的纬线，"嫁汉嫁汉，穿衣吃饭"才是她们生活的终极意义，正如《笠山农场》中阿喜嫂认为的那样："嫁到哪里去都是一样吃饭……只有嫁人才是问题中心，其余都不足为重。"②当觉醒的年轻一代试图冲破束缚，追求自己幸福的时候，强大习惯势力和社会舆论仿佛一道难以逾越的闸门又将她们挡在幸福之外。而对于那些逾越过这条深壑的女性来说，果真就找到幸福了吗？年轻时的钟理和为了和同姓女子结合，不惜与家庭决裂，虽然有情人终成眷属，代价却是惨痛的：众叛亲离，四处漂泊，回乡后依然得不到社会的原谅和认同，"忍尽和受尽了一切烦恼和折磨"。钟理和在一系列自传色彩浓厚的小说《同姓之婚》《奔逃》《钱的故事》《笠山农场》《门》中，以妻子为原型，塑造了平妹、淑华、袁太太等女性形象，她们为了爱情，敢于向既有的价值观和行为规范挑战，与心爱的人私奔，流浪天涯。短暂的欢愉过后，她们无一例外开始面对远离故土和亲人带来的"孤独和寂寞"，面对经济拮据带来的生活压力。奔逃到寒冷北方的袁太太，丈夫失业，要靠友人接济度日。隆冬季节，她在冰冷的租屋内生下孩子，没有亲人的祝福，也没有得到很好的照料，本来身体就很羸弱的袁太太一下子病倒了。一边是嗷嗷待哺的婴儿，一边是病痛缠身的母亲，啼饥号寒，此情此景，让人唏嘘不已。当初，袁太太与丈夫为了追求"自由和光明"，主动"脱离了与家庭间的关系"，然后"悄然地离开自己生长的亲爱的家园"。他们"像失群的孤雁"，想要"逃回自己的故

---

① 钟怡彦编：《新版钟理和全集·3》，高雄县政府文化局2009年版，第314页。
② 钟理和：《笠山农场》，草根出版社2008年版，第191页。

巢"时①，因与家庭的"一切情缘"早已被"斩断"，有家却不能回，只能在饥饿与寒冷中继续着"丝毫没有光明与温情的灰色的日子"。② 善良执着的平妹，顶着"淫邪无耻""狐狸精"的骂名，抛下母亲和年幼的妹妹，与"我"一起逃到遥远陌生的东北，过着颠沛流离，动荡不安的生活。"我"病倒后，一家人被迫回到久别的故乡，时过境迁，亲人与乡民仍然不肯原谅他们的行为，或明或暗"歧视和指摘"他们和孩子。为了生存，柔弱的平妹承担起养家糊口的重担，她下田耕种，去糖厂做工，甚至还冒着被官府捉去的危险上山伐木捆木。体力过度透支，给平妹的身心造成极大伤害，她身上"布满轻重大小的擦破伤和淤血伤"，常在夜里"自睡梦中发出困苦的呻吟"。她所做的是"一种没有收到真正报酬的牺牲"，这种牺牲有没有价值、有没有用、是不是神圣，对于看不到希望与未来的平妹来说，"变得十分渺茫了，十分空虚了"。③ 钟理和没有否定这些女性的牺牲，他为她们遭受的不公平对待感到"难过、忧郁"，他在感叹、不忍之余进行反省：为什么平妹、袁太太、云英等女性作出的牺牲是"渺茫"和"空虚"的？这种因情爱而生发的悲剧何时才能消亡？钟理和写作的目的不只是自我疗伤消愁，虽然他"一向不以社会学的观点来处理题材"，也没有刻意挖掘保守思想笼罩下种种不合理现象的病根，借由一个个女性的悲剧故事，述说着人生的悲凉，以此抒发对弱者的悲悯之怀。

"仁者，人也"，在传统中国的伦理原则中，人的存在意义只有在社会关系中才能体现。儒家强调积极入世，"人生不满百，常怀千岁忧"，"仁爱"精神逐渐升华为忧患与悲悯意识，这两种意识既是中国文人群体的文化自觉，也是建构具有民族特色的、关照人世的审美范式基础。

---

① 钟怡彦编：《新版钟理和全集·3》，高雄县政府文化局2009年版，第190页。
② 钟怡彦编：《新版钟理和全集·3》，高雄县政府文化局2009年版，第219页。
③ 钟怡彦编：《新版钟理和全集·3》，高雄县政府文化局2009年版，第137—141页。

当年柳宗元被贬连州，同时获罪的刘禹锡也被发配至蛮荒之地的播州，柳宗元得知刘禹锡要携带老母一同前往，于心不忍，上书朝廷自愿与刘禹锡对调。韩愈闻知此事，大为感慨，称赞道："士穷乃见节义。"穷困潦倒之时，仍心忧他人，这是中国文人最优秀的品质。唐朝诗人杜甫，生活窘迫，"布衾多年冷似铁，娇儿恶卧踏里裂"，风雨之夜，自家茅屋里"床头屋漏无干处，雨脚如麻未断绝"，杜甫来不及自怜，却担忧起与自己命运相似的其他寒士，希望"得广厦千万间"，"大庇天下寒士俱欢颜"，如果有那么一天，"吾庐独破受冻死亦足！"这是何等的胸怀，"不以物喜，不以己悲"，念天地之悠悠，独怆然而涕下。悲悯意识不是反抗和超越，而是对恐惧、不幸、苦难等一切人类悲剧命运的一种独特心灵感受和精神把握，体现了人文关怀和社会良知。

钟理和生于灾难深重的年代，从日据的台湾，到伪"满洲国"，再到华北沦陷区，再回到战后的台湾，他与妻子一路漂泊，饱尝人间苦难，亲身体验了战争年代中国底层社会最残酷的生活。从小接受传统汉文化教育，"人而不仁，如礼何？人而不仁，如乐何？"的文化思想牢牢地根植在他的意识中，据他自己说，他少年时第一次作作文，名字就叫《由一个叫花子得到的启示》，之后，又模仿《红楼梦》，写了三万多字的小说《雨夜花》，文中"描写了一个富家女沦落为妓的悲惨故事"①，从开始学习写作的那一天起，钟理和就将自己关注的对象集中到乞丐、妓女这些社会最底层的人物身上，这不能不说是文化教养使然。善良的本性、文化的自觉、黑暗的现实，蕴藏在钟理和内心的悲悯情怀被激活了，他带着对人物命运的关注和命运无法自主的困惑，用写实的手法，将创作的触角深入到底层社会的每个角落，记录动荡年代那些卑微的生

---

① 钟理和：《我的写作经历》，载《台湾现当代作家研究资料汇编·钟理和卷》，台湾文学馆2011年版，第83页。

命悲惨的生活、麻木的灵魂、痛苦的挣扎。钟理和曾在日记中引用了一段毛姆评价俄国作家陀斯妥耶夫斯基（也译为：杜斯妥耶夫斯基）的话，以此表达自己的创作指向：

> 杜是我所不喜欢的作家，他作品的夸张、矫情、不健全、不真实，令人不生好感，他写的东西与我们的生活很少关系，他不关心地上的生活。我们是否过得好，是否受迫害，是否真理被歪曲，他似乎全不管。他所全心关注的是天上的存在者——神。而神，据我所知则是全力去教人忍受他的困难，忍受他的迫害。①

钟理和的作品全然看不到夸张、矫情、虚假，自己生活窘迫却没有因此而自怜自哀，漂泊、孤独、贫穷、疾病、丧子、破产等多重人生打击没有泯灭他善良的本性，也没有屈从于生活的压力自暴自弃，"知我者，谓我心忧，不知我者，谓我何求"，钟理和以一颗悲悯之心，凝视着弱者的生存境遇，体味人世的悲凉，呈现他们所受的"困难"和"迫害"，闪烁着人性的温暖和光辉。小说《草坡上》中，"我"养了一群鸡，其中母鸡的"膝部关节完全失去功用"无法站立，只能"用翅膀自两边支着身子"，几只刚出壳的小鸡围着母鸡团团转，"好像在寻问为什么母亲不再像往日一样领它们玩去了"。母鸡似乎明白了小鸡们的意图，不顾疼痛，它"贴在地面，时而奋力振翼，向前猛冲，但只挪动了一点点就又沉重地倒了下来"，受到惊吓的小鸡们一下子都聚到母鸡身边，它们"脸偎着脸，眼睛看着眼睛，无助地相守着"，母子同心，小动物们也不例外。妻子却因怕母鸡生病会饿瘦，趁着小鸡外出觅食的机会，将母鸡宰杀了。失去了母鸡的保护，小鸡们被其他的大鸡肆无忌惮地欺

---

① 钟怡彦编：《新版钟理和全集·6》，高雄县政府文化局2009年版，第219页。

负,它们在母鸡曾经蹲伏的地方"走来走去,伸长了脖子叫,声音凄怆而尖厉",仿佛是伤心的悲泣。此情此景,妻子不忍,不断自责自己的"失措",一家人谁也不肯吃碗里的母鸡肉。之后,全家人负起了照顾小鸡们的责任。在大家的精心照料下,小鸡们的羽毛丰满了,"成熟的生命在搏动",它们已经具有了"打开重重阻碍的力量和意志"。看到小鸡们的成长,一家人如释重负,特别是妻子,欣慰地笑了,善良纯洁的眼睛里"流露着人类灵魂的庄严崇美"。万物生灵皆有生命,每一个生命都值得尊重和怜惜,哪怕是一条狗、一只鸡的性命,在钟理和看来都值得珍惜,何况那些有血有肉的人?

钟理和在大陆生活八年,主要居住在东北和华北的城市里,这些区域不是陷于敌手,就是由傀儡政府与殖民者共同统治,百姓所受压迫和剥削与台湾民众相比更为深重。他们虽"是世界最优秀的人种,他们得天独厚地具备着人类凡有的美德;他们忍耐、知足、沉默"[1],然而,外族侵略彻底毁掉了他们的家园,失去土地、失去自由,生命也就变得微不足道了。钟理和没有在作品中直接描写当时社会的环境,但我们可以通过他留下的几篇零碎的日记,了解一个真实的伤痕累累的中国。钟理和曾经在"华北经济调查所"任翻译,因工作需要常到北平附近郊区走访,在一个叫良乡的地方,他看到这里的城隍庙"周遭黄草漫然。庙已塌落,砖瓦狼藉,神像之倒下者、埋土中者、剥落者任其自然,似无人管,亦不见有烧香者"[2]。昔日最热闹的场所,已经败落到无人问津的地步。在周口店,所见更为荒芜:"山阿中有一菩萨庙,已为炸毁""河道中间今尚见圮毁房舍,荒凉万状"。又见附近的村落"凋落","村户四百,而耕地不过十顷,土且浇薄。村中做工或出外做工者占三四,故

---

[1] 钟怡彦编:《新版钟理和全集·3》,高雄县政府文化局2009年版,第75页。

[2] 钟怡彦编:《新版钟理和全集·6》,高雄县政府文化局2009年版,第110页。

多贫穷"。目睹此景，钟理和悲痛不已，愤然写下"事变成天灾"之句，将罪责直接指向侵略战争。

　　失去家园和土地的农民，只能背井离乡流落到城市谋生，《门》和《夹竹桃》两部作品中大院里的不少租客就是他们的缩影。《夹竹桃》里的林大顺，事变之后，死了老婆，失了土地，好在有点手艺，于是拖儿带女到北平城讨生活。现实并不为他所愿，再婚之后又生了两个孩子，哥哥失踪，父亲也投奔到这里，一家的日子愈过愈艰难。在层层的生活重压下，林大顺麻木了，下班一回家，只会像木头一样"兀坐"着，"对于家里的事，漠不相关"，即便是面对被后母折磨得奄奄一息的儿子，他也是"缄默着，不回一语"，眼睁睁看着死神夺走亲生骨肉。林大顺会种地又有手艺，"七七事变"之前家里还稍有薄地，在农村时他含辛茹苦，勤勉劳作；到了城市，长年在"昼夜开着电灯的幽暗的地下室"工作着，然而正如作者在小说中所说："他们的报酬太低……多半只够维系他自己一个人的动物的满足，他的家族的物质，还须家族各个人自己去获得。"①《草坡上》中的那只母鸡尚且知道为小鸡们奋力一搏，人非草木，孰能无情？林大顺看到孩子们忍饥挨饿还要遭后母的辱骂，何尝不心痛？小说中写道："他们的父亲凄凄地望了他们一眼，但并不说什么。"林大顺怜子之心凄凄然，但是对于仅有能力维系"自己一个人的动物的满足"的人来说，只能默默地看着孩子们一步步走向死亡，这是何等的惨痛。儿子死了，大人们却在为谁该承担责任相互争执、嚣叫、诟骂着，生命如此之轻，没有人为孩子的死哭泣。钟理和悲哀地写道："他们恰如栖息在恶疫菌里的一栏家畜，如果不发生奇迹，那么，他们结果是只有破灭，而从世间消逝了他们的种类。"他们仿佛陷入了一个"死的深渊"，"在那里浮沉而滚转，永远出不来"。在里面挣扎的

---

① 钟怡彦编：《新版钟理和全集·3》，高雄县政府文化局2009年版，第75页。

人渐渐丧失了理性、亲情、尊严，就像"失掉了善良的人性的野兽"①，当一切努力都失败的时候，只能听由命运的摆布，最后沉入渊底。《夹竹桃》中的老太太最后被儿女抛弃，只能带着失去父亲的孙儿在寒风之中向行人求乞："善心的老爷修点儿好吧！可怜可怜我们没有饭吃的人吧！修福修寿的老爷——"老寡妇的女儿当起了暗娼，儿子偷完外面再偷邻居；老太太的女婿贩卖烟土，儿子老三偷铺里的钱，两人都让警察抓了起来判了刑。在那个"难有光明之希望的漫漫的永夜"里，钟理和以一颗善良的心记下了那段历史中同胞所遭受的肉体与精神上的痛苦。受个人认知能力所限，他只能从道义上对这群被欺凌、被压迫的人们表达悲悯之情，没有揭示出苦难的根源与实质。这部作品的基调不是怒目金刚的，而是低回婉转的，哀而不发。但是，对于一个身处沦陷区，自己的生活也朝不保夕的外乡人来说，他能够真实地描写这些为自己"所爱并且尊敬""最为世人所不齿"的卑微的人最真实也最惨烈的生活，这本身就是一种勇气，一种"士穷乃见节义"的文化品格，他彰显了生命之光，让在苦难中沉浮无望的人在彼此扶持和相互慰藉中感受到一丝人间的温情和希望。

悲悯不是精神的施舍，也不是隔岸观花的无病呻吟，更不是强者对弱者的怜悯，只有经历了苦难和无助的人，才会从灵魂深处滋生出"同是天涯沦落人，相逢何必曾相识"的情怀。钟理和对"天涯沦落人"以同怀视之，共悲共喜，"人之精神于焉洗涤"（王国维），实现了精神与道义上的自我救赎。夏志清曾说：

> 反映时事的文学作品当然有其重要性，尤其如果要把她当作社会研究的资料——但，我还是认为，一般而言，最佳的文学作品关

---

① 钟怡彦编：《新版钟理和全集·6》，高雄县政府文化局 2009 年版，第 124—126 页。

注永恒的人类问题，较少关怀短暂的时事问题。①

钟理和所关注的正是人类永恒的问题——生存。叔本华说："欲求和挣扎是人的全部本质，完全可以和不能解除的口渴相比拟。但是一切欲求的基础却是需要、缺陷，也就是痛苦；所以，人从来就是痛苦的，由于他的本质就是落在痛苦的手心里的。"②叔本华把人类生活的本质看作是一种悲剧的存在，受他的影响，王国维同样认为人生是痛苦的，"人之大患，在我有身"，"有身"就有欲望，一旦不能满足，就会产生痛苦：

> 生活之本质何？"欲"而已矣。欲之为性无厌，而其原生于不足。不足之状态，苦痛是也。既偿一欲，则此欲以终。然欲之被偿者一，而不偿者什百。一欲既终，他欲随之。③

"天下不如意，恒十居七八。"现实中，人的"欲"往往受到诸如残缺病痛、天灾人祸、身不由己、生不逢时等条件所限，甚至连最基本的生存需求都得不到满足，这些"不如意"郁结于胸，进而生发成痛苦。生在战乱和动荡的年代，人们连基本的食物和安全都得不到保证，遑论自由、平等？钟理和来自底层，对底层生活有切肤之痛，他能进入底层民众的心灵空间，与他们的思想产生共鸣。也许他当初写作的时候是怀有"私心"的，想为自己的伤痛找一个排遣的出口，但是，随着他本人在底层社会沉得越来越深，他所看到的更加不幸者越来越多，自己的不幸被芸芸众生的不幸淹没了，他超越自我，"以体贴细腻的心，去倾听

---

① 夏志清：《时代与真实·联副三十年文学大系》，联经出版社1981年版，第291页。
② [德]叔本华：《作为意志和表象的世界》，白冲石译，商务印书馆1982年版，第427页。
③ 王国维：《红楼梦评论》，浙江古籍出版社2012年版，第2页。

大地苦难生灵的呻吟。并通过他的笔,写出了这些孤独废疾者贫病交迫的无奈和悽伤"。他的作品"是踏脚在这个有泥土的地面的,是由这个社会产生的,是说出这个时代大多数人的希望和失望的"。①

钟理和敬畏生命,他冷静地展示和解析底层社会的各种悲剧,在为他们叹息、给予关爱的同时,同时也在反思悲剧的根源,并对悲剧事件中的人和事作出理性的价值判断。他同情所有的弱者,悲悯苍生,但他也看到了一些弱者身上性格的不足与缺陷。他一方面抚慰着受伤的弱者;另一方面也对加害他人的一部分弱者进行了规劝。《阿远》是一部角度独特的小说,主人公阿远是个女白痴,"看上去,她呆头呆脑,犹如一块煤,外里两面双双表现着深邃的黑暗和混沌女人所有的慧和秀,在她身上是找不到一点影子的"。她的外表丑陋,龌龊邋遢,"男不像男,女不像女:高高的个子,粗粗的骨骼,索性叫她剃光了头。由是以后,她的红头皮像男人一样发亮,却又穿着齐膝长衫。这样一来,更教人扑朔迷离,雌雄莫辩了"②。她智力低下,没有任何保护自己和料理生活的能力,虽是成人,但不通人事,四肢健全,却没有行为能力。阿远本是一个需要更多保护和呵护的最卑贱的弱者,但是,她的家人首先抛弃了她,竟让她与人成婚,在婆家,她是一个让丈夫发泄性欲的工具,也是一个最廉价的劳动力。她过着非人的生活,没有人可怜她,也没有人将她像人一样对待,"她的出现,却给人添了谈笑的资料,给我们做孩子的添了许多热闹",不管男人、女人、是老的,是少的,全"寻她开心或捉弄她","想尽办法捉弄她,用话去刺激她、挑拨她"。小孩子们恶作剧,让她弄丢了锄头,挨了丈夫的毒打,震惊之下,才让那些始

---

① 应凤凰:《钟理和研究综述》,载《台湾现当代作家研究资料汇编·钟理和卷》,台湾文学馆 2011 年版,第 69 页。
② 钟怡彦编:《新版钟理和全集·6》,高雄县政府文化局 2009 年版,第 184 页。

作俑者"第一次感到些微内疚"①。阿远是先天性的智障人,这本身就是人生最大的悲哀,然而,在她自身之外,还有那么多心智健全的人加害她,有她至亲的丈夫,有顽皮的孩童,还有一群无聊的男女。他们也多是受苦的人,也受着他人的欺辱与压迫,对于一个生命残缺毫无抵抗能力的人,却鲜有同情,甚至当阿远要被丈夫用来交换牛的时候,"村民们都把这里作为焦点,由四面八方像流水汇注。人潮溢满了村道"②。阿远自己无力发声,人群中也没有一个能为她讨一点公道。事不关己,像一群鼓噪的看客:

> 妇女们三三两两的坐成许多小团体,她们用秘密而关切的口气热情地谈论着,言语间泛带着大量做作与夸大的感叹词,眼睛吃惊地张开着,她们不时举手向对方的肩头冷不防的就是一拍。对方猛吃一惊,于是谈话咽住了,接着,两人便吃吃地大笑起来。这样一来,她们更有精神了,谈话也就更加起劲,嘴唇缀着一泡白沫。③

这些看客的嘴脸也曾出现在鲁迅的《祝福》中,祥林嫂的悲惨身世让不少人叹息,也让一些女人们好奇:

> 有些老女人没有在街头听到她的话,便特意寻来,要听她这一段悲惨的故事。直到她说到呜咽,她们就一齐留下那停在眼角上的眼泪,叹息一番,满足的去了,一面还纷纷的评论着。

老女人们毕竟还有些"眼泪",事后还要"叹息"一番。而围观阿

---

① 钟怡彦编:《新版钟理和全集·6》,高雄县政府文化局2009年版,第192—194页。
② 钟怡彦编:《新版钟理和全集·6》,高雄县政府文化局2009年版,第192—194页。
③ 钟怡彦编:《新版钟理和全集·6》,高雄县政府文化局2009年版,第192—194页。

远的妇女们则是另外一副模样，她们吃惊、兴奋、起劲，对一个比自己更弱小的女性，她们围聚在一起，仿佛在看一场"活剧"。男人们则是挤在人群最里面，不断拿阿远与母牛相比："母牛比人听话些，好摆布。"在他们眼里，一个活生生的生命不如一头牲畜，非但没有为弱者出头，还落井下石，对这场人牛交易出了意外没有完成感到惋惜，他们"震天大笑"，不要说怜悯，连基本的人道都被抛到云霄之外。鲁迅曾一针见血地指出中国国民身上某些劣根性："他们是羊，同时也是凶兽；但遇见比他更凶的凶兽时便现羊样，遇见比他更弱的羊时便现凶兽样。"①众目睽睽之下，一个痴呆的女人和一头生病的牛之间的交易正在上演，一群智全的人哄笑着，对着这人间悲剧无动于衷，钟理和为阿远的悲惨遭遇愤愤不平说道："再不中用，也还是一个人。"天生残疾已是苦难中的苦难，而这些残疾者的尊严还被人肆意践踏，成为他们发泄不满，寻找心理慰藉的对象，这才是悲剧中的悲剧。钟理和由此而发出感慨：

> 每个人都愿意自己生得眉清目秀，五官端正，但这也只是愿意而已，事实在我们呱呱坠地的一刹那，一切便已经决定了，你是生得妍好清丽呢，抑生得五体不全呢，这一瞬间的情形并决定了你今后的一生。如果竟是后者，当然那是不幸的。又有些人，当他生下来时一切都是正常完好的，但后来却因某种原因而毁坏其中的一部分，比如跌断一只胳臂、一条腿，或心灵失去正常活动，变成残废了。这也同样是不幸的，或者更不幸。但无论如何，一切既已如此决定，对此，我们一点办法也没有。
>
> 一个人生而贫穷，而这贫穷自他落地时起便一直压迫着他到死为止，这种事也是有的，固然可悲，然而他为始不可以用他的努力

---

① 鲁迅：《忽然想到·7》，《鲁迅全集》（第3卷），人民文学出版社1981年版，第60页。

和智慧去改造他那恶劣的环境。人类过去的历史便是由这些人所创造出无数动人的故事集合而成。但是我们失去的胳臂或心灵则永远也追不回来了，这是天地间不可弥补的最大憾事，最大的不幸。惟其如此，那么对那些不幸者，我们应该去嘲笑他们呢？去侮辱或去欺负他们呢？①

生命无贵贱，尊重每一个生命，给那些"最大不幸者"以关爱和温暖，这是钟理和悲天悯人情感的升华，也是他一生的人文理想追求。钟理和在给友人的信中写道："文学所要传达的是情感，所要唤起的也是情感，数字无论如何堆砌，也只能构成某种事实，不能唤起一种情感，而事实是没有生命的。"② 他同情弱者，悲悯苍生，作品"笔调苍凉、低哑，字里行间有不尽的悲悯之情"。钟理和前半生为婚姻所困，辗转台湾和大陆，基本上过着"流浪的生活"；后半生贫病潦倒，生活"充满了忧愁，艰难、疾病和苦闷"。钟理和没有沉沦，也没有自暴自弃，"我对我们的世界始终寄以很大的希望，大概也因乎此，我对人类，是始终看到他的良善的一面，卑恶是我从来所不知道的，也不愿知道。就是在四十几岁经过不少受骗和被愚弄之后的今日，也还是这样相信着。我之从事文艺工作，就是基于有这种信心"。③ 对世界不灰心，以真诚温暖他人，将自己的"人格和正义感透过笔尖流到了纸面上"，给人以宽慰和希望。

悲剧意识源于人类社会的各种缺陷和生命中的丑恶，它与生命同在，是人类存在的根本性意识，同时也体现了人类超越自我的冲动，是人与生俱来的对现实的正视和反省。当人们面对生存的挑战和非理性的

---

① 钟怡彦编：《新版钟理和全集·6》，高雄县政府文化局2009年版，第182页。
② 钟怡彦编：《新版钟理和全集·7》，高雄县政府文化局2009年版，第106页。
③ 钟怡彦编：《新版钟理和全集·7》，高雄县政府文化局2009年版，第106页。

威胁时，悲剧意识就成为人类对抗挑战的理性精神力量。这种悲剧精神表现出人类强烈的自我救赎欲望和生存勇气，它充分发挥了人类的主体性力量，在理想与现实、有限与无限的对立冲突中，反抗外在世界对自我的主宰并且超越自身，显示出人类精神的超越性和崇高性，人的价值也得到了提升。钟理和经历了外族的殖民统治、战后的萧条与败落；经历个人家庭生活的不幸和疾病的纠缠，现实的残酷曾让他"感到对人生无望，而失去活下去的兴趣和勇气"，如果不是"理想和愿望在支撑"①，他可能早已离开这个人世。他并不是一个强者，但他有爱心、韧性和理想，当他被压在生活的最底层时，却能在"没有一张像样的桌子，像样的稿纸，在三餐不继的困苦的环境逼迫之下"，以"精确而优美的写实技巧"，透露出"惨无人道的事实真相"。② 钟理和曾经说："死而能够解脱的事情，尚是小事；只怕死了还不能解脱，那才算是莫大的悲剧。也就是悲剧的由来。"③ 一段时间里，他的"生活汲汲不终日，像永在风雨之中"，肉体与精神的双重折磨，让钟理和常常滋生出自杀的念头。跌进命运的最低谷，反而给钟理和创造了触摸生命最粗糙一面的机会，他环视周围，发现还有如此众多的受难者同样在承受着磨难，他们中有像阿远（《阿远》）一样的生命残缺者，有像小禄子（《逝》）一样的被家庭抛弃的无助弱者，有像燕妹（《笠山农场》）一样爱而无果的失意者，有像邱阿金（《老樵夫》）一样孤独无靠者，有像杨纪宽（《杨纪宽病友》）和邱春木（《阁楼之冬》）一样的病患者，还有更多的像黄进德（《雨》）和玉祥（《亲家与山歌》）一样的普通农民，他们没有权势，没有财产，没有希望，也没有未来，无声无息，有的走向死亡，有的在生活的漩涡

---

① 钟怡彦编：《新版钟理和全集·7》，高雄县政府文化局2009年版，第129页。
② 应凤凰：《钟理和研究综述》，载《台湾现当代作家研究资料汇编·钟理和卷》，台湾文学馆2011年版，第69页。
③ 钟怡彦编：《新版钟理和全集·6》，高雄县政府文化局2009年版，第221页。

里自拔不能。这些生命的悲剧让钟理和洞察到社会的黑暗与苍凉，也激发出他对抗苦难的欲望，他的思想随之发生了转变："贫病交迫，已应在我的身上，但我将顶下去"，"钟摆是永远没有停止的，因为更安全、更合理、更舒适的生活总是在现在的后边。人类的灵魂便这样永恒追求下去"①。"顶下去"表达了个人顽强的生存意志；"追求下去"坦露出他"为社会而文学"的人生理想。他从不把自己当成启蒙者为他人指点迷津，也从不以道德的说教者自居；他很冷静，也很真诚，他的作品展现出生活残酷无情的一面，也始终贯穿着脉脉的温情，点亮那些在命运中挣扎的人们的希望之光。

  钟理和的作品中常出现一个"我"的形象，"我"既是叙述人，也是事件的直接参与者；"我"代表着社会良知，彰显着正义与道德。《逝》中的房客"我"，同情学徒小禄的遭遇，一有功夫就教他念书，讲书本上的故事。"我"没有能力拯救这个常常遭到老板毒打的少年，但"我"认为"一个人对于抱着有信仰与希望的人，是有使此信仰与希望发展，且接近的义务的"，这个"义务"就是社会的良知，念书和讲故事不过是小小的善举，但"对于一个善良且有向上的少年的品格的教养，是不能无所贡献的"。小禄终于死在了老板的棍棒之下，于他来说，在黑暗的日子里，曾经从"我"那里获得的一些安慰和帮助是他15年的生命中最温暖的一刻。《阿远》中的"我"，年少的时候也曾和同村的孩子捉弄和欺辱过阿远，让她受了丈夫的打。成年之后，"只要一想起那个可怜的女人，我心中便会因忏悔而痛苦"。少年无知，伤害过这个可怜的女人，年长之后，"我"为自己的行为忏悔，也为阿远未来的命运担忧："她是否会因此获得更多的重视呢？更好的待遇呢？可以不再流浪街头作丧家之犬呢？""我"通过讲述这个不幸者的悲惨故事，想要唤起那些

---

① 钟怡彦编：《新版钟理和全集·7》，高雄县政府文化局2009年版，第130页。

伤害和仍在伤害比自己更弱小的人的麻木心灵。《阁楼之冬》和《杨纪宽病友》中的"我",以一个病人的亲身体验,揭示出濒临死亡之人内心的恐惧、挣扎、悲伤与无奈,逝者已逝,"我"对这些病者的家人所承受的悲哀也给予了极大同情,让这些失去亲人的母亲和妻子感到些许的安慰。《故乡》系列小说中的"我",目睹了昔日乡邻们的种种悲苦:"阿添的困难、德昌伯的悲哀、炳文的诈欺、丈母的牢骚、烧山人的愚蠢、哥哥的诅咒、阿煌叔的破灭","我"在感叹和悲悯之余,也对未来充满信心,让那些在黑暗中沉浮的人看到希望:

> 也许这些都是一个错误吧?一个极其偶然的错误吧?到了那个时候,一切都会被修正过来,生活会重新带起它的优美、协调和理性。就像做了一场噩梦之后,当我们睁开眼睛来时,世界仍旧是那么美丽可爱!但愿如此。①

"人心之动,物使之然也。感物而动,故形于声。"(《礼记·乐记》)钟理和作品中蕴含的悲情意识并非无源之水、无本之木,它是中华传统文化中的悲情文化的接续,也传递着他对人类、民族、同胞深切的挚爱。叔本华曾说:

> 所有悲剧能够那样奇特地引人振奋,是因为逐渐认识到人世、生命不能彻底满足我们,因而不值得我们苦苦依恋。正是这一点构成悲剧的精神,也因此引向淡泊宁静……于是在悲剧中我们看到,在漫长的冲突和苦难之后,最高尚的人最终都放弃自己一向急切追求的目标,永远弃绝人生的一切享受,或者自在而欣然地放弃生命

---

① 钟怡彦编:《新版钟理和全集·1》,高雄县政府文化局2009年版,第160页。

本身。①

叔本华是个悲观主义者，他否定人生价值和意义，否定生存意志，认为在经历漫长的冲突和苦难之后，最高尚的人最终都会放弃一切目标、享受，甚至生命。钟理和经历苦难，沦落到生活的最底层，他曾经想过放弃理想和生命，但骨子里不屈服的品格和他对人生命的敬畏，又让钟理和经过生死洗礼之后开始坦然面对自我和他人的苦难与悲哀。他的悲剧精神和悲剧意识不是颓废虚无的，而是建立在道德、正义的情感基础上，他以真诚的心面对所有的苦难，普度苍生，为他们点燃生命之光：

> 是的！到时那些衰老的、丑恶的、病态的都会倒下，于是年轻的、健康的和正常的，便会像幼芽似的由倒下的朽树下面茁壮起来，取而代之。②

钟理和对未来的自信来自他坚实的生活经验，虽然他看到和经历了太多的苦难，也曾迷惘、失落、绝望过，但回归土地、回归民族之后，他又深刻地认识到民族文化的强大生命力。历经劫难，回首往昔，感叹现实，钟理和坚信自己及民族过去的那个悲剧时代终将一去不复还，一个"年轻的、健康的和正常的"民族正"茁壮"成长起来。

---

① [德] 叔本华：《意志和表象的世界》第3卷《悲剧心理学》，朱光潜译，安徽教育出版社1996年版，第183页。
② 钟怡彦编：《新版钟理和全集·1》，高雄县政府文化局2009年版，第160页。

第四章
文化的反思

　　钟理和在他短暂的一生中经历了两次"返乡",一次是从台湾返回他的精神之乡——原乡大陆,并在此生活了八年之久;另一次是在台湾光复后,他携妻带子返回了阔别已久的故乡,直至人生的终点。这两次返乡的出发点有很大的不同:第一次返乡的"乡"是从未谋面的原乡,是他精神的家园和归宿。钟理和不惜放弃台湾较为稳定的生活,与妻子奔逃到大陆,是为了获得精神的自由和个体身份的认同;第二次返乡的"乡"是生养自己的故乡,是他魂牵梦绕的温馨家园。飘泊在外近八年,钟理和饱受颠簸之苦,终于"抗不住乡心的引诱"①,回归故里。按照钟理和自己的说法,他与妻子是做好誓死不回台湾的决心返回原乡大陆的。然而,八年的大陆生活并没有让他融入到这里的文化空间,不断纠缠于"此方"与"彼方"的身份困惑中,常常有种身处"异域"的感觉。抗战胜利之后,"前此台湾人赖于立足的社会背景——可以说是历史的错误的畸形社会既告崩毁"②,留居大陆台胞的身份问题凸显出来,成为困扰他们最大的心理阴影。台胞们自嘲自己为"白薯",特殊的历史背

---

① 钟怡彦编:《新版钟理和全集·6》,高雄县政府文化局2009年版,第132页。
② 钟怡彦编:《新版钟理和全集·5》,高雄县政府文化局2009年版,第269页。

景造成的两岸民众之间的隔阂在新的历史时段愈加明显，正如钟理和在《白薯的悲哀》中所说：

> 台湾人——奴才，似乎是一样的。几乎无可疑义，人们都要带着侮辱的口吻说，那是讨厌而可恶的家伙！
> ……例如有一回，他们的一个孩子说要买国旗，于是就有人走来问他："你是要买哪国的国旗？日本的可不大好买了！"
> 又有这样问他们的人：你们吃饱了日本饭了吧？又指着报纸上日本投降的消息给他们看，说，你们看了这个难受不难受？①

对于台湾人来说，他们随着土地的割让成为了"别族底奴隶，做了所谓被征服底劣等民族，做了亡国奴"（许地山），不仅与大陆沦陷区的百姓一样遭受压迫、摧毁和奴役，而且他们脱离了母体，经历的苦难比大陆同胞要更深。日本的投降让从殖民统治的桎梏下解放出来的台胞欢欣鼓舞，政府也"下布告说明，台湾人由日本投降之日起，即已恢复国籍"②，但事实上，无论是政府和民众对待他们的态度却是冷漠和鄙夷的。钟理和在《祖国归来》中真实地记录了这段悲怆的历史：

> 台湾人不被优遇，各处受到歧视、欺负，与迫害。唯奇怪的是，此歧视、欺负与迫害，却都受自国家。国家对人民拿起报复手段，已是天下古今咄咄怪事，而我们则实实在在的不知道国家要对我们报什么仇。难道台湾人五十一年奴才之苦，还不够吗？难道台湾人都个个犯着弥天大罪，应该"诛及九族"的吗？③

---

① 钟怡彦编：《新版钟理和全集·5》，高雄县政府文化局 2009 年版，第 16—17 页。
② 钟怡彦编：《新版钟理和全集·5》，高雄县政府文化局 2009 年版，第 269 页。
③ 钟怡彦编：《新版钟理和全集·5》，高雄县政府文化局 2009 年版，第 271 页。

50年的伤口不可能因为台湾回归祖国、台湾民众恢复了国籍就马上可以愈合的，他们内心的伤痛依然在延续。抗战胜利，华北地区的台胞备受歧视，甚至一些人错误地将他们当成"敌伪"看待，不少人"被狠狠的推入于失业圈里，吃饭乃成了焦心的问题"，"留给他们的一条路，就是回家"①。于是，钟理和被裹挟在难民中间，"不能不离开住惯了的祖国，逃回台湾"。钟理和悲愤地说，对居住在大陆的台胞来说"胜利等于逃亡"②。钟理和在"热烈的期待与守候"中，结束了放逐，回到阔别已久的故乡。站在遣送难民的船头，回首原乡，他在依恋中夹杂着怨恨；对越来越近的故乡充满期待。

　　"七七事变"后，为了遏制台湾民众呼应抗战的情绪，日本在台湾推行最残酷的"皇民化"制度，强化军事、政治、文化统治，疯狂掠夺岛内的各种资源，美丽的宝岛如奄奄一息的病人垂死挣扎。回到故乡，钟理和还未来得及洗尽一身风尘就"颓然病倒了"，随后，疾病、贫困、失业等人生的苦难接踵而来。故园凋零，物是人非；家道衰落，百病缠身，在大陆时期创作的《薄芒》《笠山农场》中的那一个"富有热烈的社会情感"和"有醇厚而亲昵的乡人爱"（《夹竹桃》）的美丽的南方山区景色在现实中荡然无存，记忆中"满带着诗与美"的故乡"已变得阴暗忧郁"（《山火》）。如此强烈的反差让钟理和"感到对人生无望"，甚至"失去活下去的兴趣和勇气"③。钟理和前后两次的"返乡"都没有实现最初的愿望，在"逃离与眷恋"中与原乡和故乡的文化都保持着一份"张力"。作为一位具有现代思想的知识分子，钟理和放逐也好，返乡也罢，他用这种看似逃避和放弃而实则是反抗的方式来实现个体的价值。无论在原乡还是故乡，他都是一个离群索居的人。在北平生活的六

---

① 钟怡彦编：《新版钟理和全集·5》，高雄县政府文化局2009年版，第276页。
② 钟怡彦编：《新版钟理和全集·5》，高雄县政府文化局2009年版，第276页。
③ 钟怡彦编：《新版钟理和全集·7》，高雄县政府文化局2009年版，第139页。

年间，钟理和"极少出现交际场所，既在同乡之间也默默无闻"[①]；回乡之后，依然远离社会，如他所说："我个人在这里独来独往，不为人理解和接受。"[②] 他生活在冲突与焦虑中，与孤独为伴，在行动上，他虽不能彻底割舍与传统的联系，但在精神领地里他已然成为一个现代性的个体。钟理和是一个精神的流浪者，始终生活在一种中介状态：一方面他自愿选择流浪；另一方面又因怀乡而不断回望。两次返乡的经历让他成了一个真正的"游子"，他与原乡和故乡都保持着游离的状态，形成张力和审美的距离。流放者固然有着诸多的艰辛与痛苦，但置身于局外或边缘，所拥有的文化视野更加开阔，形成了特有的"双重视域"，反而可以保持自己思考的独立性和批判。钟理和回台至病逝的十多年间，创作了一批具有强烈的反传统特征的优秀作品，同时，他还通过信函的方式，结合文学创作与友人在语言、文化传统、国民性等方面展开讨论。他从一个"流放"的局外人角色出发，对大陆、台湾两地的文化进行深入体察和批评，开启了"文化返乡"之旅。

第一节 "文学的方言"

肯尼亚著名作家尼古基·瓦·西昂戈在谈及独立后殖民地的语言问题时说过一段著名的话：

> 语言是民族文化的载体，文化是一个民族价值观的载体，价值观是一个民族自我确认的基础，如果你摧毁了一个民族的语言，那

[①] 钟怡彦编：《新版钟理和全集·7》，高雄县政府文化局2009年版，第176页。
[②] 钟怡彦编：《新版钟理和全集·7》，高雄县政府文化局2009年版，第176页。

么,你就摧毁了这个民族文化遗产的一个重要组成部分,摧毁了这个民族的集体记忆。对语言的选择和把语言置于何处是一个人定义她/他的本性和社会环境的中心问题。如果我们继续使用外国语言,效忠于这种外国语言,从文化的层次上说,我们不是在继续着我们在新殖民统治下的奴性吗?①

台湾光复之后,也遇到民族语言在摧毁之后重建的问题。50年的殖民统治已使很多台湾人丧失了母语的能力。当时主政台湾的陈仪在给陈立夫的信中说:

> 台湾与各省不同,……敌人用种种心计,不断地施加奴化教育,不仅奴化思想而已,并禁用国文、国语,普遍地强迫以实施日语、日文教育,开日语讲习所达七千余所之多,受日语教育者几占台人之半数。……收复以后,顶要紧的是根绝奴化的旧心理,建设革命的心理,那就为主的要靠教育了。②

为"促进台胞心理建设"③,陈仪邀请著名学者许寿裳赴台湾组建编译馆,编写中文教材和读物,推广国语,消除日文影响。许寿裳在给友人的信中对台湾现状忧心忡忡:"此间办事困难,其最大障碍是在语文的隔阂,因台胞均说日语,看日文,对于国语、国文程度太低。现虽致力于此,但收效甚少也。"④ 为此,1946年3月,台湾省行政长官公署公

---

① 任一鸣:《后殖民:批评理论与哲学》,外语教学与研究出版社2008年版,第169页。
② 徐东波:《陈仪、许寿裳与台湾光复后的文化重建》,《团结报》2007年8月20日。
③ 《陈仪致陈立夫函》(1944年5月10日),载陈鸣钟、陈兴唐主编:《台湾光复和光复后五年省情》(上),南京出版社1989年版,第58页。
④ 徐东波:《陈仪、许寿裳与台湾光复后的文化重建》,《团结报》2007年8月20日。

布了《台湾省各县市推行国语实施办法》，接着，4月成立台湾省国语推行委员会，推动汉语在台湾的训练和普及，使台湾民众"从日本人时代之所谓皇民化而转变到祖国化"①。恢复汉语，彻底将台湾民众从日本殖民者的统治下解放出来是台湾光复后面临的首要问题。日本在台湾推行同化政策特别是语言同化是个渐进的过程，"七七事变"爆发之前，汉语在官方受到打压和禁止，但在民间尚有一席生存空间，随着大陆抗战的全面爆发，汉语才几无立锥之地。在此之前的10年间，台湾地区的一些有识之士在内地新文化运动的感召下，利用岛内外的报刊媒体大力呼吁台湾本土的文化改革，其中文学首当其冲。该运动的急先锋陈炘针对当时岛内文学诗社林立，内容上则是"废颓悲鸣，换骨夺胎，拾古今之弃唾而已"②的现实，在《文学与职务》一文中给予了批判：

> 无论洋之东西，时之古今，凡有伟大之民族，察其里面，必有健全之大文学在焉。未闻有伟大之民族，而无健全之文学；有健全之文学，而其民族不振者也。文学者，乃文化之先驱也。文学之道废，民族无不与之俱衰；文学之道兴，民族无不与之俱盛。故文学者，不可不以启发文化、振兴民族为其职务也。③

陈炘认为文学有"振兴民族"的作用，但当时的台湾文学却是"矫揉造作，不求学理，抱残守缺，只务其末。虽文学犹存，而其伟大之作

---

① 《陈仪致陈立夫函》（1944年5月10日），载陈鸣钟、陈兴唐主编：《台湾光复和光复后五年省情》（上），南京出版社1989年版，第58页。
② 吴浊流：《新文学运动的氛围气》，《台北文物》第3卷第2期。
③ 陈炘：《文学与职务》，转引自杨若萍：《台湾与大陆文学关系简史》，上海文艺出版社2004年版，第135—136页。

用，殆不可复见矣。"①当时"一般文士之论文学者，皆以文字为准，辞贵古奥，字贵艰涩，仅以作文法式，即为文学"，造成台湾文学"有文章而无作用，有学术而无思想；文学自式，学即为文"的"文化停止""思想素服"的地步，陈炘称之为"死文学"。他认为文学的功能是"传播文明思想，警醒愚蒙，鼓吹人道之感情，促社会之革新"。然而这样的文学功能若以旧式的文言文来表现，"不但作者不易作，而读者更难读"，因此，他主张"言文一致"以使"文学自觉，励行其职务，以打破陋习，击醒惰眠，而就今日之文明思想，以为百般革新之先导"②。陈炘的《文学与职务》一文是台湾新文学运动中第一篇提出文学革命要求的文章，同时也将"文言一致"作为台湾新文学运动首要改革方向。陈炘的文学主张与祖国大陆的新文化运动遥相呼应，它的意义已远超文学，对于殖民统治下的台湾来说，还蕴含着民族抗争的意味。继陈炘之后，陈端明又以浅白的文言文在《台湾青年》上发表《日用文鼓吹论》，以"日用文"为号召，"掀起了台湾白话文运动的序幕"③。在这篇文章中，陈端明将文章分为两类：一是"常文，即日用文之类"；二是"文艺文，即诗词歌赋之类"，其中，"日用文之目的在乎互相交换思想，以明白简易为要"。他认为使用和推广"日用文"对台湾有着重要意义：

  白文之利，第一可以速普及文化，启发智慧，同达文明之域。第二意义简易，又省时间，稚童亦能通信，自幼可养国民团结之观

---

① 陈炘：《文学与职务》，转引自杨若萍：《台湾与大陆文学关系简史》，上海文艺出版社2004年版，第135—136页。
② 陈炘：《文学与职务》，转引自杨若萍：《台湾与大陆文学关系简史》，上海文艺出版社2004年版，第135—136页。
③ 陈端明：《日用文鼓吹论》，《台湾青年》1921年第3卷第6号。

念，其影响于国家不少。①

台湾新文学运动的核心是白话文改革，曾留学日本并到大陆做过考察的黄呈聪在《论普及白话文的新使命》中认为"白话文是做文化普及的急先锋"②。他分析了当时台湾落后的现状，感叹"社会上没有一种普遍的文，使民众容易看书、看报、写信、著书，所以世界的事情不晓得，社会的里面黑暗，民众变成愚昧，故社会不能活动，这就是不进步的原因"③。他说："我们的同胞若是晓得白话文，便可以向中国买得现代的新书和报纸杂志来启发我们郁积沉迷的社会，唤醒我们同胞的大梦。"④黄呈聪具有强烈的民族意识，他将推行白话文的意义提升到反抗专制统治的意义上：

> 人民若是没有教育，文化程度很低的时候，就不能做一个舆论来移动政治的方针，他（特权阶级）便就要愚弄民众作出许多的怪事了。所以我们普及这个民众的白话文是最要紧的。⑤

与黄呈聪提出的反专制、反愚民的白话文运动主张相比，黄朝琴的《汉字改革论》更是将推广白话文的意义上升到抵制日本殖民同化政策

---

① 陈端明：《日用文鼓吹论》，《台湾青年》1921 年第 3 卷第 6 号。
② 黄呈聪：《论普及白话文的新使命》，载李南衡编：《日据下台湾新文学文献资料选集》，明潭出版社 1979 年版，第 6 页。
③ 黄呈聪：《论普及白话文的新使命》，载李南衡编：《日据下台湾新文学文献资料选集》，明潭出版社 1979 年版，第 18 页。
④ 黄呈聪：《论普及白话文的新使命》，载李南衡编：《日据下台湾新文学文献资料选集》，明潭出版社 1979 年版，第 14 页。
⑤ 黄呈聪：《论普及白话文的新使命》，载李南衡编：《日据下台湾新文学文献资料选集》，明潭出版社 1979 年版，第 17—18 页。

的高度。他说:

> 我们台湾的同胞,亦是汉民族的子孙,我们有我们的民族性,汉文若废,我们的个性我们的习惯我们的言语从此消失了。……故我对台湾政府不但希望其保存汉文,尊重台湾人的言语习惯,且希望他将学校所教的汉文改用白话体,使儿童得其实际的学力,切不可置之度外,台湾是台湾人的台湾,万不可以少数的内地(指日本)儿童做标准,来牺牲大多数的台湾儿童。①

黄朝琴认为:"汉文字学是世界上最为难的文字,所以我对这种学问,欲学而不成,很是悲观,因我的悲观,而生起疑问,因我的疑问而引出改革的曙光。"②他希望通过推广白话文使台湾更多的人接受汉文化教育,启发民智,保存民族性。黄朝琴说台湾同胞"虽然做日本的百姓,用汉文的仍然占大多数,若长长不快将这个汉字,改做言文一致的形式,我想现时未受教育的兄弟,绝无接触智识的机会"。他比较了台湾方言与北京方言的差异,指出:"台湾兄弟所用的话与北京口音虽然差一点,言语的组织大都相同,一来可以通达汉文的门径,二来可以做学官话的基础,做台湾的人,将来欲做实业诸事,非经过'中国'不可,所以学中华的国语,实在人人都必要的。"③随着台湾白话文运动的不断深入,当初以"打破陋习""开启民智"为宗旨的文学改

---

① 黄朝琴:《汉字改革论》,载李南衡编:《日据下台湾新文学文献资料选集》,明潭出版社1979年版,第21页。
② 黄朝琴:《汉字改革论》,载李南衡编:《日据下台湾新文学文献资料选集》,明潭出版社1979年版,第21页。
③ 黄朝琴:《汉字改革论》,载李南衡编:《日据下台湾新文学文献资料选集》,明潭出版社1979年版,第21页。

良运动逐渐发展成为具有民族主义倾向的文化革命。黄呈聪在《论普及白话文的新使命》一文中充满深情地说：

> "中国"就是我们的祖国，我们未归日本以前是构成"中国"的一部分，和"中国"的交通很密接，不论"中国"有发生甚么事情很容易传到台湾。若就文化而论，"中国"是母我们是子，母子生活的关系情浓不待我多说，大家的心理上已经明白了。①

在文中，黄呈聪还进一步阐明学习"中国"白话文的意义："因为'中国'的社会和我们的社会是一样的，'中国'要革新的事，我们也是一样，所以'中国'的新人对'中国'希望革新的事，无异也是对我们一样的希望了。"对初学白话文的人，他建议："当初不要拘执如'中国'那样完全的白话文，可以参加我们平常的言语，做一种折衷的白话文也是好，总是这个方法是一时的方便，后来渐渐研究，读过了'中国'的白话书，就会变做完全的'中国'白话文，才能达到我们最后的理想，就可以永久连络大陆的文化了。"②黄呈聪明确地指出台湾民众学习白话文的重要意义就是通过紧随母体文化的变化，始终保持与母体的血肉联系，"永久连络大陆的文化"，他将自己的强烈中国意识融入语言变革的理论之中，使这场在殖民统治语境下自发形成的文化运动具有了"反同化、保种族"的深刻内涵。运动的另一位重要人物张我军从"支"与"流"的关系角度将台湾文学直接纳入中国文学的体系："台湾的文学乃中国文学的一支流。本流发生了什么影响、变迁，则支流也自然地随之而影

---

① 黄呈聪：《论普及白话文的新使命》，载李南衡编：《日据下台湾新文学文献资料选集》，明潭出版社1979年版，第11页。

② 黄呈聪：《论普及白话文的新使命》，载李南衡编：《日据下台湾新文学文献资料选集》，明潭出版社1979年版，第16页。

响、变迁，这是必然的道理。"① 多年之后，黄朝琴在回忆当初自己鼓吹白话文运动的目的时说：

> 希望台湾同胞相互间，均能使用中国文字，使白话文逐渐普及，这样不仅中华文化在台湾得以继续保存，而且因简单易学的白话文的推广而能发扬光大，借以加强民族意识。间接的，使日本对台湾的日文同化教育，无法发挥他预期的效果。②

关于台湾地区所提倡的白话文的内涵，黄呈聪明确指出是"中国的国语文"，而非台湾地区以闽南口语为主的台湾白话文。他以一个民族主义者的身份指出了台湾本土的白话文的局限性：

> 我们用这个固有的白话文，使用的区域太少，只有台湾和厦门、泉州、漳州附近的地方而已，除了台湾以外的地方，不久也要用它们自国的白话文，只留在我们台湾这个小岛，怎样会独立这个文呢？我们台湾不是一个独立的国家，背后没有一个大势力的文字来帮助保存我们的文字，不久便就受他方面有势力的文字来打消我们的文字了，如像我们的社会文化不高，少数人的社会更容易受多数人的社会推动了。③

张中行先生在《文言和白话》一书的前言中写道："文言和白话，实物是古已有之，名称却是近几十年来才流行的。两个名称相互依存，互

---

① 张我军：《张我军评论集》，台北县立文化中心1993年版，第16页。
② 黄朝琴：《我的回忆》，龙文出版社1989年版，第17页。
③ 黄呈聪：《论普及白话文的新使命》，载李南衡编：《日据下台湾新文学文献资料选集》，明潭出版社1979年版，第16页。

为对立面:因为提倡照口语写,所以以传统为对立面,并称作文言;因为一贯用脱离口语的书面语写,所以以革新为对立面,并称作白话。文言,意思是只见于文而不口说的语言。白话,白是说,话是所说,总的意思是口说的语言。"①"白话"是汉语书面语的一种,自唐宋以来在口语的基础上逐渐形成,"白话"最早见于通俗文学作品,像唐代的变文和宋代兴起的话本、小说等,到了元代以后一些学术著作和官方文件也开始使用"白话"。白话以北方地区的方言为基础,因此,黄呈聪在文中所说的"自国的白话文"特指的就是"中国的国语文",而非通行台湾的闽南或客家方言。他认为只要"研究中国的白话文,渐渐接近他,将来就会变做一样",即便台湾"虽是孤岛,也有了大陆的气概了"②。随着台湾白话文运动的发展,岛内的一些报纸杂志纷纷采用白话文,同时还专门开辟文艺专栏,发表白话文作品。但是,由于历史原因,不少台胞还不能熟练运用汉语写作,文章中往往夹杂着台湾方言和日语词汇,被称为"台湾式的白话文"。为帮助台胞提高白话文水平,一些学者提出建议:"希望台湾的同胞,如要研究白话文,最好多读些白话的文,并来'中国'买些白话文的书去做参考,才会赶快地得着门径。"③此后,像《台湾民报》《台湾文艺》这些极力鼓吹白话文的报刊选发了大量的大陆新文学作家的优秀作品,同时,也有部分大陆新文学作品通过不同渠道进入台湾,这些努力不仅促使台湾文学从传统向现代转型,也为本土培养了一批具有新文化思想的优秀青年作家,他们成为日据时期乃至光复之后台湾文学的中流砥柱,使中华文化在台湾薪火相传,延绵不断。

---

① 张中行:《文言和白话》,黑龙江人民出版社 1997 年版,第 1 页。
② 黄呈聪:《论普及白话文的新使命》,载李南衡编:《日据下台湾新文学文献资料选集》,明潭出版社 1979 年版,第 15 页。
③ 施文杞:《对于台湾人做的白话文的我见》,载李南衡编:《日据下台湾新文学文献资料选集》,明潭出版社 1979 年版,第 53 页。

钟理和的创作正是受益于台湾白话文运动,他回忆少年时期自己"由高雄嘉义等地购读新体小说。但是,隔岸的大陆正是五四之后,新文学风起云涌,像鲁迅、巴金、老舍、茅盾、郁达夫等人的选集,在台湾也可以买到。这些作品几乎令我废寝忘食"[1]。通过阅读这些作品,钟理和不仅学习了白话文,提高了写作能力;同时又从中吸收了五四新文化运动所倡导的现代民主思想,培养了他的民族意识。他在日记中说:"五四运动我们最大的收获,便是在旁边发现了数千年来被人们所遗忘的一群'民众'"[2],钟理和所说的发现了"民众"就是现代的民主思想——尊重个人的价值,受此思想影响,他勇敢地与相爱的人冲破封建主义和殖民主义的双重压迫,自我放逐,奔逃到原乡寻找自己的理想生活。

台湾白话文运动发展到后期,抵抗殖民同化的意味更加鲜明,一些学者提出了用所谓台湾语创作的主张。代表人物黄石辉在《怎样不提倡乡土文学》一文中写道:"你是台湾人,你头戴台湾天,脚踏台湾地,眼睛所看的是台湾的状况,耳孔所听的是台湾的消息,时间所历的是台湾的经验,嘴里所说亦是台湾的话语,所以你的那枝如椽健笔,生蕊的彩笔,亦应该去写台湾的文学了。用台湾话作文,用台湾话作诗,用台湾话作小说,用台湾话作歌谣,描写台湾的事物。"[3]他甚至提出编撰台湾话教科书、词典并组织研究会等主张。其后,持此观点的另一位重要人物郭秋生发表《建设台湾话文一提案》一文与之相呼应,郭秋生认为在日语愈益普及台湾话渐趋衰微的台湾社会,必须使用言文一致的台湾话文,只有这样文学才能真正深入基层,拨动民众的心弦,启发民

---

[1] 钟怡彦编:《新版钟理和全集·7》,高雄县政府文化局2009年版,第136页。
[2] 钟怡彦编:《新版钟理和全集·6》,高雄县政府文化局2009年版,第19页。
[3] 黄石辉:《怎样不提倡乡土文学》,转引自林央敏:《台语文学运动史论》,前卫出版社1996年版,第31页。

智。① 这场文化运动是由台湾本地先进知识分子发起的，具有鲜明的民族主义色彩，它是为了抵制殖民者的语言同化、拯救本土文化而开展的文化自救运动，是对殖民者的文化政策直接反抗。运动干将郭秋生更是直截了当地指明了该运动的中国地方文化特色，他说："我极爱中国的白话文，其实我何尝一日离却中国的白话文，但是我不能满足中国的白话文，也其实是时代不许满足中国的白话文使我用啦。"② 当时还有个别人提出用罗马字母拼写台湾话，这个主张已经偏离了此次运动的初衷。纵观这次历时近 10 年的台湾白话文运动，无论哪种主张，都带有鲜明的民族主义色彩。但是，对于白话的认识却发生了分歧，早期以黄呈聪为代表的运动发起人明确提出台湾的白话文和大陆白话文是一致的，目的是使"中华文化在台湾得以继续保存"。而后来的一些人提出所谓台湾的白话就是台湾方言的观点尽管有一定的道理，正像郭秋生所说："中国的白话文可完全在台湾繁殖吗？即言文一致为白话文的理想，自然是不拒绝地方文学的特色，那末台湾文学在中国白话文体系的位置，在理论上应是和中国一个地方的位置同等。"③ 但如果沿着这个思路走下去，中国文化场域中"书同文，语同音"的语言文字习俗将被破坏，就会形成字音分离的局面，进而可能会抛弃汉字，如某些人所说用罗马字来拼写台湾话，让台湾从汉语言文化圈中独立出来。不管出于何种目的，台湾白话文改革不能偏离文化母体，否则，它将滑入另外一个轨道。

1937 年抗日战争全面爆发，日本殖民者为了彻底切断台湾民众与大陆的感情纽带，开始实施"皇民化运动"，其核心就是取消汉文教育，禁用汉字汉语，废止报纸杂志上的汉文栏目，台湾白话文运动至此

---

① 叶石涛：《台湾文学史纲》，文学界杂志社 1991 年版，第 27 页。
② 转引自廖毓文：《台湾文字改革运动史》（下），《台北文物》1995 年第 4 卷第 1 期。
③ 陈小冲：《日本殖民统治台湾五十年史》，社会科学文献出版社 2005 年版，第 267 页。

也就偃旗息鼓了。直到台湾光复前，台湾地区日语普及率从 1937 年的 37.8%急遽上升到 71%①，难怪陈仪给许寿裳的信中说，台湾"多数人民说的是日本话，看的是日本文，国语固然不懂，国文一样不通，对于世界与中国情形，也多茫然。所以治台的重要工作，是心理改造"②。但是改造并非一件容易的事情，官方出台了《台湾省国语运动纲领》，在台湾全面实施汉语的推广和普及，钟理和在小说《校长》中真实地反映了当时中小学校师生学习汉语的艰难过程。但在民间，一些人认为在短时间里汉语难以全面普及，建议"采用渐替政策，台湾方言为暂时（5 年或 8 年）公用语，并规定日文通用期间"③。此建议也得到政府的认可："台湾同胞都知道普及国语之必要，但在过渡时期，各校教员不一定通晓国语，所以学校教授用语，暂采用本地方言"，并在《台湾省国语运动纲领》中明确规定："实施台语复原，从方言比较学习国语。"④ 然而，这些好的措施由于政府操之过急，并没有贯彻到底，让不少一时还未能适应汉语的人产生怨言。

钟理和自幼接受汉语教育，有着良好的汉语功底，同时他又有八年的大陆生活经历，与同辈的其他台湾作家相比，他基本一直使用汉语创作。即便如此，钟理和在创作中也常常自叹："我辈国学根基太差，这会影响到我们的表现能力，是我们吃亏的地方。我们必须对此多下一些工夫，先来磨亮我们的工具。"在创作中，由于"国学根基太浅或者竟谈不上有根基"，加上"受日文影响太深"，他有时只好"先用日文把文

---

① 该数据根据台湾学者许雪姬的研究文章《台湾光复初期的语文问题》中的统计得来，见《史联杂志》1991 年第 19 期。
② 秦孝编：《抗战时期收复台湾之重要言论》，近代中国出版社 1990 年版，第 267 页。
③ 陈鸣钟、陈兴唐：《台湾光复和光复后五年省情》（上），南京出版社 1989 年版，第 79 页。
④ 陈鸣钟、陈兴唐：《台湾光复和光复后五年省情》（上），南京出版社 1989 年版，第 79 页。

章故事打好腹稿,然后用中文写出(或者可说是多译纸上),积久成习,以后就很难摆脱它的影响"。① 有时为了更精准地表达某个意思,他只好借用一些日语的词汇进行表述,正如他说:"国语无恰切的语汇可用,日语倒有。"② 因此,钟理和的一些作品,特别是早期的作品存在着"在文字的运用上仍像一位小学生们的错误百出""造句也生硬牵强"③ 的毛病。一个长期使用中文写作的作家尚且遇到语言上的障碍,对于在日据时期基本使用日语的本土人士来说,一下子要用汉语写作不仅是不现实的,而且会让他们产生一种失落感。台湾作家王诗琅对当时本土文学创作的情况做过中肯评价:"表现工具上,过去以中文写作的因多年辍笔有的已离开文学了,有的不敢轻易动笔。而以日文写作的既无日文作品发表机关,又限于中文写作能力不够,新的工作者更非急速可以培养出来。"于是,很多人"对于现实的蜕变还没有确切的认识,以致多抱迟疑观望的态度"④。在此背景之下,台湾本土的一些作家在当年台湾白话文运动的基础上提出了"方言文学"的主张,希望为自己开辟一片新的天地。

钟理和曾和周围一批志同道合的文学青年创办了刊物《文友通讯》,主要成员包括后来成为台湾文坛代表性人物的钟肇政、廖清秀、陈火泉等人。他们通过这个平台,相互传阅评论各自的作品,同时讨论一些理论问题。其间,文友们就"关于台湾方言文学之我见"一题开展过讨论。由于当时的文献未被保留下来,今天,我们只能从他们的信函里了解各自的理论主张。其中,钟肇政是赞成"方言文学"的,他在总结了大家的意见之后说:

---

① 钟怡彦编:《新版钟理和全集·7》,高雄县政府文化局2009年版,第114页。
② 钟怡彦编:《新版钟理和全集·7》,高雄县政府文化局2009年版,第114页。
③ 钟怡彦编:《新版钟理和全集·7》,高雄县政府文化局2009年版,第114页。
④ 陈芳明:《台湾新文学史》(上),联经出版社2011年版,第290页。

综观各位发言者的意见,都不很赞成台湾方言文学的建立。然方言在文字中的地位是不可一笔抹杀的。外国文学作品中所占的分量可为例证,即以我国文学而言,虽曰国语,实则北方方言数量为数至巨,它们已逸脱了方言的地位,骎骎乎多一种正常的文学用语。因此,我们不必以台岛地狭人少为苦,问题在于我们肯不肯花心血来提炼台语,化粗糙为细致,以便运用。我们是台湾文学的开拓者,台湾文学有台湾文学的特色,而这特色——方言应为其中重要一环。①

钟肇政提倡的"方言文学"与台湾白话文运动后期所提的用"台湾话"写作的观点如出一辙。语言是民族文化的载体,文化是一个民族价值观的载体,对某种语言的运用意味着对整个民族文化集体意识的认可和接受。钟理和在大陆时期,因自己的语言与周围同胞的差异而产生的隔阂让他深有感触。他在小说《泰东旅馆》中描写过一个细节:主人公沈若彰夫妇到奉天的泰东旅馆投宿,店内其他旅客看到这两位不速之客,都向他们投来"敌视、轻鄙的神色","使他们得到如此印象的,大概是妻的拖在后面的朝鲜夫人型的圆髻,和我们的姿势,以及我们那不近中国话(北京语系语言),又不近日本话语言"②。小说《门》中同样也有一个细节,主人公袁寿田的妻子生产时,收生婆对着"初至满洲"的她一个劲叫"使劲!使劲",可怜的妻子根本听不懂她说的是什么,袁寿田"不能不把这句话翻成广东话的'用力用力'"。这些细小的情节真实地反映了殖民时期的台湾与大陆之间,无论是方言和日用语言都存在很大差异的事实。这些差异的存在小到影响人们日常的交流,大到影响相互

---

① 陈芳明:《台湾新文学史》(上),联经出版社 2011 年版,第 296 页。
② 钟怡彦编:《新版钟理和全集·5》,高雄县政府文化局 2009 年版,第 149 页。

之间的认同。正是有过这样的切身感受，钟理和针对钟肇政提出的"方言的文学"观点给予否定：

> 我的意见很简单。第一，开宗明义我是不赞成这主张的。倒不是因为方言文学本身有问题，而是基于现实环境的考虑。吾兄所谓台湾方言并没有明白的指示，不知究竟指何种语言。一般人提起"台湾话"一词几乎就是指闽南话，然则吾兄所指大概也就是闽语了。以闽语为基础，为工具，推行台湾方言文学，至少应具备如下两条件。一、人人皆谙闽语；二、人人能以闽语阅读。现在分别加予考查。
>
> 在台湾，外省人不算，高山族不算，还有闽粤二族。拿我个人的经验而论，我的闽语，在客家人中自信尚在中上之列，然而过去我阅读用闽语写出的文章，只能看懂十之七八，余可类推。至于说到写，那更该是梦想吧。虽然闽胞在台湾占绝大多数，但终不能以此而否认粤胞的存在。今若以"台湾方言"严格自限，把粤胞拒之千里之外，姑无论行不行得通，时在今日究非明智之举。这是一。
>
> 即以闽胞自身而论，大抵在二十五岁以上的人过去所受皆日文教育，若予日文差可阅读，中文（实在点说是闽语汉文）则能阅读者恐怕甚少。二十五岁以下的人，读的尽是国语，方言语文未必能懂。能操闽语是一回事，能以闽语阅读又是另一回事……三除四扣，能够亲近方言文学的人自必少之又少，勉强行之，无异把文艺封闭在一不通空气的密室之中，纵能维持，也断难生长茁壮。这是二。①

---

① 钟怡彦编：《新版钟理和全集·7》，高雄县政府文化局2009年版，第4—6页。

钟理和否定钟肇政的意见首先是基于台湾现实的文化语境。台湾多族群的社会形态决定了台湾内部存在不同的次文化场域，如若将某一族群的方言视为所谓的"台湾话"，势必造成族群之间的不平等。其次，他是基于现实的考虑。他对日据时期台湾白话文运动中曾经提出的以"台湾话"为白话的观点进行了客观分析："日据时代在异族统治下，一方面为了团结台胞和保存固有的文化传统，一方面又没有通行广泛的语言，可资采用，便不得不如此倡导。在这里除开文学的理由外，还有相当的政治的理由。"① 如今不同了，台湾光复，年轻一代开始学习国语，使用国语的人越来越多，如果仍然坚持日据时期的老观念，必然会把"文艺封闭在一不通空气的密室之中"。最后，钟理和结合自己在大陆多年的生活经验，深有感触地说：

> 过去中国（台湾亦复如此）自来受制于复杂的方言，因语言不通发生隔阂，甚至发生误会的事屡见不鲜，可谓已受尽方言之苦，吃尽方言之亏，今有国语通行上下，在它之下，无论老少，不分国界，不分本身外省，意思通达，感情融洽，我们大可不必标奇立异，自分畛域。②

钟理和从个人的生活经验出发，深感语言对一个民族的融合与发展的重要意义。日据时代人们为了"保存固有的文化传统"运用方言创作，那是迫不得已的一种文化抵抗。国家统一之后，在同一的文化场域中，民众使用汉语，打破方言之间的限制，消除隔阂，才能促进不同层次文化场域的同胞之间的"感情融洽"。钟理和的上述论点已脱离了纯

---

① 钟怡彦编：《新版钟理和全集·7》，高雄县政府文化局2009年版，第4—6页。
② 钟怡彦编：《新版钟理和全集·7》，高雄县政府文化局2009年版，第4—6页。

粹的文学视角,而是站在民族文化的立场上,旗帜鲜明反对"标奇立异,自分畛域"。他以台湾闽粤两大族群为例,指出:"据我所知,南部的客家人是多数不懂闽语的。至于用闽音阅读那就更不用提了。试问不懂'台湾话'的客家人也效法一个客家人自己的'台湾方言文学'那又如何?是不是在地狭人少的台湾更弄得支离天裂了吗?"① 方言仅是汉语的地方分支,适用范围狭窄,放眼整个中国文化场域,当时所提倡的"国语"是不同区域、不同民族使用的共同语,它对增强民族内部凝聚力起到重要作用。对于刚刚从殖民者手中解放出来的台湾来说,推广汉语是增强民众国家和民族认同感的紧迫任务。钟肇政等人仍然沿袭殖民时期的思维,提出了"方言文学"的口号,尽管是出于希望文学"藉此或可打进一般大众之间"② 的目的,但是,时过境迁,台湾的现时文化语境发生了巨大变化,正如钟理和所说:"倒不是因为方言文学本身有问题,而是基于现实环境的考虑。"③ 无论出于哪种考量,一味强调方言的意义而忽略汉语的普及推广,必然"适得其反",会在新的文化语境中迷失方向。

钟理和反对"方言文学",并不是要反对方言;相反,他结合自己的创作经验提出了"文学中的方言"的命题。钟理和认为地域文学应有地域文学的特色,并且台湾本土作家应该好好加以培植。他十分赞同钟肇政所说的"台湾文学的特色"这一观点,并且"是不容否认不容推拒的,我们应如何予以研究,并培植、发扬,使之成为'重要的一环'倒的确是'责无旁贷'的。因此我们似乎应舍去方言而只标榜'台湾文学',只把方言作为其中一个重要的因素似乎即把台湾文学有台湾文学的特色

---

① 钟怡彦编:《新版钟理和全集·7》,高雄县政府文化局2009年版,第6—8页。
② 钟怡彦编:《新版钟理和全集·7》,高雄县政府文化局2009年版,第6—8页。
③ 钟怡彦编:《新版钟理和全集·7》,高雄县政府文化局2009年版,第6—8页。

这意旨凸示出来了"。① 钟理和是同辈台湾作家少有的几个有大陆经验的人,这段经历开拓了他的文化视野,他能跳出狭隘的地域观点,从文化的整体性来反思"方言"与"国语","方言的文学"与"文学中的方言"等重大的文化命题。钟理和具有强烈的使命感,他不仅在理论上阐释了自己的观点,同时也在后期的创作中进行了实践。他是客家人,如何将客家话融入创作中一直是他思考的问题,早在创作《笠山农场》时,他就"尽量予以应用"② 不少客家方言了。钟理和也认识到,文学中的方言与生活中的方言还有一定的距离,"要想把客家语搬上文学,则还欠提炼之工夫",也就是说,文学中的方言也是要经过作者提炼加工,这一点与钟肇政提出的"提炼台语,化粗糙为细致,以便运用"的主张是相通的。在创作中,钟理和"除开稍具普遍性的句子可得借用外,若纯以客家语对话,恐将使作品受到窒息的厄运。这就是为什么我惯以北方语言用于对话上的原因"③。在岛内同时代作家中,钟理和运用北方方言的技巧是相对成熟的,尽管他在遣词造句时常常也会受日文的影响,但总体来看,大陆八年的生活阅历既提升了他的汉语水平,同时也加深了对民族文化的认同感,在回台之后的文学创作中,他扎根于乡土,从民间中汲取文化养分,以中国文化的胸怀和视野,用独有的富于台湾地域特色的乡土语言抒写着胸中深沉的民族情怀。

第二节 乡土的沉思

中国传统社会是一个以农业为主的乡村社会,因此,乡土文学自古

---

① 钟怡彦编:《新版钟理和全集·7》,高雄县政府文化局2009年版,第6—8页。
② 钟怡彦编:《新版钟理和全集·7》,高雄县政府文化局2009年版,第6页。
③ 钟怡彦编:《新版钟理和全集·7》,高雄县政府文化局2009年版,第15页。

有之。在传统知识分子的乡土意识结构中,"对农民艰难生计的同情"与"对农民生活中天人合一的精神单纯和谐的向往以及对农民古风犹存的道德伦理的赞美"①是合二为一的,并不构成冲突。但是,在"五四"之后兴起的乡土文学中,古老的乡土成为那些刚刚获得西方现代启蒙意识的中国知识分子批判落后的传统文化的对象。一批走出乡村寓居现代都市的作家回望自己遥远的故乡,在他们眼里"乡土"具有了双重文化符号特征:一方面在理想文明的对照下,体现为保守、蒙昧的特征;另一方面在充满了喧嚣混乱的现代文明现实大背景下,体现为人性、静谧的特征。如果说文化是人类历史运动着的、变化着的内在生命,那么,"被苦苦留守的民族文化,或确切地说,语言、宗教与习俗,相映之下就成了一种惰性的被遗弃的象征"②。大陆的乡土文学"由于启蒙意识的光耀,由于一种新的生命状态已被先进的启蒙知识分子当作参照物引进国民的视野"③,使之既具有人道主义的情怀,又对愚昧落后的农民生存状态进行了批判。

与中国传统的乡土文学相比,在社会转型时期出现的现代乡土文学具有鲜明的时代性、反传统性。近代的中国饱受殖民者的欺凌,外部带来的冲击更加暴露了传统文化衰朽的本性。在旧的文明体系中,乡土既是中国文化的起源地和成长地,同时也是没落腐朽文化藏污纳垢的地方。千百年封闭得如铁桶一般的封建专制、自给自足的小农经济,造成了农村的隔绝愚昧,封建意识盘根错节、肆无忌惮地滋生蔓延,渗透到依附于它生存的每一个人的灵魂中,成为他们固有的信条,冥顽不化的

---

① 谭桂林:《鲁迅乡土创作的主题学阐释》,《荆州师范学院学报》(社会科学版)2000年第1期。
② 任一鸣:《后殖民:批评理论与文学》,外语教学与研究出版社2008年版,第152页。
③ 谭桂林:《鲁迅乡土创作的主题学阐释》,《荆州师范学院学报》(社会科学版)2000年第1期。

人性积重在整个乡土大地上落地生根，令人感到窒息。中国现代文化的启蒙者们开始"以一种进步的价值原则去否定落后的价值原则"①，以现代文明否定传统封建文化，他们通过文学的形式对落后的传统做鞭辟入里的痛切分析，他们的作品中，国民的愚昧、人性的丑陋与现代意识的激烈冲突无处不在。

台湾日据时期的白话文运动后期代表人物黄石辉在《怎样不提倡乡土文学》中首倡岛内的"乡土文学"，使该概念进入了台湾作家的视野中。正如本章第一节中所述，此时正是台湾现代文学的初创时期，加之该地区正处于日本殖民统治之下。因此，当时的乡土文学论争还仅仅停留在创作是用"中国台湾话文"和"中国白话文"的语言层面上。虽然这场论争中的"乡土文学"概念比较模糊，但是客观上推动了台湾乡土文学的创作，在整个台湾殖民时期，"乡土文学"始终以潜流的形态存在着。日据时期台湾本土作家赖和、龙瑛宗、张文环、吕赫若等用日文创作了一批反映台湾乡镇普通百姓苦难不幸的生活，真实再现了他们所遭受的精神与肉体的折磨。由于外部环境的压制，作家们描写的内容主要反映落后的封建意识对普通民众的戕害，以及普通农民和小市民被各种恶势力欺凌和侮辱的悲惨生活。由于大陆和台湾当时的政治环境和文化语境的不同，两地的"乡土文学"无论在内涵上，还是表现的内容都存在明显的差异。但是我们也必须看到，两地"乡土文学"的文化指向却是一致，都具有批评性和反思性。

台湾光复之后，钟理和返回故乡，从返台到他离世的 15 年中，由于疾病原因他基本居住在台南地区的美浓小镇上。钟理和一生经历了美浓—奉天—北平—美浓的过程。换句话说，他的生命之路是乡村—城

---

① 王学谦：《还乡文学：20 世纪中国乡土文学的自然文化追求》，《东北师大学报》（哲学社会科学版）2001 年第 4 期。

市—乡村，而大陆"五四"时期的那批乡土文学作家的人生经历是乡村—城市—乡村—城市，两者相比，钟理和从城市回归乡村之后就再也没有返回城市。严家炎先生说："乡土文学在乡下是写不出来的，它往往是作者来到城市的产物。"① 他的意思是只有脱离了乡村，从"在位者"变成"离席者"，与故乡拉开了距离，同时以城市文化为参照物，这个时候作家的创作才具有了批判性和思辨性。大陆乡土作家的创作往往是在从城市到乡村再回到城市之后发生的，但此时却陷入双重困境之中：当他们为追寻现代文明进入都市后，对都市而言，他们是一群来自乡村的流浪汉；回到阔别的故乡后，他们又因离家太久而被家园疏离，成为故乡中的"异乡人"。另一方面，他们面对古老乡村的传统文化和都市的现代文明又具有双重觉醒：身在喧闹的都市时，他们心中保存着一块纯净自然的乡土世界；面对愚昧落后的故土，他们又用现代性的批判眼光去审视。回望乡土，那里的蒙昧、闭塞和落后是被他们鞭挞的对象；而乡土承载的美好记忆在还乡之后也变得虚无缥缈，他们甚至怀疑自己曾经的记忆。他们发现自己已成为一个"无家可归"的游子，就像鲁迅先生在一篇小说中所写："觉得北方固不是我的旧乡，但南来又只能算一个客子，无论那边的干雪怎样纷飞，这里的柔雪又怎样的依恋，于我都没有什么关系了。"（《在酒楼上》）当初这些作家离乡是想改变一成不变的生活，返乡是因为思乡，再次离开则是因为自己已经不在故乡的记忆中了。乡土对他们的意义已经从原先的精神家园转变为一种文化情绪。

钟理和离乡动机中的"民族意识"是大陆作家无法体验到的。他生活的奉天和北平这两个城市除了具有与乡村相对的文化空间意义之外，还具有精神家园的意义。然而，无论是作为一个游子、"乡下人"还是一个台湾人，他在城市生活了八年之后，身心疲惫，其中有文化身份的

---

① 严家炎：《中国现代小说流派史》，人民文学出版社 1989 年版，第 71 页。

困惑，也有因城乡之间的差异造成的隔膜感。思乡思亲的愁绪、找不到认同的苦闷让身在异乡的钟理和备感疲惫，曾经发誓永不返回的故乡却变得亲切起来，在孤寂彷徨之中，故乡让他获得了心理安慰。此时，他创作的两部作品《笠山农场》《薄芒》尽管一如既往延续着自由恋爱的主题，但故事的背景转到了他熟悉的台南故乡山区。在他的笔下，台南秀美的山林和田园一览无遗，生活于此的客家人勤劳善良，艰苦的垦殖生活没有消磨掉他们乐观向上的性格，在淡淡的忧伤中洋溢着甜蜜的回忆。由于空间上的距离感和时间上的生疏感让钟理和对遥远的故乡产生了一种"似近实远，既亲且疏"的复杂情绪，他有意淡化作品的时代背景和事件冲突，在抒发乡愁的同时又蕴含着自己的反思。作为一名从受殖民统治地区归来的游子，钟理和努力在原乡寻找自己归宿的愿望落空了，苦闷之中，他开始冷静反思自我放逐行为的价值。他在小说中所描绘的土地、河流、山川、植被等台南地区的风土地貌不仅寄托着对故乡的思念，而且也是一个民族集体意识的载体。少年时代的钟理和曾通过风景明信片、唱片和父兄的描述了解大陆，从而激发了他对原乡的向往，他将自己朴实的民族情感寄托在了那些虚虚渺渺的想象之中。但在大陆的八年中，他并没有找到心中憧憬了无数次的婉约动人的原乡，他的那份民族情感始终无法在现实中得到释放。经过了人生的磨砺，钟理和悟出了一条道理：只有在特定的地理空间里的族群生存才能同世界上其他民族进行对话交流，文学要表现一种"觉醒""复归""责任感"等民族意识，首先要表现一个民族诞生和成长的历史和地理条件。文化地理的景物或景观往往是民族集体认同的象征，土地是与民族认同和记忆联系在一起的。钟理和在半殖民地半封建的原乡没有找到可以寄托个人民族情怀的地理景观和景物，于是，他不再自怨自艾，而是回望故乡，把自己的民族情怀寄托于熟悉的山林河川之中，重新找到了自我与自信。

钟理和旅居大陆时期创作的以台南地区风土人情为背景的乡土小说，与大陆乡土作家的创作动机和价值取向上有很大的不同，他们同样是在远离家乡的城市回望故土寄托情怀，然而，钟理和寄托的是他在大陆没有找到的民族情感，大陆作家们寄托的则是久居浮躁尘嚣的城市生发的乡愁，就如沈从文曾将自己笔下的湘西边城比作供奉人性的"希腊小庙"，以此抵抗城市中败坏的道德、失落的人性。他们同属"被故乡所放逐，生活驱逐他到异地去了"①的文化群体，虽然从小耳濡目染农村的凋敝、农民的不幸，但都市的繁华并没有给他们带来欢乐。面对城市的异质文化，他们无所适从，空间定位的"漂泊"让他们大部时间里处于"无根"的状态。由于与故乡拉开了距离，他们的回望产生了一种疏离的审美效应，故乡时而明丽时而暗淡，时而清晰时而模糊，时而真实时而虚幻，对故乡的怀旧不免侵染上一层"异域情调"，怀乡被解构成对乡土文化某些内容的批判。大陆现代乡土作家的作品无一例外都存在这样的反讽现象：作者的叙述机制造成了作者创作立场的犹疑，他们对都市现代文明抱有警觉，描写乡土时却令乡土渗透了现代性的隐性侵略；原本希望通过精神返乡实现自我救赎，无意中又使自己的作品成为对现实扭曲的反映，美好的乡土悄然发生了"形变"，这一点也能在钟理和的小说中找到踪迹。《笠山农场》中以刘少兴为代表的传统势力极力维护所谓的民间秩序，强烈反对儿子的"同姓婚姻"，致使刘致平与身怀六甲的刘淑华在雨夜中私奔；《薄芒》中英妹的父亲冷酷无情，为了自己的私利，一次又一次阻挠女儿的婚事，最终将英妹青梅竹马的表哥阿龙逼疯，英妹也心灰意冷彻底断了嫁人的念头。钟理和在温暖的回忆中常常穿插着这样一些悲切的故事，其中的忧伤尽管被作品中明丽的

---

① 鲁迅：《中国新文学大系·小说二集序》，《鲁迅全集》（第6卷），人民文学出版社1981年版，第247页。

山水的色彩冲淡了，但是主人公的哀叹和眼泪却揭示了不合理的制度和思想对人性和自由的伤害，使小说具有了一层反思的意义。

《笠山农场》和《薄芒》中的"优美、健康、自然，而又不悖乎人性的人生形式"寄托了钟理和的乡愁也承载着他的文化原乡梦想，它就是钟理和心中的"希腊神庙"。当年鲁迅在评蹇先艾的创作时说："他所描写的范围是狭小的，几个平常人，一些琐屑事"，虽然"简朴"而又"很少文饰"，却也"足够写出他心里的哀愁"①，这句话用在钟理和身上也是十分恰当的。他在创作中试图"把现实的苦难和不幸置放于超越维度"下加以体会，避免与残酷的现实进行正面交恶。但是，这种"经过教养的自然"无法从根本上冲刷掉乡土自身所隐藏的污垢，更不可能摆脱殖民统治的阴影，因此，《笠山农场》与《薄芒》虽然寄托了钟理和作为"游子"的家国情怀，但是，作为一种理想化的符号，他的"希腊神庙"同样也无法安顿他漂泊的灵魂和无根的乡愁。正如身在北京的鲁迅在回望故乡时发出的感慨："故乡的春天又在这异地的空中了，既给我久经逝去的儿时的回忆，而一并也带着无可把握的悲哀。"②

抗战胜利之后，钟理和"扛不住乡心的引诱，终于回到南海的台湾"。这次返乡既是"乡心的引诱"，也有现实的无奈。他本以为抗战胜利后可以结束"八年来在抑郁生活中忍辱负重艰苦备尝"③的日子，然而胜利的光荣并不属于他和他的台湾同胞们。回到祖国怀抱的台胞"不被优遇，各处受到歧视、欺负，与迫害"④，他们一律只能享受"与回国日韩侨民同样待遇"，被迫屈辱地坐上难民遣送船，带着一颗伤痕累累

---

① 鲁迅：《中国新文学大系·小说二集序》，载《鲁迅全集》（第6卷），人民文学出版社1981年版。
② 鲁迅：《风筝》，《鲁迅全集》（第2卷），人民文学出版社1981年版，第19页。
③ 钟怡彦编：《新版钟理和全集·5》，高雄县政府文化局2009年版，第271页。
④ 钟怡彦编：《新版钟理和全集·5》，高雄县政府文化局2009年版，第271页。

的心离开生活多年的大陆。这种痛苦让钟理和始终难以释怀："这是不是侮辱，我们不敢说，但我要祈求并且叮嘱大家，千万不要忘掉了这痛苦，并且还要把这痛苦好好地带回台湾去。"① 钟理和无论如何也没有料想到胜利之后的返乡竟成了一次逃难，对于一个受殖民受欺压的民族来说，殖民者的投降让"历史之流，确是回到了它原来的河道了"②，然而，对于被国人轻视为"白薯"的台胞来说，他们依然被排斥在外，依然是一群无家可归的"边缘人"。钟理和带着"疑问、苦闷、不满"踏上回乡之路：

  白薯是不会说话的，但却有苦闷！
  秋天是风雨连绵的季节，而白薯，就是在这时候成熟的。
  仔细别让雨水浸着白薯的根。如此，白薯就要由心烂了起来！
  烂心——那就是白薯苦闷的时候！③

  就返乡的目的和心理来说，钟理和与大陆作家存在着很大的差别。尽管两者都是因为久居城市，无根之感与日俱深，目睹中国旧时代里城市文明的种种丑恶现象，古老淳朴的故乡成为他们魂牵梦绕的理想之乡，无限乡愁寄托着他们思乡之情。从乡土走出来的中国作家无一例外都经历了一段生活和精神的漂泊之苦，一方面他们失去了往昔的文化依凭和社会地位；另一方面在新的文化环境中原有的自我意识得不到认同与赞许，语言、文化、生活习惯、空间距离等方面的疏离感和孤独感油然而生。他们体验到了异乡文化的陌生感和生存的痛楚感，自己仿佛置身于社会的"边缘"，是文化身份模糊的"他者"。如钟理和小说《门》

---

① 钟怡彦编：《新版钟理和全集·5》，高雄县政府文化局2009年版，第276页。
② 钟怡彦编：《新版钟理和全集·5》，高雄县政府文化局2009年版，第16页。
③ 钟怡彦编：《新版钟理和全集·5》，高雄县政府文化局2009年版，第23页。

中从遥远的南方漂泊到冰天雪地东北的袁寿田,在陌生的奉天城,地域文化的差异和"台湾人"的身份,让他始终无法融入这个城市中,他常常追问自己:

> 从前憧憬着,并且住了四年多的奉天,为何而今我重看它时,再不感觉爱与兴奋了呢?我不知道我为什么变了,为什么不再能用热情的视线瞧它,甚至和以前一样,怀着近似怯悦的陶醉,与甜美的颤抖亲近它了呢?①

而大陆现代乡土作家在久居城市之后的感受又是什么呢?蹇先艾在小说集《朝雾》中说:"我已经是满过二十岁的人了,从老远的贵州跑到北京来,灰沙之中彷徨了也快七年,时间不能说不长,怎样混过的,并自身都茫然不知。是这样匆匆地一天一天的去了,童年的影子越发模糊消淡起来,像朝雾似的,袅袅的飘失,我所感到的自由空虚与寂寞。"他并且说选编这部小说集的目的是为了"纪念从此阔别的可爱的童年"。②王鲁彦在自己的小说中是如此描述他所生活的城市:"地太小了,地太脏了,到处都黑暗,到处都讨厌。人人只知道爱金钱,不知道爱自由,也不知道爱美……这样的世界,我看得惯吗?我为什么不应该哭呢?"③黎锦明在《烈火》再版的序言中说:"在北京生活的人们,如其有灵魂,他们的灵魂恐怕未有不染遍了灰色罢。"④中国近代以来出现的城市是在过

---

① 钟怡彦编:《新版钟理和全集·3》,高雄县政府文化局2009年版,第139页。
② 鲁迅:《中国新文学大系·小说二集序》,《鲁迅全集》(第6卷),人民文学出版社1981年版,第248—249页。
③ 鲁迅:《中国新文学大系·小说二集序》,《鲁迅全集》(第6卷),人民文学出版社1981年版,第248—249页。
④ 鲁迅:《中国新文学大系·小说二集序》,《鲁迅全集》(第6卷),人民文学出版社1981年版,第248—249页。

去城市的基础上发展而来的，是现代商业文化、封建时代的政治经济文化、西方文化混合在一起的怪胎，这里充斥着腐朽、贪婪、贫穷、欺诈、金钱和欲望，正如黎锦明所言，这样的城市中的人们的灵魂已经变成了"灰色"，失去了生命的光鲜，那些从小生活在古老的乡村中的作家们始终难以融入到这个文化环境中。他们"彷徨"迷惘，浑浑噩噩"混"日子，为了拯救已经麻痹的灵魂，他们不约而同地想到返回故乡，让人生最美好的时光唤起他们曾经拥有的真诚、质朴、美与光明。钟理和在奉天、北平的几年，同样也看到了所谓都市文明之下隐藏的罪恶，他在《夹竹桃》中也毫不留情地批判蜗居大杂院的那些住客们"差不多丧失了道德判断力与人性的美丽和光明"，这与小说主人公曾思勉的"富有热烈的社会情感"的南方故乡相比形成巨大反差，由此他开始思念"有淳厚而亲昵的乡人爱"的故乡。从这点来看，钟理和和大陆的乡土作家在返乡的心理机制上具有同一性。但是，钟理和除了对都市中的腐朽落后产生厌恶而想逃离之外，"台湾人"的身份始终得不到周围人的认同更让他体验到大陆作家无法感受到的凄凉。《门》中主人公袁寿田风雪之夜在一个火车小站候车的时候，内心的悲凉一下子迸发了出来：

> 在我前后左右的人们，一个个兴高采烈欢笑纵谈。然，我却毫无精采，尽浸溺于沉思之中，在心的一隅，浓重的感受着孤独与寂寞，宛如远出异域的外国人。①

周围人的欢乐他无法共享，反而加重了袁寿田的"孤独与寂寞"，在同胞面前甚至产生了身为"外国人"的感觉。袁寿田与城市的隔膜不仅仅是乡村文化与城市文化的冲突造成的，更深层次是因外族的侵略造

---

① 钟怡彦编：《新版钟理和全集·3》，高雄县政府文化局2009年版，第187页。

成民族内部的分裂，使台胞与大陆同胞之间产生了心理的鸿沟。他们相互之间缺乏沟通和认同，"相疏远，相拒绝往来"，在"不爱和理解"中彼此的感情受到伤害。因此，钟理和渴望返乡的心理具有两重性，一是希望用古老的乡村文明抵抗现代文明中的糟粕，回归自己精神家园和心灵栖息地，这也是所有乡土作家共同的心理；二是通过返乡回到自己生命之初的地方，为自己受伤的心灵疗伤，重新获得身份的认同。这种与大陆作家既有联系也有区别的返乡心理直接影响到钟理和返乡之后的创作，他的创作延续大陆时期已经形成的冷峻批判风格，同时，面对战后千疮百孔、饱受蹂躏的台湾，钟理和以敏锐的眼光观察和剖析他所熟悉的土地和人民，饱含着深沉的忧患意识和深刻的反思。

钟理和带着一颗疲惫的心回到台湾，八年时光在历史的长河中一瞬而逝，对于流浪在外尝尽生活艰辛的人来说，却是那么漫长和曲折。展现在他眼前的家园似乎并没有改变多少，青山依旧，绿水长流。

> 走到有两条小河汇合，河岸有着一排高耸入云的竹郁山嘴，眼前便现出了一个狭窄的山谷。山谷之北，有一浑圆小山，便在那山麓下，看得见几间由半瓦半茅盖成的房子。房子低矮古朴，南国丰富的太阳，灿烂地照着，在那上面牵起了若有若无的淡青色烟霭。
> 家——依旧是从前那个样子！①

然而，眼前的家园还是记忆中的那个家园吗？克罗齐曾这样描写现代人"返乡"的内心世界：

> 当人们又重新拾起旧日的宗教和局部地方的旧有的民族风格

---

① 钟怡彦编：《新版钟理和全集·1》，高雄县政府文化局 2009 年版，第 123 页。

时，当人们重新回到古老的房舍、堡邸和大礼堂时，当人们重新歌唱旧日的歌儿，重新再做旧日传奇的梦，一种欢乐与满意的大声叹息、一种喜悦的温情就从人们的胸中涌了出来并重新鼓励了人心。在这种汹涌的情操中，我们最初并没有看出一切心灵所引起的深刻而不可改变的变化，这种变化有那些出现在明显的返回倾向中的焦虑、情感和热情给它作证。①

映入钟理和眼帘的"依旧"是从前的那个家，在外流浪的游子历经千辛万苦回到故乡，古朴的房屋、青色的烟霭、潺潺的小河、翠绿的山谷，这些曾经不断出现在他脑海里并被不断写进小说中的故乡景色，"一种喜悦的温情"荡漾在他的心头。但是，返乡途中他也被一种焦虑笼罩着：

故乡，那是我们伤心之地，我们曾立誓永不再见到它的面。然而我们到底回来了，这是我们做梦也不曾想到的一著。尤其是妻，她是那样的不愿意。但是丈夫病了，她有什么办法不回来呢！②

"焦虑、情感和热情"交织在一起，钟理和的返乡之路并不轻松。在"贸贸然"中回到故乡之后，钟理和才发现自己所看到的"依旧是从前那个样子"的家其实只是一个空壳、一个幻影，"家已变得阴暗忧郁"（《山火》）了。日本人在台湾实行的八年多"皇民化"政策给台湾带来了巨大破坏，生态被破坏，物质极端匮乏，民众遭受着肉体与精神折磨，对生活失去信心，麻木不仁。加上战后初期，社会巨变，整个台

---

① 克罗齐：《历史学的理论和实际》，商务印书馆1982年版，第210页。
② 钟怡彦编：《新版钟理和全集·7》，高雄县政府文化局2009年版，第138页。

湾动荡不安。钟理和真正接触社会才发现记忆中的美好乡土已经土崩瓦解。小说《浮沉》这样描写当时的台湾：

> 当时正值战后复原时期，旧秩序崩毁了，而新秩序尚未建立。社会相当混乱，旧台币日在贬值，人心浮动。公教人员生活奇惨，固定的薪水跟不上物价的疯狂涨风，而县级以下的机关又往往积薪数月，待领到薪水时，其使用价值，只及当初的几分之几。①

城市物价飞涨，生活艰辛；乡间土地荒芜，处处"呈现旱灾的面目"。小说《竹头庄》中的"我"回到离别了15年的故乡，放眼望去，田野里"全都种着稻子。田里干无滴水，而此时正是不能缺水的时候。一尺来高的稻子，全都气息奄奄，毫无生气；稻叶瘫垂着，萎黄中透着白痕，表明稻子正在受病禾……根下的土是白色的，龟坼着，裂痕纵横交错，边儿向天卷起着，像渴水而张开口"②。镇上没米吃的人家有多少，"谁也不知道"，一般人家的"饭锅端出来，米粒数得出，孩子拿着饭匙拨开了上面那层直往锅底挖，也不怕把锅底挖出洞来"。③当"我""混在像送葬的行列一般静默的乡民中"向家走去，看到人们"蹲列在道路两旁，觉得是那样的低矮、寒伧、局促，且都灰尘仆仆。人像老鼠似的静悄悄地进进出出"。"我"十多年来不断"殷切而热情地凝望着"④的故乡早已面目全非，死气沉沉，《薄芒》中故乡的秀美、静谧和恬淡荡然无存。

最让钟理和失望的是故乡的"封建势力"依然很强大，乡人们对他

---

① 钟怡彦编：《新版钟理和全集·2》，高雄县政府文化局2009年版，第66页。
② 钟怡彦编：《新版钟理和全集·1》，高雄县政府文化局2009年版，第103页。
③ 钟怡彦编：《新版钟理和全集·1》，高雄县政府文化局2009年版，第104页。
④ 钟怡彦编：《新版钟理和全集·1》，高雄县政府文化局2009年版，第111页。

和妻子当年的"同姓之婚"依旧耿耿于怀,"全向我们不客气的摆着难看的脸孔。这种脸孔是教人看了害怕和不舒服的"①。钟理和夫妻二人自我放逐八年,受尽漂泊之苦,返回故乡后乡民们还是没有原谅他们的行为,对他们摆出不客气的脸孔。现实中的故乡与他返乡之前所希望的故乡有着全然不同的面貌,远在异乡时故乡所承载的美好记忆在现实中无法兑现。更可悲的是回台不久钟理和就因肺病住进了医院,一住就是四年。无奈之下,又只好把妻子儿女送回"还留着有伤心回忆的故乡去",这对于钟理和和家人来说是个艰难的选择。他在给妻子的信中写道:

> 那里虽曾经把我们驱逐出来过,却有着我们一笔小小的财产:几间老屋,和一小块地。你是土里生长的人,原可回到土里去,它是会供给你们生活之资的。我知道你是多么地艰难。我们的故乡,是一个封建势力相当顽强的地方,正是为了它,我们才背井离乡的,现在再度回去,其苦乐如何,自不难想象而得。②

如此,钟理和已无再次离乡的可能。出院后,他和家人远离尘嚣,在乡下"过着简单淡泊,没有变化,与人无争的生活。又因所处系一交通梗阻之地,平时深居简出,与外界绝少来往,故对外面的事情"③十分隔膜。他在给林海音的信中这样描述自己的生活:"寒舍独处山下,交通至不便,且病体虚弱,故数年来绝少外出,几乎可以说既已与世隔绝。每日养病之余便读读书,和写点东西。"④钟理和虽然回到了故乡,

---

① 钟怡彦编:《新版钟理和全集·7》,高雄县政府文化局2009年版,第139页。
② 钟怡彦编:《新版钟理和全集·6》,高雄县政府文化局2009年版,第132页。
③ 钟怡彦编:《新版钟理和全集·7》,高雄县政府文化局2009年版,第139页。
④ [美]爱德华·W.萨义德:《知识分子论》,单德兴译,麦田出版社1997年版,第45页。

但他与周围环境的紧张关系并没有解除，人们坚持着老观念始终不肯放过他们，家乡的败落也让他灰心丧气。一方面身体不允许他再远行，另一方面他又与周围环境相互排斥，于是，一种隐喻性的流放状态在他身上逐渐形成了。萨义德说放逐是真正知识分子的思想生涯的一种必要而且必然的状态，他认为即使一辈子生活在自己出生的社区当中也可能是一个精神上的流亡者，因为放逐既是个"真实的情境"，又是个"隐喻的情境"，并不局限于"有关流离失所和迁徙的社会史和政治史"。但是，在萨义德看来，放逐状态固然有着诸多的艰辛与痛苦，却自有独特之处：由于处于局外或边缘而拥有"双重视角"，这种状态可以保持自己的独立性和批判性。对于知识分子来说，放逐意味着总是从寻常生涯中解放出来，意味着永远成为边缘人，而绝不跟随别人规定的路线，意味着总是以移民或放逐的思维方式面对阻碍。①

钟理和早在大陆时期就开始"文化返乡"，这种纯粹的精神活动旨在回归和重建过去，并在此过程中实现把自己从日常栖身的都市时空结构中解放出来，就如他在《薄芒》和《笠山农场》中所表现出的对故乡甜美的回忆，让自己在异乡返回到遥远和熟悉的故乡时空结构中，去获得一种富足的"居家"人生状态和最根本的"文化身份"。然而，当真正的返乡实现时，他却发现自己的记忆与现实出现了偏差，他所认同的具有诗意般的文化形态已经消失了。大陆的乡土文学作家在返乡后基本失望而归，重回城市继续放逐，而钟理和在疾病、贫困面前只能留在故乡。但他不愿向世俗低头，也不愿随波逐流，再次选择"绝少外出"和"与世隔绝"的离群索居的生活方式。他的身体置于故乡，而他的精神和思想游离于现实的故乡，他的心仍然在漂泊，只是从过去的身体放逐

---

① ［美］爱德华·W.萨义德：《知识分子论》，单德兴译，麦田出版社1997年版，第45页。

进入精神放逐的人生状态。萨义德对知识分子的价值取向和行为方式有过这样的描述：

> 知识分子既不是调解者，也不是建立共识的人，而是全身投诸于批评意识，不愿接受简单的处方、现成的陈词滥调，或平和、宽容的肯定权势或传统者的说法或做法。不只是被动地不愿意，而且是主动地愿意在公众场合这么说。①

钟理和虽然人在故乡，精神却抽离了出来，形成了一种内在的自我放逐。这种自我放逐同样使钟理和与当下的家园拉开距离，可以以一个"不在位者"的视角批评和反思现实，与所谓的"在位者"形成对抗关系。相对身体放逐，作家在精神放逐的时候并没有离开现有的时空环境，处于身体的"在位"与精神的"不在位"状态。身体的"在位"让作家更近距离地观察故乡，亲身感受社会和人文的嬗变；精神的"不在位"又为作家提供了一个独立的思考空间，可以不受外界干扰对现实进行冷静的反思和批判。这种反思和批判具有"在位者"和"不在位者"的双重视角，它既可以揭示出事物变化的本质意义，又可以在相对自由的状态下展开批评。除此之外，钟理和在大陆八年的生活让他对两岸文化的共性有了更深的认识，虽然分属不同的文化空间，历史发展在近代又出现了分叉，但相同的血脉和文化基因造就了两岸乡土社会民众的共同文化心理和行为准则，钟理和在审视台湾乡土的时候，一面将它纳入中华文化的大视野中，另一面从地域文化的独特性上进行剖析。钟理和返乡之后创作的一系列作品既具有浓郁的台南客家风情，同时秉承鲁迅开创的

---

① [美] 爱德华·W.萨义德：《知识分子论》，单德兴译，麦田出版社1997年版，第60页。

以"为人生"为宗旨的乡土文学精神,以现代的启蒙思想烛照传统文化,以高度的写实揭示台湾乡村衰落的真相,在"得不到理解同情,也得不到鼓励和慰勉,一个人冷冷,孤孤单单"①中摸索前进。

  人类的终极与过程是紧密联系在一起的,没有过程的无所谓终极,因此,关注终极首先要关注现实的具体。中国是个具有几千年历史的乡土社会,农民是这个社会的主体,作为中国早期的现代社会的启蒙者的鲁迅敏锐地发现中国社会从乡土向现代转型的最大和根本问题是农民,"农民问题是鲁迅注意的中心,他把最多的篇幅,最大的关注和最深的同情给予农民"②。他的创作素材"采自病态社会的不幸的人们中,意思是在揭出病苦,引起疗救的注意"③,他的作品往往通过挖掘和批判传统文化中的劣质之根和民族精神的惰性因素,对传统社会中农民的悲苦的根本进行内省和拷问。他以清醒的乡土文化意识,展示种种乡土人生图式,表现出对乡土命运前途的责任意识,在乡土残缺中凸显一种切实的关怀。以鲁迅为代表的中国现代乡土文学叙述出了乡土和农民的悲剧体验,又以乡土为载体对传统与现实进行批判。乡土并非他们的终极价值取向,而是以营建理想家园的方式来解决现实的危机,其"引起疗救"的拯救意图明显。钟理和受鲁迅的影响是深刻的,他从少年时代就如饥似渴地大量阅读了鲁迅等"五四"作家的作品,在他的人生道路上,鲁迅仿佛一盏指明灯引导着他前行。1945年9月14日,钟理和在日记中郑重写下"今天是我们民族的战士鲁迅先生逝世九周年"④。鲁迅的思想启发着他,鲁迅的创作风格和创作技巧同样影响着他。钟理和动笔创作

---

① 钟怡彦编:《新版钟理和全集·7》,高雄县政府文化局2009年版,第139页。
② 钱谷融:《艺术·人·真诚》,华东师范大学出版社1995年版,第358页。
③ 鲁迅:《我怎么做起小说来》,《鲁迅全集》(第4卷),人民文学出版社1981年版,第512页。
④ 钟怡彦编:《新版钟理和全集·6》,高雄县政府文化局2009年版,第29页。

代表作《故乡》系列的时候,他在日记里特地记下这样一段文字:

> 读《在酒楼上》,写"如此故乡"之一的《竹头庄》,约得一千字。眼高手低,笔不从心,写来深觉懊恨。鲁迅引过他所忘记了名氏的人的话:要极省俭的画出一个人的特点,最好是画的眼睛。然后说常在学这一种方法,可惜学不好。然而,于我,最感苦恼的,还是会话的处理。①

从这段文字中可以看到钟理和的《故乡》系列深受鲁迅作品影响。他反复研读鲁迅的作品,仔细揣摩鲁迅的写作风格和技巧,可以说鲁迅既是他精神上的导师,也是他写作的"引路人"。《故乡》系列让钟理和在台湾文坛上一举成名,究其根本,一是从鲁迅那里继承了文化批判和社会批判的创作指向,二是在叙事风格上承袭了鲁迅非常圆熟的散文化笔调,在记录游子返乡的见闻感怀的同时,又聚青年时代的梦和中年时代的悲哀于一体。他没有被紊乱匮乏的生活环境压倒,也未受鼓噪一时的所谓"战斗文学"诱惑,而是以非凡的勇气和毅力,用"第三只眼睛"真实地再现台湾社会的历史和现实的面貌。钟理和的乡土小说再现了战后台湾社会凋敝败落的生活本相。两峰在《钟理和论》中指出:钟理和异于一般作家之花俏取胜,他"只爱朴实地把一堆本相,直接传达给读者",注重"剪取实生活做背景,而不附加任何幻想的成份"。因此,他所创造的人物,使我们觉得那是"真正有血有肉地活在这个世界上,不是一个空洞的幻想,一个虚浮的影子"②。钟理和的乡土小说既有鲁迅作品的神韵,又因所处时代背景和创作视角的不同,使他的乡土小说超越了鲁迅那一

---

① 钟怡彦编:《新版钟理和全集·6》,高雄县政府文化局2009年版,第92页。
② 两峰:《钟理和论》,原载《台湾文艺》1934年第1卷第5期,转引自陈芳明:《新台湾文学史》(下),联经出版社2011年版,第480页。

代乡土文学作家的视野,开创了台湾乡土小说的新纪元,因此,有人称钟理和的乡土小说是台湾光复初期文坛上"最精彩最完整的作品"。

凡一代有一代文学,社会发展决定了乡土文学各阶段的立场和批判的价值标准,但无论何时乡土文学批判性的特征始终没有改变。"五四"时期的乡土文学作家在批判的方法论上采取的是"在同一历史坐标轴上进行的'社会内批判'"①,既"一种进步的价值原则去否定落后的价值原则"②。作家们以资本主义的现代文明去否定传统封建文化,给这个时期的乡土文学作品注入了厚重与苦涩的味道,它也反映出我们这个古老而落后的民族在迈向现代化社会起始阶段的巨大文化重负。"这种数千年来形成的文化重负在'五四'时期早已变为一种民族的集体无意识,从而形成了社会文化心理结构与封建腐朽统治的双重的'铁屋子'"③。这个时期以鲁迅为代表的大陆乡土作家更多的注意力是放在反对封建文化、剖析中国传统文化心理结构、批判中国国民劣根性方面,表现出来的是对普通民众"哀其不幸,怒其不争"居高临下的人文主义关怀。杨义在评鲁迅的《狂人日记》时说它"以毫不可惜其溃灭的决绝的心情,对整个旧制度做出了历史性的总判决。不是算单笔账,而是算总账。旧社会的政治、家庭、道德、哲学通通都拿到革命民主主义的理性法庭中进行审判"④。这句话可以概括出当时乡土文学的总体风貌和价值取向。这种创作风格到了20世纪30年代开始发生转变,随着殖民统治程度加深,资本主义的"现代文明"不断向乡村侵入,形成了"一方面是现代物质文明美丽的蛊惑与传统的丑陋,一方面是由物质进步而伴生的

---

① 刘华、方芳:《理性叛逆与文化返乡的绾合——论"五四"乡土文学双重价值取向》,《廊坊师范学院学报》2005年第4期。
② 王学谦:《还乡文学》,《东北师大学报》(哲学社会科学版)2001年第4期。
③ 丁帆:《中国大陆与台湾乡土小说比较史论》,南京大学出版社1999年版,第46页。
④ 杨义:《鲁迅小说综论》,陕西人民出版社1984年版,第22页。

心灵'荒原'和传统农业的醇厚"①的矛盾冲突。以沈从文为代表的新一代乡土文学作家选择了将乡土理想化来抗拒现代文明之病，以眷恋的笔调企图挽留住中国大地上最后一片宁静、祥和的"乐土"。这个时期乡土文学的创作风格较"五四"时期的沉重哀愁，呈现出平和淡远的特征，是"想象性的个人安慰"②，带有乌托邦的色彩。

钟理和真正意义上的创作肇始于大陆，时间大概在20世纪30年代末40年代初。同一时期，台湾岛内以赖和、杨云萍、杨逵为代表的一批乡土作家崭露头角。但是，无论是从创作时间上还是创作外在影响上看，钟理和直接师承大陆乡土作家和乡土文学，他的创作灵感来自早年阅读的大量新文学作品和自身的生活经历，与台湾日据时期的乡土文学几乎没有交集。因此，无论从审美意向和价值取向还是创作技巧上，钟理和是大陆乡土文学的直接传承人，他将乡土文学的内涵又进一步升华了，他笔下的乡土世界不仅仅是生养自己的故乡，还是孕育民族文化和民族精神的土地，所以，阅读钟理和不同时期的作品除了能感受到浓郁的乡土气息之外，还能感受到一个来自受殖民统治地区的"孤儿"对自己的民族深沉的爱。大陆作家所表现出的民族之爱是直接的，对民族的批判是"哀其不幸，怒其不争"；钟理和受到身份的困惑，他对民族的爱是哀怨的，是在痛苦中的执着，所以他对中国传统文化中负面效应的批判毫不留情。然而，正是他独特的人生经历让他在回望和审视乡土的时候多了一份大陆作家少有的沧桑感，既带有鲁迅的冷峻，又带有沈从文的温情，将爱与恨、希望与绝望交织在一起，铸就了钟理和作品的厚度和深度，成为台湾文学史上一个里程碑。

---

① 刘华、方芳：《理性叛逆与文化返乡的绾合——论"五四"乡土文学双重价值取向》，《廊坊师范学院学报》2005年第4期。
② 彭燕艳：《文学：拯救谁的历史？——试论中国现代乡土小说两种精神史叙述》，《浙江学刊》2000年第3期。

第四章　文化的反思

中国现代乡土文学发端于民族危亡之时，古老的国度已经暮气沉沉，在当时西方列强的眼里，它俨然是一个奄奄一息，任人宰割的"东亚病夫"。苏雪林曾在《沈从文论》中对中国传统文化的腐朽性和破坏性有过一段精彩的论述：

> 中国文化不但富于沉淀质而已，后来竟变成一潭微波不起臭秽不堪的死水。无论你是一个怎样勇敢有为的青年，到这死水里洗个浴，便立刻变成恹恹不振的病夫……我们生长在这文化里，生存竞争，引为大戒。乐天安命，视为固然。由保守而退化，由退化而也就失去在地球上立足的权利。我们瞻望民族的前途，哪能不黯然以悲，又哪能不栗然以惧！①

自鸦片战争以来，中国经历了一次次惨败，中国人对自己的怀疑、反思、否定从器物层面上升到制度、文化层面。中国文化孕育于乡土之中，乡土既是中国文化的发源地，也是塑造中国传统文化品格的物质基础。在几千年的发展历史中，中国乡土社会也在发生巨变，起起落落、分分合合，战乱、外族的侵略和压迫、人口的膨胀、低下的生产力使土地越来越贫瘠，难以承受社会发展的需要，也难以给她的子民们提供更多的资源。人的精神是由物质形塑的，当土地和植被在人为的破坏中失去了往昔的生机，天灾和人祸不断给乡土造成伤害，贫穷、饥饿、灾难接踵而至，中国这个曾经的泱泱大国在历史的轮转中衰老了、丑陋了，它的国民也因失去肥沃乡土的滋养变得面目可憎。梁启超在《中国积弱溯源论》中把19世纪末中国人的性格总结为"奴性、愚昧、为我、好伪、怯懦、无动"几个特点，他将这些性格的形成归结于封建专制制度和封

---

① 苏雪林：《中国二三十年代作家》，纯文学出版社1983年版，第387页。

建纲常名教,但他仅仅看到民众身上束缚的精神枷锁,却忽略了另一个重要因素——物质的匮乏导致民众逐渐走向破产。以鲁迅和沈从文为代表的中国现代两个阶段的乡土作家,在描写乡土的时候,无一例外都将现实中故乡的物质和精神的双重衰败展示出来,为作品中人物的悲剧命运作了最好的注释。鲁迅在《故乡》的开头就勾画出一幅色调阴沉的乡村景象,"苍黄的天底下,远近横着几个萧索的荒村,没有一些活气",老屋"瓦楞上许多枯草的断茎当风抖着",在衰败的乡土上,世代栖息于此的闰土和杨二嫂们的精神世界发生着巨大蜕变,曾经灵动活泼的少年和俊美俏丽的女子变得木讷无语和刁蛮贪婪。他们前后几十年的人生巨变与外在环境的恶化息息相关。鲁迅看到了他们没落和走向毁灭的根本原因:"多子,饥荒,苛税,兵,匪,官,绅",在天灾人祸面前,人被彻底击垮了,人的精神也就彻底失落了,成为生活的俘虏和奴隶。

钟理和返台之时,正是台湾旧的社会结构解体,新的社会结构还未建立起来的交替之际。50年的殖民给台湾社会的政治、经济、文化带来了难以估量的伤害,其后遗症在台湾光复后逐渐显现出来。钟理和离台去大陆的时候,殖民者对偏远山区的控制力较弱,影响力也较城镇小,台南山区尚有一息生机。我们从他在北平时期创作的《笠山农场》和《薄芒》中可以看到早期殖民下的台湾山区的风貌,虽然山民们生活艰苦,但还有一份赖以生存的薄田和林地,山村的社会和生态环境基本保持着百年前自给自足的形态,民风淳朴,怡然自得。抗日战争及太平洋战争爆发之后,日本殖民者撕下了最后的虚伪的面具,为了将台湾打造成侵略战争的大后方,他们疯狂地推行"皇民化"政策,在政治、经济、文化上实施全面的严酷控制,台湾彻底地跌落到人间地狱。而这10年恰好是钟理和流落大陆的时期,对故乡发生的巨变他了解不多,只从家信的片言只语中略知一二。等到战后残破的故乡真实展现在面前的时候,他的心受到了强烈的震撼。鲁迅的《故乡》中主人公"我"在回到阔别已久的故乡时，目睹"阴晦"死气沉沉的乡村，内心有一段痛苦的表白：

> 我所记得的故乡全不如此。我的故乡好得多了。但要我记起他的美丽，说出他的佳处来，却又没有影像，没有言辞了。仿佛也就如此。于是我自己解释说：故乡本也如此，——虽然没有进步，也未必有如我所感的悲凉，这只是我自己心情的改变罢了。①

用这句话来形容钟理和返乡后的心情是最恰当不过的了。此情此景让他在返乡途中"奔腾起来"的热血冷却了下来，那些似曾熟悉的环境和人已经很难和实景对上位，记忆中的故乡变得虚无缥缈起来，甚至令人产生怀疑。钟理和是在回乡五年之后才开始动笔创作《故乡》系列小说，此时他大病初愈，台湾社会也发生了结构性的改变，乡土社会的城镇化速度加快，各种社会矛盾更加突出。从疗养院回到故乡老屋，病弱的身体和生活的拮据纠结在一起，钟理和极度苦闷，内心阴郁。独处寒舍，他一面在反思自己的人生之路，一面近距离观察社会。由于近，他才能及时捕捉到现实的变化；因为他有意拉开与环境的距离，他才能客观冷静进行剖析和反思。他突破了从农民文化的内部视角来观察审视农民命运的局限，而是从经济、文化、种族等现代性的角度思考在历史的河流中挣扎起伏的台湾人的过去、现在和将来。钟理和与两岸的其他乡土作家相比有个明显的不同，他曾经就是作品中那些"挣扎起伏"中的一员，他与自己笔下那群孤立无助的弱者一样经历过精神的折磨和生活的磨难，这些切肤之痛被他带入了作品之中，小说的人物和事件"不是

---

① 鲁迅：《我怎么做起小说来》，《鲁迅全集》（第4卷），人民文学出版社1981年版，第476页。

一个空洞的幻想，一个虚浮的影子"，体现了他一贯坚持的"为人生而艺术，为社会而文学"的创作宗旨。唯其真实，才有摄人魂魄的力量，才能给读者带来思考的空间。

　　反帝反封建是大陆近现代思想革命的两大主题，其中，反封建的思想运动声势浩大，从乡村到城市，从普通民众到社会精英，经过几十年不懈努力，封建的意识形态已失去了存在的土壤。与此同时，殖民下的台湾却走向另一个方向。从1895年被日本占据的那一天起，反殖民反压迫就成为台湾社会最中心的问题。为了抵抗异族的文化同化政策，在民间，传统文化无论精华或糟粕都被放大，以此彰显台民的民族身份，这是他们无奈的选择，也是守望家园的文化策略。所以一直到今天，台湾的民间社会仍然弥漫着浓厚的宗族意识、神灵意识、人伦意识，它们是台湾社会的精神支柱，并逐渐沉淀为民众的集体无意识，其中一些腐朽的思想和行为在伤害了自己的同时也伤害了别人。钟理和早期受过日式教育，思想较为开化，他回到封闭的乡土社会后与周围显得格格不入。当他爱上一个同姓的姑娘，灾难也随之降临。在故乡，同姓结婚"一直被认作是一种罪恶，是不被允许的。它的性质不是条件上的，而是原则上的。这是一个道德的问题"[①]。在所谓的社会道德面前，对于礼教的破坏者，即使是最亲近的人也会对他们摆起无情的面孔，更不要说周围的他者。钟理和遭遇了人生"一次大刺激"，为了保卫自己的爱情，他"不惜和父亲、和家庭、和台湾决绝"，和心爱的人一同踏上流浪的路。这种打击和由此带来的伤痛给钟理和造成了终生的痛苦，直到生命的终结他都未能原谅让他付出巨大代价的社会。因此，他的创作首先将批判的矛头直指盘踞在台湾社会中的封建残杂余孽。在《笠山农场》《同姓之婚》《奔逃》《贫贱夫妻》《生与死》中，他通过一对对因婚

---

① 钟怡彦编：《新版钟理和全集·6》，高雄县政府文化局2009年版，第132页。

姻不被世人接受而流浪的青年男女悲惨的遭遇，强烈控诉了封建伦理道德的不合理性和非人性。最让他感到可悲的是，在台湾已经开始步入现代社会的进程中，还有不少人的意识停留在旧的时代，就如《同姓之婚》中的那群乡邻们，他们孤立、讥笑、疏远、讨厌同姓的"我"和平妹夫妇及他们的孩子，甚至连过去最亲近的朋友对他们都避之三舍，乡民们的歧视给刚刚回到久别故乡的"我"带来第二次情感上的伤害。钟理和在作品中直斥这些人的"卑劣""虚伪""残忍"，他在小说中塑造了"平妹"这样一位坚韧不屈的女性形象，通过她的言行对那个落后的、不公平的、非人道的社会进行了批判："这是强有力的世界，虽然它不是理想的世界。"① 在"我"和家人受到不公正的待遇，陷入"孤独无援"的困境时，倔强的平妹并没有丝毫向周围低头。面对他人的侮辱，她也禁不住流下了眼泪，可绝不示弱："我能忍耐！反正他们不能把我宰了。他们理我，陪他们说几句；不理我，我都逗宏儿笑！"②"我"和平妹一个是体弱多病之人，另一个是弱不禁风的瘦弱女子，但他们在强大的封建伦理道德面前从没有低头，不断反抗，即使伤痕累累，也要争取自己的自由幸福。20世纪50年代初的台湾正在整体转型，钟理和敏锐地发现反封建仍是这个地区一项革命性的任务，挣脱这个牢笼才能让更多的人看到希望，也才能让他们自觉投身到社会的变革中。

苏雪林曾说："西洋民族那样的元气淋漓，生机活泼，有如狮如虎如野熊之观，大约因为他们的文化比较年轻的缘故。"③ 当一个民族的文化变得苍白无力的时候，也是这个民族衰老的时候。中国文化发源于乡土，根植于乡土，先进的农业技术造就了中国灿烂的农业文明，也成就

---

① 钟怡彦编：《新版钟理和全集·6》，高雄县政府文化局2009年版，第132页。
② 钟怡彦编：《新版钟理和全集·6》，高雄县政府文化局2009年版，第94页。
③ 苏雪林：《中国二三十年代作家》，纯文学出版社1983年版，第387页。

了中国1000多年的辉煌时代。当工业时代来临时，古老的中国子民们却停滞不前了，他们抱残守缺，自我满足，仍然生活在祖先们创造的天朝大国的美梦中。在现代社会中，他们一旦离开原有的生活轨道，就很容易失去自信心，自暴自弃，在绝望中自甘堕落，这种乡土文化的劣根性在两岸的农民身上都有充分的体现。钟理和在《夹竹桃》中塑造了一个北平郊区农民人物林大顺，他原在乡下种着几亩薄田，勉强维持一家老小的生活，七七事变爆发后，家庭发生变故，他只好卖了地，带着两个年幼的孩子到城里谋生，并又组成了家庭。他一天到晚拼命做工也无法让妻子儿女得到温饱，他被生活压得"喘不过气来"，渐渐地他变得麻木了，"对于家里的事，漠不相关"，甚至目睹后妻虐待自己的亲生儿女也不发一声，眼睁睁看着儿子在她的棍棒之下丢掉了性命。台湾的农民亦是如此。《故乡》系列中的几位主人公莫不是在种种生活压力之下自暴自弃，成为社会的"多余人"。《竹头庄》中的炳文、《阿煌叔》中的阿煌叔、《山火》中烧山的村民，他们在殖民者的残暴统治下有的丢了工作，有的丧失了土地和财产，最可怕的是他们无一例外都丧失了自信，在人生的困境中，炳文开始是打着"卖水泥"的幌子骗乡邻的钱，别人识破了他的诡计，后来连对骗都失去了兴趣，整日躺在一张破竹椅上，捧着一本《三国志》，保持着一种姿势"有如一个白痴"，最后他对看望自己的朋友说："不用了！不做了！都不要了！"① 曾经以勤快、剽悍、勇猛著称的阿煌叔，因为家庭变故卖光了土地，蜕变成一个十足的懒汉："他懒得做工，懒得动弹；做一天，就得歇上三四天。"② 平日里他也是"随便卷了条肮脏的被单"躺卧在"用棕茎编就的低矮的床上"，他对这个世界"不怀任何侈望"，他的眼光中仿佛"要把一切人们认为

---

① 钟怡彦编：《新版钟理和全集·6》，高雄县政府文化局2009年版，第121页。
② 钟怡彦编：《新版钟理和全集·6》，高雄县政府文化局2009年版，第149页。

有价值的东西,统统嘲笑进里面去的"①,他用毁灭自己的方式来报复伤害过他的社会,不仅仅将自己甚至连自己的家人一同推上绝路。《山火》中的村民们盲目听信所谓"天火"的谣言,"他们深怕到了秋天,天火烧下来,所及自己先纵了火希望把天火顶回去"②。漫天的大火把"青苍深秀"的山岗"烧得干干净净,几乎不留一物,就像被狗舐过的碗底一样。屋后的桂竹林,和一片经过细心选择与照顾的果树园——龙眼、荔枝、枇杷、椪柑等,也所剩无几了……洼地、沟壑和向阴的地方,堆积着白色和黑色的灰,没有生气,也没有意义"。③ 与山民们当年到此开荒拓地的祖辈相比,他们少了一股勇气,在自然面前退缩了,甚至将希望寄托于虚无缥缈的神灵。山民们"都像疯了,分别不出好歹来",镇里要办中学,"预定募出七十万元来做建筑费,闹了几个月,才捐得半数"。可是镇里同样要盖一所观音坛,"捐的款竟超过了预算的建筑费,结果把规模扩大了。好像人们都不相信自己了,只有神靠得住。这没有什么,神能够保佑五谷丰登,利益就在眼前;子弟念书么?利益在哪里呢?眼看不见,手摸不着——人们是不肯花冤枉钱的"。④ 小说《雨》同样描写了一群山民在久旱无雨的季节只好向神灵祈雨,他们搭建了祭祀的神坛,求雨五日,求雨期间,"镇民全体必须实行斋戒,禁止屠宰。"在烈日下,人们"半闭着眼睛跪在那里,晒得一个个面红耳赤,黄豆大汗珠自头顶、额门、脖颈像雨一般滴落"。对于那些敢于"冒犯神圣或破坏秩序的人",他们会群起而攻之给予"愤怒和谴责"⑤。鲁迅称这种"一味求神拜佛,怀古伤今"的行为是"自欺力",他说人"一

---

① 钟怡彦编:《新版钟理和全集·6》,高雄县政府文化局2009年版,第152页。
② 钟怡彦编:《新版钟理和全集·6》,高雄县政府文化局2009年版,第123页。
③ 钟怡彦编:《新版钟理和全集·6》,高雄县政府文化局2009年版,第127页。
④ 钟怡彦编:《新版钟理和全集·6》,高雄县政府文化局2009年版,第152页。
⑤ 钟怡彦编:《新版钟理和全集·6》,高雄县政府文化局2009年版,第123页。

到求神拜佛，可就玄虚之至了，有益或是有害，一时就找不出分明的结果来，它可以令人更长久的麻醉着自己"。殖民时代的台湾人民"发起了革命，发起了民族运动，而且求援于祖国"①，然而，隔海相望的祖国自己也深陷战火，根本无力顾及。孤助无援，在一次次的反抗被残酷镇压下去之后，台湾民众绝望了，在屠刀与锁链下他们选择了静默，不再相信外界进而也不再相信自己。有的如阿煌叔、炳文一样自我麻痹，行尸走肉般活着；有的转而祈求神灵的庇护，将自己的命运交给未知的世界。

在写作风格上，钟理和的《故乡》系列显然是师承鲁迅，整体结构都是"怀乡—返乡—离乡"，采用的都是前后对比的叙述手法。然而，从作品的精神内涵上来说，两者既有相同之处，亦有明显的不同。对于近代以来中国农民悲剧性命运的根源，鲁迅总结为"多子，饥荒，苛税，兵，匪，官，绅"②，钟理和归根为"贫寒、多子、无智、愚顽"。他们都是从中国的乡间走出来的作家，都是受过旧时代伤害的不幸者，但是两人所处的社会与文化环境性质的不同，所看到和体验到的悲剧背后的根源就有差异。多子与贫穷是两岸农民近代以来共同面临的困境，除此之外，大陆军阀混战，政权割据，"苛税，兵，匪，官，绅"成为压在他们头上的几把利剑；同时期的台湾在殖民者文化愚民政策的压制下，绝大多数农民只能进入日本人开办的"国民学校"接受四年左右的奴化教育，很少有人有机会接受传统中华文化教育。除了日本人强塞进去的零星日语知识之外，他们的头脑里就是祖辈传下来的一点陈旧迂腐的经验和传说，因此，"无智"和"愚顽"是造成台湾民众苦难的根源之一。鲁迅在《故乡》中批判的对象是封建专制主义；钟理和在《故乡》系列

---

① 钟怡彦编：《新版钟理和全集·6》，高雄县政府文化局2009年版，第127页。
② 鲁迅：《故乡》，《鲁迅全集》（第1卷），人民文学出版社1981年版，第483页。

作品中批判的对象则是封建主义和殖民主义。鲁迅的创作目的在于揭示旧中国不合理的社会制度和国民性中的劣根性；钟理和的创作指向是用人道主义的关怀揭开台湾民众心灵的伤疤，以期达到恢复他们民族自信力和文化自信心的疗效。在时空差异的背景下，钟理和继承和发展了鲁迅的批判现实主义精神，他以大中国的文化眼光对光复初期台湾乡土社会存在的种种弊端进行解析，他用细腻的笔法刻画了一个个背负着沉重历史包袱的台湾农民形象，采用对比的艺术手法揭示人物跌宕起伏的内心世界，使他的作品具有了历史的厚重感。

在批判的同时，钟理和也塑造了"山里的精灵"涂玉祥、耿直忠诚的硬汉黄进德等形象，他们同样遭受和其他台湾民众一样的苦难，甚至还要多。涂玉祥是个能干的农场工人，"种咖啡、采木棉、插竹、垦伐"样样精通，他被称为山里的精灵。即便如此，他还是因贫穷娶不上媳妇，只好和本村一个已经有了孩子的寡妇通情，后来又被日军征调到南洋当军夫。从战地解职回台后便离开家庭，领着妇人和两个孩子出外独立谋生。"一年三百六十日，一日也不歇着，比牛还卖劲。"① 他被家庭的重担压得喘不过气，但从不气馁，他秉承着"人们生来就注定了要这样苦"这种最朴质的念头，虽然"想不透"人为什么穷的原因，可还是拉扯着一家人坚强地活下去。黄进德从小死了爹娘，长大后做了入赘女婿，和涂玉祥一样，他年轻时也被日军征调到南太平洋战线当了军夫，还差点把命丢在那里。像他这样身份的人在乡村是最让人瞧不起的，但他从不"低头屈服"，"充满着自信"。他敢于藐视政治权威，不畏强暴，坚守正义，在镇公所里当着地方上那些有头有脸的人的面怒斥日本走狗罗丁瑞。

他不信鬼神，坚持自己的命运自己掌握。别人去求雨，他是凑热闹。看见大家在那里磕头，他讥笑他们是"一群傻子"，还不屑地说：

---

① 钟怡彦编：《新版钟理和全集·1》，高雄县政府文化局2009年版，第165页。

"跪,就跪得出雨!哼,骗鬼!"在他的身上体现出刚健有力、自然淳朴的民族文化力量,闪烁着自强不息,敢于向不合理的现实抗争、向命运挑战的优秀品质。这些可贵的品质正是一个民族生生不息的动力源泉,它在地下生存着,在民间社会流淌着,它铸造了民族的灵魂,也是台湾未来希望之所在。

钟理和虽然离群索居,却始终凭借作家的敏感冷静地观察周围的社会,细心捕捉其中的每一个细小变化。20世纪50年代的台湾逐渐走出殖民的阴影,开始与世界接轨。以美国文化为代表的西方文化涌入岛内,席卷了台湾的乡镇。这些文化舶来品冲击着台湾社会的方方面面,人们的思想意识、价值观念和行为方式悄然发生着变化。他的家乡美浓小镇就是台湾社会变化的一个缩影:"美浓,人多,机器脚踏车多,电影观众多,寺庙多,新建筑多,而且精美、潇洒、豪华。""学校是贫寒的,而且教室不够,一间初中,还是初中,建设高中叫嚣了几年,至今还没有下文。""人人都为我,都为自己。福佬人谓客家人:屙屎拌沙,不做堆。"人们开始追求物质的享受,客家人爱读书的传统渐渐淡化。钟理和到叫"龙肚"的地方探访友人,回来后唏嘘不已:"龙肚是人才辈出之地,人士济济,人家亦富丽而精美,差不多的人家几乎都有一架电气留声机,家中有井,井水透过厨房。"人们的生活水平提升了,但忽略了精神追求,"我所到数家,却看不见一本书"①。不仅如此,台湾的乡间也开始推行西式的地方选举,对于尚未走出传统文化和殖民情绪的民间社会来说,这样的选举最后演变成了一场闹剧和丑剧。钟理和在日记中真实地记录了当地所谓"省议员"选举的过程:

  一名叫林清景的年轻人,是"有钱人",花三十万助选……据说

---

① 钟怡彦编:《新版钟理和全集·6》,高雄县政府文化局2009年版,第222页。

原来这笔钱不但不浪费，并且可以捞得更多的钞票回来……只要下一笔本钱把省议员捞到手，然后便接上了古来那条老路——升官发财的程序。多么简单！名是有了，财就源源流进，谁不乐而为之。①

新瓶子装旧酒，表面上轰轰烈烈的民主选举不过是又走回了中国的老路，钟理和在日记中还记下了这些人在公众面前的丑态：

> 他们都巧言善辩，态度谦逊，尤其更要紧的是他们一下子变成了好人，变成了穷人的朋友，都忽然发现了原来我们所住的地方都充满了缺点、贫乏、困难和不方便。这些缺点当然是应予以充实、改善和革新的，于是便对选民们显示他们都有此力量，有此决心。②

政客们欺骗性的表演深深地刺痛了钟理和。"现代化是一个古典意义的悲剧，它带来的每一个利益都要求人类付出对他们仍有价值的其他东西作为代价。"③殖民时期，日本人为满足自己战争和统治的需要，在台湾的一些产业和一些地区引进了部分现代生产和生活方式，建造了一批现代城市设施，但仅局限在几个中心城市和周边区域。那时的台湾乡镇非但没有得到发展，在殖民者疯狂的掠夺之下反而更加破败。到了20世纪50年代，台湾经济逐渐恢复，乡镇面貌也有了很大改观，村与镇犬牙交错，传统的农业社会分崩离析了。《雨》中小镇的居民们既有以田为生的农民，也有开办手工作坊的厂主和商人，新一代的年轻人有些依然做田，有些则进厂做工，渐渐脱离了土地。这里是一个新旧

---

① 钟怡彦编：《新版钟理和全集·6》，高雄县政府文化局2009年版，第222页。
② 钟怡彦编：《新版钟理和全集·6》，高雄县政府文化局2009年版，第216页。
③ 艾恺：《世界范围内的反现代化思潮》，贵州人民出版社1991年版，第231页。

交替、城乡混杂的世界:"柏油路上有汽车、摩托车、脚踏车,有匆匆走路的人,显得十分拥挤……旧式的街道,很窄,路上铺的是沙石。"①世界在变,它给生活在其中的人也带来了冲击,新的价值观念还未形成,维系乡土社会的传统价值观、伦理观却日益没落,一些人甚至走向堕落。《挖石头的老人》中的和尚伯为人善良坚毅,他每天义务到路边挖石头拓路铺路,一年下来"他挖拓的面积几乎有六七里了"。和尚伯有五个儿子,十来个孙儿,本该安度晚年,尽享天伦之乐,但是儿孙不孝,与他同住的大儿媳"只要她高兴,就不给他饭吃",家人嫌弃他,没人睬他。在儿孙的虐待下,和尚伯终于在一次风寒之后死了。客家人最讲孝道,世代相传,斗转星移,进入物质至上的时代,这些优秀的民族美德被淡忘了,和尚伯是死于疾病,也是死于丧尽天良的儿孙之手。从小接受传统文化教育的钟理和目睹社会道德沦丧,内心痛苦与悲愤无以言表,他将批判的矛头直指战后混乱的社会:"社会是不能辞其咎的。"②

光复后的台湾乱象丛生,政府软弱无能,再加上各种政策的失误,导致社会矛盾重重。《雨》中设在镇公所的调解委员会经手的案件光怪陆离,婆媳反目的、争水斗殴的,还有为了几块竹头大打出手的。《笠山农场》中那个宁静平和的乡村世界在现实中荡然无存了,人们在获得一些物质利益的时候也付出了巨大的精神代价。钟理和既是一位清醒的现实主义者,又是一位拥有人道主义精神情怀的优秀作家,他从乡村走来,他热爱那里的山水和人民,他与那块土地血肉相连。回乡之后,他目睹家园的种种异变,既痛心它的败落,哀婉世道人心的变迁,又以冷峻的笔调揭露现实的不合理性。他对乡土中愚昧落后的人和事物毫不留

---

① 钟铁民编:《钟理和全集(第3册)》,高雄县立文化中心1997年版,第253页。
② 钟怡彦编:《新版钟理和全集·5》,高雄县政府文化局2009年版,第100页。

情地批判，又对遭受苦难的乡亲报以极大的同情和怜悯。他长期被病痛折磨，又经历丧子之痛，家道衰落，生活艰辛，在如此困境之中，钟理和没有厌弃这个世界，他以感同身受之怀将他所热爱的乡土的欢乐、苦难、悲伤、忧郁统统书写出来，他的批判是犀利的，力透纸背；他的情感是热诚的，发自肺腑。毫无疑问，钟理和的创作受到大陆乡土文学的巨大影响，特别是受到鲁迅的影响至深，但是，他与他们又有很大的区别。钟理和审视的乡土因中国近代历史的变迁显得更加复杂和难以把握，他通过剥丝抽茧的艺术手法，将笔触聚焦在他熟悉的生于此长于此的农民身上，将他们的命运置于中国近代大的历史背景之下，既从微观的角度，也从宏观的视角真实地勾画出他们的灵魂。他跳出了狭隘的地域观念，以一个具有深厚民族意识的现代知识分子身份对台湾的区域文化进行批评，尽管他本人也曾滋生出"孤儿意识"，对自己的身份也怀疑过，但他在返乡后通过对蕴藏在乡土之下民族精神的挖掘与反思，最终找回了自己的民族身份和民族自信。他敢于直面现实，暴露人性的弱点、社会的不公正，在台湾当时的政治环境下这种行为不仅需要勇气也需要文化智慧。钟理和的这些乡土文学作品既是一部台湾地区人民生活史和土地变迁史，也是真实记录饱经忧患和沧桑的民族心灵的发展史，更凝聚了他对民族和同胞的爱。他的创作与大陆现代的乡土文学一脉相传，在继承文化批判的风格基础上，钟理和始终扎根乡土，他是带着感同身受的理解进行批判。他不是居高临下，也不是隔岸观火，而是用平视的眼光观察与他生活在一起的民众，同命运共呼吸。钟理和在创作中又刻意拉开与他们的距离，保持了自己的独立判断力，使他的作品具有了不同凡响的价值。

钟理和是乡村中的知识分子，但与中国传统社会的知识分子不同，他受过现代文明的洗礼，具备现代的眼光和思维，在乡土社会中，他一方面与周围环境显得格格不入，另一方面又与生养他的土地血肉相连。

他熟悉和热爱乡土，同情和关注农民，他用读书人的"心"和"眼"思考乡土和农民的命运。他的作品深深地扎根在乡土之中，有着亲切的"农民观点"和"亲和情调"，同时又不失理性的"睿智"和"利落"。这正是钟理和在中国现代文学史上真正价值之所在，也使得他的作品散发出迷人的魅力。

第三节 "国民性"批判的继承与发展

"国民性"这个词在中国近现代史上使用频率之高是其他词汇望尘莫及的。它被广泛使用在社会学、历史学、艺术学和文学等研究领域。然而，何为"国民性"？对于这个概念的界定学界历来争论不休，绝大多数人比较接受的概念是："国民性是一个民族在长久的历史发展过程中形成的表现于民族共同文化特点上的习惯、态度、情感等比较稳定持久的精神状态、心理特征。"① 学界一般认为"国民性"有两层含义：一是从民族文化的精神特质方面来考查；二是指国民群体人格的特性，"国民性"具有历史性、民族性和群体性特征。从结构上来看，国民性涉及结构行为方式、文化和社会心理三个层面。

中国国民性的生成和发展有深厚的经济、政治和文化因素。传统农业社会下自给自足的生产方式和封建制度下高度集权的政治结构，构建出中国传统社会独特的"家国一体"的专制主义社会结构。在这种保守落后文化的培育下，中国传统的国民性既包括勤劳节俭、沉着坚毅、重志向、守气节、与人为善、以和为贵、锲而不舍、执着于世等优秀的一面，也包括保守、封闭、散漫、迷信、奴性、依

---

① 温元凯、倪端：《改革与国民性改造》，中国青年出版社1986年版，第12页。

附性、内耗性、虚伪、圆滑、缺少进取心等劣性的一面。这些国民性的形成并非一日之寒，几千年来它已经渗透到一代又一代中国人的骨子里，升华为民族的集体无意识，甚至外族入主中原后也会被它同化。

尽管国民性是历史的产物，但是中国人真正意识到它的存在还是在近代，它是随着民族意识的觉醒开始进入人们的视野。1840年鸦片战争惨败，痛定思痛，中国的有识之士开始发起救亡图存的维新运动，提出"保国保种"的口号，"国家"和"民族"这些现代社会的政治理念逐渐被人们了解和接受。梁启超是最早提出"民族"这个概念的。戊戌变法失败后，1898年他流亡日本，在那里，他认真地研究了欧洲的民族主义论著，结合中国的实际在《东籍月旦》一文中第一次使用"民族"一词，之后，他又在《中国史叙论》一文中首次提出了"中国民族"的概念。几千年闭关自守的国门被打开后，中国被迫站在了世界的格局中反观自己的身份，发出了"我是谁"的疑问。千百年来中国人自以为是天朝和世界的中心，君临天下，盲目自大。自明清以来，封建政权奉行锁国政策，阻断了与世界的交往。进入20世纪以来，中国封建社会在千百年的苟延残喘后，已经走到了山穷水尽的边缘。清朝中后期，内忧外患，积贫积弱，与此同时，西方经过工业革命开始向现代社会转型，随着国力的增强，为了开拓更多的市场，他们凭借先进的武器向落后的亚洲和非洲地区不断发动殖民战争，中国这个曾经的泱泱大国是列强们窥伺已久的一块"肥肉"。两次鸦片战争的失败让这个衰老的国度从此一蹶不振，成为列强们瓜分的对象。民族危亡之时，林则徐、严复、梁启超等中国最早一批接受西方文化的先进人物，将自己的民族置于世界民族之林进行审视，通过比较认识到自身的不足与他人的差距。一方面他们看到了现代西方思想观念和技术的先进性；另一方面意识到国人缺少对国家的认同意识，一盘散沙，这是战争失败的重要因素。他们以西方文化为参照,反省和检讨中华文化的优劣,由此引发了"国民性"大讨论,成为中国社会由传统向现代转型的重要标志。

早在甲午战争失利之后,严复在《原强》一文中就对其失败原因进行了高度概括:"民力已堕、民智已卑,民德已薄之故,虽有富强之政,莫之能。"① 他所说的"民力""民智"和"民德"就是国民性中最重要的三个组成部分:行为方式、社会文化心理和精神状态。严复认为中国历史发展至今,以上三个方面都出现了衰竭,"夫为一弱于强群之间"必然要挨打。梁启超在《中国积弱溯源论》一文中从传统文化、国民心理、封建统治等方面探讨了中国积弱的根源,抨击了封建专制制度。其中"爱国之心薄弱,实为积弱之最大根源"。"表现在一,不知国家与天下之差别;二,不知国家与朝廷之界线;三,不知国家与国民之关系三个方面"②。作为思想家的梁启超开始对社会、民族、国民性进行深刻的剖析和反省,他已深深地认识到旧有的国民性已成为中国积弱的最大根源。针对国民性存在的种种不足,严复和梁启超二人从各自的角度提出了改造的主张。严复将国民性的改造归结为国民素质的提高,认为只有"鼓民力""开民智""新民德"才能达到"治标而标立"的效果。梁启超则根据自己的观察提出了"合群"的主张。他将目光转移到普通民众身上,认识到启发国民,培养合群意识,增强群体团结对于挽救危亡的重要性,他说:"合众人之识见以为识见必智,反是则愚;合众人之力量以为力量则必强,反是则弱。故合群者,

---

① 严复:《原强》,载胡伟希(选注):《论世变之亟——严复集》,辽宁人民出版社1994年版,第36页。
② 梁启超:《中国积弱溯源论》,《饮冰室合集·文集》之五,中华书局1989年版,第29页。

战胜之左券也。"① 梁启超在对西方国家进行深入研究之后，深感中国人在封建专制下形成了根深蒂固的奴性，缺乏国家意识和国家荣誉感。因此，梁启超认为要建立民族国家，必须有具备治理国事、制定国法、维护国家利益能力的国民。"国者，积民而成，舍民之外，则无有国。以一国之民，治一国之事，定一国之法，谋一国之利，捍一国之患，其民不可得而侮，其国不可得而亡，是之谓国民。"为了国家群体的强盛，"必其使吾国四万万人之民德民智民力，皆可与彼相埒，则外自不能为患"②。正是怀着建立国家群的愿望，梁启超以西方国民性为标准，要将封建专制下的中国人改造成现代民主政治制度下的国民，培养国民的公共道德和政治能力。

严复与梁启超将中国人的国民性与西方人的国民性进行比较之后，从改造和引起疗效的目的出发，他们各自归纳了几种典型的弱点，其中有相同的部分，也有个别的不同，其中，"愚昧""奴性""为我"是两人共同批判的。严复认为"民智者富强之源"，而中国弱的总病根在于愚："吾日由贫弱之道而不自知者，徒以愚而。"③ 严复是站在现代社会的立场上提出这个问题的，他所说的愚不仅是指中国民众知识水平低下，更重要的是指中国民众普遍缺乏新的知识、理念、观念，缺乏"新的判断能力和选择能力"，智力和智能在禁锢的状态下显得低下。梁启超在《中国积弱溯源论》中也将"奴性、愚昧、为我、好伪、怯懦、无动"视为中国国民性中的六大弊端，"以上六者，仅举大端，自余恶风，

---

① 严复：《原强》，载胡伟希（选注）：《论世变之亟——严复集》，辽宁人民出版社1994年版，第36页。
② 梁启超：《论中国积弱由于防弊》，《饮冰室合集·专集》之四，中华书局1989年版，第10页。
③ 梁启超：《论商业会议所之益》，《梁启超全集》第二卷《瓜分危言》，北京出版社1999年版，第282页。

更仆难尽,递相为因,递相为果,其深根固蒂也"。① 在这六大弊端中,梁启超认为奴性最重。他说:"中国数千年之腐败,其祸极于今日,推其大原,皆必自奴隶性而来,不除此性,中国万不能立于世界万国之间。而自由云者,正使人自知其本性,而不受钳制于他人。今日非施此药,万不能愈此病。"② 严复则通过梳理中国历史揭示出奴性形成的社会原因:"盖自秦以降,为治虽有宽苛之异,而大皆以奴虏待我民。虽有原省,原省此奴虏而已矣,虽有燠咻,燠咻此奴虏而已矣。夫上既以奴虏待民,而民亦以奴虏自待。"③ 在专制统治下,老百姓被看作君王的奴虏,长此以往,百姓也自视自己为奴才,这种扭曲的主奴观逐渐成为中国人的文化心理积淀,养成了国民自卑、怯懦、盲从、苟且的性格,丧失了独立的人格和健全的心智。相比之下"西洋之民"却是"其尊也贵也,过于王侯将相,而我中国之民,其卑且贱,皆奴产之子也。设有战斗之事,彼其民为公产公利自我斗也,而中国则奴为其主斗耳。夫驱奴虏以斗贵人,固何所往而不败"④。正因为奴性的侵蚀,造成国民"缺乏功德、无国家思想、无进取冒险心、无权力思想、无自由意识、缺乏自治精神、富有保守性、无自尊心、无毅力、无义务思想、文弱柔懦、私德堕落"⑤。梁启超悲愤地说:"太息痛恨我中国奴隶根性之人何其多也。"⑥

---

① 梁启超:《中国积弱溯源论》,《饮冰室合集·文集》之五,中华书局1989年版,第30页。
② 梁启超:《中国积弱溯源论》,《饮冰室合集·文集》之五,中华书局1989年版,第30页。
③ 严复:《法意按语》,载《严复集》第四册,中华书局1986年版,第995页。
④ 严复:《辟韩》,载胡伟希(选注):《论世变之亟——严复集》,辽宁人民出版社1994年版,第48页。
⑤ 梁启超:《新民说》,载林文光选编:《梁启超文选》,四川文艺出版社2009年版,第34页。
⑥ 梁启超:《新民说》,载林文光选编:《梁启超文选》,四川文艺出版社2009年版,第34页。

在他的文章中，批判最多的就是国民的奴性和冷漠旁观。他认为国民无责任感，不知自己是社会的一分子、国家的一分子；更不知自己的权利和义务。对奴隶性的批判以严复、梁启超等人为发端，一直持续到五四新文化运动。陈独秀在《敬告青年》一文中向青年"敬陈六义"，其中第一义就是"自主的而非奴隶的"。他期望中国青年"脱离奴隶之羁绊，以充其自主、自由之人格"。鼓吹个人本位主义，提倡"我有口舌，自陈好恶；我有心思，自崇所信"①的自主理性。然而，无论是严复、梁启超或是后来的邹容、陈独秀，他们在批判国民性弱点的时候，所提出的改造途径无非都是单向的，遵循的是个体之性决定群体之性的逻辑，强调国民个体的自我改造和完善。"五四"之后，以胡适、陈独秀、李大钊、鲁迅为代表的新文化先驱者提出了"个人与社会的双向影响，个人改造与社会改造的双向互动"的新的国民性改造路线图。李大钊在《我的马克思主义观》中说："不改造经济组织，单求改造人类精神，必致没有效果；不改造人类精神，单求改造经济组织，也怕不能成功。我们主张物心两面的改造，灵肉一致的改造。"②至此，国民性改造与社会改造并举成为中国思想界的共识。

鲁迅被毛泽东誉为"中国文化革命的主将"，根本原因就是他用毕生的精力探讨和改造国民性和民族性。他曾在《呐喊》自序中谈到自己从事文艺的初衷时说"我们的第一要著"是在改变国民的精神，"而善于改变精神的是，我那时以为当然要推文艺，于是想提倡文艺运动了"。③早在鲁迅之前，梁启超发表了著名的《论小说与群治之关系》，

---

① 周均美选编：《世纪先声——五四·新文化运动文选》，华文出版社1999年版，第58页。
② 周均美选编：《世纪先声——五四·新文化运动文选》，华文出版社1999年版，第196页。
③ 鲁迅：《鲁迅全集》（第1卷），人民文学出版社1981年版，第417页。

提出"欲新一国之民,不可不先新一国之小说"①的文艺注重,将小说作为传播新思想、改造旧社会的途径。鲁迅选择文艺作为改造国民性的"利器",最根本的原因还是看到了文艺与道德这两种意识形态的相互联系、相互渗透;看到了文艺在传播新思想新道德中的重要作用。他在 1907 年写的《摩罗诗力说》中认为,文艺作品中的形象具有启发人们的自觉、勇猛、不断进取精神的作用,具有"涵养人之神思"即培养正确的理想情操的作用。②鲁迅研究和批判国民性,目的为了民族的复兴和发展,他在杂文《不满》中说:"多有不自满的人的种族,永远前进,永远有希望。多有只知责人不知反省的种族,祸哉祸哉!"③他在给一位青年朋友的信里又说:"揭发自己的缺点,这是意在复兴,在改善。"④究其一生,鲁迅将揭露国民性的痼疾,挖掘民族思想道德素质中的"病根",探索塑造新型民族素质作为自己义不容辞的任务。鲁迅在继承严复、梁启超等中国现代文化先行者的思想基础上,对中国国民性的劣根性进行了深入挖掘,他通过纵向的历史研究和横向的国与国之间的比较,揭露出中国人的麻木、守旧、盲目自大、"怯弱,懒惰,而又巧滑"、自主精神缺失、"瞒和骗"、爱"面子"、顺从忍让等"劣根性"。这些内容与严复、梁启超等人先前提出的观点基本相同,但鲁迅不仅仅是对这些现象进行简单的罗列,他通过对单个的现象深入分析后又进行高度概括,将那些"劣根性"统称为"精神胜利法"。他溯本求源,以深邃的眼光穿透中国几千年的历史风云,揭示出中国传统文化"吃人"的历史本质,最终凝结成一个痛苦的结论:"中国人向来就没有争

---

① 梁启超:《论小说与群治之关系》,载夏晓虹编:《梁启超文选》(下),中国广播电视出版社 1992 年版,第 6 页。
② 鲁迅:《鲁迅全集》(第 1 卷),人民文学出版社 1981 年版,第 212 页。
③ 鲁迅:《不满》,《鲁迅全集》(第 1 卷),人民文学出版社 1981 年版,第 71 页。
④ 鲁迅:《鲁迅全集》(第 13 卷),人民文学出版社 1981 年版,第 683 页。

到过'人'的价格,至多不过是奴隶,到现在还如此。"① 鲁迅站在历史和世界的高度,对旧思想、旧道德、旧文化进行猛烈抨击,提出了"中国的改革,第一着自然是扫荡废物,以造成一个使新生命得能诞生的机运。……历史是过去的陈迹,国民性可改造于将来"(《走出象牙塔之后》后记)的文化主张,使他成为中国现代史上最具号召力和影响力的文化干将,他的思想就像一盏明灯,点燃了在黑暗中摸索的中国人特别是青年人对未来的希望。

鲁迅等新文化运动重要作家的作品也通过各种途径流传到台湾,除被称为"台湾新文学的摇篮"的《台湾民报》这样的报刊公开发表鲁迅等人的代表作品和评论之外,大陆原版的图书也通过不同渠道进入台湾的市场,不少进步的台湾青年争相阅读。曾受此影响的著名作家杨云萍在《纪念鲁迅》一文中写道:

> 民国十二三年前后,本省虽然在日本帝国主义宰割下,也曾掀起一次启蒙运动的巨浪。对此运动……最大的影响就是鲁迅先生。他的创作如《阿Q正传》等,早已被转载在本省的杂志上,他的各种批评、感想之类,没有一篇不为当时的青年所爱读,现在我还记忆着我们那时的兴奋。②

此时,已经回乡和父亲一起经营农场的钟理和也通过关系从"高雄嘉义等地购读新体小说"。他在给友人的信中说:"当时,隔岸的大陆上正是五四之后,新文学风起云涌,像鲁迅、巴金、茅盾、郁达夫等人的选集,在台湾也可以买到。这些作品,几乎令我废寝忘食。在热爱之

---

① 鲁迅:《鲁迅全集》(第1卷),人民文学出版社1981年版,第359页。
② 杨云萍:《纪念鲁迅》,载《台湾文化》,转引自杨云萍:《台湾与大陆文学关系简史》,上海文艺出版社2004年版,第158页。

际，偶尔也拿起笔来乱画。"① 鲁迅给钟理和的影响是一生的，在写作技巧上他刻意模仿鲁迅的经典作品，在创作内涵上他倾向于鲁迅对国民性批判的思想。他反复研读鲁迅的作品，即便是躺卧在病床上仍然坚持读完《华盖集》②，在动手写《故乡》系列作品时，首先也是阅读鲁迅的《在酒楼上》③。鲁迅既是他精神的导师也是他的写作导师，鲁迅的影响渗透到他整个创作过程。他在大陆时期创作的小说《夹竹桃》《门》等作品中所透露的思想是鲁迅式的，他试图通过艺术手法勾画出社会底层的各种人物的精神世界，达到揭示国民劣根性的目的，实现改造社会的理想。但是，他对中国国民性的认识是肤浅的，是直接从鲁迅那里继承过来，不加消化囫囵吞枣地加以应用，尽管也反映出当时中国社会的某些真相，但其艺术性和感染力受到很大限制。多年之后，连他本人也认为《夹竹桃》"不是成功之作"④。在这些作品中，钟理和急于揭示国民的劣根性，而忽略了对社会现实进行深刻分析，他给作品中的人物匆匆忙忙贴上"愚蠢、吝啬、欺诈、愚昧、卑怯、鲁莽、狭量、嫉妒、角逐、自私、缺乏公德、怕事、索漠、冷淡、虚荣、懒怠、肮脏"等标签，然后再以一个人道主义者的视角对此进行批判与反思。作品的主人公与那些底层的民众并不属于同一个社会圈子，他们来自遥远的被殖民的台湾，在接触大陆之前并不了解这里的历史、文化背景和民众的生活，就如钟理和一样都是从鲁迅和其他大陆新文学作家的作品里看到了中国国民性的种种不足。因此，钟理和也好，作品中的主人公也罢，他们对大陆和大陆的社会和民众的认识是肤浅的，小说中揭示出的那些国民的劣根性看似与从严复、梁启超到鲁迅一路批判过来的内容相差无几，但是，由

---

① 钟怡彦编：《新版钟理和全集·7》，高雄县政府文化局2009年版，第136页。
② 钟怡彦编：《新版钟理和全集·6》，高雄县政府文化局2009年版，第89页。
③ 钟怡彦编：《新版钟理和全集·6》，高雄县政府文化局2009年版，第92页。
④ 钟怡彦编：《新版钟理和全集·7》，高雄县政府文化局2009年版，第65页。

于钟理和特殊的文化背景决定了他不可能深入到中国文化和历史的内部进行剖析,再加上此时的钟理和还处于身份的迷惘之中,更不可能以一个中国国民的身份将中国国民性与世界其他民族的国民性进行对比。因此,我们在《夹竹桃》和《门》中看到的种种国民的劣根性虽然很熟悉,但却给人苍白无力的感觉也就不足为奇了。大陆学者张重岗对《夹竹桃》的创作特点有段精辟的分析:

> 这似乎更应视为钟理和编织的一个北平寓言,他以批判性思想作为驱动力,勾勒了一幅北平大杂院的素描。其中的人物和事件,乃是其观念的注脚。对人物的描摹虽然细微,但他们因缺乏自主性,故而总体上显得面目不清。对故事的有声有色的讲述,同样不能掩盖其零乱和匆促的弱点。大体上,人和事的登场,仿佛只是为了印证作者的某些想法而已。作者也过分地强调了这些小人物身上的劣根性,这使得他们精神上的病症成为事件的主因,而被不断地渲染,最终把小人物推向了悲剧的深渊。①

钟理和这个时期对中国国民性的批判还有着深刻的心理因素——他的原乡之梦的破灭。钟理和带着希望与梦想来到大陆,试图以此摆脱殖民统治和封建礼教的双重压迫。他首先来到的奉天同样处于日本殖民统治之下,在钟理和的眼里这里就"像残酷的野兽的都会"②,在这里他是找不到希望的,所以他要继续南下寻找梦中的原乡。小说《门》中那位看贮置场的天津老人就告诉台湾人袁寿田:"袁先生您瞧,这是满洲,是奉天,可是,不成,奉天已经死掉大半截了。您瞧瞧天津去,特别是

---

① 张重岗:《原乡体验和钟理和的北平叙事》,胡星亮主编:《中国现代文学论丛》第2卷,上海人民出版社2008年版,第120—121页。
② 钟怡彦编:《新版钟理和全集·3》,高雄县政府文化局2009年版,第139页。

北平，好！啧，好哇！袁先生，去，丢开奉天，急速到北平去吧，老中国是顶喜欢您们年轻人的。"① 像袁寿田一样，钟理和再次辗转来到被视为老中国文化中心的北平。这里虽不属于傀儡的"满洲国"，但也同样置于日本的统治之下，别人口中如何好的北平也"荡漾着在人类社会上，一切用丑恶与悲哀的言语所表现出来的罪恶与悲惨"②。直到此时，钟理和对原乡彻底失望了，甚至如《夹竹桃》中曾思勉一样对自己与周围的这些同胞是否"流着同样的血、有着同样的生活习惯、文化传统、历史与命运"而"抱起绝大的疑惑"。③ 正是基于这种心理，钟理和开始关注和研究这个"和他有着那么截然不同的思考方法与生活观念……差不多丧失了道德的判断力与人性的美丽和光明"④ 的被称为"他们"的群体。任何民族的特点都是通过横向或纵向的比较凸显出现的，鲁迅曾比较了中日两国的国民性，他说："日本国民性，的确很好，但最大的天惠，是未受蒙古之侵入；我们生于大陆，早营农业，遂历受游牧民族之害，历史上满是血痕，却竟支撑以至今日。"⑤ 在这里，鲁迅是将日本的国民性作为参照的，站在民族的立场上找出自己民族的不足和根源。钟理和对中国国民性的批判同样也要选取一个参照物，而这个参照物又必须是他本人熟悉和了解的。以当时钟理和的人生经历来看，他选择的参照物一个是已经被殖民者改造的台湾，另一个就是他眼中的殖民者。从他后来写的《原乡人》可以清楚地看到，经过几十年殖民同化，台湾社会的思想及形态已经被改造，台湾民众对祖国的态度也发生了改变。陈映真在《精神的荒芜》一文中对当时台湾的现实进行了批判：

---

① 钟怡彦编：《新版钟理和全集·3》，高雄县政府文化局2009年版，第151页。
② 钟怡彦编：《新版钟理和全集·3》，高雄县政府文化局2009年版，第74页。
③ 钟怡彦编：《新版钟理和全集·3》，高雄县政府文化局2009年版，第84页。
④ 钟怡彦编：《新版钟理和全集·3》，高雄县政府文化局2009年版，第84页。
⑤ 鲁迅：《鲁迅全集》（第13卷），人民文学出版社1981年版，第683页。

现代资本帝国主义以其强大而残暴的现代化武装显示出来的暴力，以其现代化交通、运输、产业、教育、法政和文官制度等向其殖民地呈现种族、政治、社会经济、文明和权力上绝对的优越性，造成对殖民地强大的威慑，以遂行其政治支配和经济收夺。这种暴虐的统治，一方面激发殖民地人民的抵抗，但也更多地造成被殖民人民和知识分子深刻的民族劣等感，对自己民族种性、文化和传统，怀抱深层的厌憎和自卑，丧失民族主体意识，对自己民族的解放、进步和发展，抱持绝望、悲观的态度，从而对"文明开化"的殖民统治者表现为奴颜媚骨、卑屈顺从。①

钟理和在《夹竹桃》和《门》所表现出来的情绪就是"深刻的民族劣等感"，如果说袁寿田这个人物尚对民族抱有一丝希望，到了曾思勉这里就是彻底的绝望。在这几篇作品中，钟理和所持的立场和情感是复杂的，既不是与殖民者同流合污，但也不是将自己自觉视为民族的一员，而是试图逃避尴尬的被殖民者的身份，与被他一再称为"他们"的大陆同胞拉开感情的距离，以一种客观冷静的方式审视与他有着血肉联系但又陌生的一群同胞。同样是将审视的对象与其他参照物进行比较，鲁迅他们是怀着"哀其不幸，怒其不争"的赤子之心，在揭示自身不足，希望以此唤醒民众，"造成一个使新生命得能诞生的机运"，正如陈映真所说，他们对国家的残破和落后，"怀有同样或更深的痛恶"，但他们"知道这一切残破和落后的根源……以挚热的爱，和基于这爱而来的愤怒，揭发那残破和落后"。② 钟理和和鲁迅分处两个不同的文化空间中，他不可能有鲁迅那样的思想高度，更不可能成为

---

① 陈映真：《陈映真文选》，生活·读书·新知三联书店2009年版，第280页。
② 陈映真：《陈映真文选》，生活·读书·新知三联书店2009年版，第280页。

鲁迅那样的时代先锋。他因失望而对原乡产生不满甚至怀疑，他对国民性的批判既出于对弱者的同情，也是对这些不满的发泄。在这种心理的支配下，小说中出现了不少像"憎恶""鄙夷""深恶而痛绝""咀咒"这样极端性的词语，和将人比成"野猪""牲口""牝鸡""家畜"这样的语言现象也就不足为怪了。不可否认，这个时期钟理和以"旁观者"的"第三只眼"对中国国民性的批判有些是相当客观、精准和深刻的。比如他常常将北方大杂院的人际关系与南方地区"醇厚而亲昵"的乡邻情感相比，广大北方地区所遭受的封建专制的戕害与战争的伤害要比南方深重得多，本是中国文化的发源地和兴盛地，却在各种天灾人祸的打击下败落了。为了生存，这里的人们"多半是那么谁也不管谁。他们有如在偶然的机会聚集在一起的、彼此陌生的破难船的旅客"①。不光是街坊间的感情"索漠与冷淡"，即便是亲人之间为了生存下去也会自相残杀，上演了一幕幕人间悲剧。《夹竹桃》中原先的房东老太太的几个儿女整天为了一点食物争闹不休，最后家破人亡，老人和孙子流落街头。另一住户林大顺，目睹后妻虐待前妻生的一双儿女无动于衷，孩子的爷爷将留给孙儿的一点点粮食偷卖换大烟，直接导致孙子的惨死。钟理和的叙述是残酷的，在那些因冷漠而造成的死亡面前，很少有人不被刺痛和震撼。钟理和"旁观人"的身份与他者的身份有本质性的区别，一方面他在台湾这个中华文化的另一空间生长，他虽然对祖国陌生，但对民族文化并不生疏，汉文化是他内心所认同的母体文化，它是一条纽带，将钟理和与自己的民族紧紧连在一起；另一方面，殖民文化同样对他产生了影响，这是不可回避的。当他真正生活在大陆和同胞之中的时候，不适应感和生疏感自然而然地产生，他会自觉或不自觉地拿殖民下的台湾甚至日本与大陆进行对比，内心里

---

① 钟怡彦编：《新版钟理和全集·3》，高雄县政府文化局 2009 年版，第 75 页。

混杂着民族的自卑感甚至一种以殖民者文化自居的优越感。就钟理和的家庭和文化背景而言，他的民族意识主导着个人的思想和情感，即便在原乡遭遇了情感的失落，但他绝不会拒绝自己的民族和同胞，更不可能"按照殖民者的形象改造自己"，他所采取的文化策略是将自己从现实中抽离出来，用"第三只眼"观察和审视母体文化，"哀其不幸"，表达出人道主义的情怀，但终因与民族之间产生的这段距离，他对国民性的批判远远达不到"怒其不争"的深度。

在大陆生活八年之久后，钟理和对它的感情也从最初的陌生、不满逐渐到适应和理解。他对国民性和民族性的认识也克服了早期的不足，从一个"旁观者"转化为一个在位者，融入民族的主体之中。时过境迁，"中国已胜利，国耻已雪矣"[1]，曾经的奴隶从压迫中站了起来，中国社会进入了一个新的历史时期，钟理和的内心"欣忭而起舞"，他深深地感受到祖国的伟大，"因而自尊得到满足"，发自肺腑地喊出了："祖国呀！起来吧。"[2]第二次世界大战之后，世界格局发生了根本性变化，民主和独立运动风起云涌，现代思潮冲击着人们固有的思想体系。此时，钟理和敏锐地发现随着抗战的胜利，新的观念和意识在中国的大地上已悄然形成。他在阅读新创办的纯文艺杂志《创作》时指出："由这里我看出并且感觉到，此后新文艺的趋向所归，它将走怎样一条不同的路子。它于艺术的观点及价值如何虽不可知，但它将代表现时代的国民的意识与理念，而向新世纪的洪流奔去。国民的意识形态将在这些文学中指出，而且固定了此后应走的路向。"[3]钟理和认为"国民意识形态"也就是国民性要跟上"现时代"的发展步伐，要随着"新世纪的洪流"向前发展。中国人对国民性经过近一个世纪的探讨和反省之后，随着历史

---

[1] 钟怡彦编：《新版钟理和全集·6》，高雄县政府文化局2009年版，第6页。
[2] 钟怡彦编：《新版钟理和全集·6》，高雄县政府文化局2009年版，第13页。
[3] 钟怡彦编：《新版钟理和全集·6》，高雄县政府文化局2009年版，第7页。

的进步和发展，人们开始将国民性的问题置于现代社会结构之中，在揭示其不足与缺陷的同时，更多关注它的重构和重建。毫无疑问，钟理和是较早开启这种思路的先行者之一。

钟理和很快从抗战胜利的喜悦中冷静下来。旧的社会秩序被打破，大多数人一时还无法适应新的环境，一些国民的劣根性沉渣泛起，曾经的受害者转而将痛苦、愤怒转嫁到敌国的侨民甚至是台胞的身上。钟理和在日记里记录了北平民众殴打"日本侨民"的一幕：

> 欢迎国军之后，接着便有一片怪声充斥街道，怪叫、呐喊、喝彩、呼啸、欢呼、狂笑……和宪警的叱咤謷骂、劝诱、说项，同时大街上人群的波浪来回的回旋、汹涌、引退、杂沓、颠簸……澎湃而怒吼，击肉声、人像巨木似的倒地声、拳抱起于空中的挥动声、呻吟声……帽儿在空中飞舞。然而此并非欢迎国军而是疯狂了的民众在殴打"日本鬼子！"。
>
> 打的人有绅士、有店铺的伙计、有老百姓、有军人、有学生、有摊贩子、有老头、有小孩。被打的人同样有绅士、有店铺的伙计、有老百姓、有学生、有军人、有摊贩子、有老头、有小孩子，并且多了一样有女人。他们说"打"，于是便手起拳落，足蹴脚踩，于是"日本鬼子"便在这些眼睛发着凶光，已经失却正常意识的民众拳足之下哀号匍匐。①

钟理和与这些"疯狂了"的民众一样，"八年来在抑郁生活中忍辱负重艰苦备尝"②，饱受日本人的压迫和欺凌。然而，这些曾经的加害者

---

① 钟怡彦编：《新版钟理和全集·6》，高雄县政府文化局2009年版，第25—27页。
② 钟怡彦编：《新版钟理和全集·6》，高雄县政府文化局2009年版，第25—27页。

在战败后非但没有收敛和反省，一些日本侨民仍然以统治者自居，耀武扬威，不可一世。"自日本投降以来，他们——即在平的日本侨民，尚不知反省，每在大街挺胸阔步，今昔如此，不把中国人看在眼里，'唯我独尊'的心理并不以此的降服而稍减。由他们此种态度不难推测，他们对此次败北的真正认识与理解的程度，他们常大言不惭地说：'他们输是输在外国，在中国他们是打胜的！'"① 针对日本侨民的荒谬言论，钟理和一针见血地指出了他们的虚伪性："可怜的人们，他们还在做美丽的梦哩。总力战，正如其所示。所以无怪他们会有如此凄惨的败北。如果他们说'最后他们才战败的，开始时他们曾雄踞整个太平洋哩！'那不是要笑掉人家的牙齿吗？"② 因此，钟理和理解中国民众暴打日本侨民的行为："他们的态度只足刺激中国人殴打他们而已，此外无所补于事，亦可谓不大聪明的家伙矣。"③ 钟理和在理解的同时，也从现代意识的角度对这种行为进行了批评："记得不知道是甘地或者是谁曾说过：最可怕的是疯狂了的民众。他们仿佛失了理性的一群猛兽，将人来打猎……然而无论如何，这是像乘人不备咬人一口的卑怯行为可谓一个不文明、不出息的报复……将于民族的历史上留下一个小小的污点。"④ 抗战的胜利不仅是正义对邪恶的胜利，也是文明对野蛮的胜利。在中国国民性中，睚眦必报和欺负弱者是封建专制时代遗留下来的弊病。《阿Q正传》中阿Q被酒店里和赌场上的强者欺负，他反过来就去欺负比他更弱小的小D和小尼姑。革命胜利后，阿Q首先要去报复曾经伤害过他的人，甚至想要抢夺秀才的妻子和霸占他的家业。弱肉强食的封建专制统治造就了以暴制暴的社会心理根源，成者为王败者寇，专制者发动

---

① 钟怡彦编：《新版钟理和全集·6》，高雄县政府文化局2009年版，第25—27页。
② 钟怡彦编：《新版钟理和全集·6》，高雄县政府文化局2009年版，第25—27页。
③ 钟怡彦编：《新版钟理和全集·6》，高雄县政府文化局2009年版，第25—27页。
④ 钟怡彦编：《新版钟理和全集·6》，高雄县政府文化局2009年版，第25—27页。

每一次战争之后，对失败者的屠杀和掠夺成为胜利者最好的回报，杀戮与复仇循环往复，中国的历史充满仇杀的血腥味。钟理和目睹着历史的悲剧又一次在自己的身边上演，不少人将这种"教训侵略者"的行为简单地理解为"出于爱国的至诚"，甚至连被所谓"亲日家"的朝鲜人和戴日式腊帽的同胞也是他们暴揍的对象。钟理和基于现代文明社会的理念对上述现象进行了批判，他用理性的思维否定这些感性的行为，跳出了"正义"与"非正义"传统的二维对立的思维模式，将过去以"救亡图存"和"引起疗救"为目的的国民性批判上升到推动社会向现代转变的高度。钟理和既是严复、梁启超、鲁迅等人的思想继承者，也是将他们的思想在新的历史时期的弘扬光大者。

在返回台湾之前，钟理和已经从最初的一个摇摆不定的民族主义者转变为一名坚定的爱国主义者。他与时俱进，以现代性的眼光审视两岸民众的精神世界，与早期的思想不同，他不再将两岸作为独立的文化实体进行比较，而是从民族的整体性出发，结合自己两地的生活经验和观察，对殖民后的台湾社会和民众的精神状态、价值观念进行剖析与批判，切中时弊，发人深省。在钟理和回乡后创作的一系列作品中，除了表达对乡民的同情之外，聚焦更多的是批判他们身上的落后保守的劣根性。正是有了大陆生活的经验，钟理和通过比较发现台湾民众身上的大多数弱点实际上是整个民族的共性，在同一种文化孕育下的人的思想、价值观念和行为规则具有高度的同一性。他住院治疗的时候，常常与一位姓胡的病友高谈阔论，两人曾就国民性问题展开讨论：

> 与胡君谈及中国的民族性。中庸、无过、无不及，这是中国人的人生哲学，因此，中国人应该是自己也认为温驯、和平、良善。但是表现在事实上的作风，却道不尽然，或者可说是恰恰相反，无所不用其极。看来像是滑稽，事实如此，也无可奈何。太平天国的

残忍与虐杀,只有中国有;鞭尸的故事,只有中国有;另一方面,我们却把指南针用作看风水的罗盘,火药只做了过年节时燃放的炮竹。和平和狠毒,风雅与下流,温良与野蛮,这是一物的两面,互相联系的。

固然,这是历史磨练出来的,几千年来,他们都辗转在生与死的边缘,生命无时无刻不受威胁。这一种被磨练出的后天的性格,差不多已变成先天的了。这种性格如不矫正,则这民族是不会有多大希望的。今后的教育,当然是很要紧,但既然它是环境迫出来的,则根治办法,免不掉是还得由环境的改造入手:使他们吃得饱,睡得足,穿得好。①

日本明治时期的思想家福泽谕吉在著名的《文明论概略》一书中提出了"文明的精神"这一概念:"究竟所谓文明的精神是什么呢?这就是人民的风气。这个风气,既不能出售也不能购买,更不是人力所能一下子制造出来的,它虽然普遍渗透于全国人民之间,广泛表现在各种事物之上,但是既不能以目窥其形状,也就很难察其所在。"②钟理和尖锐地指出:中国几千年历史磨练出来的"文明的精神"是"和平和狠毒,风雅与下流,温良与野蛮"对立矛盾的性格。这个认识比他的前辈更深刻。正因为这种"文明的精神"的使然,光复之后的台湾社会在新的社会秩序和价值体系还没有建立起来的时候,从普通民众到社会精英的各个阶层只能依靠这些旧有的"文明的精神"来维系现状。在钟理和的小说中处处可以看到和听到"辗转在生与死的边缘,生命无时无刻不受威胁"的人们的困窘和哀号:《逝》中的马掌柜因为一点小事将还是孩子

---

① 钟怡彦编:《新版钟理和全集·6》,高雄县政府文化局2009年版,第78页。
② 福泽谕吉:《文明论概略》,北京编译社译,九州出版社2008年版,第48页。

的学徒小禄抽打致死；《阿远》中无耻的丈夫把天生白痴的妻子当作畜生买卖；《同姓之婚》中的村民们肆无忌惮拿同姓父母所生的孩子取笑；《生与死》中的张伯和为了救病重的妻子到处筹钱，却在一次次的"你的妻病了，与我何关"的冷漠和轻蔑中被拒绝了，眼睁睁看着心爱的妻子离自己而去；《雨》中的罗丁瑞在日据时代身任兵事系要职，甘当日本人的走狗坑害乡邻。台湾光复后他又摇身一变，见人低头哈腰，一副受委屈的模样。更有甚者，一群"失了自信心"的"丧心病狂的人们"竟然向国际社会寻求托管，出卖自己的国家和民族，他们中不少人是殖民时代的"所谓特权阶级者"，"站在统治者一边，帮日本人压迫台湾人"①。而今，殖民者失败了，他们却不愿放弃自己的奴隶身份，奴性和卑怯的劣根性暴露无遗。

在回乡后的几年里，钟理和清醒地认识到传统思想束缚下的台湾民众所承受的苦难一是来自外部的自然环境，他在日记中痛心地写道："我似乎又看见了在盲目地自然力之下低首平心的人们——靠天吃饭，因而产生了宿命的观点的古老农民。他们的愿望很殷切，然而是很简单，只要老天爷下一场大雨，让他们把田莳下去。"②二是在传统的生产方式下形成的宿命论，人们在自然面前束手无策，只好听天由命，久而久之形成了迷信、顺从的习性，而且"在科学尚未完全控制自然之时，那观念将会强有力地继续占据着他们的心"③。经过多年的磨练，钟理和的思想有了一个飞跃，他不再一味地批判，而是提出了"根治方法"：教育和改造环境。对于刚刚摆脱殖民统治的台湾民众来说，教育不仅仅是消除愚昧的良药，也是重新树立民族观和民族自信力的重要途径。小说《校长》让我们看到了正在恢复过程中的民族教育的勃勃生机。殖民

---

① 钟怡彦编：《新版钟理和全集·6》，高雄县政府文化局2009年版，第76页。
② 钟怡彦编：《新版钟理和全集·6》，高雄县政府文化局2009年版，第182页。
③ 钟怡彦编：《新版钟理和全集·6》，高雄县政府文化局2009年版，第182页。

时代大多数台湾学生只能读四年的公学校,掌握一些殖民者的语言,今后好被他们愚弄和奴役。光复之后,民族的文化教育建设快速发展,小说中那个仅有两间教室的县立初中面对"怒潮汹涌的学生"显得捉襟见肘,只好"增建教室和招生"同时举行,"建设、创造、成长、觉悟"这些"象征着人类社会进步和希望"①的东西在这块饱经沧桑的土地上"翻腾"着。钟理和说:"自由意志——这才是最有价值的。失去它,人类社会能够做出什么来?"②钟理和在小说《烟楼》中塑造了连发及其父母两代台湾人的形象,他们不为环境所迫,以一种顽强和悲壮的进取精神,怀揣"盼望下一代的人要有好日子过"的梦想,不退缩、不放弃,埋头苦干,在两代人的努力下,到了连发这一辈,"已承领了一甲多的田","再过几年缴清地价"就完全是他们自己的了。他们的"生活已经安定,再不像从前那样贫苦,也不再愁割起来的稻子会给头家拿走了。这是父亲生前连做梦也不会想到的事情"③。连发及他的父母身上所体现出的吃苦耐劳和坚韧不拔的品格,正是钟理和追求和向往的民族性格之所在,也是自鸦片战争以来中国的仁人志士们对国民性进行探讨批判的同时,所要塑造的民族性格和民族精神。

---

① 钟怡彦编:《新版钟理和全集·5》,高雄县政府文化局2009年版,第29页。
② 钟怡彦编:《新版钟理和全集·5》,高雄县政府文化局2009年版,第35页。
③ 钟怡彦编:《新版钟理和全集·5》,高雄县政府文化局2009年版,第2页。

第五章
"不屈的作家魂"①

钟理和整个文学创作时间不到 20 年,因为身体原因,写作活动断断续续,渐入佳境之时生命却戛然而止。在这短暂的 20 年中,钟理和从一个文学爱好者成长为一名专业作家;从最初以文学为武器反抗世俗到视文学为生命,他"把一生最有用的一段时间献给文艺"②;他以文学为立身之本,执着坚定,百折不回;他历经民族和个人的苦难,伤痕累累,却能超越自我,以一颗真挚博爱的心悲悯苍生;他从事创作,也开展批评,艺术思想不断升华,既提升了他的创作高度,也奠定了他在台湾地区文学史上的地位;他的后半生是在疾病与贫困的泥沼中沉浮与挣扎,但他矢志不移,以病弱之躯与一群同道者为战后台湾文学的建设"预铺道路"。钟理和文学成就的取得既得益于中华文化的滋养,也得益于凝结在个体身上的客家人坚韧不拔的族群精神,同时也得益于生活的砥砺,他的生活是不幸的,但正如他所说:"文人似乎命定了必须肩负无穷阻难"③,钟理和始终以真诚面对生活,以忍耐和通达对抗苦难,在"炎凉人世"中,让读者从他简朴而

---

① 彭瑞金曾称赞钟理和为"不屈的作家魂",并出版专著《钟理和——不屈的作家魂》。
② 钟怡彦编:《新版钟理和全集·7》,高雄县政府文化局 2009 年版,第 119 页。
③ 钟怡彦编:《新版钟理和全集·7》,高雄县政府文化局 2009 年版,第 119 页。

炽热的文字里获得"温暖"。钟理和在台湾文学史乃至中国文学史上的功绩是不可磨灭的,他所开创的乡土文学道路引领了台湾战后文学的发展方向,他所坚持的民族化艺术风格彰显了台湾地区文化的根本属性。

第一节 文学思想的升华

一般人看来,钟理和是位创作型的作家,很少有人将他与文学批评者的身份联系起来。的确,钟理和当初从事文学完全出于"喜好",从出道到日后成名,他一直是在"既无师长,也无同道"的情况下一个人"盲目地摸索前进"。① 钟理和只有高小毕业的文化程度,再加上一些私塾的汉文教育,凭着这点基础从事写作连他自己都认为是一件"不知天高地厚"② 的事情。他"藉着极不稳确的手段,绕着远道摸索前进……一点一点打下基础",靠着锲而不舍的精神步入文学的殿堂,其中的"寂寞凄清的味道,非身历其境者是很难想像的"。③ 但是,钟理和的创作并不是无师自通,传统的私塾教育培养了他基本的"作文之法",之后又从兄长"源源寄来日译本世界文学和有关文艺理论的著述"④ 中,通过自学掌握了一些现代的写作理念和技巧,为今后的文学创作打下了理论基础。钟理和深知自己学识和学养浅薄,在"坚定了要做一个文艺工作者的决心"之后,更觉得自己读书之少,"这种没有受过良好教育的自觉",鞭策他"发奋读书",他后来患病与"此几年间的过分用

---

① 钟怡彦编:《新版钟理和全集·7》,高雄县政府文化局2009年版,第95页。
② 钟怡彦编:《新版钟理和全集·7》,高雄县政府文化局2009年版,第94页。
③ 钟怡彦编:《新版钟理和全集·7》,高雄县政府文化局2009年版,第95页。
④ 钟怡彦编:《新版钟理和全集·7》,高雄县政府文化局2009年版,第114页。

功不无大原因"。① 从钟理和的日记和信函中可以看出他是一个善于学习、借鉴、思考的作家，他几乎书不离手，即便在病重期间和生命的最后时光，读书和思考成为医治他病痛的良药。纵观钟理和一生的文学活动，可以分大陆和台湾两个时期，在大陆的时候他埋头创作，与当时的文化界少有来往，虽然出版了一部作品集，但并未引起关注，此时的钟理和还处在写作技巧的探索与实践中，个人的创作理念和风格尚在形成之中，还需借鉴和模仿他人的写作经验和创作思想提升个人写作和表述能力，所以，钟理和称这段时期的作品为"不成熟的劣作"② 并不全是谦虚之词。抗战胜利返台之后直至他去世的十多年是他创作的成熟期和高峰期，特别是20世纪50年代中期，他与一群台湾省籍的文学爱好者创办了同仁刊物《文友通讯》，凭借这个平台开展文学批评和争鸣，给当时充斥着"反共文艺"和"现代主义"的台湾文坛吹进了一股清风，刚刚接触文学评论的时候，钟理和诚惶诚恐，他在给钟肇政的信中说："说来非常泄气，我从事文艺工作头尾十数年，就从没搞过批评。对于一篇作品，我只会欣赏，批评是不晓得的，而且也不合我的性格。叫我批评，不啻是拿了大学的考题让国校的学生去做，只是叫人搔头皮罢了。"③ 由单纯的写作向写作与评论并行转变，这对钟理和是一个挑战，同时，也是他创作成熟的重要标志。与学术型的文艺评论相比，钟理和开展文艺批评的出发点和落脚点都是围绕现实的创作展开的，他和文友们相互传阅各自的作品，通过开诚布公的评鉴，对文学创作的价值观、风格、艺术技巧等开展理论探索，同时，他们不回避现实文艺的弊端，特别是对当局提倡的所谓"战斗文艺""爱国文艺"进行了批判。钟理和及《文友通讯》的同仁们尽管疏离于当时的主流文艺，但是，他们坚

---

① 钟怡彦编：《新版钟理和全集·7》，高雄县政府文化局2009年版，第50页。
② 钟怡彦编：《新版钟理和全集·7》，高雄县政府文化局2009年版，第50页。
③ 钟怡彦编：《新版钟理和全集·7》，高雄县政府文化局2009年版，第8页。

持了新文化运动以来所提倡的现实主义文学精神，扎根于民间，通过创作反映大众的疾苦和愿望；通过批评推动"为人生而艺术，为社会而文学"的文学实践，对台湾日后乡土文学的发生与发展影响深远。钟理和的文学评论是承前启后的，它的价值和意义不仅仅局限于狭义的文学创作范畴，同时对台湾当代文学价值观的重构起到了引领的作用。总的来说，钟理和的文学评论集中在三个方面：一是文学的价值观；二是创作技巧；三是作家评论。这些评论散见于日记和信函之中，缺乏系统性和整体性，被很多研究者忽略，然而，当我们回眸台湾从光复到今天的这段文学历史的时候，才会真正认识到钟理和这些零散的文学评论在那个时代的难能可贵，它对回归祖国后台湾文学价值体系的建设和继承民族文化传统开创新的文学空间起到了引导和推动作用。他的文学思想影响了《文友通讯》的青年作家们，而这些人无一例外地都成长为台湾地区优秀的作家，他们又通过各自的影响力将钟理和的文学思想和精神发扬光大，使台湾当代文学始终保持着民族文化的传统和活力，成为中国文学"重要的一环"。

　　台湾光复，国土回归，民众恢复了中国人的身份，一切看起来让人振奋和欣喜。然而，台湾社会结构殖民化的程度较世界其他地区殖民化更深，民族文化遭受的破坏也最大，这些由日本殖民统治制造的"遗害"问题在光复后不久就逐步显现出来。台湾虽然在"政治"上脱离了殖民统治，但几十年形成的一些受殖民统治的社会性格仍左右着台湾，特别是在一部分台湾人的意识中存在着很深的"殖民情结"，他们被灌输了大量"皇民化"思想，在情感和身份认同上与自己的民族产生了隔阂。光复不久，一位台湾学者就这些问题进行了分析：

> 大多数的台湾同胞受尽了日本奴隶教育，他们中间大部分已成了"机械"的愚民，而小部分已成为了极危险的"准日本人"，我

们要用怎样的手段和方法，在最短的时间中去唤醒去感化这两批的同胞，使他们认识祖国，使他们改掉"大和魂"的思想，成为个个健全的国民，使他们能够走上建设新台湾，建设新中国的大路去。①

无论是"机械"的愚民还是"准日本人"都是殖民文化培养出来的"怪胎"，要彻底改造他们的思想首先就要从文化入手，只有通过肃清文化思想领域的殖民遗毒，建设台湾的新文化，才能使台湾文化朝中国化方向发展。随着台湾的光复，本地区的文化重建被提到了重要日程。文学是文化的重要组成部分，也是文化中对时代变化最敏感的领域，因此，台湾文化的重建是从文学的重建开始的。殖民时期的文学是台湾文学重建中不可回避的内容，如何看待这个时期的文学关系到重建的基础和内容。1946年2月，省籍文艺工作者赖明弘在上海《新文学》杂志上发表《重建祖国之日——台湾文学今后的前进目标》一文，他说：

在半世纪中，台湾与祖国的政治、经济、教育等一切关系，虽然遭受日寇严格的截断，但贯穿文化思想的民族精神之火把，终熊熊地被承续，这重要的一线终于被坚守着，所以今日整个的台湾民族仍然是活在中国民族的大海里。②

赖明弘认为，日据时期"民族精神之火把"始终"熊熊地被承续"，这个判断与钟理和关于沦陷时期"真的文化传统是在地下生存着的"观点是一致的，他们都认为民族文化在殖民时代遭受到巨大破坏，但并没

---

① 林萍心：《我们新的任务开始了——给台湾智识阶级》，《前锋》1945年第25期。
② 赖明弘：《重建祖国之日——台湾文学今后的前进目标》，《新文学》1946年2月3日。

有被彻底摧毁,一直延续到台湾的光复,这是重建台湾文化的基础。而那些被殖民者鼓吹的"皇民文学"是被政治扭曲了的文化,钟理和称之为"征服的文化"和"虚伪的文化",省籍作家龙瑛宗在《文学》这篇小短文中将它斥为"谎言"的文化:

> 无疑地,台湾曾为殖民地;在世界史上,从未曾有过作为殖民地而又文学发达的地方,殖民地与文学的因缘是很远的;即便如此,台湾不是有过文学吗?是的,曾经有过看似文学的文学,但,那并不是文学,知道了吗?有谎言的地方就没有文学,如果有也只是戴着假面具的伪文学。①

殖民时代台湾文学的主体性受到极大破坏,殖民者制造出来的文学是由谎言编织成的,是虚伪的,所以有人认为日据时期台湾文学只属于草创期,因为"它不能自由成长,政治的因素常常阻碍了它发育滋长的方向,它在不安的心情下摸索着它的前途,因此它的进步是迟缓的"②。

台湾光复为台湾文化的复兴提供了难得的历史机遇,文化重建在政府和社会的共同努力下迅速开展起来。"台湾文化协进会"的成立是文化重建工作中的标志性事件,它网罗了政府和民间的代表性人士,以及部分省籍进步左翼文化工作者,该协会呼吁全社会共同努力,"建设民主的台湾文化、建设科学的新台湾、肃清日寇时代的文化遗毒",他们将"民主""科学"的"五四"精神作为开展文化重建的思想基石,指明了台湾新文化的发展方向。这项工作以文学重建入手,在"中国文学古有的传统"上,"建立起新时代新社会所需要的,属于新的中国文学

---

① 转引自吕正惠、赵遐秋主编:《台湾新文学思潮史纲》,昆仑出版社2002年版,第141页。
② 范泉:《论台湾文学》,《新文学》1946年1月1日。

的台湾文学"。①殖民时代殖民者标榜和推崇的文化是"愚民"的文化，是为殖民统治服务的，殖民时代的文学同样也是"戴着假面具的伪文学"，因此，重塑台湾的文化精神，重新确立台湾文化的功能指向既是历史赋予的使命，也是台湾文学得以新生的重要依托。台湾文学今后的发展路线和方向引起了包括作家、理论家的高度关注，在"民主"与"科学"两大功能指向的指引下，他们对新时期台湾文学建设的路线进行了勾画，其中，"写实主义的大众文学"的主张得到了文学界的广泛认同。同样是赖明弘，他旗帜鲜明地说："台湾既然复成为中国疆土的一部分，那么无论是政治、经济、文化、教育等各部门，已经不能再离开祖国，而单独理论或划分立说"，因此，"我们今后将要努力创造的台湾新文学，亦即是中国文学的一部分，换句话说：台湾的文学工作者也就是中国的文学工作者"。②至于台湾文学今后的发展方向，他明确指出：

  文化艺术的分野自然也不能例外，尤其是文学必须加紧地指向写实主义的大众文学之路走了……我们的时代，正是要建设人民的自由与美满而幸福的社会，艺术也担任着一个重要的任务。今后我们的文学精神，必须倾注在这个意义上的工作，台湾文学今后的目标，亦应循此路迈进。③

  赖明弘认为光复后的台湾文学重新汇合到中国文学的版图，就应该以中国文学特别是"五四"以来所形成的具有现代民主意识的文学精神为依归，彻底摧毁殖民文学非人性的价值体系。在一篇题为《一个开始·一个结束》的文章中，该文作者更是大声疾呼：

---

① 范泉：《论台湾文学》，《新文学》1946年1月1日。
② 赖明弘：《重建祖国之日——台湾文学今后的前进目标》，《新文学》1946年2月3日。
③ 赖明弘：《重建祖国之日——台湾文学今后的前进目标》，《新文学》1946年2月3日。

从今以后，文学者必须有一个深切的理解，公然地归依于民主主义，这是最重要的。我们必须为民主而生活，为民主而写作，大胆地歌唱民主，予反民主以打击；而且必须站在民主的立场上，去理解对象，撷取主题……在写作的实践中，必须到人民中去，写出人民的思想，写出人民所能接受的作品……新的文学者必须以现实主义作为武器，反民主者与现实主义者正是不能并行的，他们须要掩蔽、欺诈、扼杀理想，而现实主义却是一种文学上的主观自觉力量，是文学中最锐利的武器。①

从殖民统治下刚刚解放出来的人民最渴望的是自由和民主，上述文学主张回应了人民的内在精神需要，因而得到了大众的拥护。台湾光复让台湾的文学者对未来充满期待，他们高举"民主"的大旗，在重新争得做人的权利的同时，也为台湾文学的走势确立了基本路线。

此时，钟理和远在大陆的北平，他并不了解岛内所发生的一切，但是，抗战的胜利同样让他和居留在大陆的台胞们欣喜若狂："人声、唤呼、笑颜、热情……在异族支配与蹂躏之下，跨过五十余年的人们，感慨当无量也。"②中国社会形态发生了巨变，钟理和以一个文学创作者的灵敏感受到中国文艺将会发生巨大的变化：

我看出并感觉到，此后新文艺的趋向所归，它将走怎样一条不同的路子。它于艺术的观点及价值如何虽不可知，但它将代表现时代的国民的意识与理念，而向新世纪的洪流奔去。国民的意识形态将在这些文学中指出，而且固定了此后应走的路向。③

---

① 楼宪、张禹：《一个开始·一个结束》，《和平日报·新文学》1945年第1期。
② 钟怡彦编：《新版钟理和全集·6》，高雄县政府文化局2009年版，第1页。
③ 钟怡彦编：《新版钟理和全集·7》，高雄县政府文化局2009年版，第6—7页。

钟理和认为中国的新文艺应以表现"国民的意识与理念"为发展方向，这一点与岛内文学界提出的"大众文学"的理念相一致，由此可见，从殖民和压迫解放出来的人们对民主充满了渴望，他们希望通过文学艺术形式反映国民的心声和理想，使大众成为真正的社会主人。然而，当人们还"浸在回忆纪念与狂欢之中"的时候，钟理和却很快冷静下来，他从那些打着"新文艺"招牌的作品中发现了一些让人担忧的现象：

> 摇身一变的时代与摇身一变的人们。什么都是摇身一变，都在摇身一变。只差变得像与不像而已。有的变得惟妙惟肖，比真物有过之而无不及。但可惜都与孙猴子相仿佛，一条尾巴虽变成了一柱桅杆，然而却因不能挪在前边儿露出了马脚。①

在钟理和看来，现实生活中旧的思想和道德并没有因为旧时代的消亡而消失；相反，它们摇身一变，以一种看似新的形式蛰伏在社会中，阴魂不散。但这些旧的东西不管如何乔扮，其虚伪腐朽的本质却永远无法改变，总会在某些方面露出"马脚"。钟理和的观察与分析不能不说是深刻和犀利的，他所指出的这一点很快在台湾得到印证。当时中国宏观的文化领域"仍处在封建的旧文化与民主的新文化两条路线的剧烈斗争"②，这种斗争也直接影响到台湾文化的重建，并很快在此项工作中浮现出来。一位从大陆来台的作家发表了题为《论中国化》的文章，对当时的这种现象进行了批判：

---

① 钟怡彦编：《新版钟理和全集·6》，高雄县政府文化局 2009 年版，第 12 页。
② 吕正惠、赵遐秋主编：《台湾新文学思潮史纲》，昆仑出版社 2002 年版，第 136 页。

> 随着胜利而来，一种恶性的中国化正抓住整个台湾……而现阶段台湾的恶性状态，与全中国旧思想是一脉相承的。①

文章进一步指出，大陆的旧文化势力与台湾本土的封建旧殖民势力正在合谋，逐步渗透到台湾的政治、经济、文化各领域。他们试图阻止大陆的进步文化进入台湾，并压制台湾本土的优秀文化，这种"恶性的中国化"使台湾社会在"脱殖民化"的过程中又走向另一条旧的路子。这篇文章中所提到的"旧思想"在台湾社会泛滥的现象与钟理和在大陆所观察到的旧文化"摇身一变"的现实实质上是同一性的，由此可见，抗战胜利之后，大陆与台湾两地在文化重建中面临着同样的问题和任务。钟理和凭借丰富的个人阅历和作家的敏锐力揭示出中国新旧社会转型时期文化界存在的逆流，他对这种文化现象的评判是准确的，也是深刻的，这也是他个人创作思想的升华。在大陆时期的创作实践不仅丰富了他的写作经验，同时也培养了他观察思考的能力，为返台之后迎来他创作的高峰期奠定了思想和艺术的基础。

从台湾光复到国民党败退台湾的四年多时间，台湾社会经历了"二二八事件"和"四六事件"，国民党政府处理这些事件手段简单粗暴，严重伤害了台湾同胞的情感，造成了新的社会对立，人民渴望的"人民的自由与美满"在现实中烟消云散。国民党政府将在大陆实施的所谓"戡乱动员令"施加于刚刚从日本殖民下解放出来的台湾，满怀自由渴望的人民悲观失望，正如吴浊流在他《亚细亚孤儿》中文版所题的一首诗所说："一卷辛酸史，沧桑二十年。山河虽复旦，依旧泪绵绵。"然而，台湾本土及来自大陆的文化工作者继续高举"人民文学"的大旗，爆发了一场"台湾新文学的建设"大讨论，当时《新生报》副刊《桥》作为此

---

① 王思翔：《论中国化》，《和平日报》1946年5月2日。

次大讨论的主阵地,在近两年的时间里发表了几十篇论争性文章,对日据时期台湾文学的历史回顾和评价,台湾文学的特殊性与中国文学的一般性的关系,台湾文学今后的走向、路线、创作方法等问题进行了广泛而深入的讨论,成为中国新文学运动的重要组成部分。已经返回台湾的钟理和此时正在台北一家医院住院治疗,没有直接材料能够证明他也参与了此次讨论,但是,钟理和亲身经历了"二二八事件"的全过程,并且在日记里详细记录下他目睹的血淋淋的场面,这对他来说是个沉重打击,他愤慨地写下了一句话:"台湾人全部一个情绪——恨。"① 而他本人又何尝不是呢?遭受过殖民统治的人民无不视民主和自由为珍宝,然而,刚刚从殖民者的枷锁下解放出来的台湾民众还未呼吸到自由的空气,台北上空的枪声就将他们的美梦击碎了。但是,枪声和鲜血并没有阻挡住大家对台湾文学发展道路的探索;相反,他们更加认识到人的价值与尊严才是台湾文学的灵魂所在,在"人民的文学"的旗帜下,这次文学大讨论的主要领导人都鲜明地提出了各自的主张。代表人物歌雷说:"台湾文学不是一个'个人的文学小王国',而是在积极地努力于人民的结合与社会的进步。"② 作家骆驼英认为,这次论争的产生,并不是偶然的,而"是由于文艺必须从现实产生,更重要是从人民的生活和斗争中产生,而服从于人民这个观点出发,并应客观现实的要求而产生的"③。杨逵在《人民作家》一文中说:"人民的作家应该是人民的一员,要靠自己的血汗和人民生活在一起",并且"要鉴定这个立场,鉴定保有这样的生活态度,才能够认识人民的生活情感思想动向,有这确切的认识也才能把人民的生活感情思想动向真真实

---

① 钟怡彦编:《新版钟理和全集·6》,高雄县政府文化局2009年版,第63页。
② 歌雷的观点,见《台湾文学问题讨论集》,人间出版社1999年版,第65页。
③ 骆驼英:《论"台湾文学"诸论争》,《台湾文学问题讨论集》,人间出版社1999年版,第169页。

实地表现出来"。① 为实现上述文学目标，在创作方法上绝大多数讨论者认同"现实主义的创作方法"，这种创作方法自 20 世纪 30 年代以来一直是中国文坛广泛运用的主要艺术表现形式，同时也逐渐被台湾的文学工作者所接受，并提出了"新现实主义"的观点。同样是杨逵，他在总结了大家意见的基础上，对"新现实主义"的内涵进行了总结，他认为作品要反映现实，"作者须要确切认识现实"，要综观现实的光明与黑暗、前进与后退的两面性。同时也要看到现实不是孤单的，也不是间接的，它是联系、发展的，要"放大眼光综观整个世界，透视整个历史的演进，这才是科学精神"②。然而，这一场轰轰烈烈的文学运动随着国民党政权败退台湾而宣告结束，"在希望与挫折交错的崎路上发展起来的'现实主义文学'和'人民文学'的思潮"③ 开始被禁止，取而代之的是"反共文学"和"现代主义文学"，台湾文学试图建立新的结构体系的努力失败了。

20 世纪 50 年代的台湾文坛笼罩在"反共文艺"和"战斗文艺"的阴影下，在政治迫害和文艺高压政策下，刚从殖民社会走出来的台湾本土作家还未来得及适应新的社会环境，就又遭此劫难，他们被当时所谓的主流文化排斥在外，成为边缘化的特殊群体。作家王诗琅谈及台湾本土作家的状况悲哀地说："表现工具上，过去以中文写作的因多年辍笔有的已离开文学了，有的不敢轻易动笔。而以日文写作的既无日文作品发表机关，又限于中文写作能力不够，新的工作者更非急速可以培养出

---

① 转引自吕正惠、赵遐秋主编：《台湾新文学思潮史纲》，昆仑出版社 2002 年版，第 160 页。
② 转引自吕正惠、赵遐秋主编：《台湾新文学思潮史纲》，昆仑出版社 2002 年版，第 160 页。
③ 转引自吕正惠、赵遐秋主编：《台湾新文学思潮史纲》，昆仑出版社 2002 年版，第 170 页。

来",还有一些作家"对于现实的蜕变还没有确切的认识,以致多抱迟疑、观望的态度"。① 由此可见,在那些热热闹闹的"战斗文艺"背后却是台湾本土文学的萧条与落寞。此时的钟理和同样面临着以上种种限制,他在仅有的两三家报纸的副刊上发表作品,因为不合"战斗文艺"的主题要求,他向报纸杂志投寄的稿件大多数是石沉大海。他也曾消沉、气馁过,但他所坚持的文学梦始终没有放弃。特别是在台湾本土文学一片萧瑟寂寞的时候,钟理和无形中接过了新文学运动的理论和创作大旗,让台湾光复后兴起的这场新文学运动一直延续下去,同时不断发扬光大,为六七十年代台湾文学的崛起打下了坚实基础。因此,钟理和是战后台湾文学史上一位承前启后的关键人物,正是他和其他一些作家的坚守,台湾新文学运动才没有被历史湮没,中国文学的传统才得以在台湾延续。

钟理和的文学主张直接继承了大陆"五四"新文化运动的思想,他从少年时代开始阅读现代著名作家的优秀作品,这个习惯一直保留到他生命的终点。我们可以从他的日记中看到,他几乎读过所有中国现代最有影响力的作家作品,其中包括鲁迅、巴金、茅盾、郁达夫、冰心、张天翼、废名、林语堂、刘白羽、艾芜、吴祖光等,涉猎之广,在同时期台湾作家中是不多见的。通过阅读和思考,这些优秀作品中所传递的文化信息也逐渐被他接受、吸纳。其中,鲁迅对他的影响最大,鲁迅的文学观渗透到了他的文学思想中,并通过创作表现出来。他曾经专门谈到"鲁迅的路子"的话题:

> 鲁迅本来是学医的,在仙台医专,因在课余的电影上看见一个中国人做俄国的奸细被日本人牵去砍头时,一阵心血来潮,遂抛下

---

① 陈芳明:《台湾新文学史》(上),联经出版社 2011 年版,第 290 页。

他的解剖刀与白披衣跑到文学里去了。

他以为想要救中国，舍文学无他，而它是最快的方法。

然而俗话说得好，聪明一世，懵懂一时，鲁迅先生在这里竟大大地弄错了。他还不如快去茅山，由茅山老祖借来一把斩妖剑呢！印在纸上的冷冷的字究竟是无用的，他不如向准横行在白日下的妖魔鬼怪们的脖子上"嚓"的一刀劈下去管事。我相信只有去掉那一小部分或者是大部分的人，另一部分的人才能得救，才有法子活下去。而欲去掉那一部分的人，大概除开杀头以外，是没有更好的办法的。

他对上面所说的"鲁迅的路子"这样评价道：

鲁迅的路子在现在是行不通的。他太激烈、太彻底了。把这法子适用于现在，那是傻子才肯做的。因为这不啻自动的断绝了升官发财的机会。一辈子甘愿做奴才。聪明人是不走这条路子的。①

一些研究者在分析这段话的时候往往抓住字面上的意思，以此批评钟理和的消极人生态度。其实，钟理和是用反语的形式来表达他对"鲁迅的路子"的认同和对现实社会的批判。鲁迅选择文学的动机是希望通过文艺拯救国人的灵魂，尽管文学具有批判社会的功能，但效果不是立竿见影的，它必须触及人的灵魂深处才能起到拯救的目的。一方面钟理和看到了从事文学工作的艰苦与艰巨；另一方面，也表明了钟理和从最初对文学的喜好而逐步形成了一种文学的自觉，他完成了从文学的爱好者到专业作家的转变，正如他自己所说此时才"坚定了要做一个文艺工

---

① 钟怡彦编：《新版钟理和全集·6》，高雄县政府文化局2009年版，第36页。

作者的决心"①。他说鲁迅的路子"太激烈、太彻底了",在现实环境中是行不通的,其实,他本人是完全认可这条文学之路,一个文学者只有敢于直面现实,揭露现实,甘愿忍受平凡,自我"断绝了升官发财的机会",他所创作的文学作品才能唤醒和拯救我们的社会。钟理和也清醒地认识到,鲁迅这批文化巨匠们开创的"民主"与"科学"的时代精神,在抗战胜利之后的中国仍然具有巨大的现实意义。他切身地感受到封建文化势力仍然很强大,正如他所说:"鲁迅先生的敌人增加了,战友增加了,战线也延长了。"②钟理和看到现实中旧的文化依然强大,鲁迅们的事业还远远没有成功,他自视为与鲁迅同路的"战友",自觉地加入这条"战线"与"敌人"战斗。

钟理和在大陆的后期,思想上发生了根本性的改变,如果说此前他所关注的重点只是自己或与自己有关的生活,而现在他正在跳出狭小的自我空间,将目光投向千千万万的普通"民众",他说:

> 五四运动我们最大的收获,便是在旁边发现了数千年来被人们所遗忘的一群"民众"。由那时候起,这时代的宠儿便搬着它的粗野而拙笨的巨体登上了舞台。……我们静静的看看他们是要穿起何种式样的被衣去跳他们的舞。③

钟理和也曾经"遗忘"了这群"民众",他自顾舔舐自己的伤口,对周围同胞们遭受的苦难视而不见,甚至报以冷漠的态度。但也不可否认,钟理和在大陆漂泊的几年中,他真正接触了"民众"的生活,经历了和他们一样的痛苦与艰辛,就如小说《门》的主人公袁寿田和《夹竹桃》

---

① 钟怡彦编:《新版钟理和全集·7》,高雄县政府文化局2009年版,第150页。
② 钟怡彦编:《新版钟理和全集·6》,高雄县政府文化局2009年版,第27页。
③ 钟怡彦编:《新版钟理和全集·6》,高雄县政府文化局2009年版,第63页。

的主人公曾思勉,前部作品所宣泄的是纯粹个人的悲情和失望;而后者几乎没有谈过自己,始终站在"他者"的角度观察、评价周围的人和事。《夹竹桃》中的曾思勉和同院的大学生黎继荣都自诩为"人道主义者",然而,他们都没有真正理解"人道主义"的内涵,荒唐地将殖民者制造的悲剧理解为人道的悲剧,尽管这种理解是浅薄的,但我们从中可以发现钟理和创作的变化:他开始以自己的方式认识和理解周围的世界,文学表现从个人转向他人。他所提到的"民众"与台湾新文学运动所提到的"人民"的概念是完全一致的,钟理和认为"中国人是生活在生活中的人种"[①],具有与生俱来的韧性,正是依靠这种韧性,中国人才能在抗战时期的那种艰苦、悲惨的环境中生存下来,最后迎来了胜利。这种认识与他在《夹竹桃》中将那些大院里的贫民的忍耐说成是"像动物强韧的生活力"比较有了质的飞跃,他从这些同伴身上感受到了自己民族具有的可贵的精神,他也逐渐开始接受和认同曾被他称为"野猪"和"野草"的同胞,并将自己视为其中的一员,沿着"鲁迅的路子"为"民众"写作。

返台之后,钟理和因病住院,有一段时间不能写作,反而给他提供了一个难得的读书、思考的机会。一方面,经过这次生死考验,他对生命的理解超越了普通人,既丰富了他的思想内涵,也为下一步的创作提供了最好的素材;另一方面,通过阅读与思考,钟理和总结了自己与他人的写作经验,逐步形成了自己的创作思想和理论,这对帮助他成长为一名优秀的文学家具有重要的意义。他的文学主张散见于日记和信函之中,通过梳理,可以总结出三个方面的内容。一是关于文学创作的态度。钟理和在大陆时期就提出创作中的重要态度——"诚":"用'诚'字之难及达'诚'字之难。惟诚可以成,不诚无物,一个人的成败皆系

---

① 钟怡彦编:《新版钟理和全集·6》,高雄县政府文化局2009年版,第40页。

于其对诚字所下的功夫的程度之上。"①"诚"不仅是生活的态度,也是创作的基本态度,"惟诚可以成,不诚无物",一个作家没有真诚的情感,他的作品就难以感动读者,那些缺少真诚的作者即便"写几十篇让人今天看了,明天就忘得一干二净"②。钟理和分析了创作中经常出现的一种现象:"由思想到表现只有六分真,由表现到文字又是六分真,由文字到了解又只有六分真。"③作者的文字与作者的思想之间存在着一个差距,这是任何一位作家都无法回避的事实。如果创作中缺少诚意,那么,最后到了文字上面的还有多少"真"呢?北平时期,有一位在大学做老师的同乡批评钟理和《夹竹桃》中的曾思勉"有超然社会生活之上的漠不关心的那种态度"④,因而这位同乡把这部作品归为林语堂、周作人一派的"有闲文学",这个评价是恰如其分的。《夹竹桃》虽是钟理和的代表作,但是两岸的很多评论者对小说流露出的一些负面情绪进行了批判,究其根本原因,钟理和创作时还处于身份迷惘的阶段,他不能带着诚挚的情感来表现大陆同胞的痛苦,无论是曾思勉还是黎继荣,他们对待大院里其他人的态度都有一种不屑的情绪在里面。所以,陈映真说在这部作品中"感受不到一丝一毫作者对残破而黑暗的旧中国里的同胞的爱"⑤并不唐突。钟理和也在不断反思这个问题,他告诫自己:"文学之下不可虚假也如此。"⑥他认为"文学所要传达的是情感,所要唤起的也是情感","一切动物都有感情,甚至可说一切有生命的东西都有感情,当他在实地反映生活时,它总是正当的、美丽的。但是当人类的感

---

① 钟怡彦编:《新版钟理和全集·6》,高雄县政府文化局2009年版,第13页。
② 钟怡彦编:《新版钟理和全集·7》,高雄县政府文化局2009年版,第140页。
③ 钟怡彦编:《新版钟理和全集·6》,高雄县政府文化局2009年版,第23页。
④ 钟怡彦编:《新版钟理和全集·6》,高雄县政府文化局2009年版,第40页。
⑤ 陈映真:《原乡的失落》,载《陈映真文选》,生活·读书·新知三联书店2009年版,第201页。
⑥ 钟怡彦编:《新版钟理和全集·6》,高雄县政府文化局2009年版,第32页。

情为了私情而有所偏向时，它便变成丑恶的了"。① 他又通过对陀思妥耶夫斯基作品的评论对"诚"的内涵进一步阐释。他说陀思妥耶夫斯基是自己"所不喜欢的作家。他作品的夸张、矫情、不健全、不真实，令人不生好感，他写的东西和我们的生活很少关系"。同时，又引用了一段毛姆对陀思妥耶夫斯基的评语来印证自己的观点：

> 他的感情的确是令人厌倦的，他的人道主义也是没有用的，他把俄国再生的希望，寄托于"人民"，可是对这些人民他却并不熟识，对他们的痛苦辛勤并不同情。他猛烈的攻击想要减轻人民痛苦的人，骂他们无赖。他提出解救穷人痛苦的办法是：把他们的痛苦理想化，再在其中找出解脱的方法。他主张的不是现实的改革，而是宗教的神秘的慰藉。②

尽管陀思妥耶夫斯基是位优秀的作家，但是，他对描写的对象并没怀有真实的情感，甚至骂这些"人民"为无赖，因此，无论他的艺术手法多么高超，有的作品也是让读者感到"丑恶"。在这里，钟理和又一次提到了"人民"，他将能否反映"人民"的痛苦作为评判一位作家和一部作品的重要标准，同时，他对那些权贵势力轻视的"人民"的语言表示了赞赏："引车卖浆流的话，通常都以为是俚俗可鄙的，可是在我看来，却比所谓正人君子也者，获任何知识分子的语言，都要活泼有趣，如果处理得得当，里面是有好文章的，可以给作品带来生动力。"③ 钟理和的"民本主义"思想是"人民文学"理论的继承和发展，在20世纪50年代白色恐怖下的台湾，敢于坚持这个文学主张无疑是需要勇

---

① 钟怡彦编：《新版钟理和全集·6》，高雄县政府文化局2009年版，第214页。
② 钟怡彦编：《新版钟理和全集·6》，高雄县政府文化局2009年版，第240页。
③ 钟怡彦编：《新版钟理和全集·6》，高雄县政府文化局2009年版，第92页。

气和智慧的。

人的情感不是凭空产生的，钟理和在对本土作家古之红的《蒙恩记》进行评论的时候，提出了"生活经验"与写作的关系问题："然而一个人的生活，毕竟是有限的，不能遍及各个方面，对于他自身的生活环境，他知之甚详而体之至深，写来自然亲切动人，有其真实感。可是，一走出他的门槛，既非他的世界，他就难免生疏隔膜，如果要写，就只能靠想象了。因此，要想它写得好，写得动人是很难的，说不定还会变得矫揉造作。"[1] 这些宝贵的"人生经验"是"小说的材料"，作家只有体验到某种生活，他才能产生最直接、最切身的感受，反之，他的创作就会"不健全、不真实"。钟理和批评林语堂的闲适小品文是"远离了他所由而生出的土地"，根本看不到人间的苦难，所以他的作品"似乎常有错觉，当看到人家上吊的时候，便以为那是在荡秋千"。[2] 钟理和认为在林语堂的作品里，大众的苦难往往被他肆意扭曲，甚至把别人"上吊"描写成"荡秋千"，这些作品是违背现实的规律。钟理和受毛姆作品的影响，对巴尔扎克抱有成见，但是，读过巴尔扎克的作品之后，他对巴氏在作品"表现的那份对人生、对社会所抱持的热烈的崇高的希望"深深感动了，他说：

> 巴氏所描写的世界，那是豪华的、多彩的、生动的、但是可怕的。然而他所描写的爱情，东方人是无法了解的。贯穿巴氏的小说的基本精神是——钱！钱是原动力，支配一切。所有人物，伟大的、渺小的、贫穷的、已经富豪的，统统绕着"钱"在转，激烈的转，像走马灯绕着轴心在转一样。[3]

---

[1] 钟怡彦编：《新版钟理和全集·6》，高雄县政府文化局2009年版，第242页。
[2] 钟怡彦编：《新版钟理和全集·6》，高雄县政府文化局2009年版，第211页。
[3] 钟怡彦编：《新版钟理和全集·6》，高雄县政府文化局2009年版，第240页。

巴尔扎克是位伟大的现实主义作家,他毫不掩饰地描写了他所处的阶级的骄奢的生活,虽然他对自己这个阶级的沉沦报以深深的同情,但是,他用现实主义的手法真实地表现了这个阶级的腐朽与没落,所以,他的作品洋溢着"热烈的崇高的希望",这种"希望"的源泉来自巴尔扎克对这个阶级生活的熟悉和了解。钟理和坚持的创作要从"生活经验"出发的原则正是现实主义文学的核心内容,正如杨逵所说:"好的作品须要有透彻的认识,坚强的意志与胆敢的表现现实。"这些内容构成了作品的"潜力",就会给读者带来信心和希望。

钟理和非常重视作家的人格修养对创作的影响,他认为:"一篇作品,是外在世界透过作家的个性扭曲出来的映像的说法……然而一个人的个性是不能离开他的人格品行思想而独立的。在透视他的个性的同时,必然也带上他的品格德操的印痕。因此要求一个作家必须养成有高尚的品格才有道理。否则就没有理由了。"[1]钟理和在阅读了一些世界名著之后,更加坚信自己的观点:"一部作品被列为世界最伟大的小说之列,绝不单是他有趣,有特征,有感情,对于社会人生亦必赋有极大的感化力,必然是一个作家的人格和正义感透过笔尖流到了纸面上的东西。如果他先没有对崇高的东西的感受性,他就不会对读者有所启迪。"[2]他对毛姆在《世界十大小说家及其代表作》中"宣述一部作品和一个作家的生活,至少是人格是可以无关的"[3]的观点感到"深深困惑"。抗战胜利之初,北平的一些曾经在沦陷时期投靠敌伪的文人学者,摇身一变又在报纸杂志上向国民政府献媚,钟理和对这些人的丑态进行了批判:"记得从前有许许多多文人学者,在他们的作品上、论著上、一切文章上诚惶诚恐状似出'天王圣明臣罪当诛'的披肝沥胆大事其'大

---

[1] 钟怡彦编:《新版钟理和全集·6》,高雄县政府文化局2009年版,第244页。
[2] 钟怡彦编:《新版钟理和全集·6》,高雄县政府文化局2009年版,第244页。
[3] 钟怡彦编:《新版钟理和全集·6》,高雄县政府文化局2009年版,第244页。

东亚共荣圈'、'八紘一宇'、'世界新秩序'如此这般的官样文章。而于今读之不但无聊,且将令人酸心而发呕也。"① 这是一群没有人格和骨气的文人,他们向侵略者出卖了自己的灵魂,当侵略者被赶走之后,他们又向当权者摇尾乞怜,摆出一副委屈的模样,钟理和对他们这种令人作呕的行径表示出憎恨和不齿。作家的世界观与人格修养是文学创作的基石,一部作品缺少了"对崇高的东西的感受性",就不会让读者产生感动,更不会让给读者以"启迪"。

钟理和根据自己的感受,总结出了这样的创作经验:"一个文艺工作者,常常要经历几许内部的危机,好像已经到了山穷水尽。但机缘一到,或者可说偶尔得到了某种启示,于是一转念之间,便已又柳暗花明,别开一番生面了。"② 他的作品朴实无华,但都是在"经历几许内部的危机"之后的人生体验,因此,这些作品才能真实地反映现实人生的困厄,将作者获得的"某种启示"通过作品传递给读者。这是钟理和小说的魅力,也是现实主义文学的魅力。正是有他这样默默坚守着文学理想与信念的作家,台湾文学在沉寂了十多年后迎来"乡土文学"的高峰。

第二节 超越个体的人文情怀

台湾资深评论家齐邦媛在《千年之泪》中说过这样的话:"在中国悠久的人文传统中,世世代代的诗人、散文家和小说家都不曾在颠沛流离或富贵荣华中停笔。每一个时代都留下它的声音,声音的强弱也忠实地反映了那个时代的痛苦和喜悦。"③ 钟理和秉承这份人文传统,在颠沛

---

① 钟怡彦编:《新版钟理和全集·6》,高雄县政府文化局2009年版,第32页。
② 钟怡彦编:《新版钟理和全集·6》,高雄县政府文化局2009年版,第144页。
③ 齐邦媛:《千年之泪》,尔雅出版有限公司1990年版,第1页。

第五章 "不屈的作家魂"

流离和贫病交困中紧握自己的笔,记录着个人的喜怒哀乐,也记录着民族和同胞的"痛苦和喜悦"。人类的生活并不总是一个合理的展开过程,它在很多时候并不合乎人性和美,甚至还会催生罪恶,引人堕落,但作为存在,它或许是合理的。文学具有反映生活的功能,同时也有批评、干预和引领生活的作用,面对生活中的不合理,文学要追究它背后的真相,拷问每个人的灵魂。

席勒说:"人受自然法则和社会法则的压迫,不是自由的主体,只有在审美活动中才是。"纵观钟理和的一生,他因争取婚姻自由,抗拒封建势力而选择了手中的笔为"有效的武器",从此走上文学之路。大陆八年的漂泊与磨难,让他更加坚定这个信念,将文学确定为今后"自己的路线"。他"把全副精神和时间都花在修业和准备的工作上"[①],功夫不负有心人,不久就开始在报刊上发表文章,1945年4月,在北平出版了第一本作品集《夹竹桃》,对于一个仅有两年私塾的汉文教育和高小文化水平的人来说,这是一个了不起的成绩。他"没有良师益友可资切磋指导,只是一个人默默地干"[②]。他对文学的热爱溢于言表。钟理和选择文学为"自己的路线"的根本动机就是为了反抗社会不合理制度的压迫,在现实生活中他无法自主自己的婚姻,他试图用文学实现自己的理想,批判社会的不合理性,早期作品《游丝》《薄芒》《新生》表现的就是对包办婚姻以及旧式家庭的批判。如果说钟理和从事文学创作最初的动机是为了发泄个人的不满,从中获得心理的安慰,那么,当他跳出了狭隘封闭的生活空间,争取到婚姻的自主后,他的关注视线就开始转向周围环境中的其他弱者。在大陆的八年中,他先后在东北、华北等地生活,目睹了沦陷区的同胞在死亡线上挣扎的惨烈景象,也接触到不

---

① 钟怡彦编:《新版钟理和全集·7》,高雄县政府文化局2009年版,第115页。
② 钟怡彦编:《新版钟理和全集·7》,高雄县政府文化局2009年版,第175页。

少同为"亡国奴"的普通朝鲜民众。与他们相比，钟理和受到的压迫要渺小得多。民族和同胞的深重灾难不仅激发了他的同情心，而且也让他开始思考自己"从哪里来"的问题。《夹竹桃》《门》《泰东旅馆》《柳荫》《秋》等作品已基本跳出个人生活的狭小圈子，将描写的对象对准了"数千年来被人们所遗忘的一群'民众'"身上。这些"民众"钟理和似曾相识，他少年时期跟随父亲进山开垦农场，就开始与他们接触。在大陆，他与他们更是朝夕相处，钟理和既看到了"民众"身上具有的善良、忍耐、真挚等美德，也发现了沉淀在他们身上的卑怯、愚昧、自私等民族的劣根性。这个时期，钟理和虽然走出了个人的小天地，但他的思想仍然停留在以往所受教育的认知层面，他无法准确表达出个人的感受和认识，因此，作品中的某些语言表述和意思传达出现了偏差。这里既有深刻的历史原因，也受作者个人认知能力所限，在对这些内容进行批评的同时也应该看到其中蕴含的积极意义，那就是他开始尝试通过文学的方式揭示生活的真相，传递个人的思想和情感，表达了以文学立世的决心和勇气。

钟理和很欣赏韩愈所说的"物不得其平则鸣"这句话，他认为"说这话的人尚须晓得，他的环境是幸福的。因为鸣是物尚能保持其不平，如果不平超过了平的时候，则物将忘记它的鸣了"①。在台湾，钟理和感受到了殖民者和社会对他及台湾民众的不公平，在大陆他同样感受到这种不公平的存在。他从事文学创作之初是为自己的不平而鸣，到后来，他将自己的不幸与他人的不幸结合在一起，为所有遭受不公平对待的人而鸣。他曾在日记中用自问自答的方法表露出自己的文学志向：

"人生是偶然的。"甲说。

---

① 钟怡彦编：《新版钟理和全集·6》，高雄县政府文化局2009年版，第52页。

第五章 "不屈的作家魂"

"不，人生是有目的的。"乙反驳着。

人生问题——这永久之谜——至今尚未有人出来给以公允与满足的答覆。①

在他看来，人生是有目的和意义的，对大多数人来说并不明确这些目的和意义，文学的作用就是给出"公允与满足的答复"。钟理和将文学视为揭示人生意义的根本途径，这也是他从事文艺工作时所秉承的基本信念，而且越来越坚决，直至生命的终结。钟理和回乡之后的生活用他自己的话是"贫病交困"②，但是，他毫不气馁："我将顶下去。物质的缺乏，对我个人是无所谓的，我早已有此决心，否则也不会走这条路了。"③ 正是在这样的决心和勇气的支持下，钟理和在"没有地位，没有财产，没有名誉，也没有朋友"的孤独、贫困、寂寞的环境中一个人默默坚守自己的文学理想，展示出一位优秀文学者的高尚品质。

一是百折不回、一往无前的坚持精神。他的写作环境和身体条件是常人无法想象的，甚至拥有一张普通的书桌对他都是一种奢望。他在给文友钟肇政的信中，以平稳的口气介绍了自己的写作环境："说来你也许不会相信，我不但没有工作——书房，也没有写字台。我写东西几乎是打游击的。纸，一支钢笔，一块六寸宽一尺常的木板，这是我的全部的工具；外加一只藤椅，一堆树荫。我就这样写了我那些长短篇，和《笠上农场》。我早就怀有要给自己做一间书房的心思，但生活迄不让我的算盘按自己的方式打。还有很长一段时间我还须利用那块木板来写我的东西的。"④ 一个作家在最基本的写作条件都不具备的情况下，却依然

---

① 钟怡彦编：《新版钟理和全集·6》，高雄县政府文化局2009年版，第55页。
② 钟怡彦编：《新版钟理和全集·7》，高雄县政府文化局2009年版，第139页。
③ 钟怡彦编：《新版钟理和全集·7》，高雄县政府文化局2009年版，第139页。
④ 钟怡彦编：《新版钟理和文集·7》，高雄县政府文化局2009年版，第37页。

能写出如此丰富和优秀的作品,这不能不说是一种意志在支持。叶石涛读到这段文字,对他的文学精神由衷地赞赏:"钟理和没有过一张像样的桌子,像样的稿纸,在三餐不继的困苦的环境逼迫之下,仍然写出了光彩焕发的佳构。……他的作品平实、炫奇,没有愤怒,没有咆哮,客观至极,这表示他已经历经沧桑,达到了更崇高的心境。"① 这个"心境"就是他的文学理想,为了这个理想,哪怕"多受些挫折磨难、多尝些痛苦"② 也心甘情愿。他常以"文人不遇自古已然"的话与同样深处逆境的文友们相互鼓励,一贫如洗的他说:"贫穷不足挫败我的心"③,他宁愿为实现自己的理想和热情"牺牲一切。就是置生活于不顾也没有关系"④。钟理和身上体现出了中国传统文人"以文立世"的文学精神。

如果仅是贫困倒也无法将人打倒,但是,他还是一个身体机能受到严重破坏的肺病患者。因为贫困,他得不到营养的补充,连"煎个鸭蛋做饭都要思考很久",他自己都感慨道:"人到了连煎枚鸭蛋给孩子都成了问题的时候,还有什么话可说呢?"⑤ 大儿子在异地读书,寄宿朋友家,因手头拮据,钟家半年多没付伙食费,人家"岂无话说?"朋友脸色难看,孩子觉得抬不起头,"执意要转学"。无奈之下,钟理和"赶紧卖了小猪三条,还上伙食费"。为减轻家庭的负担,他在身体稍好之时,曾去镇上一家私人代办所做抄写工作,时间不长,老板嫌他做人不灵活,不会骗人,就明里暗里想方设法赶他走,这对一个自尊性极强的文人来说,"那是何等痛苦?"他的健康在经过一场大病之后"彻底破坏,以后即无复有健康可言"。他的身体在"比较舒服"和"比较不舒

---

① 叶石涛:《钟理和评介》,载《钟理和集》,前卫出版社1991年版,第253页。
② 钟怡彦编:《新版钟理和文集·7》,高雄县政府文化局2009年版,第113页。
③ 钟怡彦编:《新版钟理和文集·7》,高雄县政府文化局2009年版,第153页。
④ 钟怡彦编:《新版钟理和文集·7》,高雄县政府文化局2009年版,第153页。
⑤ 钟怡彦编:《新版钟理和全集·6》,高雄县政府文化局2009年版,第182页。

服"之间反复。他这样描述自己的日常状况:"造成这种'比较不舒服'的场面,偏偏机会很多,一阵冷风,过劳,一场小感冒,失眠……就足够我躺下来。于是我必须尽量避免劳动,避免执笔,避免感情冲动——除开还看一点书只有安静、安静——。然而人毕竟还活着,头脑依旧清醒。这就苦了。这是活受罪。家庭、生活、事业,在身边团团转着,但我必须闭着眼睛不管!"① 严重肺病患者所承受的身体和精神的痛苦常人无法想象,钟理和住院治疗时深有感触地说:"肺病人的苦恼,在疾病自身者少,在因患病之故而引起的心理和环境的变化者多。"肺病在当时的医疗条件下很难治愈,它不仅给患者带来巨大的身体和心理的痛苦,也给其家庭带来沉重的经济负担,钟理和目睹了肺病患者的一幕幕悲剧,内心也备受煎熬:"有大决心,大勇气的人,庶几乎能安然度过,但病好之日,也许只剩两袖清风,孑然一身;反之者,则就可悲了。"②尽管他暂时保住了性命,等待他的却是无穷无尽的折磨。平日里"身体没有显著的病症,却这里那里都不好过",遇到"淫雨连绵天气闷人之机,因而情绪非常不佳",钟理和只好停笔,之后"便躺在床上'安静'。一个肺病患者'安静'几乎是没有完的,空让大好时光从床头虚过,事业伸手可达,却不能如意做去,真是活受罪"。③ 钟理和也有家庭,上有年老的母亲需要赡养,下有嗷嗷待哺刚刚出生不久的小女需要抚养,尽管他身体孱弱,作为一个儿子、父亲和丈夫,也需要尽自己的责任。他毫不掩饰自己"卖文求生"的愿望:"我写作之为发表,为争稿酬,和别人不会有二样,甚至我愿意多多获得稿费"④,病痛的折磨与经济的压力不断向他袭来,他也常常因此而苦恼:"有时我想到烦恼,就想一

---

① 钟怡彦编:《新版钟理和文集·7》,高雄县政府文化局2009年版,第40页。
② 钟怡彦编:《新版钟理和全集·6》,高雄县政府文化局2009年版,第182页。
③ 钟怡彦编:《新版钟理和全集·7》,高雄县政府文化局2009年版,第62页。
④ 钟怡彦编:《新版钟理和全集·7》,高雄县政府文化局2009年版,第130页。

下丢下笔杆,从此不再搞文学了……我们这算是何苦呢!何不干脆就来卖杏仁茶油油炸鬼至少还可以喂饱肚子。"①然而,他既然选择了文学,就是选择了清贫和苦难,正如他自己所说:"生活与写作,家庭与理想,在我已是不可得兼的二件事,何去何从?二者必择其一。我常常有这样的感觉,假使我的环境继续下去,结果将不问我愿意与否,一定被迫落到自己不愿意的那一面去。你可以想象我的心情是如何地沉重,如何地苦闷。"②他"不愿意的那一面"是什么?就是放弃文学,这种结局钟理和无论如何都不愿看到,他"心中不甘,是以至今仍在留恋耳"③。因此,他倍加珍惜有限的写作时间,只要身体允许,他就执笔不停写作,直至生命最后时刻,他仍然舍不得放下手中的笔,根据他的日记,仅1959年的5月,他就因为消化器官衰竭、咯血、感冒等并发症,不得已三次辍笔,但每次间隔不到一周,只要稍感轻松,马上写作。此时的钟理和已离死亡不远,他整个人是"一痕皮包一把骨","白发,胡子黄,双颊深落,颧骨高高",消瘦和衰老如此之快,连他自己都感"吃惊"。④

"春蚕到死丝方尽,蜡炬成灰泪始干。"钟理和为了自己的文学理想呕心沥血,给我们留下了一批优秀的文学作品,他将个人的遭遇置于民族的历史发展过程中,用文字记录下一个民族在特殊历史时期的特殊心路历程。他也曾在绝望中彷徨,但心中的信念又给了他继续从事文学的精神力量,他说:"一个文艺工作者,常常要经历几许内部的危机,好像已经到了山穷水尽。但机缘一到,或者可说偶而得到某种启示,于是一转念之间,便已又柳暗花明别开一番生面了。"⑤他用这

---

① 钟怡彦编:《新版钟理和全集·7》,高雄县政府文化局2009年版,第130页。
② 钟怡彦编:《新版钟理和全集·7》,高雄县政府文化局2009年版,第29页。
③ 钟怡彦编:《新版钟理和全集·7》,高雄县政府文化局2009年版,第137页。
④ 钟怡彦编:《新版钟理和全集·6》,高雄县政府文化局2009年版,第258页。
⑤ 钟怡彦编:《新版钟理和全集·7》,高雄县政府文化局2009年版,第114页。

种信念鼓励自己和与自己同样处于苦闷之中的其他文友,给他们以温暖和希望。

二是真诚的写作态度。钟理和从事文学活动是从喜爱开始的,他没有受过任何专业训练,也没有良师给予指导,完全是靠个人的努力和拼搏才取得如此成就。他的作品根植于土地,没有太多的艺术技巧,风格朴实无华,内容亲切动人,形成了他的"不以社会性观点来处理题材,而用人性和土地来安排情节"[1]的独特艺术魅力。唐文标在《来喜爱钟理和》一文中就自己提出的"怎样去认识钟理和的文学呢"这个问题作了回答:"钟理和是农民,是拓荒者,写的是'这一代农村的变迁;贫穷的农民生活',又是那么亲切,哀而不怨。由于中国文学一向都是由士大夫所把持,文学的偏食症候极为严重,因此钟理和的农民文学自然显得特别宝贵。"[2]钟理和生活在农民之中,他用自己的真诚去反映他们在台湾社会变迁中的精神失落、人生困惑和朴素的人生愿望。

文学作品是要给人以启发和希望的,钟理和认为"我们没有理由让一位读者在读完一部作品后大感灰心"[3]。要做到这一点,首先要让自己的作品被读者所接受:

> 一个作家写他的作品时,须不要忘记他写这东西是要给一般大众看时,那么他必须脚踏实地去写一般大众都能亲近都能看懂的作品。高踏派的作家,也许不屑此吧。他会写出极其精彩、极其玲珑、极其优美而只为某些特限的团体和专家才看得懂、感到兴趣的

---

[1] 应凤凰:《钟理和研究综述》,载《台湾现当代作家研究资料汇编·钟理和卷》,台湾文学馆2011年版,第129页。

[2] 应凤凰:《台湾现当代作家研究资料汇编·钟理和卷》,台湾文学馆2011年版,第70页。

[3] 钟怡彦编:《新版钟理和全集·7》,高雄县政府文化局2009年版,第50页。

作品。但惟其如此，他就要永远失去这广大的世界了。①

钟理和以细节描写见长，他能准确把握住不同人物的心理、动作，用简练的语言塑造出丰满的人物形象。他善于将生活中的人物和事件化为写作素材，这点从他的日记与作品的关系就能看出来。钟理和写日记既是记录日常生活的点滴，也是一种写作，包括很多随感，也有不少记事记人的短文，内容丰富。他创作的一系列短篇小说，如《耳环》、《做田》、《故乡》系列、《还乡》、《草坡上》、《赏月》等基本都能在日记中找到人物的原型。他的作品中无论是人物的语言还是叙述语言十分生动，带有很鲜明的客家色彩，体现出钟理和一贯的现实主义风格："引车卖浆流的话，通常都以为是俚俗可鄙的，可是在我看来，却比所谓正人君子也者，或任何知识分子的语言，都要活泼有趣，如果处理得当，里面是有好文章的，可以给作品带来生动力。"②他也想多得稿酬，减轻妻子的负担，但他绝不会因此而放弃自己的原则，曲意迎合一些刊物的需要。有段时间，为了提高自己作品的用稿几率，他也试图做几篇应景的文章，后来的名篇《原乡人》就是其中之一。即便如此，当他"执笔时，却愿按自己的意思来写。如果这样写出来的东西是冷僻、孤独，不受欢迎，也没有办法。我只求尽心做去，假使尽了心而仍不为接受，也算对得起自己就好了。若硬要我拗着心写东西，姑无论自己愿不愿意这样做，也无此这种才干"③。

三是人道主义情怀。早期的钟理和是个悲观主义者，他的作品充满着叔本华的绝望，他在经历疾病、丧子、破产等一系列人生的打击后曾一度"感到对人生无望"，想要结束生命。然而，在文学理想的支撑下，

---

① 钟怡彦编：《新版钟理和全集·7》，高雄县政府文化局2009年版，第104页。
② 钟怡彦编：《新版钟理和全集·6》，高雄县政府文化局2009年版，第92页。
③ 钟怡彦编：《新版钟理和全集·7》，高雄县政府文化局2009年版，第130页。

他逐渐走出个人生活的阴影。从人生的低谷中爬出来的钟理和痛定思痛，他不再只考虑个人的生存状态，而是将眼光投向周围那些普通人的身上。他的写作题材并没有走出个人生活的范畴，但是，与前期的作品相比，他所表达的情感和意蕴不再是小我的，而是通过个人的遭遇去反思整个社会的政治体制和文化意识。他的写作出发点和落脚点是以反映民众的情感为宗旨，个人的遭遇与不幸退居其次，他之所以依然从书写个人生活入手，是因为他试图通过剖析这些自己最熟悉的人物和事件，揭示其背后的社会根源，他创作思想的变化在大陆后期就已经显现出来，在《门》《游丝》《新生》《薄芒》等作品中，我们看到都是一个个生活的失意者形象，他们因为恋爱、婚姻和家庭的不幸被迫踏上出走之路。这些作品都沉浸在个人的悲伤之中不能自拔，看不到他人和社会的影子，按照钟理和自己后来所说就是表现了自我的"灰色的人生观"[1]，虽然很真实也很感人，但是缺少格局和正义感，读了之后让人难有"启迪"，甚至灰心丧气。他为了寻找自由奔逃到大陆，在这里他非但没有获得想象的中自由；相反，人在异乡所造成的身份迷惘更加深了他的精神苦闷。一边是熟悉但又冷酷的故乡，一边是陌生而又失落的原乡，两个地方都无法安顿他的灵魂，失去家园的痛苦时时撕裂着他的身心，他陷入人生的绝望中。叔本华有句名言："世界是我的表象。"他认为一切自然界的现象都是意志的客观化，意志是人生悲剧的本体。从意志分化出的欲望是无限的，但无限的欲望要想全部得到满足是不可能的。"在欲求已经获得的对象中，没有一个能够提供持久的，不再衰退的满足，而是这种获得的对象永远只是像丢给乞丐的施舍一样，今天维系了乞丐的生命以便在明天又延长他的痛苦。"[2] 紧接着他又说："一切意欲都是

---

[1] 钟怡彦编：《新版钟理和全集·7》，高雄县政府文化局2009年版，第132页。
[2] [德]叔本华：《作为意志和表象的世界》，石冲白译，商务印书馆1982年版，第273页。

由于需要，因此都是由于缺乏，也都是由于痛苦。某一愿望的满足便能结束这个意欲，然而，对于一个已经满足了的愿望来说至少还有别的愿望没有得到满足……所以，只要我们意识中充满自己的意志，只要我们沉溺于一堆欲望及其不断的希望和恐惧之中，只要我们是意欲活动的主体，就永远无法得到长久的幸福和平静。"①叔本华认为意志的本质就是欲求，而每一种欲求的实现都会经历无数的坎坷，必然会带来痛苦和烦恼。即便一种欲望得到满足，但快乐是短暂的，之后又会是无聊紧随其后，人生犹如"钟摆"，永远在痛苦和无聊之间摆动。这个时期的钟理和正处在这种生存状态之中，他面临一个个生存困扰，又不断通过努力试图摆脱这些人生的痛苦，反反复复，痛苦被延长了，似乎看不到尽头。他当初将反映自己东北时期生活的小说《门》命名为《绝望》，这是他此时心理的最好注释。

钟理和辗转来到北平后，生活逐渐稳定下来，内心的激愤也渐渐平息。他专事写作，通过写作一方面抒怀个人坎坷的人生遭遇，另一方面开始反思自己以及周边人物悲剧命运的根源。他从狭隘的个人情感天地走向了广阔的社会，随着个人阅历的增加，思想也发生了转变，最明显的就是开始以"他人"的视角关注起社会底层人物的生存状态。尽管他的思想仍然是悲观主义的，对社会仍然保持着失望的态度，但是，作为一位专业作家，钟理和思考的不再是自己的命运与前途，他尝试以一个人道主义者的立场接近他曾经疏远的人群，在描写他们惨痛生活实相的同时，对这种生活的实质进行理性的分析。正如《夹竹桃》中曾思勉与黎继荣这两位所谓的"人道主义者"，他们目睹大杂院内其他租客家庭的一幕幕悲剧之后，两人展开了一场有关中国人命运的对话。黎继荣将

---

① [德]叔本华：《作为意志和表象的世界》，石冲白译，商务印书馆1982年版，第273页。

这些悲剧的发生归因于租客们道德的沦丧，曾思勉则反击他认为所有问题的根源在于"怎样来维持我们的生命，并且怎样来排除能够威胁我们生命的一切障碍"①。曾思勉甚至抛出中国人是"命运的傀儡"的论调。他以"冷冷的讽刺的语调"反驳黎继荣的观点：

> 他们在命运的圈子里走着，摸索着，但他们自己一点儿也不知道。有时候，他们像反应地想逃开这圈子，不管是意识的，或无意识的。总之，他们从很早就想挣脱它，远昔，则有记录可资我们翻阅，最近，则有辛亥的民族革命，五四运动，识字运动，对妇女问题的关心，农村解放，劳动保护，家庭制度的改革……等等。但是悠远的历史，使这圈子扎得极度坚牢。这我们可以从现状，看出他们挣扎的结果。②

曾思勉虽然口口声声说自己是人道主义者，显然，他并不清楚"人道主义"的具体内涵是什么，他所说的"人道主义"只不过是彻头彻尾的宿命论，所以，当黎继荣批评他是"自己拿圈子套你自己的脖子"时，曾思勉只好说："那我也不知道他们须怎样才好！"如此看来，早期的钟理和对"人道主义"的认识还是非常浅薄的，他想去用一种理解的方式揭示现实中的苦难根源，但是由于他本人认识能力的有限和他与这部分人群存在生活与情感的隔阂，最终非但没有能揭示事物的真相，反而让自己又一次陷入思想的泥沼，以致产生"极度厌烦"的情绪，"饱腻"起"人道主义"这个"无聊而肉麻"的话题。钟理和的"人道主义"思想刚刚起步就很快熄灭了，进而对自己的民族产生深深的"绝望"。这

---

① 钟怡彦编：《新版钟理和全集·3》，高雄县政府文化局2009年版，第126页。
② 钟怡彦编：《新版钟理和全集·3》，高雄县政府文化局2009年版，第126页。

种"绝望"同样不是针对个人的,而是对一个社会和一类人群。

  钟理和住院治疗的三年时间里,目睹了许许多多的生死别离,亲身经历了死亡的恐惧,经过了一次次生死的考验,钟理和的思想发生了质的飞跃,他彻底从个人的小圈子里跳出来,正视人生,看淡生死,以坦然的心理面对死亡的考验。他曾在做最后一次手术的日记中记下自己的内心活动:"后天就要开刀了。开刀的结果,若使与世长辞,也与人无涉,大可告慰九泉。若是生命为我重获,则这已是死后之生。以前之生,已告结束,正可起我新生,向前走去……"① 手术成功,又一次将他从死亡线上拉回到生活之中,他欣喜地写道:"看来自己不但居然没有死掉,而且似乎还再一次获得了生命,虽然还要再静养一至两年。我要好好的抓住和保重自己的健康,切不可浪费!这是我的新生!"② 新生之后的钟理和对生命的理解超越了常人,他的作品虽然还多是悲剧性的,但与前期的悲剧性相比,他对悲剧的理解有了很大的转变,如果说前期的钟理和是一位与叔本华有着精神上的默契的悲观主义者,但是,有过在死亡线上挣扎的人生经历之后,他真正理解了生命的意义,正如他所说的"切不可浪费",他的悲剧思想逐渐向尼采靠拢。尼采曾经是叔本华的忠实信徒,他也承认人生是悲剧,但与叔本华不同的是,尼采认为悲剧是兴奋剂,那些经过悲观而达到乐观的人才是有深度的。他反对叔本华在悲剧中只看到人生的徒劳、痛苦与虚无,而看不到旺盛的生命力之所在的悲观主义论点,认为这种思想只能磨灭人的意气。尼采把悲剧精神概括为展现生命力的价值,指出悲剧的快感源自强大的生命力,是与痛苦、灾难相抗衡的一种胜利感。换句话说,尼采的悲剧论是乐观主义的,他注重以审美的态度看待人生,那么人生就是一种悲剧艺

---

① 钟怡彦编:《新版钟理和全集·6》,高雄县政府文化局 2009 年版,第 127 页。
② 钟怡彦编:《新版钟理和全集·6》,高雄县政府文化局 2009 年版,第 140 页。

术。人生虽然苦难，然而人在与这些苦难抗争中，会感到生命的力量，体尝生命的快乐，这就是人生的悲剧美。这种思想与叔本华的极端绝望的悲剧论有着很大的差异。重获新生的钟理和用一种理解、怜悯的心理描写他人的不幸和苦难，将真挚的情感融化到文字之中，他说："一切动物都有感情，甚至可说一切有生命的东西都有感情，当他在实地反映生活时，它总是正当的、美丽的。但是当人类的感情为了私情而有所偏向时，它便变成了丑恶的了。"① 早期作品中我们很难感受到钟理和对笔下对大陆同胞或是台湾乡亲抱有发自内心的深切同情，他的悲剧是纯粹个人化的，人道主义也是虚浮的，因此，这些作品的基调是灰色的，格调是低缓的，虽然"没有人应该对它的现实性有丝毫的怀疑"，但不可否认，很难感受到对"旧中国里的同胞的爱"。② 历经劫波，钟理和的思想发生深刻的变化，尽管由于长年的病痛折磨，以及物质生活的贫乏，他的作品风格转向沉郁凄苦，却在哀愁悒郁中蕴含着更加细腻的人性观察与温厚朴质的生命特质。他以个体的亲身感受来表现弱势阶层的痛苦与无奈，以一颗慈善之心体察生活的艰辛与坎坷。他常常在作品中塑造一个"我"的形象，"我"既是事件的见证者，也是弱势阶层的代言人。"我"的视角触及生活最真实、最粗糙的一面，通过这种叙述可以将现实如实地还原出来，虽然很残酷，但是给读者的震撼是巨大的和强烈的。这种人道主义精神超越了小我，"在实地反映生活"的过程中传递给每一位读者，虽然它是苦涩的，是悲剧性的，但是，我们可以从人物与苦难抗衡中的失败甚至毁灭中感受到人的力量的伟大，体验到生命的顽强与美丽，哀而不伤，在悲剧的演绎中看到了希望。

正如钟理和自己所说："文学是假不出来的，我们但求忠于自己，

---

① 钟怡彦编：《新版钟理和全集·6》，高雄县政府文化局 2009 年版，第 214 页。
② 陈映真：《陈映真文选》，生活·读书·新知三联书店 2009 年版，第 200 页。

何必计较其他。"①"我们也只能忠于我们的表现。除此,我们有什么办法呢?"② 凭着对生活的真诚和对文学的忠诚,钟理和"脚踏在这个有泥土的地面"上,说出"这个时代大多人的希望和失望"。曾经批评过《夹竹桃》的陈映真也对钟理和这份真诚表达了敬意:"他以可敬的坚毅和正直忍受一生难以置信的厄运;他对文艺工作不渝的忠谨和辛勤的工作;他为整个五十年代的台湾农村留下了珍贵的记录,特别是作为一个殖民地的孩子,他心灵所受的,歪扭了的苦痛,都引起我们对他深刻的怀思。"③ 他将对土地的爱、人民的爱与他的文学精神融合在一起,构建出一个崭新的文学形象,这种形象贯穿到他的每一部作品之中,为中国文学、台湾的地域文学增添了一道迷人的光彩。

第三节 台湾新时期文学的开拓者

　　钟理和的一生充满了痛苦和悲伤,特别是他生命的最后十年灰暗惨淡,在疾病、丧子、贫穷、失意中度过。然而,这十年又是他文学活动最辉煌的十年,一部部经典作品在这个时期中诞生,奠定了他在中国现当代文学史的地位。那么,又是什么让他能在如此恶劣的环境下取得如此大的成绩呢?钟理和独居乡间的时候,在外人眼里他就是一个破落的地主子弟,一个不中用的残废者。为了生存,他可以忍气吞声到私人办的代写所做低等的抄写员;为了给孩子筹措学费和生活费,他养鸡养鸭,向朋友们讨教饲养的技术。他没有财产、没有朋友、没有健康,"只能在艺术里,在创作里找到我的工作与出路,人生与价值,平

---

① 钟怡彦编:《新版钟理和全集·7》,高雄县政府文化局2009年版,第46页。
② 钟怡彦编:《新版钟理和全集·7》,高雄县政府文化局2009年版,第35页。
③ 陈映真:《陈映真文选》,生活·读书·新知三联书店2009年版,第208页。

和与慰安。我的一切的不满与满足,悲哀与欢喜,怨恨与宽恕,爱与憎……"① 文学是他的一切,是生命。正是有了文学,他才在生活的逆境中没有倒下,他才能够放下自己的悲苦,用宽广的胸怀关怀那些同命相怜的弱者,用文学给他们照亮未来的路,为他们减轻生活的苦痛。他是文学的苦行僧,自觉地背负着文学的使命默默前行。

在中国传统文化的熏陶下,他心中蕴藏着神圣的使命感:"文人似乎命定了必须肩负无穷阻难"②,而他就是"肩负无穷阻难"的那个文人。他在日记中引用过毛姆的话:"生活舒适是创作的一大敌人",他认为这句话与"古人穷而后工"之句表里相通,"说尽了文人创作与生活的悲剧的关系。文人穷愁潦倒,似为天地间之定例,如果他愈穷愈愁,写出来的文章也就愈真愈美,愈能感人。反之他的生活里有了舒适,有了安全和温暖,他的那支笔就跟他背叛起来了。好像命该如此,吾为文人悲。"③ 有了这种使命感,他对自己的生活窘困逐渐淡然了。虽然现实往往让他无法超越,但他从来没有放弃从事文学最初时的理想。他对自己的侄子说:"我对我们的世界始终寄以很大的希望,大概也因乎此,我对人类,是始终看到他的良善的一面,卑恶是我从来所不知道的,也不愿知道。就是在四十几岁经过不少受骗和被愚弄之后的今日,也还是这样相信着。我之从事文艺工作,就是基于有这种信心,否则,我就不会对他有所留恋了。"④ 在使命感的驱使下,钟理和拖着残废的身体投入文学创作和台湾地域文学的建设中。

20世纪50年代的台湾文坛,"战斗文艺"主宰了当时的主流报纸杂志。对于钟理和这代台湾人来说,他们根本没有这种文艺所标榜的大

---

① 钟怡彦编:《新版钟理和全集·6》,高雄县政府文化局2009年版,第32页。
② 钟怡彦编:《新版钟理和全集·7》,高雄县政府文化局2009年版,第2页。
③ 钟怡彦编:《新版钟理和全集·7》,高雄县政府文化局2009年版,第134页。
④ 钟怡彦编:《新版钟理和全集·7》,高雄县政府文化局2009年版,第165页。

陆抗战和内战经验，更不要说创作。台湾省籍作家被排斥在主流文艺之外，连发表作品的机会也逐渐丧失。对文坛的这种怪现象，钟理和愤慨地说："现在的风气却在要求你这篇也'爱国'那篇也'反攻'，非如此便不足以表示你确系一位爱国者，非如此便不为他们所欢迎，想起来真实肉麻之极。纯文艺云云，纯在哪里？文艺在哪里？呜呼！"①钟理和的很多优秀作品就因为和所谓"时代的要求是背道而驰的，无人要"②，只好束之高阁。作为一名省籍作家，钟理和吃够这个苦头，殚精竭虑创作出来的作品无人要，这对作者的打击可想而知。在这种情境下，同为省籍作家的钟肇政发起举办同仁刊物《文友通讯》，得到九位省籍文学青年的响应。钟理和有幸被邀参加，从此不再是文学道路的独行者，他与《文友通讯》的同仁结为"精神上的至友"，相互安慰、鼓励、切磋，以微弱之力扛起岛内文学的大旗。在刊物成立之初，钟理和将自己的想法全盘告诉钟肇政，他觉得"人数太少，还是希望所用省籍文友们能全部参加……通讯是我们目下所切需，不可因少数人的异议而作罢……此举的意义将来必有不可磨灭者，我们必先有所耕耘然后才能有所收获，我们无妨给将来的台湾文学预铺道路吧"③。这是何等的胸襟，自己的生活风雨飘摇，却胸怀台湾文学的未来，甘为一名默默的铺路者，他希望和志同道合的文学者一起打造一个崭新的台湾文学世界。虽然这个刊物存在的时间不长，但是正如钟理和所言，它的意义不可磨灭，这个团队的九个成员后来都成为台湾文坛上知名的作家，实现了钟理和提出的为台湾文学铺路的宗旨。

在《文友通讯》这个团队中，钟理和是第一个提出建设现代"台湾文学"设想的人，也是就"台湾文学"进行探讨最积极的一个。在关于"台

---

① 钟怡彦编：《新版钟理和全集·7》，高雄县政府文化局2009年版，第51页。
② 钟怡彦编：《新版钟理和全集·7》，高雄县政府文化局2009年版，第72页。
③ 钟怡彦编：《新版钟理和全集·7》，高雄县政府文化局2009年版，第3页。

湾文学"内涵的争论中,他对钟肇政关于"台湾方言文学"的提法提出了质疑。他一方面赞同钟肇政提出的"台湾文学有台湾文学的特色"的观点;另一方面,坚决反对将"台湾文学"解释为狭义的"台湾方言文学"。虽然看似"方言文学"与"文学的方言"相差无几,但实质隐含着对国家主体性认同的大是大非的问题。钟理和以自己的生活经历和大陆经验指出了"台湾方言文学"的弊端和不足,他认为"我们应似乎舍去方言只标榜'台湾文学',只把方言作为其中一个重要的因素似乎即已把'台湾文学有台湾文学的特色'这意旨凸示出来了"①。钟理和的论述得到了其他文人的认同和支持。

钟理和提倡的"台湾文学"与后来台湾某些本土文人所说的"台湾文学"有着本质的不同。台湾本土的文学活动发端于明末清初,由大陆来台的官员和文人将汉文化引进岛内。随着移居台湾的汉族人口增加,到清朝中叶,台湾已成为汉文化的一个区域。日本殖民台湾之后,汉文化被迫转入地下状态,由它构建起来的文学体系要遭到破坏。殖民时期,尽管台湾部分具有民族主义思想的文人在大陆新文化运动的影响下,创作了一批反封建、反殖民的优秀作品,但并未形成风气,而且在后来的"皇民化"运动中,这种文学也销声匿迹了。钟理和心目中的"台湾文学"是在彻底肃清殖民文化和专制文化的影响基础上,团结省籍及省外的志同道合的文学者,打造一块反映这块土地和人民的自由的文学天地,他希望有志地域文学的人能够一起努力。而之后的"台湾文学"在性质上发生了根本性的变化,一些本土派人士从所谓"台湾意识"出发,鼓吹"台湾文学主体论",他们所提的"台湾文学"已经变成了与"中国文学"并列的一个概念,完全背离了钟理和的初衷,滑向分裂的边缘。

钟理和不仅是"台湾文学"的倡导者,也是身体力行的实践者。按

---

① 钟怡彦编:《新版钟理和全集·7》,高雄县政府文化局2009年版,第7页。

照要为"将来的台湾文学预铺道路"的意愿,他大力支持钟肇政的刊物活动,为刊物按时撰写传阅稿件的评论,积极参与每一次的讨论,他还借助这个平台开展文学批评活动,不仅提高了个人的欣赏能力,同时也在相互切磋中学习了他人的写作技巧,在提升个人的写作能力上受益匪浅。受文友们的感染,钟理和决定要为饱经苦难的台湾同胞写一部史诗般的长篇小说《大武山之歌》,"内容描写一家三代人在起自光绪末叶至今约七十年间生活和思想的演变。分三部。第一部,自开首至七七事变前后一段,字数暂定二十万字"①。他知道以"现在的体力,时间和环境,似可写到十万字左右",同时还会遇到查阅历史资料的困难。即便如此,他还是决定"尽力做去"。遗憾的是钟理和只写作了小说的大纲和开头部分,就因身体缘故不得不放弃。尽管如此,我们仍然可以从那宏大构思中感受到钟理和为生养自己的这块土地和人民树碑立传的拳拳之心,和他决心用文学的形式再现台湾历史的使命感。钟理和虽然没有完成这个心愿,但影响了自己的文友。钟肇政受他的启发创作了《台湾人三部曲》,之后,李乔又创作了《寒流三部曲》。这两部优秀的长篇巨作完成了他未竟的事业,实现了他为台湾写一部"史诗"的夙愿。

---

① 钟怡彦编:《新版钟理和全集·7》,高雄县政府文化局 2009 年版,第 26 页。

结　语

　　钟理和在给友人廖清秀的信中曾写下这样一句话："一个作家写他的作品时，须不要忘记他写这东西是要给一般大众看时，那么他必须脚踏实地去写一般大众都能亲近都能看懂的作品。高踏派的作家，也许不屑此吧。他会写出极其精彩、极其玲珑、极其优美而只为某些特限的团体和专家才看得懂、感到兴趣的作品。但惟其如此，他就要永远失去这广大的世界了。"① 他就是为大众写东西的，是给一般大众看的，这是他的文学理想，也是他的文学价值所在。

　　纵观钟理和的一生，他的双脚始终坚实地踏在祖国的土地上，他与自己的同胞共同经历着民族的苦难，共同坚守着民族文化的尊严。他热爱祖国的文化，热爱文学，因为"文学所要传达的是情感，所要唤起的也是情感，数字无论如何堆砌，也只能构成某种事实，不能唤起一种情感，而事实是没有生命的"②。他一生颠沛流离，贫病交加，饱受殖民压迫与封建礼教之苦。他选择文艺作为自己一生的事业，其初衷就是希望借助这个"有效的武器"与封建势力和一切扼杀人性的外部势力进行"搏

---

① 　钟怡彦编：《新版钟理和全集·7》，高雄县政府文化局2009年版，第122页。
② 　钟怡彦编：《新版钟理和全集·7》，高雄县政府文化局2009年版，第36页。

斗"。然而，这条道路充满了艰辛和痛苦，正如他自己所说："做中国的作家，已经是一个不幸，何况在当时异族统治之下，台湾那种环境要想以中文立身，那是怎样的轻妄。"①以中文写作、以中文立身，在殖民者的铁蹄下这不仅需要勇气，更需要坚忍的精神。他自幼生活在一个具有中国传统文化氛围的社会和家庭环境中，接受过严格的汉文教育，对民族文化有着深厚的感情。正如日本学者泽井律之所说的那样，还未真正接触到大陆的时候，民族对钟理和来说还是个很模糊的概念，他对原乡的认同"并不等同于近代民族主义"②。成年后，钟理和为争取婚姻的自主与家庭和社会发生了激烈冲突，同时，随着年龄的增加他愈加感受到在异族统治下被统治者的悲哀，他的民族意识开始觉醒，进而萌生了"突破封建婚姻桎梏，寻求自我的强烈愿望"。他带着妻子与家人和台湾绝诀"远逃"大陆，这个行为同时被泽井律之称之为"抵抗日本统治，并心向中国寻求认同的民族意识"③。

钟理和在大陆的八年是其人生最重要的一段时光，他在这里不仅完成了从一个具有朴素民族意识的青年向一个坚定的爱国者的转变，而且在经历了身份的困惑和心灵的挣扎之后，开始以一个民族主义者的身份对大陆和台湾两地的国民性进行剖析和反省。不可否认，钟理和曾走过一条弯路。他早期的原乡认同是基于作为客家汉人的立场，与为反抗异族统治而不得不以中国为精神归依的历史因素。在大陆生活的最初几年，他经历了原乡之梦失落、幻灭和绝望的心理路程。他处处以"他者"的眼光和"近代的"尺度来审视和衡量现实的大陆，他只看到大陆表面上的败落和凋敝，却看不见隐含在其中的社会真相。他用一个人道主义者而非民族主义者的语气批判自己的民族和同胞，必然会导致立场

---

① 钟怡彦编：《新版钟理和全集·7》，高雄县政府文化局2009年版，第36页。
② [日]泽井律之：《台湾作家钟理和的民族意识》，《台湾文艺》1991年第128期。
③ [日]泽井律之：《台湾作家钟理和的民族意识》，《台湾文艺》1991年第128期。

的错误和思想的偏差。但是,钟理和毕竟是在民族文化的滋养下成长起来的,他不可能完全否定自己的民族;相反,当他真正走进大陆同胞的生活,潜伏在体内的血浓于水的民族情感逐渐升腾,钟理和也在融入民族主体的过程中开始与大众广泛接触,在他们身上,钟理和既看到了他们所遭受的种种非人的精神折磨,也看到了他们身上蕴藏的宝贵的民族优秀品质,同时也坚定了他用文学传递时代的声音、大众的情感的决心和信心。

彭瑞金说:"钟理和的文学就是钟理和的生活。"[①]的确,在他短暂的45年的生命中,他很少享受到生活的甘甜。他被别人骂作"背德者""败家子"和"残废者",他生命最后的十年,更是在"没有地位、没有财产、没有名誉、也没有朋友"的孤独中度过。但他始终对这个世界"寄以很大希望","对人类,是始终看到他的良善的一面",卑恶是他"从来不知道,也不愿知道"[②]的。正是基于这种信心,钟理和一如既往在文学的道路上艰苦跋涉,他用一颗仁爱之心关怀着与自己同呼吸共命运的同胞;用一双敏锐的眼睛注视着世界的变化;用一支灵动的笔抒写着民族的魂魄与未来。他生前默默无闻,死后也寂静无声。但谁也不能否定他在中国现代文学史上的贡献,更不能否定他在台湾地区的文学地位。他来自乡土,魂归乡土。今天,我们透过浸着他的痛苦、血泪和汗水的文字,和那一个个鲜活的人物形象,仍然能清晰地感受到这个从大山里走出来的客家子弟那温婉倔强的性格、充满智慧的思想和对民族深深的眷恋之情。

---

① 彭瑞金:《钟理和传》,台湾省文献委员会1994年版,第1页。
② 钟怡彦编:《新版钟理和全集·7》,高雄县政府文化局2009年版,第194页。

参考文献

钟理和专著和其他作家作品集

吴浊流：《吴浊流作品集》，远行出版社 1980 年版。
鲁迅：《鲁迅全集》，人民文学出版社 1981 年版。
彭瑞金编：《钟理和集》，前卫出版社 1991 年版。
钟铁民编：《钟理和全集》（1—6 卷），高雄县立文化中心 1997 年版。
钟理和：《笠山农场》，远景出版事业公司 2001 年版。
施淑编：《日据时代台湾小说选》，麦田出版公司 2007 年版。
刘亚铁选编：《钟理和代表作——原乡人》，华夏出版社 2008 年版。
常玉莹选编：《吴浊流代表作——亚细亚孤儿》，华夏出版社 2008 年版。
钟怡彦编：《新版钟理和全集》（1—8 卷），高雄县政府文化局 2009 年版。

研究专著（台湾部分）

李南衡：《日据下台湾新文学文献资料选集》，明潭出版社 1979 年版。
叶石涛：《台湾文学史纲》，文学界杂志社 1991 年版。
简炯仁编：《钟理和逝世 32 周年纪念暨台湾文学学术研讨会论文集要》，高雄县政府 1992 年版。
彭瑞金：《钟理和传》，台湾省文献委员会 1994 年版。
许俊雅：《日据时期台湾小说研究》，文史哲出版社 1995 年版。
钱鸿钧编：《台湾文学两钟书》，草根出版公司 1998 年版。
陈芳明：《后殖民台湾：文学史论及其周边》，麦田出版公司 2002 年版。
陈芳明：《殖民地台湾：左翼政治运动史论》，麦田出版公司 2002 年版。

陈芳明：《左翼台湾：殖民地文学运动史论》，麦田出版公司2002年版。
王德威：《台湾：从文学看历史》，麦田出版公司2002年版。
陈双景：《钟理和文学的人道主义》，复文出版社2002年版。
应凤凰编：《钟理和论述1960—2000》，春晖出版社2004年版。
钟肇政：《原乡人：作家钟理和的故事》，春晖出版社2005年版。
陈建忠：《台湾小说史论》，麦田出版公司2007年版。
陈芳明：《台湾新文学史》（上、下），联经出版社2011年版。
陈芳明：《台湾新文学史》，联经出版社2011年版。
应凤凰编：《台湾现当代作家研究资料汇编·钟理和卷》，台湾文学馆2011年版。

研究专著（大陆部分）

刘登翰：《台湾文学史》（上、下），海峡文艺出版社1991年版。
博埃默·艾勒克：《殖民与后殖民文学》，盛宁、韩敏中译，辽宁教育出版社1998年版。
丁帆：《中国大陆与台湾乡土小说比较史论》，南京大学出版社1999年版。
爱德华·W.萨义德：《东方学》，王宇根译，生活·读书·新知三联书店1999年版。
罗钢、刘象愚主编：《后殖民主义文化理论》，中国社会科学出版社1999年版。
周宪：《20世纪西方美学》，南京大学出版社2000年版。
穆尔-吉尔伯特、巴特：《后殖民理论》，陈仲丹译，南京大学出版社2000年版。
穆尔-吉尔伯特等编撰：《后殖民批评》，杨乃乔等译，北京大学出版社2001年版。
黎湘萍：《文学台湾——台湾知识者的文学叙事与理论想象》，人民文学出版社2002年版。
爱德华·W.萨义德：《知识分子论》，单德兴译，生活·读书·新知三联书店2002年版。
吕正惠、赵遐秋主编：《台湾新文学思潮史纲》，昆仑出版社2002年版。

爱德华·W.萨义德：《文化与帝国主义》，李琨译，生活·读书·新知三联书店 2003 年版。

杨若萍：《台湾与大陆文学关系简史》，上海文艺出版社 2004 年版。

弗朗兹·法农：《黑皮肤，白面具》，万冰译，译林出版社 2005 年版。

弗朗兹·法农：《全世界受苦的人》，万冰译，译林出版社 2005 年版。

古继堂：《台湾文学与中华传统文化》，九州出版社 2006 年版。

佳亚特里·斯皮瓦克：《从解构到全球化批判·斯皮瓦克读本》，北京大学出版社 2007 年版。

任一鸣：《后殖民：批评理论与文学》，外语教学与研究出版社 2008 年版。

谭元亨：《客家文化史》（上、下），华南理工大学出版社 2008 年版。

连横：《台湾通史》，九州出版社 2008 年版。

陈映真：《陈映真文选》，生活·读书·新知三联书店 2009 年版。

杰里·D.穆尔：《人类学家的文化见解》，商务印书馆 2009 年版。

中国社会科学院台湾史研究中心主编：《日据时期台湾殖民地史学术研讨会论文集》，九州出版社 2010 年版。

徐学主编：《台湾研究新跨越：文学探索》，九州出版社 2010 年版。

吕正惠：《战后台湾文学经验》，生活·读书·新知三联书店 2010 年版。

黎湘萍、李娜主编：《事件与翻译：东亚视野中的台湾文学》，中国社会科学出版社 2010 年版。

周志怀主编：《台湾研究优秀成果奖获奖论文汇编》，九州出版社 2010 年版。

李祖基主编：《台湾研究新跨越·历史研究》，九州出版社 2010 年版。

方忠主编：《多元文化与台湾当代文学》，文化艺术出版社 2011 年版。

陈小冲：《台湾历史上的移民与社会研究》，九州出版社 2011 年版。

钱穆：《钱穆先生全集》，九州出版社 2011 年版。

戚嘉林：《台湾史》，海南出版社 2011 年版。

杨彦杰：《光复初期台湾的社会与文化》，福建教育出版社 2011 年版。

中国社会科学院台湾史研究中心主编：《台湾光复六十五年暨抗战史实学术研讨会论文集》，九州出版社 2012 年版。

贺玉高：《霍米·巴巴的杂交性身份理论研究》，中国社会科学出版社

2012年版。

欧阳可惺等著：《民族叙述：文化认同、记忆与建构》，暨南大学出版社2013年版。

翟晶：《边缘世界：霍米·巴巴后殖民理论研究》，文化艺术出版社2013年版。

乔纳森·卡勒：《文学理论入门》，李平译，译林出版社2013年版。

研究论文（台湾部分）

叶石涛：《钟理和评介》，载《钟理和集》，前卫出版社1991年版，第252—253页。

彭瑞金：《日记里的文学》，载《钟理和全集·5》，高雄县立文化中心1997年版，第271—274页。

吕正惠：《殖民地的伤痕：脱亚入欧论与皇民化教育》，载《殖民地经验与台湾文学：第一届台杏台湾文学学术会议论文集》，远流出版公司2000年版，第58—60页。

张典婉：《客家女性的原型》，载《台湾客家女性》，玉山社出版公司2004年版，第73—77页。

两峰：《故乡·故乡》，载《钟理和论述1960—2000》，春晖出版社2004年版，第323—334页。

叶石涛：《论钟理和的"故乡"连作》，载《钟理和论述1960—2000》，春晖出版社2004年版，第345—350页。

许素兰：《毁灭与新生——试析钟理和的"故乡"》，载《钟理和论述1960—2000》，春晖出版社2004年版，第335—344页。

泽井律之：《两个"故乡"——关于鲁迅对钟理和的影响》，载《钟理和论述1960—2000》，春晖出版社2004年版，第351—369页。

彭瑞金：《台湾新文学的民间信仰态度极其影响》，载《台湾文学史论集》，春晖出版社2006年版，第39—40页。

陈建忠：《被诅咒的文学？：战后初期台湾小说的历史考察——"二二八事件"前台湾小说的历史考察》，载《被诅咒的文学：战后初期（1945—1949）台湾文学论集》，五南图书出版公司2007年版，第19页。

陈火泉：《倒在血泊里的笔耕者》，载《新版钟理和全集·6》，高雄县政府文化局 2009 年版，第 197—212 页。

方以直：《悼钟理和》，载《台湾现当代作家研究资料汇编·钟理和卷》，台湾文学馆 2011 年版，第 95—96 页。

史君美：《来喜爱钟理和》，载《台湾现当代作家研究资料汇编·钟理和卷》，台湾文学馆 2011 年版，第 69 页。

张惠珍：《纪实与虚构：吴浊流、钟理和的中国之旅与原乡认同》，载《台湾现当代作家研究资料汇编·钟理和卷》，台湾文学馆 2011 年版，第 232—259 页。

吴睿人：《他人之颜：民族国家对峙结构中的"皇民文学"与"原乡文艺"》，载《台湾现当代作家研究资料汇编·钟理和卷》，台湾文学馆 2011 年版，第 171—218 页。

施懿琳：《钟理和作品中所表现的人道主义精神》，载《台湾现当代作家研究资料汇编·钟理和卷》，台湾文学馆 2011 年版，第 97—118 页。

研究论文（大陆部分）

刘华、方芳：《理性叛逆与文化返乡的绾合——论"五四"乡土文学双重价值取向》，《廊坊师范学院学报》2005 年第 6 期。

刘勇、杨志：《论日据时期台湾小说的民族认同主题》，《中国现代文学研究丛刊》2005 年第 4 期。

江金波：《客家文化的二元结构及其文化生态解释》，《学术论坛》2006 年第 2 期。

张泉：《沦陷区中国作家的文化身份认同与政治立场——以移住北平的台湾、伪满洲国作家为中心》，《抗战文化研究》（第二辑）2008 年。

张重岗：《原乡体验和钟理和的北平叙事》，《中国现代文学论丛》2008 年第 1 期。

种海峰：《当代中国文化乡愁的历史生成与现实消弥》，《天府新论》2008 年第 4 期。

杨志强：《钟理和日记里的鲁迅传统》，《台湾研究集刊》2009 年第 1 期。

杨红英：《多重困境下的文化选择——洪炎秋大陆时期的文学文化活动研究》，《台湾研究集刊》2009 年第 3 期。

罗天德：《台湾乡土小说中"故乡"的三重叙事空间》，《集美大学学报（哲学社会科学版)》2010年第2期。

宋涛:《文化乡愁的断裂与重构》,《山东社会科学》2012年第S1期。

任晓军:《文化视域与身份建构——读〈林语堂自传〉》,《名作欣赏》2012年第20期。

后　记

　　春节期间回到了故乡，回到了年迈的父母身边。

　　一场酝酿了几天的雪如期而至，只不过比预报的小了些。坐在温暖舒适的书房里，看着窗外零零碎碎的雪花飘落在玻璃上，瞬间化成了一条条水线恣意地流淌着。雪花逐渐变大，水线变成了水珠，层层叠加，好似一副玲珑剔透的春雪图，让人赏心悦目。

　　只有游子才能真正体会到故乡的温馨与安宁。我很庆幸生活在一个美好的时代，无论我走多远、走多久，故乡始终为我悬一盏明亮的灯，为我照亮回家的路。当我疲惫了、倦怠了、迷惘了，拿起行囊，踏上回家的路。家乡蚌埠是淮河岸边一座不大不小的城市，处于中国南北分界线上，这里既有南方的妩媚与妖娆，也有北方的粗犷与朴实。当我无拘无束地徜徉在龙子湖畔，呼吸着混合泥土与青草香味的空气的时候；当我登临涂山之巅，俯视如蛟龙蜿蜒的淮水，遥想当年大禹会诸侯、疏河治水轰轰烈烈的壮举的时候；当我漫步在柳树成荫的淮河大堤，倾听铁路桥上来来往往奔驰的列车轰鸣的时候，我的灵魂在故乡的怀抱里得到了安顿。

　　钟理和用一生的时间去寻找心中的原乡和记忆中的故乡。他人生的大部分时间遭受着肉体与精神的折磨，挣扎在生死边缘。他流浪在山河破碎的原乡土地上,目睹着日思夜想的祖国的凋敝与衰败,他一腔"原乡人的血",在"流返原乡"之后却停止了"沸腾"。抗战胜利后,当他拖着病体带着家人逃难似的回到阔别八年的台湾时,那个曾富有着"热烈的社会感情"和"淳厚而亲昵的乡人爱"的故乡已面目全非,变得阴暗忧郁。原乡与故乡都曾真实地走进了他的生命中,但又最终虚无缥缈了。回乡之后的钟理和"既没有地位、没有财产、没有名誉,也没有朋友,好比是被绑起四肢摆向一群忿怒的群众"。颠沛流离半生的钟理和终于在"伤心和懊悔"中、在贫病交加中,带着对亲人、故乡、原乡的眷恋,走到了生命的尽头。

  我反反复复地阅读钟理和的作品和日记、信函,他的文字质朴无华,甚至一些地方佶屈聱牙,带着一些殖民时代的痕迹,但是,没有一丝的矫揉造作。他是一位纯粹的写作者,是位"倒在血泊里的笔耕者",他把"一生中最有用的一段时间献给文艺",他用文字抒写了台湾地区殖民时代知识者的心灵史。从这个意义上来说,钟理和的创作在中国现当代文学史上的意义与价值是独特的。他是一段民族史的见证者,也是记录者。他用一生的时间在寻找回家的路。

  本书的写作持续了两年多的时间,感谢我的博导山东大学郑春教授的细心指导;感谢《人民文学》主编施战军先生、南开大学文学院耿传明教授在百忙之中审阅,并提出了许多宝贵意见;感谢我的同事刘晓亮博士为本书做了细致的校对;感谢人民出版社曹春老师为本书的出版给予的大力支持和帮助。

  月是故乡圆。此时正是元宵之夜,今夜的月亮格外大、格外亮,月光如银辉映射出雪的纯洁和静谧,故园安好。

蓝　天
二〇一九年二月十九日于蚌埠龙子湖畔

责任编辑：曹　春
封面设计：汪　莹

图书在版编目（CIP）数据

文化视阈下钟理和创作研究/蓝天 著.—北京：人民出版社，2019.8
ISBN 978－7－01－020520－5

I.①文… II.①蓝… III.①钟理和（1915—1960）-文学创作研究
　IV.① I207.42

中国版本图书馆 CIP 数据核字（2019）第 048604 号

文化视阈下钟理和创作研究
WENHUA SHIYU XIA ZHONGLIHE CHUANGZUO YANJIU

蓝天 著

人民出版社 出版发行
（100706 北京市东城区隆福寺街 99 号）

中煤（北京）印务有限公司印刷　新华书店经销

2019 年 8 月第 1 版　2019 年 8 月北京第 1 次印刷
开本：710 毫米 ×1000 毫米 1/16　印张：22.75
字数：293 千字

ISBN 978－7－01－020520－5　定价：98.00 元

邮购地址 100706　北京市东城区隆福寺街 99 号
人民东方图书销售中心　电话（010）65250042　65289539

版权所有·侵权必究
凡购买本社图书，如有印制质量问题，我社负责调换。
服务电话：（010）65250042